THE PACT
替罪協議

THEY MADE A PROMISE.HER LIFE FOR THEIRS. NOW,IT'S PAYBACK TIME.

A NOVEL

SHARON BOLTON

莎朗・波登 著

李麗珉 譯

致牛津莫德林學院二〇二〇年的畢業生：

這是黑暗的一年，然而，你們如同繁星，將會閃耀得
更加璀璨。

第一部

1

當他們想起那個夏天，他們就會記起河水在嘴裡的苦味和噴濺在滾燙肌膚上的啤酒泡沫；就會憶及一段每天從下午才開始、直到夜空的東方出現魚肚白，才宣告一天結束的日子。

他們記得在大學公園的核桃樹底下那些漫長的午後時光，還有中世紀尖塔在傍晚的陽光底下所散發出的那抹特別的玫瑰金光芒。他們記得在莫德林橋發現的那家蒸氣龐克小店，以及在那個月剩下來的其他日子裡，都打扮得宛如迷人的吸血鬼，在黃昏降臨時，昂首闊步地走在鵝卵石路上，讓一些外國交換學生覺得饒富趣味——偶爾也感到驚恐。

他們記得雷丁節和卡車節上的塵土飛揚，導致大家的鼻屎都變黑了，還有毒品販子沒完沒了的糾纏：「要來點古柯鹼嗎？需要什麼工具嗎？」他們的回答永遠都是要，而且永遠都不需要詢問價格。

那個夏天是一段無關乎希望或者承諾的時光，那個夏天有的只是肯定：他們是被選中的一群，世界屬於他們，而他們正要展開的生活將會長長久久、閃耀著金色的光芒。

他們真是大錯特錯。

那個夏天，無可避免地，他們每一天都在塔莉莎家位於牛津外圍幾哩處那座仿伊莉莎白時期、奇醜無比的大宅院裡度過。塔莉莎的父親幾乎都不在家，而她母親從來都不會來打擾他們——他們也不確定她是否大多數的時候都在那裡——不過，冰箱裡總是塞得滿滿的，感謝她家的管家（那個管家並沒有住在她家），沒有人會緊盯著泳池小屋裡的酒吧，而在泰晤士河附近營業的達美樂披薩也總是外送到午夜。

大部分的時候，他們都待在戶外，在那間泳池小屋裡因為宿醉而昏昏欲睡，或者待在湖邊那座圓形鉛皮屋頂的涼亭底下，在太陽升起時醒來，然後各自回家，好讓自己的父母確定他們都還活得好好的。他們在自家床上睡到下午四點鐘左右，然後就準備重複展開同樣的一天。所以，自從最後一場高級程度會考❶結束之後，也就是丹尼爾的那場考試：七月四日的拉丁文測驗（他覺得自己考得不錯，不過，你永遠都不知道是否真的如此，不是嗎？），他們的整個夏天都是這樣度過的。

在考試結果出爐的前一個晚上，他們在城市裡度過了一個傍晚之後，再度聚集在塔莉莎家。薩維坐在游泳池畔，雙腳泡在水裡，安柏一屁股在他旁邊坐了下來。

「我覺得很不舒服。」安柏喃喃自語地把頭靠在他的肩膀上。

❶ 高級程度會考（A level exam）是基於不同學科的資格考試。英國十六歲以上的中學生在完成兩年的大學預科學業後，需要參加高級程度會考，取得高等教育普通證書（Gerenal Certificate of Education Advanced Level，簡稱 A Level）。大多數的大學將 A Level 視為合格的入學資格，其中大部分學校都要求至少需要三科的成績。

「不要吐在游泳池裡，」塔莉莎警告道。「我媽上次得用濾網清乾淨。如果這種事再次發生的話，她會要我付錢清理的。」

菲力克斯越過陽台走向他們，他用撐開的右手手指端著一盤飲料，穿梭在巨大的陶土花盆和神話動物的雕像之間。那頭在考完試之後就開始留長的頭髮披掛在他的右肩上，彷彿月光一樣地閃爍著銀色的亮光。他輕鬆的步伐給人一種運動員的感覺，如果細看的話，那過度鍛鍊的右臂和肩膀、壯碩的大腿和腹肌上的小麻花，也許還會讓人以為他是一名划船隊的隊員。戶外的安全燈在他經過時亮了起來，締造出一種菲力克斯自帶光芒的感覺。

「我沒有喝醉。」安柏在菲力克斯走近時說道。「我的意思是，我對明天感到不舒服。」

「今天。」丹尼爾躺在他的日光躺椅上糾正她。他是他們裡面年紀最小的男孩，也是最沒有運動感的一個，他從來都不像他另外兩個朋友那樣討女孩喜歡，不過，他的長相卻很完美。其他人曾經私底下偷偷問過彼此，丹尼爾有沒有可能是同志。如果是的話，那就太酷了，當然，只要他對薩維和菲力克斯沒有興趣就好，因為如果有的話，你知道的，那就太尷尬了。

「校門還有六個小時……」——他看看他的手錶——「十七分又五秒就開了。四。三。」

「閉嘴。」安柏對他說。

「曼哈頓？」菲力克斯把托盤遞向丹。「兩份波本，一份甜香艾酒，加上少許苦橙讓它變得更精采。」

菲力克斯是他們之中第一個滿十八歲的；在知道他對化學的熱愛之下，其他人送了他一套雞尾酒的調製工具，而他也自此熱衷於製作雞尾酒。

塔莉莎對飲料托盤搖搖頭；在這群人裡，她向來都是喝得最少的那一個。有一次，當她不在時，其他人曾經討論過這件事，他們猜測這是否和她的責任感有關——畢竟，他們幾乎總是在她家混。「才不是，」菲力克斯曾經嘲諷說。「她才不在乎我們是不是可能會在她家造成什麼破壞——她只是喜歡感覺到一切都在她的掌控之中而已。」

陽台的燈熄滅了，除了閃爍著綠松石光芒的游泳池之外，花園頓時陷入了一片黑暗，五對眼睛全都注視著滑過泳池底部那道苗條、蒼白如月光的身影。梅根那身精緻的粉紅色泳衣，給人一種她彷彿在裸泳的視覺效果。

「是只有我這麼覺得，還是她最近真的很奇怪？」菲力克斯蹲在游泳池邊，看著他們這群人當中第六個、也是最奇怪的一個成員。她在水中以完全看不出動力的方式在前進，感覺似乎有點不真實。

「是梅根的問題，她向來都很奇怪。」安柏說。

「是啊，不過比奇怪還要奇怪。」

「她最近很安靜。」丹尼爾說。

「她一直都很安靜。」安柏堅持地說。

梅根浮上水面。在她翻身從泳池裡站起身之前，她的雙臀和肩胛短暫地浮出了水面。水從她的肌膚上流下來，在游泳池的光線底下，她的皮膚幾乎也變成了綠松石的顏色。她看起來有點像一條美人魚，如果美人魚也留著淺金色短髮的話。一名女海妖，也許吧？沒錯，梅根那股莫測高深的安靜，讓她更像是一個女妖，而非美人魚。

「六小時又十五分。」丹尼爾對她說。

「小聲點，」塔莉莎發出抱怨。「如果我們吵醒我媽的話，她會讓我們全都上床去睡覺。」

「是啊，丹，閉嘴。」安柏匆忙走向游泳池的階梯。「我知道我的神學考壞了。」她遞給梅根一條毛巾，並且把毛巾舉高，這樣，她朋友的身體就會被擋住。她也許是出於好意，而且也沒有刻意站到一邊，如此一來，薩維就看不到梅根爬出游泳池的那一瞬間。

菲力克斯說：「沒有人會把神學考壞的。」

「她的意思是她只能拿到B。」薩維說。

「公平來說，那算是考壞了。就神學而言。」

安柏對菲力克斯比了個中指。

「我們應該去睡覺了。」梅根走向她放衣服的日光躺椅，開始把衣服穿上。「明天很快就到了。」

「那是我們最不應該做的事。」安柏再度重重地坐到薩維旁邊，將自己的臉在他的脖子上磨蹭了一下。「我想要盡可能地拖延時間。」

「你們兩個可以翻雲覆雨一下，」菲力克斯說。「那可以消磨掉兩三分鐘的時間。」

丹尼爾發出竊笑。梅根可能也笑了，不過，她隱藏得很好。

「如果我們之中有任何人的成績達不到標準的話，我們週六可能就去不了塔莉那裡了。」丹尼爾說。

「什麼？」薩維抬起頭，目光越過安柏的肩膀問道。

「如果我們的成績無法達標，我們就得申請補錄❷。那是我們在西西里沒辦法做到的。」

「我們在西西里可是有電話設備的。」塔莉莎聽起來似乎有點被冒犯到。

「我只是說說而已，我覺得我們應該要留在這裡——你知道的——生出B計畫。」

已經喝光自己那一杯的菲力克斯站起身。「我們不是做B計畫的人，」他宣稱。「我們全都會拿到理想的成績。而且，我知道我們可以如何度過天亮前的時間。丹，你有多醉？」

丹舉起他的右手，掌心向上，左右搖晃著。

「你可以開車嗎？」菲力克斯問。

「不行。」梅根從躺椅上抬起頭來。

「他是我們裡面唯一一個沒有開過車的人，」菲力克斯說。「別這樣，丹，你不想在歷史上留下唯一的膽小鬼之名吧。」

梅根沒有退縮。「我們說過我們不會再那麼做了。」

❷ 補錄（clearing）是英國大學和學院在招生未滿的情況下，釋放出其科系中空餘的名額，供申請入學的學生做最後申請的流程。沒有拿到任何英國大學錄取、對原錄取學校不滿意而想要換學校，或者沒有滿足大學錄取條件的學生都可以申請。

「最後的機會。」菲力克斯從他的空杯裡撈出櫻桃，一口吞下。「明天和週五，我們都有家裡的事情要忙。週六早上我們就飛離這裡了。」

「我會等我們回來時再這麼做。」丹在日光躺椅上躺下來，不過，他睜開的眼睛裡充滿擔憂。

菲力克斯搖搖頭。「沒有時間那麼做的。到時候，我會去美國，塔莉則會在那個黑手黨的島嶼待到九月下旬。」

「如果你在我爺爺面前提到『黑手黨的島嶼』，隔天早上，你就會面朝下地浮在游泳池裡。」

菲力克斯蹓躂到她身邊。「那就剛好證明了我的觀點。」

塔莉很高，不過在菲力克斯面前，每個人都變成了小矮人。她往後退開一步，好和他四目相對。「還有，在你的葬禮上，我們會在你的悼文裡說你是個自作聰明的混蛋。」

「別這樣，」菲力克斯拾起她的手，假裝要把她拉向車道。「想來點真正好玩的事情，這是最後的機會了。」

「這不是什麼好主意，」梅根說。「我們都很清醒。」

「我就說吧，她變得很奇怪。」菲力克斯不懷好意地看了梅根一眼，然後低聲地說。

「我已經不太清醒了。」安柏說。

「你從來都不清醒，」菲力克斯說。「快點，各位，這最多只需要一個小時——丹就會正式變成大人了。」

「我還沒有通過我的駕照考試。」丹抗議道。

「喔，你說得好像那有什麼差別一樣。『沒事的，長官，我知道我違反了高速公路上的每一條規定，更別說還違反了幾條法律，不過，你看，這是我的駕照。這樣就沒事了吧？』」

安柏站起身。「我需要轉移注意力。你留在這裡，梅根。我和你一起去，丹。」

「我們要不就一起行動，要不就全都留下來。」菲力克斯說。

薩維站起來。「我加入。」

一道銳利的目光似乎在塔莉莎、梅根和丹之間來回流轉。塔莉莎聳聳肩，佯裝無所謂。然後，丹尼爾帶著困擾的神色站起來，梅根也跟著起身。在當時，只要菲力克斯和薩維同意了某件事，那件事就一定會被執行。情況就是那樣。

你瞧，那個夏天，他們有了一個秘密。在未來的歲月裡，當他們談及這件事的時候，雖然他們鮮少提起，他們一直都無法說清楚事情是怎麼開始的，或者那是誰的主意。也許，一開始的時候，他們沒有人真的想那麼做，而只是說著好玩而已。那只是一件他們想像中最酷的事情；雖然簡單，卻充滿怪異和令人興奮的危險。他們沒有人記得清楚那個玩笑是什麼時候開始化為了真實，他們是在什麼時候發現到那件事真的發生了。他們只知道，前一刻他們還坐在塔莉莎家的泳池畔，下一刻他們就已經以每小時八十哩的速度，逆向飆馳在M40高速公路上了。

2

第一次是在清晨三點的時候。菲力克斯坐在方向盤後面——當然是他了——他們沒有看到任何的來車。整個過程只花了兩分多鐘，因為菲力克斯像瘋子一樣地把車開在正中間的車道。在第一分鐘過去之後，在沒有人開口的情況下，在他們全都瞠目結舌地盯著一片黑暗之際，那條A40公路匯入到了M40。他們又疾馳了一哩，菲力克斯才用力踩下煞車，讓車子轉了三百六十度，來到七號出口的匝道。經過愚蠢、不明智的兩分鐘後，他們又重新遵守了法規。

那輛車——菲力克斯母親的福斯高爾夫敞篷車——爆發出巨大的歡騰聲。他們在爆笑、尖叫聲中擁抱彼此。每個人從來都沒有感覺到如此充滿生命力。那晚，他們沒有睡覺；他們不停地喝酒和聊天，直到天亮。沒有任何的毒品比得上這樣的經驗；他們知道，只要他們還活著，他們就不可能會再有這樣的感受。那是一項成人儀式；他們賭了一場勝算很小的局，但他們贏了。他們與眾不同，他們很特別。

不過，就算最純淨的高潮也有消退的時候，薩維早晚也會想要這麼做，只是時間的問題罷了。然而，薩維並沒有菲力克斯那麼幸運。當他以稍微超過八十哩的時速開抵M40的時候，坐在乘客座上的菲力克斯看到了對面車道的車尾燈。那輛車就在他們前方不遠處，不過，他們正在逼近那輛車。

「停車，迴轉。」安柏尖叫地說。

「不，降低速度。他們可能以為我們在他們後面的轉彎處。」丹尼爾說。

「熄掉你的車燈。他們就看不到我們了。」菲力克斯說著傾身靠向駕駛座，一把關掉了車頭燈。

夜色很黑，天空中滿是烏雲，完全不見月亮的蹤影；他們正在加速駛向一片漆黑之中。在安柏的尖叫聲中，薩維把頭燈重新打開。

「去他的。」說完，他加速踩下油門。車速表上的指針爬到每小時八十五哩，九十、九十二。薩維往前傾靠在方向盤上，彷彿希望車速能再快一點。其餘的人全都僵在座位上不發一語，然後，在他們趕上對面車道那輛紅色的大轎車時，所有人整齊劃一地轉向他們的左邊。

有一秒鐘的時間，那個駕駛，也是那輛車裡唯一的一個人，並沒有看到他們，在本能的警覺下，他轉頭看了他們一眼。他很快地回過頭，看著自己的後視鏡，然後又看回他們。臉上充滿了懷疑。

菲力克斯舉起右手，朝著他揮了一揮。

「不要超越他，」以不舒服的姿勢擠在後座的梅根提醒道。「和他保持平行就好。」

「為什麼？」薩維依舊趴在方向盤上。

「如果你開到他前面，他就看得到我們的車牌了。」

「前面有燈光，」塔莉莎說。「有東西朝著我們來了。」

「該死，」薩維把方向盤轉向右邊，開到應該是內側的車道上。在他們這個車道上朝著他們駛來的燈光離地面很高，車燈之間也相距甚遠，光線十分強而有力；那是重型貨車的車燈。

「你還有時間，」菲力克斯沙啞的聲音緊繃。「出口就快到了。」

薩維踩下煞車，對面車道的那輛車繼續往前駛去，朝著他們而來的那些光圈變得越來越大。一道低沉憤怒的喇叭聲打破了他們的車輪摩擦在柏油路面上的嗡嗡聲。車裡的空氣似乎都跟著迴盪了起來。

「出口。」當背對著他們的路標在背景的樹林和灌木叢下變得明顯之際，菲力克斯突然說道。薩維改變了車道。然而，他們的速度太快，直接衝向了金屬護欄。安柏開始尖叫。塔莉莎則用雙臂抱著自己的頭。薩維在最後一秒將車子駛回車道上，隨即開下了高速公路。

一個月過去了，沒有人再提及他們的那兩次冒險，直到某一個晚上，菲力克斯和塔莉莎針對為什麼不應該讓女人加入武裝部隊時才又提起。菲力克斯表示，女人就是沒有身體上的勇氣。為了證明他的論點錯誤，而他也幾乎知道她會想要證明，塔莉莎堅持再度展開他們的高速公路特技表演。於是，他們再次擠進菲力克斯母親的車裡——那是唯一一輛大到足以容納得下他們六個人的車子。菲力克斯坐在乘客座；個頭最小的梅根則蜷縮在丹尼爾的大腿上。這次，他們已經有了各自固定的位置，只有駕駛換人了。

那是一場平淡無奇的行程，直到塔莉莎在七號出口駛離高速公路時，他們才看到一輛高速公路巡邏車就停在A329公路的停車區。她在驚慌之下把車停了下來。

「開車，」菲力克斯說。「如果你不開車的話，他就會過來。快把車開走。」

「萬一他看到我們了呢？」塔莉莎的臉因為害怕而發白。「萬一他把我們攔下來呢？」

「如果你不開車的話，他絕對會過來。」

塔莉莎立刻把車開離停車區。車裡的每一顆頭都轉過去看著那輛警車，不過，那輛車只是停在那裡動也不動。這讓他們三次都平安無事地逃過了。

安柏那次喝醉了；就是那麼簡單。不過，早在她堅持應該換她一試之前，這件事就已經變成了一種無須說出來的默契，也就是說，他們每個人遲早都會上陣的。那天晚上，他們沒有看到任何車輛，那也許是最好的狀況，因為安柏絕對無法做出及時的反應。

讓每個人都詫異的是，梅根證明了自己是操控方向盤最冷靜的那一個。在一個週日清晨，她剛開上A40，就看到迎面而來的車頭燈。在其他人來得及反應之前，她就已經把車轉向右邊的路肩，然後在緊急煞車下關掉了自己的車頭燈。

「全都趴下。」當她把頭壓低在方向盤上的時候，她小聲地對大家說。

一等到另一輛車駛過之後，她立刻就重新啟動引擎，以八十哩的時速沿著內側車道把他們帶離了高速公路。

「到此為止，」她在他們回到塔莉家的時候表示。「我們到現在為止都很幸運。我們不能再冒險了。」

他們在驚嚇中集體同意，這件事從此也沒有再被提起。直到今晚。

因此，在眾人都嘗試過之後，現在輪到丹尼爾了。

清晨三點過後沒多久，那條穿越塔莉莎家的村落、一路往北延伸的二級公路上空蕩無車。他們把敞篷車的車頂降下來，因為安柏還在反胃，夜晚的空氣裡瀰漫著一股忍冬的味道，那似乎帶來了好預兆，不過，另外一股肥料的味道似乎就算不得好兆頭了。

丹尼爾開得又慢又糟，他的加速很不平均，方向盤的操控動作也太大。在經過小溪上那座拱橋時，他差點就撞到了擋土牆。

「小心。」一如往常地坐在乘客座的菲力克斯說道。

「我不習慣這輛車。」丹尼爾抱怨地說。

「好吧，」當他們快要接近倫敦路的叉路口時，菲力克斯說道。「我們都知道萬一被攔下來時該怎麼辦。我們正要回塔莉莎家。丹尼爾不確定怎麼走，結果迷路了。我們都有點喝茫了，而且我們不夠專心。『我們都感到很抱歉，而且很沮喪，我們絕對不會再犯了，長官。』」

「你不需要這麼做，丹。」梅根發表意見，不過沒有人應聲。

「每個人都繫好安全帶了嗎？」薩維問。

「抓緊了，小梅。」塔莉莎說。

「不要猶豫，直接開到中間的車道，」菲力克斯一邊說，一邊看著丹尼爾從路口處右轉，開到將會把他們帶到A40的匝道上。「你需要加速。」

丹尼爾把車速提高到每小時三十哩；道路急轉向南，然後又轉向東南。正確的路線——也是唯一合法的路線——幾乎繞了一個圓圈，才連接到通往牛津方向的A40。在它的東南端，車道一分為二；一條通往A40，另一條則讓車流駛離這條公路。

黑白相間的V形圖案號誌映入眼簾，提醒所有的車輛都應該要左轉，然後是側立在車道右手邊的禁止進入標誌。他們應該要走哪條路到此已經再明顯不過了。丹尼爾不禁發出一聲低吟。

「保持冷靜。」菲力克斯往前坐，彷彿要伸長脖子好越過丹尼爾，看清他們正要進入的車道。

「喔，上帝啊，我最討厭這個部分了。」安柏把她的臉埋進薩維的肩膀；塔莉莎往前坐，緊緊地扶住菲力克斯座位上的頭枕。

「走。」菲力克斯在關鍵時刻喊道。車子猛然右轉，經過禁止進入的標示，然後開上A40的錯誤車道。雙向車道就在他們眼前，兩條沒有路燈照明的車道明顯地往前伸展。

「喔，感謝上帝，感謝上帝。」塔莉莎低聲地喃喃自語。

「你需要加點速，」菲力克斯警告地說。車子現在的時速只有三十哩多一點而已。「只要開兩哩半就好。如果你加速的話，不到三分鐘就結束了。」

丹尼爾繃緊下巴，眼睛連眨也不敢眨地踩下油門，只見時速表的指針挪到了時速四十哩、五十、五十五。分隔車道的白色虛線在車窗外一閃而過。

「後面沒有車。」梅根說道。

「我們需要快點。」菲力克斯的手指不停地敲擊著儀表板。

「還不夠快，丹。」薩維的聲音因為緊張而繃緊。

當丹尼爾笨拙地切換到最高檔時，變速箱發出了尖銳的聲音。

「有一隻狐狸。小心狐狸！」安柏抓住了丹尼爾的肩膀。

「拜託，安柏。」塔莉莎厲聲說道。

「我很好，我很好。」丹尼爾說著，把車開到最靠近道路中央分隔帶的車道上。

「高速公路就在前面了。」薩維說。

「我再也不要幹這種事了。」塔莉莎呻吟地說。

「就快到了，」菲力克斯說。「可以的時候，就換到中間的車道。那會讓你比較容易迴轉。」

沒有人預料到會有彎道。前一分鐘，他們的前方還是一片漆黑，下一分鐘，令人無法直視的強光就快速地朝著他們逼近。另一輛車不知道從哪裡突然冒了出來。

安柏開始尖叫。

「路肩！」菲力克斯大喊。

在車裡充斥著一股煞車油的刺鼻味下，所有人都因為車子突然失去衝力而被往前甩。菲力克斯將方向盤從丹尼爾手中用力一推，讓車子猛然偏往右邊。這樣應該可以避開了。

然而，另一輛車也和他們做出了一模一樣的動作，彷彿一面巨大的鏡子突然矗立在他們面前一樣。他們和那輛車只有幾呎的距離。丹尼爾渾身僵硬地睜大眼睛，瞪視著前方。

菲力克斯將方向盤回正。車子出現強烈的震動，同時發出尖叫般的聲響。他們可以聽到尖銳的煞車聲和震天作響的喇叭聲。一片強光籠罩在車裡，照亮了每一張驚恐的臉。空氣裡出現極短暫的沉默，然後，另一輛車就消失了，只剩下他們還靜止在車道上。世界停止了旋轉。

3

微弱的嗚咽聲充斥在黑夜裡，他們花了一點時間才意識到那些聲音來自於車子的引擎，彷彿引擎的零件正在抗議它們所受到的對待。一隻飛蛾被車頭燈所吸引，撞在了擋風玻璃上，在凝重的靜默裡，他們可以聽到那隻飛蛾在輕聲地責備。你們做了什麼？牠似乎在對他們這麼說。你們做了什麼？

「該死。」菲力克斯把頭垂在兩手之間，他的聲音從指縫中傳出來。「離開這裡，丹。現在就走。」

「我們沒有撞到它，」丹尼爾說。「那輛車子。我們沒有撞到它，不是嗎？誰來告訴我我們沒有撞到它。」

「它撞車了，」梅根小聲地說，彷彿只要她說得夠小聲，事情可能就不是真的。「它撞到了一棵樹或者什麼的。」

其他人沒有人動一下。

「丹，我們得離開這裡。」菲力克斯抓住丹尼爾的肩膀。「你下車。我來開車。」

丹尼爾對菲力克斯的搖晃完全沒有反抗。他已經四肢癱軟，無法反應了。

薩維靠向駕駛座。「丹，我們不能待在這裡。會出事的。」

塔莉莎輕輕地把菲力克斯的手從丹尼爾身上挪開。「丹，求求你，」她說。「如果我們待在這裡的話，我們都會死的。」

丹尼爾轉動車子的啟動器。什麼反應也沒有。

「再一次，再試一次。」菲力克斯喊道。

第二次，引擎發動了。丹尼爾立刻把車開到路肩停下來。

「你在幹嘛？」菲力克斯說。「我們得離開這裡。」

一股燃燒的橡膠味瀰漫在車裡。夜色十分寂靜。

「我們得去看看他們是否沒事。」安柏說。

「你腦子有問題嗎？」菲力克斯厲聲說道。「我們會因此而坐牢的。丹，把鑰匙給我。」

「安柏說得沒錯，」薩維說。「我們得去看看。」

丹瞄了一眼後視鏡，然後緊緊地閉上雙眼。在另一邊的車道上，一輛車子開上了高速公路，然後加速遠離。

「我要下車。」梅根撐起身體，讓自己可以坐在車子的側面板上。她把腿跨出車子。

薩維緩緩地移動，在雙眼無法完全聚焦、四肢也並不穩定之下打開了車門。另一邊的塔莉莎也同樣打開了車門。

「我發誓，如果你們下車的話，我會把你們留在這裡。」菲力克斯警告他們。「梅根，回到車裡。」

「我要過去，」薩維自告奮勇地說。「不要讓他把我留在這裡。」不過，他並沒有付諸行動。

丹尼爾突然從駕駛座的車門下車，讓所有人都嚇了一跳，只見他站在車門旁邊，回頭看著車道。菲力克斯看到機會來了，立刻跳下車，繞過車頭。在他來得及抵達駕駛座之前，薩維從駕駛座後面往前探，一把從啟動器上抽走車鑰匙。然後，他終於也下了車。安柏滑過座位，跟在他後面下車。坐在另外一邊的塔莉莎也爬出車子。

他們六個人，虛弱地一起回頭注視著他們造成的重創。

另一輛車，那是一輛白色的英國歐寶Astra，就在三十碼之外。車子的後輪依然在路肩上，然而，它的車頭已經消失在了灌木叢裡。車頭燈照亮了一大片植被和一棵樹幹。

那棵樹似乎在指控他們，彷彿只要他們閉上眼睛，就可以聽到它在痛苦地呻吟。然後，原本的沉寂被來自那輛車裡的一陣尖叫聲打破了。單薄、高八度、恐懼的叫聲。

「我想那是——」安柏停了下來，無法把話說完。薩維則往前靠近那輛Astra。

「把鑰匙給我。」菲力克斯要求道。「薩維，把該死的車鑰匙給我。」

薩維無視於他所說的話，又往前踏出一步。梅根也跟著往前走，在那輛毀損的車所發射出的頭燈下，任何動靜都變得明顯了起來；某種幾乎難以注意到的、模糊的東西，正在往上飄動。那陣尖叫停了下來，取而代之的是重擊玻璃所發出的聲音。

薩維拿出他的手機。

「你在幹什麼？」塔莉莎問道。

「我們需要幫助。」

她用自己的手裹住他的手，蓋住了那支手機。「我們不能打給緊急救援服務。」

「丹可以把車子迴轉，」薩維告訴她。「我們就說我們是開在正確的車道上，結果看到了一場意外。我們不知道那是怎麼發生的。」

「丹超速了，」安柏說。「他得坐牢的。」

「未必。」薩維把手從塔莉莎的手底下抽走。「要坐牢的話，也只是很短的一段時間而已。這是沒有辦法的事。我們逃不過的。」

「煙，」梅根小聲地說。「引擎蓋底下有煙冒出來。著火了。」

「好吧，好吧。」菲力克斯往前走來，然後轉身面對所有人，他高舉雙手，彷彿投降一樣。「計畫是這樣的。我們確定他們沒事，然後就回到我們自己的車上。再開車到最近的電話亭，從那裡打電話給救護車。我們不會把我們的姓名告訴他們。」

「我們不能把他們留在這裡。」梅根說。

菲力克斯目光陰沉地往前走，讓梅根往後退縮了一下。「他們可能沒事。」他的眼神在他其餘的朋友臉上流轉而過。「那只是撞了一下。他們沒有撞到我們。薩維，你和我，我們現在就走過去看看。好嗎？」

薩維點點頭，目光依然停留在那輛Astra上。

「把啟動器關掉，」塔莉莎說。「你得要那麼做。引起火花的就是啟動器。」

「不會有事的，各位。沒事的。」菲力克斯把他的手放在薩維的肩膀上。「回到車上去等我們。丹，你坐到後座。我會開車把大家帶回去。」

當菲力克斯和薩維走向那輛車的時候，丹尼爾和女孩們只是留在原地，沒有走開。兩人才走出一半的距離，一團明亮的火球就從那輛Astra的引擎蓋竄了出來。

塔莉莎發出哀號。一秒鐘之後，那輛Astra的油箱就爆炸了。

4

夜色完全改觀了，彷彿有人打開了一堆泛光燈一樣。一道熱氣宛如牆壁般地打在他們身上，菲力克斯和薩維本能地往後退了一步。感覺彷彿經過了一個世紀之久，他們之中誰也沒有移動，然後，兩個男孩同時轉身，跑回了他們自己的車。薩維把車鑰匙扔給菲力克斯；菲力克斯立刻跳上了駕駛座。

「你們在幹什麼？我們不能離開？」安柏哭著說。

塔莉莎抓住安柏，將她推進車裡。她很快地跟著鑽進車子裡，以至於兩個女孩在後座撞成了一團。在菲力克斯把車開動之際，丹尼爾很快地跳上車，然後是梅根。他沿著路肩開了一百碼，然後才切換到出口匝道的路面上。

通往A329的路口沒有其他來車。菲力克斯一個左轉，幾分鐘之後，他們已經在通往塔莉莎家的鄉村道路上了。世界似乎正常得很詭異，彷彿沒有什麼可怕的事情發生過。

當他們到家的時候，那幢石砌別墅籠罩在一片黑暗之中，那也算是一件好事。他們還不需要立刻說謊。他們緩緩地、僵硬地下了車，每個人的身體似乎在過去一個小時裡都老化了；他們連站直、往前走、正常說話的能力都沒有。他們就像一小隊受傷的獸群，在本能的驅動下往泳池小屋移動。梅根在最後一刻停下了腳步，她的注意力似乎被水面的反光所吸引，不過，當菲力克斯抓起她的手、哄她進屋時，她並沒有抗拒。

他們坐在黑暗之中，等待著，雖然他們沒有人能說出他們在等待什麼。

終於，薩維開了口。「我們逃不過的。他們會找到我們。」

「我不敢相信我們把他們丟在了那裡。」安柏臉上的妝被淚水沾花了。兩條小溪般的水流沿著她的臉頰往下滑落，看起來完全沒有停止的跡象。

「我們什麼也幫不了，」菲力克斯說。「那輛車一旦爆炸就只能那樣了。」

安柏瞪著他看。「我們應該要打電話報警的。」

菲力克斯壓低了聲音，一反常態地溫柔。「他們沒辦法及時趕到的。你也看到事情發生得有多快。我們就在那裡，但是我們什麼都沒辦法做。」

「警察現在應該已經在那裡了。」塔莉莎說。「下一輛開過那條路的車子應該會報警。現在，那應該會變成一起重大事故。而他們也無計可施。一輛車爆炸了，就是那樣。」

「我們應該折回去看看。」安柏說。

「你瘋了嗎？」塔莉莎厲聲地說。

「我們得打電話給警察。」薩維拉住安柏的手。「他們遲早會找到我們的。如果我們不坦白承認的話，事情會變得更糟。」

「我會因為謀殺被關。」丹蜷縮在房間的一角，他坐在地上，雙臂抱著自己的膝蓋，似乎想要把自己藏起來。「坐在方向盤後面的人是我。你們不能替我做決定。」

「我們都有錯，」安柏說。「我們都同意要那麼做。」

「法律不會這樣看待這件事的，」丹尼爾爭辯說。「開車的人得承擔責任。」

「他說得沒錯。」塔莉莎說。

「我會告訴他們，」丹尼爾說。「我會告訴他們說，你們全都這麼做過。我只是比較倒霉而已，就這樣。」

「你不是倒霉，你是個娘炮，」菲力克斯不屑道。「你根本是無能。如果你在我告訴你的時候就把車開到路肩的話，我們就可以避開他們了。」

丹尼爾用手擦過鼻子。即便四周一片漆黑，他們也可以看到他手上的反光。「你抓住了該死的方向盤——是你造成的！」

「閉嘴，」薩維說。「我們要保持冷靜。我們一起來想辦法。」

「我們不能報警。」丹尼爾說。

「他們會找到我們的，」薩維堅持說。「今晚有人死在了車子裡。我知道沒有人想聽到這句話，但是，我們需要面對事實。有人死了。我祈求上帝，希望車裡只有一個人，可是——」

「車裡有一個孩子。」安柏說。

一股嚇人的沉默突然升起，薩維隨即放開她的手。「那麼說一點幫助也沒有，安柏。」

「我們聽到的尖叫聲，那不是成人的聲音。」

「安柏，拜託你別說了。」

「聽著，各位，我們沒辦法改變已經發生的事，」塔莉莎說。「我衷心希望我們可以，但是我們不能。我們得想出一個計畫。」

「我們什麼也別說，」菲力克斯說。「沒有目擊者。或者說沒有留下目擊者。很抱歉聽起來這麼無情，但是，我們需要專注。除了我們，沒有人知道發生了什麼事，而且，我不打算對我的未來白白地揮手告別。」

「在高速公路另一邊的那輛車，」安柏提醒他們。「從七號出口開上來的那輛。他們應該有看到我們。」

「我們不知道有沒有。」菲力克斯提高了音量。「當它開過的時候，那輛車還沒有爆炸。當時，我們還在我們的車裡。那條筆直的高速公路上沒有燈光。他們可能什麼都沒看到。或者，他們可能以為他們看到了什麼，但是卻不確定看到的是什麼。他們看到我們車牌的機率是零。」

「他們一定看到了什麼，」丹尼爾說。「警察會知道有兩輛車涉及這件事。」

「我們沒有撞到它。我們的車上沒有擦撞的痕跡。」

「他們會找到我們的，」薩維堅持地說。「這已經不再是惡作劇了。有人死了。警方會竭盡所能展開調查的。在他們知道發生了什麼事之前，他們不會停下來的。」

安柏開始哭出聲。塔莉莎站起來。「我要去找我媽媽，」她說。「我沒辦法再這樣下去了。」

丹尼爾從磁磚地上踉蹌起身，趕在她開門之前攔下她。「等一下，」他說。「幾分鐘就好。

我們可以想出辦法的。」他看著眼前一張張的臉孔，對其他人而言，過去幾個小時裡，時光似乎倒流了，丹尼爾變回了幾年前他們依稀記得的那個男孩；矮小害羞、不善於體育、害怕在班上展現他的才智，以免被那些高大的酷孩子貼上書呆子的標籤。

「有誰真的很清醒嗎？」他繼續說道，他的聲音似乎也回到了變聲之前的模樣。「如果開車的人是有駕照又沒有喝酒的人，那麼，我們只需要說，我們開在對的車道上，那是一場意外。某人的駕照會因此遭到違規記分，但我們也許可以逃過一劫。只要我們團結的話。」

「你想要我們其中一個人幫你承擔這個責任？」菲力克斯向丹尼爾挪近一步，他挺起肩膀，伸縮著手指，彷彿就要握拳一樣。

「那是你的鬼主意！」丹尼爾大聲喊道。「我不想那麼做。除了你和薩維之外，沒有人想那麼做。我不會為你所做的事情負責的。」

菲力克斯繼續往前逼近，一根手指指著丹的臉孔。「你是那個握著方向盤的人，笨蛋。我們可以說我們是央求你不要那麼做的無辜乘客。」

「你這個王八蛋。」丹尼爾不甘示弱地衝向菲力克斯。他比菲力克斯輕了幾十磅，然而，菲力克斯在失去重心下絆倒在一張椅子上，導致兩人雙雙撞在了牆壁上。菲力克斯在毫無防備下驚呆地躺在地上，只見丹朝著他的頭和肩膀落下好幾拳。薩維和塔莉莎衝上前來將他們拉開。他們很快地隔開了兩人。因為兩個男孩誰也無心打架。他們漲紅了臉，滿頭大汗地重重坐回椅子上。

「我們完蛋了，不是嗎？」菲力克斯開口時，他臉上的紅暈已經退去。「就算只有丹被起訴——抱歉，丹，不過，我們可能得要面對事實——我們都是共犯。我們全都離開了事故現場。」

在接下來的沉默裡，不止一個人再次看到了那團火焰，感受到了爆炸的熱氣噴在他們的臉上。

塔莉莎說：「每個人都會憎恨我們的。」

「沒有大學會要我們，」安柏說。「所有的報紙都會報導這件事。」

「為什麼？」薩維環顧四周。「那是一場道路的交通意外。這種事常常發生。不是每一次都會上報。」

「清醒一點吧，薩維。我們是萬靈學校的高年級學生幹部，」塔莉莎說。「梅根是學生會主席，拜託。我們都拿到牛津和劍橋的入學名額，或者等級相近的學校。這個世界就喜歡打擊像我們這樣的人。不要自欺欺人了——報紙對這件事一定會大肆報導的。」

「我爸爸可能會失去他的席位。」安柏低聲地說。她父親是白金漢宮的下議院議員。

「我們毀了一切。」塔莉莎似乎也快要哭了。他們從來都沒有見她哭過。

菲力克斯舉起雙手，彷彿要阻止其他人衝向他一樣。

「未必，」他說。「我們之中只需要有一個人今晚曾經坐進那輛車裡。他可以說那是一個意外，說他犯了一個錯。我們有個計畫，記得嗎？我們就這麼做。我們就堅持這個說法。也就是有一個人單獨開車，然後發生了一場可怕的意外。」

「別他媽地看著我，」丹尼爾說。「我不會讓你們逍遙法外的。」

房間裡出現了幾乎察覺不到的動靜，不知怎麼地，其他四個人——菲力克斯、薩維、塔莉莎和安柏——在丹尼爾身邊圍成了一個圓圈。他從一張臉看向另一張臉，就像被困住的動物一樣，絕望地想找出一道逃跑的出口。

梅根從靠近門邊的位置觀望著他們，那雙深色的大眼睛緊緊地注視著他們。

「想想看，丹。」菲力克斯的聲音很冷靜，他的動作也很和緩。「我們其中一個人得要為今晚發生的事情負責。那是無可避免的。不過，不是我們所有的人都需要那麼做。你還年輕。你的紀錄很乾淨。你是一個模範生。你可能會被判一年或兩年。也許不會。也許你只會被判社區服務。不管怎樣，我們都會補償你。」

丹尼爾凝視著菲力克斯，眼中似乎含著恨意。

「你覺得呢？」塔莉莎問，丹尼爾惱火地瞪了她一眼。

「事情的經過是這樣的，」菲力克斯說。「我們聚集在這裡，而丹尼爾離開了。他對明天感到緊張，想要自己一個人待在他家。他在沒有詢問之下拿走了我母親那輛車的鑰匙，因為他沒有其他方法可以回家。他頭腦不清醒，因為他很疲憊，而且又喝了酒，同時也沒有很多開車的經驗，他轉錯了彎。當另一輛車爆炸的時候，他嚇壞了，然後就開車回家了。」

「我真不敢相信自己聽到的。」丹尼爾開口。

「噓，丹。讓他說完。」梅根說。

「明早第一件事，他回到這裡，然後告訴我們他做了什麼。」

「接著，我就打電話給我爸爸，他可以在不到一個小時之內就趕到這裡，」塔莉莎說。「他同意當丹的代表——他會的，丹，我確定——然後，他們兩個就一起去警察局。」

淚水從丹尼爾的臉頰簌簌流下。「不。我不會這麼做的。」

「我爸爸也許還能讓你不用坐牢，」塔莉莎說。「他很聰明，大家都這麼說。」

「我會坐牢的。一定會的。我的人生完蛋了。為什麼我是唯一一個要付出代價的人？為什麼？」

「有五個發展順遂的朋友可以照顧你，並且確定在這件事結束之後，你可以得到你所需要的，這樣不是比較好嗎？好過五個朋友都被關在你隔壁的牢房？」菲力克斯說。

丹尼爾把頭垂到雙手之間。「我不會那麼做。我不會的。」

「我們可以抽籤。」薩維建議道。

丹尼爾抬起頭。「什麼意思？」

「菲力克斯說得沒錯，」薩維說。「讓我們全都為此付出代價實在是太愚蠢了。為什麼要毀掉六個人生？我們之中只有一個人需要這麼做。問題是，那個人是誰？」

沒有人應聲。

「我們都一樣有罪，」薩維說。「我們都這麼做過。當有人受傷的時候，我們之中任何人都可能剛好是那個開車的人。有吸管嗎，塔莉？」

「你不是認真的吧？」菲力克斯說。

「為什麼不是？」丹尼爾挑戰地說。「當那個承擔責任的人可能是你的時候，你就沒有那麼熱心了嗎？」

「你這個豬頭。是你造成了這場事故，不是我。」

「我來吧。」梅根開口。

其他人可能都忘了梅根的存在，因為自從他們回來之後，她一直都很安靜。她坐在門邊那張折疊椅上，看起來似乎異常地平靜，她用雙臂抱住自己，眼睛盯著地板。

「什麼意思？」菲力克斯問。

她揚起目光。「我會說車子是我開的。」

他們全都看著她深深吸了一口氣。她閉上雙眼，在那短暫的一秒裡，或者更久一點，她幾乎變成了一塊石頭。當她再度睜開眼睛的時候，她的目光定在某個其他人都看不見的東西上。

「我會說我是一個人，」她繼續往下說。「我受夠了和你們鬼混在一起，我會說我對於明天感到緊張，我想要回家。」

「那不是你回家的方向。」菲力克斯緩緩地說，他幾乎感到懷疑。「而且，你為什麼要開我媽媽的車？」

有一陣長長的沉默。「我真的、真的受夠了你們，」她終於開口。「你們表現得就像十足的混蛋。」

她和菲力克斯四目相對。

「我在交叉路口迷失了方向，」梅根說。「也許我很沮喪，所以在應該要專心的時候不夠專注，然後，當我看到另一輛車的時候，我已經什麼都來不及做了。」

又是幾秒鐘的沉默。

「為什麼？」薩維說。「你為什麼要那麼做？」

「如果她想這麼做的話，就讓她這麼做吧。」丹尼爾說。

「你和菲力克斯說得沒錯，」梅根說。「讓每個人的生命都被毀了是很愚蠢的作法。我們其中一個人可以救其他的人。我們向來都說，我們是彼此最好的朋友，未來也依舊如此。現在，我們要顯示出我們是說真的。」

「我不敢相信你要這麼做。」薩維說。

「我們當中得有一個人這麼做，而丹明顯就是不夠堅強。我無意冒犯，丹，不過，我想你剛才已經證明了這個事實。」

「有什麼隱藏的條件嗎？」菲力克斯說。

梅根站起身。「條件就是，你們全都虧欠我。你們欠我一命，因為我即將要做的事情將會拯救你們。你們同意嗎？」

「是的。」丹尼爾說。

「小梅，」安柏正準備說話。「我不確定──」

「你想要什麼？」菲力克斯說。

「塔莉，」梅根說。「你是我們當中的理性之聲，你去拿紙和筆過來。」

塔莉從她的座位上半起身。「可是，要——」

「照我說的去做。丹，你和她一起去。她的臥室裡有一台相機。她通常都放在床邊的櫃子裡。確保相機充了電，把相機也一起拿來。」

塔莉莎和丹尼爾緊張地交換了一個眼神，隨即離開了泳池小屋。

「你想幹什麼？」菲力克斯問。

「讓你們免於坐牢，」梅根告訴他。「你剛才很樂意讓丹去坐牢。現在你有什麼問題嗎？」

菲力克斯張開嘴。

「不，閉嘴。」梅根阻止他。「我需要思考。」

幾秒鐘過去了，然後是幾分鐘。安柏把臉埋在薩維的肩膀上，菲力克斯盯著梅根，就像獵食者盯著牠們想要捕食的誘餌，卻又同時心懷恐懼一樣。梅根定定地注視著屋外的水面。她只轉過一次頭和薩維的目光交會，而且只維持了一秒鐘。

其他人回到了小屋，丹尼爾帶著相機，塔莉莎則帶了一個寫字板、幾張紙和一支筆。沒有人吭聲。他們都在等梅根開口。

「照我說的寫下來。」她對塔莉莎說。

塔莉莎坐了下來。

「日期，」梅根告訴她。「今天的日期。八月十七日，星期四，還有時間，清晨三點三十五分。」

「寫好了。」塔莉莎的手明顯地在顫抖。

「好，現在這樣寫。『我們，以下的簽名者，今天早上清晨的時候，開著那輛福斯高爾夫，車牌號碼是V112 HCG。大約在清晨三點十分左右，我們開上了A40往東南方向的車道。在道路轉為高速公路後不久，我們差一點就和對面方向的一輛英國歐寶Astra相撞，那輛車的車牌是S79 THO。』」

「你怎麼知道那輛車的車牌號碼？」安柏問。

「我有瞬間記憶的能力。塔莉，繼續寫。『由於我們的行為，那輛Astra撞車了，然後起火燃燒。我們幫不了車裡的乘客。』」

塔莉停下筆，甩了甩手，彷彿試圖在減緩抽筋一樣。

「我們應該說當時是丹在開車。」菲力克斯說。

「閉上你的嘴。」丹尼爾斥責他。

「這是集體責任，」梅根說。「就快好了，塔莉。『我們的行為是刻意的，明知我們的行為具有潛在的危險。那是一種冒險的行為，而我們之前已經做過了五次，每個人都輪流駕駛過。我們全都需要為這場意外負起完全的責任。』」

「我快要寫到紙張最下面了。」塔莉莎說。

「有足夠的空間可以簽下六個名字嗎？」梅根問。

「剛好夠。」

「我們全都要簽名。」梅根說。

「我們為什麼要這麼做？」菲力克斯在他們把那張紙遞給他的時候說。「你打算怎麼處理這東西？」

「妥善保管，」梅根告訴他。「我只會在必要時使用它。」

「為什麼？」菲力克斯面無表情地問。「這裡面有什麼陰謀？」

「如果我為你們這麼做的話，你們就全都虧欠我。我會承擔責任，不過，你們每個人都欠我一份人情，等我出獄時，你們得償還我。或者在我出獄之前。基本上，不管我什麼時候提出來，你們都要做到。」

菲力克斯瞇起眼睛。「什麼樣的人情？」

「任何我所提出來的要求。」

「我不同意。」菲力克斯說。

梅根露出一抹緊繃的笑容。「那這筆交易就取消吧。」

「什麼樣的人情？」薩維問。「你想要什麼？錢嗎？」

梅根似乎考慮了一下。「也許，」她說。「這就是我的條件。你們每個人都同意要幫我一個忙。不管我提出的要求是什麼，也不管我是在什麼時候提出來的。如果你們之中有人食言的話，他或她就會給其他人帶來麻煩。」

「換句話說，你完全控制了我們。」菲力克斯說。

「如果你很喜歡我提出來的交易，你就得站在我的立場想。」梅根說。

「我們現在得先同意要幫的是什麼忙，」塔莉莎說。「我的意思是，你也可能要我殺了我媽。」

「我向來都很喜歡你媽媽。」梅根笑著說。「我可能會要你殺了菲力克斯。」

菲力克斯很快將目光從她們其中一個轉向另一個。「什麼鬼？」

「開玩笑的。如果你死了，我要怎麼向你求償？」

「梅根，這不像你，」薩維說。「你為什麼要這麼做？」

「我不確定你們有人真的了解我，」梅根說。「你們讓我加入你們的小團體，因為我是學生會的主席，但是，我從來都不隸屬於這個團體。」

「那不是真的。」安柏說，但是她的聲音並不堅定，她的眼神也一直盯著地上的磁磚。

「隨便吧。以下是今晚發生的事。我們就像平常一樣地混在一起，然後，我覺得有點無聊，而且對你們所有人感到不悅。大概在三點左右，我偷了菲力克斯母親的車子，悄悄地離開了。那就是你們最後看到我的時間。」

菲力克斯在那張紙上草草簽了名，然後把紙張遞給丹尼爾，後者不發一語地也簽了名。接著是安柏，然後是薩維。

「明天早上，」梅根繼續往下說。「你們按照計畫地去學校。如果任何人問起我在哪裡，你們就說不知道。在一個小時左右之後，你們先打電話給我媽媽，再到我家去。塔莉，當我通知你的時候，我需要你爸爸趕來，並且代表我。」

「那就是我要償還你的那份情嗎？」

梅根的眼睛閃閃發亮。「不，當然不是。還有，不要讓他躲掉。一定要讓他那麼做。」

那張紙遞回到了梅根手上。她也在上面簽下自己的名字，然後把它交給塔莉莎。

「你們全都站到一起，」她說。「塔莉，把那張紙拿起來。」

其他人按照她所說的做了。梅根拍了幾張照片，然後把底片從相機裡抽出來，塞進自己的口袋裡。她朝著菲力克斯伸出手。

「鑰匙。」她說。菲力克斯立刻把車鑰匙給了她。

「祝你們明天好運，」她說。「幸福快樂，各位。別忘了我。」

「梅根，等等……」安柏向她踏出一步，不過，菲力克斯卻抓住了她的肩膀。

「薩維，陪我走到車子旁邊。」梅根說。

薩維絕望地看了他們這個團體最後一眼，然後和梅根離開了泳池小屋。

5

「……可能在今早的尖峰時間都一直會保持這樣的狀態。在今天清晨發生那場致命車禍之後，位於泰晤士的七號出口和位於牛津的八號出口之間的M40北向車道，終於重新開放通車了。在一名母親和她的兩個幼兒喪命於那場車禍之後，警方正在徵求目擊者。死者的姓名尚未得知，目前，警方也不認為有其他車輛涉及這起事故。現在我們把節目交回給棚內的大衛．普利維。」

薩維關掉收音機，他覺得自己的心一定在滴血；沒有什麼比這個更讓人心痛的了。安柏在他旁邊靜靜地啜泣著。

現在是上午八點四十五分。金黃色的陽光灑在這座城市古老的石頭上，卡通般的雲朵和飛機留下的雲霧尾跡點綴在亮藍色的天空裡，彷彿剪紙一般。薩維不記得這個世界看起來是否曾經這麼黑暗過。他的生命在那個清晨結束了，而現在，他就像殭屍一樣，在一個不真實的假象裡蹣跚而行。

「我告訴過你們，車裡有個小孩，」安柏咕噥地說。「我告訴過你們。」

兩個孩子，薩維心想。兩個孩子在昨天晚上死了，全都拜我們之賜。

停車場裡越來越繁忙了，夏日溫暖的空氣裡似乎瀰漫著濃濃的緊張感，這兩者加在一起就更棒了，只不過，那樣的緊張感在薩維翻騰的內心裡已經完全不復存在。噢，沒有什麼比考試的結果更讓人擔心的了。陪同孩子們前來的家長並沒有試圖掩飾他們的焦慮，他們靠在一起，面色蒼白，低聲地對彼此說道，是的，他們很擔心，不，這沒有比較輕鬆，但願學校能趕快開門，讓一切盡快結束。

他們所沒有提及的是，他們投資在他們孩子教育上面的巨款，因為他們從來都無法對彼此如此坦承，甚至對自己也無法做到，不過，他們都很清楚，在幾分鐘之內，他們就會知道他們的投資是否得到了回報。

那些中學畢業班的學生心不在焉地開著玩笑，企圖混過這段等待的時間，不過，一如他們的父母一樣，他們的眼睛也不停地瞄向餐廳的大門。薩維坐在方向盤後面，他可以看到餐廳裡的人：餐飲人員、招待員、管理辦公室的那個女人；就連穿著翻糖粉紅色西裝的校長也在裡面，不過，大門就是鎖住了，而且會一直鎖到九點整才開。

「我沒辦法再這樣下去了。」

他身旁的安柏在發抖。她的臉上依然留有昨晚的殘妝，她的呼吸在車內有限的空間裡散發著一股酸味。他猜自己的呼吸應該也一樣。

「安柏，你得要振作起來。我們拿到我們的考試成績，然後就回到塔莉家，把這件事好好談一談。」

「我做不到。兩個孩子。我做不到，薩維。」

薩維真希望自己是一個人前來，這不是他今早第一次這麼想了。在幾乎無法應對自己腦子裡的思緒之下，他還要讓安柏保持冷靜，這也許超出了他的能力範圍。在十二個小時之前，他竟然不知道自己的生活有多完美？

「他們來了。」當塔莉莎把她的迷你奧斯汀開進停車場，倒車停進僅剩的幾個停車位時，他感到暫時鬆了一口氣。菲力克斯坐在乘客座上，丹尼爾在後座。他們下車的時候，三個人看起來都很糟糕。丹尼爾靠在車門上，看似連站直的力氣都沒有，不過，菲力克斯倒是直接走向了薩維和安柏。

「你有聽到收音機的廣播嗎？」薩維在他們走到夠近時開口問。

菲力克斯草草地點點頭。「那不重要。」就像薩維一樣，他也壓低了聲音。「兩個孩子，二十個孩子，我們現在什麼也做不了。重要的是，他們認為沒有其他車輛涉入。你們有人和梅根聯絡過了嗎？」

「她沒有接電話。」安柏擤了擤鼻涕。「她說她不會接電話。」

菲力克斯緊張地四下環顧。「是啊，但是現在情況不一樣了。如果他們認為是另一輛車的駕駛失控的話，那他們就不會尋找肇事的人。梅根也不需要去認罪。我們得要找到她。」

「我再試試看。」薩維說著撥了梅根的號碼。「沒人接。」過了一秒鐘之後，他這麼說。

「現在幾點了？」丹尼爾問。

「八點四十五分，」塔莉莎告訴他。「再過十五分鐘，我們就得進去了。」

「我開車去她家看看，」菲力克斯說。「還有時間阻止她去警察局。薩維，我能借你的車嗎？」

「我會一起——」薩維正要說。

「薩維，不要。」安柏抓住他的手。

薩維硬是把他想說的話吞下肚，然後將他的車鑰匙遞給菲力克斯。菲力克斯跳進那輛銀色的標緻205，加速駛離了停車場。

「太遲了，」當他們看著菲力克斯開走時，薩維說道。「她現在應該已經去警察局了。」

當他陪她走到菲力克斯那輛車的時候，他應該要說服她放棄那個作法的。他應該要說，等等，不急，讓我們先看看接下來會發生什麼事再說。然而，她對他所說的話卻讓他震驚到說不出話來。

兩名同為體育老師的教職員，帶著同情的笑容穿過群眾。這種場面他們看過太多次了。

「噢，拜託，快點吧。」塔莉莎盯著餐廳的大門，彷彿她可以用意志力讓它們打開一樣。「趕快結束吧。」

「我不在乎，」薩維說。「我真的不在乎我會拿到什麼成績。如果我全都考壞了，我也不在乎。」

在某種程度上，他幾乎真的希望如此，那就好像他昨晚的行為也許可以經由考試的失敗而得到部分的懲罰。然而，他並沒有失敗；考試對他來說向來都很容易。

安柏的雙臂環抱在他的腰上，薩維做了一個深呼吸，因為想要把她甩掉的衝動快要令他無法招架了。

「安柏，你需要振作起來，」塔莉莎嚴厲地說。「你不能滿臉淚痕哭著走進去。」

感謝塔莉說出了他想說的話，這樣，他就可以不用自己開口了，不過，這樣的想法讓他產生了罪惡感，於是，薩維抱了抱他的女友。「我們會說你是因為緊張，」他說。「加上鬆了一口氣才哭的。」

「或者因為沮喪，如果她的神學真的考壞了的話。」丹尼爾說。

6

他很準時，他必須如此。時間還早；她應該還沒有做出任何舉動。那場意外是很糟糕，他不會假裝沒事，而在接下來的幾週，他也必須仔細盯著安柏和丹，也許也包括薩維在內，不過，他們會熬過去的，只要梅根還沒有打那通電話。

當菲力克斯轉過街角，來到梅根家那條兩側都是排屋的街道，並且將車子停在一條單黃線邊上時，他才發現自己過去從來沒有真正進去過她家。偶爾有幾次，他在晚上的聚會後送她回家，也只是把車停在她家前門外面，讓她下車而已。他從來都沒有受邀進屋，據他了解，其他人也都沒有過。

在他開始步行走向她家之後幾秒鐘，他就看到警車了。警車並排停靠在梅根家外面，藍色的警燈閃爍，警告著其他用路人。就這樣了；他晚了一步。菲力克斯幾乎就要轉身，不過，常識讓他繼續往前走。當他又走近幾碼之後，他可以看到一輛拖吊卡車正要把一輛車子吊到它的車斗上。再往前幾碼，他發現正在被拖吊的是他母親的車子。（「再吃到一張停車罰單，菲力克斯，我就會把你從保險名單上除名——我這次是認真的。」）菲力克斯聽到他母親的聲音在他的腦子裡大聲響起，不過他無暇理睬。車子被拖吊是他此刻最不關心的問題。

再往前靠近一點，他可以看到穿著制服的警察站在人行道上，看著那輛車被吊起來。菲力克斯走完最後的幾步路。

「不好意思，」他看著那名警察，然後，又轉向另一個穿著黃色背心、正在指揮拖吊的男子。厚重的鐵鍊已經被纏繞在車輪上，兩架看似吊車的升降機正準備要把車子從地上抬起來。「那是我的車。發生了什麼事？」

穿著黃色背心的男子面帶疑問地看著那名警察，後者點點頭，示意他繼續。

「你可以告訴我你的名字嗎，先生？」那名警察問。「這輛車是登記在一位伊莉莎白・歐尼爾女士的名下。」

「她是我媽媽。那其實是她的車。她把車給我開。我叫菲力克斯・歐尼爾。」

隨著兩輛升降機的升高，鐵鍊被拉緊了。

「是你把車停在這裡的嗎？」

穩住。他需要擔心，但不要太過擔心，還不要。

「不是。」菲力克斯把目光盯在那輛現在已經離地幾吋的車子上。「我昨晚把它借給我朋友了。我是說，我算是出借了。」他朝著梅根家前門張望了一下。「她在家嗎？我是來找她的。她應該要在學校的。」

「是住在瓦倫街十四號的梅根・麥當納嗎？」警察在瞄了一眼自己的筆記本之後問。

「對。」菲力克斯再次看了看梅根家的前門，以及鍊著兩輛腳踏車的屋外圍籬。「怎麼回事?發生了什麼事嗎?」

菲力克斯無視於警察咕噥地反對，逕自大步地走向梅根家。當他推開大門，用力敲著前門時，他告訴自己他表現得很好，截至目前為止，他並沒有做錯什麼，他只要繼續維持這樣就好了。

他瞄了一眼右邊那條被用來當作花園的狹長空地：碎石子，還有一個已經長出雜草的破花盆。

一隻手落在他的肩膀上。那名警察已經跟上來了。

「別急，孩子。裡面沒人，我可以很確定地告訴你。現在告訴我，你最後看到麥當納小姐是什麼時候?」

「昨天晚上。發生了什麼事?她受傷了嗎?」菲力克斯回頭看向那輛拖車所在之處。「我需要告訴我媽媽，她的車子是否有受損。我可以去看看車子有沒有事嗎?」

警察舉起一隻手，適時地阻止菲力克斯走回街上。「你昨晚在幾點的時候把車子借給了麥當納小姐?」

菲力克斯假裝在思考，然後微微地搖搖頭。「我不知道。」

「十點?十一點?」

他母親的車在被吊向那輛卡車的車斗之際，明顯地在空中搖晃著。人們開始聚集在一起觀望，主要是小孩，不過也有一兩個大人站在自家門口的階梯上湊熱鬧。他母親會殺了他。更糟糕的是，她再也不會讓他開她的車了。他會這麼想並不是因為這很重要——此刻什麼都不重要——然而，奇怪的是，他為什麼一直想起屬於……過去……的事。

「不是，還要更晚一點，」他說。「我們在Lamb and Flag待到最後點餐的時間。」

那名警察似乎做了一個決定。「歐尼爾先生，我想你最好和我去一趟警察局。」

菲力克斯感到一陣恐慌，彷彿痛飲了一口烈酒一樣。「為什麼？我的意思是說，我不能去。我得去學校。今天是考試成績發表的日子。我們兩個都應該要在學校的，我和梅根。」他感到淚水湧上眼眶，而他並沒有試圖眨眼忍住。

那名警察似乎考量了一會兒，然後點點頭，往後退開，不再擋住菲力克斯的去路。「好吧，」他說。「去領你的成績單吧。我們有你的詳細資料。我們之後再找你談。」

✦

學校的校長——一名留著灰白色刺蝟頭的瘦高女子——張開雙臂。

「我的菁英們，」她說。「你們很棒，親愛的。」

塔莉莎、安柏、薩維和丹尼爾知道校長期待他們會有什麼反應，因此立刻走上前，讓校長給他們一個集體擁抱。

「我真以你們為傲，」在擁抱了一秒鐘之後，她放開他們說道。「五個A，」她對薩維說。「太棒了。」然後將一隻手放在安柏的肩膀上。「你也是，全A。」

「連神學都是。」薩維瞄了安柏一眼，後者卻沒有反應。她縮回到自己的殼裡，她的眼神失去了焦點，而且自從大門在三十分鐘之前打開以來，她就一直沒有開口過。用緊張當作藉口已經撐不了太久了。他得要把她帶離這裡。

不過，學校餐廳裡的這場集會已經逐漸轉變成派對了。兩百個人，或者更多，正在興奮和鬆了一口氣的情緒下大聲交談。在大門於九點整打開之後的前二十分鐘裡，畢業生們排隊領取他們的成績單信封，家長們則守候在大廳的另一端，整間房間裡曾經一度瀰漫著緊張的沉寂。然後，在越來越多的信封被打開之下，在畢業生們和彼此、家長以及老師們——老師們早就知道他們的成績，不過還是裝作不知情地露出了歡欣之意——分享他們的成績之際，室內的吵雜也跟著越來越大，原本各據一端的學生和家長也逐漸聚合在了一起。

每隔幾秒鐘，就有一道閃光亮起，那是學校的校方攝影師在捕捉著勝利和喜悅的微小時刻。校長的目光從一張臉掃到另一張臉。「你們的家長都沒來？」她說。「我希望你們有通知他們。」

「我們待在塔莉家，」薩維解釋說。「我們都打過電話告知他們成績了。他們都很激動。」

「最好如此。」校長的臉垮了下來。「梅根在哪裡？她跑走了嗎？還有菲力克斯。我還打算和你們六個一起合照，不過，在這種情況下，也許……她沒事吧，你們知道嗎？」

「我們沒有看到梅根，」塔莉莎很快地回答。「她沒有和我們一起來。菲力克斯去找她了。」

「他來了。」薩維看到了他的車，菲力克斯就坐在方向盤後面，正在把車停到停車位裡。

「嗯，」校長說。「抱歉，各位，我最好……」

她話未說完就走開了，朝著坐在大廳前面那張桌子的一位老師——史派羅先生，拉丁人——而去，只見他手裡的盒子幾乎空了。她和史派羅先生聊了幾秒鐘，然後雙雙回頭看著他們這群人。

在沒有相互商量之下，他們四個本能地往前挪動，和其他人群稍微拉開了一點距離。

塔莉莎說：「你們看到當她提起梅根時的表情嗎？她一定知道些什麼。」

「太快了，」薩維說。「她不可能這麼快就知道。」

「我們應該要再打一次電話。」丹尼爾說。

「不，」塔莉莎反對。「等菲力克斯來。」

菲力克斯和校長同時來到了他們身邊。她的神色似乎有所困擾，而他則莫測高深。

「你們最後看到梅根是什麼時候？」校長問。「你們當中有人今早和她聯絡過嗎？」

「我剛從她家過來。」菲力克斯讓自己的目光聚集在校長臉上，而不去看其餘的人。「沒有人在家。」

他將會是最好的說謊大師；薩維把這個想法放在心裡，以備將來之用。

「她昨晚和我們在一起待了一會兒，」丹尼爾說。「然後就回家了。」

校長微微地點頭，似乎打算說什麼，不過卻轉身走開了。

「出事了。」塔莉莎說。

「這還用得著你說。」薩維說。

「我的意思是還有別的事。她在擔心梅根，可是，她為什麼會擔心呢？除非警察已經和她聯絡了？」

「你認為她還沒有做出什麼蠢事嗎？」丹尼爾說。「我是指梅根？」

「發生了什麼事？」薩維對菲力克斯說。「你見到她了嗎？」

菲力克斯搖搖頭。「這裡不是說話的地方。走吧，我們走。」

他們幾乎已經走到了門口，塔莉莎才想起來。「菲力克斯，你的成績單。」

他們看著菲力克斯走到桌子前面，從史派羅先生手中領取了他的信封。他在朝著他們走回去的時候打開了信封，不過他的臉色並沒有出現變化。此時，大部分的人都已經離開了，年輕人到城裡去慶祝，他們的父母若非回家，就是去工作了。

「四個A。」菲力克斯走到他們面前時說道。

「幹得好，兄弟。」薩維試著露出笑容，不過卻失敗了。

「我們之中沒有人得到A以下的成績，任何一科都沒有，」丹尼爾說。「我們就是所謂的『菁英』。」

「是啊，我們。」塔莉莎說。

一道閃光突然亮起，以至於他們什麼也看不見。那名校方攝影師捕捉到了他們在一起的畫面，那一刻就此成為永恆。

7

事情不應該是這樣的。他們現在應該要在城裡，沿街跳舞地前往Eagle and Child、Turf Tavern，或者任何一家位於市中心的特定酒吧，因為那些酒吧會出售香檳給已經到達喝酒的法定年齡、但卻幾乎沒有足夠酒量的孩子。他們的手機應該要不斷地接到祝賀的來電。這是屬於他們的一刻，是他們接下來的生命篇章裡的第一天，也是他們的勝利。

他們不應該偷偷溜出大廳，避免和朋友的父母產生眼神的交流或躲開他們的善意詢問，那些都是他們自小就認識的長輩，都是他們很樂意被擁抱的人，而且也許是最後一次的擁抱了；他們不應該悄悄回到塔莉莎家，甚至還躲開了企圖要恭喜他們的管家——那個傻瓜甚至還幫他們做了一個上面裝飾著煙花的蛋糕——管家的道賀對他們而言似乎只是一個嘲諷。

「我們都拿到了好成績，」塔莉莎告訴她。「這很貼心，謝謝你。我們可以把它拿到游泳池嗎？」

他們把她留在了身後，然後，滿身傷痕又不知所措地退回到他們的巢穴裡，去舔舐他們自己的傷口，計畫他們的下一步。如果他們有下一步的話。

✦

菲力克斯結束了通話。「車子還沒有被送到市裡的汽車扣押場，」他告訴他們。「他們只告訴了我媽這些。車子還被警察拘留著。他們無法告訴她，她什麼時候才能把車子領回去。她快氣炸了。」

「他們在車上找不出什麼的。」塔莉莎把蛋糕上的煙花拿掉，嗅了一下，然後丟到角落裡。「沒有什麼會把我們連結到已經發生的事情上。」

「車上會有我們的DNA。」安柏說。

「我們老是坐在那輛車裡。那不代表什麼。」

「我們需要找出梅根在哪裡，」丹尼爾說。「她現在在哪裡，還有她說了什麼。有人有她媽媽的電話嗎？」

「薩維，她對你說了什麼？昨晚當你陪她走去開車時？」菲力克斯問。

自從他們回來之後，薩維就一直沒有參與他們的對話。他把手肘撐在膝蓋上坐著，一反常態的沉默，只是安靜地盯著超耐磨地板。「沒什麼。」他說。他看起來彷彿已經被等待成績單弄到筋疲力竭；彷彿他什麼力氣也沒有了。

「她一定說了什麼，」菲力克斯堅持道。「她有說她要去哪裡嗎？」

「回家。」薩維短暫地抬起目光。「她說她要回家。」

「我們應該跟著她的，」菲力克斯告訴其他人。「我們需要知道她怎麼處理我們簽名的那封信以及底片。如果警察搜索她家的話，他們會找到這些東西的。」

「梅根又不笨，」塔莉莎說。「她不會把那些東西隨便亂放的。」

「那她會放在哪裡？」菲力克斯的注意力仍然集中在薩維身上。「她會把它們藏在哪裡？」

「我他媽的應該要知道嗎？」薩維說。

「為什麼是你？」安柏問他。「她為什麼要你陪她走到車子旁邊？我是她最好的朋友？」

塔莉莎聞言發出一聲悶哼。安柏轉向她。「怎麼？你認為你才是嗎？」

薩維站起身。「我不知道為什麼是我，」他對安柏說。「也許是因為丹很無趣，你又不停地哭，塔莉太難相處，而菲力克斯則是這一切的始作俑者。也許我是五個混蛋裡比較不混蛋的那個吧。」

語畢，空氣裡只有一陣沉默，彷彿薩維說出了他們都早已知道、卻一直隱藏起來的真相；他們之所以聚集在一起，只是因為他們共享的特權，他們並不是特別友善的人，甚至不是什麼良善之人。

然而，他們很努力，他們對那些有權有勢的人彬彬有禮、懷抱敬意，他們不僅支持慈善活動，也把他們的時間奉獻給學校。在昨天晚上之前，他們從來沒有違法，因為沒有人會真的把未成年喝酒、偶爾幾次的娛樂性嗑藥和酒駕超速當作犯罪行為。他們也許不是天使，不過，他們還算正派，而這種事情是不會發生在像他們這樣的人身上的。

「我一直在想，我就要醒了。」安柏說。

「警察。」丹尼爾跳起來，看似準備要逃跑。「警察來了。」

泳池小屋的窗戶俯視著車道，只見一輛警車停在靠近屋子前門的地方。兩名穿著制服的警察已經下了車，正沿著泳池向他們走來。幾分鐘之後，他們五個人已經在前往牛津市警局的路上了。

8

「梅根發生了什麼事嗎？」

那名警探，一個削瘦、年約四十出頭的金髮男子，穿著一件粉紅色襯衫，戴著一副和他的紫丁香色領帶同色系的眼鏡，對著薩維用力地眨了眨眼，然後說：「你為什麼這麼問？」

薩維無法保持不動。自從他被帶進這間無窗的小偵訊室之後，他已經不止一次地變換坐姿，並且感到渾身都在發癢。彷彿塔莉莎家泳池畔草地上的螞蟻全都搭上了警察的便車，決定牠們也要前來參加偵訊一樣。

他在桌上發現一只被人掉落的迴紋針，然後將它折成了三段。那名對翻糖顏色情有獨鍾的警探已經要求他不要再把玩他口袋裡的鑰匙，以免鑰匙持續地發出叮噹聲。薩維感到很煩躁；更糟的是，他的反應已經洩露了太多。他知道，但是他身不由己。現在，他的右腳跟正不停地在磁磚地板上輕踏，而他根本不記得自己這輩子曾經有過這種動作。

「她今天早上沒有來學校。」他意識到自己說話的速度太快，因此努力讓自己慢下來。「菲力克斯去找她的時候，她不在家裡，而她昨晚借走的車也被拖吊了。可想而知一定出了什麼事。」

薩維的母親伸出一隻手放在兒子的膝蓋上，輕輕地施加了一點壓力。他強迫自己不要繼續再抖腳跟。此時的他極度想要牽住母親的手，這樣的想法讓他嚇壞了。

還有幾週他就滿十八歲了——他的生日在八月底——嚴格說來，薩維是他們這個群體中唯一還算是小孩的人。那就意味著他獲准，甚至是被要求，在偵訊的過程中要有一名家長或者監護人陪同。警方也提供了一名律師給他。「我們先看看事情的發展再說吧。」他母親稍早這麼說。

「他很沮喪，」她告訴那名警探。「今天早上對我兒子和他的朋友們來說已經夠不好過的了，現在再加上得知梅根可能出事，那就更讓人焦慮了。」

對於他母親冷靜的舉止、威嚴凝重的氣場，薩維從來都沒有這麼感激過。似乎沒有什麼事情能夠讓她驚慌失措。即便已經四十多歲，她看起來也依然很漂亮，而她的外表向來都能對和她接觸的人造成影響。人們在和那些具有魅力的人相處時，言行舉止也會有所不同；這點，他就在他母親身上見識到過，在最近幾年裡，他也直接感受到了。

「梅根是你的好朋友？」在對薩維的母親禮貌地點頭和報以淡淡的微笑之後，那名警探問薩維。

「我們都很喜歡梅根，」他母親在薩維有機會回答之前說道。「所以自然就很擔心。」

「梅根現在就在警察局裡，協助我們的調查。」那名警探小心翼翼地看著薩維。「她沒有受傷，不過，我們有理由相信她涉及今天清晨發生的一起交通意外。」

「有其他人受傷嗎？」薩維的母親問。

「薩維爾，我希望你可以告訴我們關於昨天的事，」那名警探說。「從你們六個人碰頭開始。」

好吧，這件事他可以做得來。盡可能根據事實來說，在梅根昨天晚上離開他們之後，塔莉莎曾經警告過他們所有人。這樣一來，他們的說法就會一致。他開始述說，感覺到自己的聲音裡開始有了自信。他們六個在四點鐘的時候聚集在大學公園裡。女孩們帶了食物來，男孩們則帶了皮姆一號❸和檸檬汁。他們玩了飛盤、聊天、放鬆地坐在公園裡，完全不知道命運在他們所有人的生命裡安裝了一個燃燒的裝置，而且計時器已經開始倒數了。在考試成績即將發布的緊張氣氛下，他們不安地走到港口綠地，不過，那時候氣溫已經變冷了，不適合從橋上跳下去，他們因此放棄跳水，轉而前往Lamb and Flag。

「你們在酒吧裡待了多久？」警探問。

「他在八點之前和我簡短通過話，」薩維的母親說。「我想要知道他是否會回家吃晚餐。他說不會，當時，我聽到背景有很多的吵雜聲。我問他人在哪裡。他說，他和其他人在Lamb。」

「謝謝你。」

「我只是試著想幫忙而已。」

「繼續，薩維。」

薩維開口說道：「我們在Lamb待到他們關門，然後就去了Park End。」

「你是指在Park End街的那家夜店？你們在哪裡停留了多久？」

薩維很快地瞄了他母親一眼。她不知道他有一張假身分證，好讓他可以和其他人一起進入市裡的夜店。「我們沒有進去，」他說。「丹和我當時穿著運動鞋，而夜店在服裝上有嚴格的限制。所以我們就去了塔莉家。」

那名警探低頭看著資料，然後讀出塔莉莎家的地址。薩維也確認了地址。

「你們在那裡待了多久？」

從這裡開始，他就得根據劇本來說了。「安柏、塔莉、菲力克斯、丹和我在那裡過夜，」他說。「我們待在游泳池畔，然後在變冷之後就進到泳池小屋裡。我應該是睡著了，因為等我醒來的時候，梅根已經走了。」

那名警探做出了反應：他挑了挑眉，然後往後靠在他的椅背上打量著薩維。

糟了，薩維心想，我說錯話了。

❸皮姆一號（Pimm's）是一款英國琴酒，最普遍的喝法是調成雞尾酒。是英國家喻戶曉的國民酒。

9

「你打算把我們留在這裡多久？」

巴納比．史雷特大律師，一名高大精瘦、年近六十的男子在他的椅子上坐得挺直，坐在他身邊的是他瑟瑟發抖的女兒。他看起來並不自在，不過，他向來如此。塔莉莎總喜歡誇耀說，她一隻手的手指頭就可以數得出來他不穿西裝的次數。她並不是全然在開玩笑。

「今天對我女兒來說是很特別的日子，」他繼續說道。「她的考試成績十分優異，她現在應該要和她的家人以及朋友一起慶祝才對。」

即便在這麼小的空間裡，史雷特都提高了聲音，彷彿在朝著一間擁擠的法庭後排說話一樣。雖然他並不是一直都在插話，不過，他每次開口，都讓主導偵訊的那名警員畏縮了一下。

「我相信我們很快就會結束了。」這名有著一頭紅色亂髮的年輕女警員很努力地讓自己沒有流露出不安的樣子。「你可以回答這個問題嗎，麻煩你，塔碧莎？」

「塔－莉－莎，」史雷特糾正她。「重音在第二個字節上。」

「我的朋友們還在這裡嗎？」塔莉莎問。她很驚訝自己和其他人被隔離開來；她原本以為他們會一起接受偵訊，以為他們可以彼此互相檢查和確認他們的故事，現在，她顯然有點難以記起自己應該要說什麼。而她正是決定他們應該怎麼說的那個人！在午夜之前發生的事情都如實回答，午夜之後的部分就保持模糊。我們都去睡覺了。我們不記得有看到梅根離開。他們一致同意要這麼說，而那也是她告訴他們的說法，不是嗎？

「我想也是，」那名警員說。「讓我再問你一次。梅根昨晚看起來怎麼樣？」

「呃，她……」塔莉莎瞄了她父親一眼，希望能得到暗示，不過你永遠也看不出他在想什麼。雖然認識他十八年，但她依然無法判別他是高興還是不高興，是以她為榮還是對她失望，是擔憂還是全然放鬆。在缺乏具體的資訊下，她通常都假設是負面的答案；這樣似乎比較保險。

「她還好，我猜，」她說。「有點安靜，不過，梅根向來都很安靜。而且我們對今天早上的成績揭曉都很緊張。」

「如果你們的計畫是在妳家過夜，然後今早一起到學校去的話，你覺得她為什麼那麼早就離開？」

「我不知道。我甚至不確定我有看到她離開。我想，我記得菲力克斯不知道他媽媽的車發生了什麼事，然後，我們就假設是梅根把車開走了。」

「她常常這樣嗎？在沒有得到別人的允許下就把人家的車開走？」

「沒有。我是說也許。」

「意思是？」

塔莉莎轉向她父親。「爸爸？」

塔莉莎的父親坐著動也不動，不過，他一向如此，除非必要。他從來都不會在自己的位子上動來動去，也不會撓頭。當他們在傍晚時分共處時，塔莉莎曾經不止一次地偷偷計算時間，看他坐著不動的姿勢能維持多久。每一次，在他還沒有動之前，她就開始感到無聊了。

「回答問題，塔莉，」他說，不過他並沒有看著她。「梅根很習慣偷開你們的車嗎？」

「那不是偷——菲力克斯並不介意。」

終於，她父親轉過頭，垂下目光看著她。「如果她在沒有你們允許下就開你們的車，我就會把那視為偷竊。」

不。梅根為那場意外背負責任就已經夠糟的了，塔莉莎並不打算指控她是個小偷。不過，這點現在真的重要嗎？如果梅根真的被控因為駕駛疏失而致人於死的話，偷車賊的罪名又算得了什麼？

「怎麼樣，塔莉莎？」那名警員問。「她曾經開菲力克斯的車，或者你的車，或者——」她低頭看了一眼自己的筆記。「薩維的，而沒有告知你們嗎？」

「我不知道。我不記得了。也許可以問問薩維，他和她在一起。」

不對，錯了。她不應該這麼說，這個部分是她絕對不能說的，在梅根同意救他們之後，薩維陪同梅根走到車子旁邊的事。

那名警員並沒有錯過這句話。她往前坐在椅子前端。「她昨晚離開的時候，薩維和她一起走出去？」

「不，不是的，我不是那個意思。我是說，他們常常在一起。通常。所以，他應該會知道關於車子的事情。」

「他們昨晚有在一起嗎？」

「也許吧。他們通常都會在一起。」

「他們在交往嗎？」

「沒有，薩維在和安柏交往。不過，我向來都覺得梅根也喜歡他。她從來都沒有說過，但是你可以看得出來，不是嗎？當我們一起出去的時候，她總是坐在他旁邊，或者總是會找他。而且，當他不在場的時候，她也常常聊到他，那就好像在找一個藉口提起他的名字似的。」

她聽到她父親發出一聲重嘆。

「安柏知道嗎？」那名警員問。

這沒什麼傷害性吧？這個薩維－安柏－梅根的話題？這麼說安全嗎？

「我想，她會擔心梅根。梅根很聰明。而且很有魅力。如果薩維喜歡她的話，我也不會感到驚訝。」

塔莉莎的父親清了清喉嚨。「我不確定這和目前的問題有什麼關聯，警官，而且一個早上就快過去了。」

那名警員無視於他的話。「如果說梅根是你們這群人當中最奇怪的一個，這麼說公平嗎？」

噢，正中要害。重點不在於警察問了這個問題，而是她這麼快就意識到了這點。

「我不知道你是什麼意思，」塔莉莎說，雖然她明知道是什麼意思。「我們彼此認識很多年了，不過，我想，我們真的變成好朋友是從預科第二年❹開始的。」

「在你們全都變成高年級學生幹部的時候？」那名警員很快地問。

塔莉莎又冒險地看了她父親一眼。同樣地，他沒有做出任何反應。

「對，」她帶著比較堅定的態度說。「我們需要花很多時間共處。我們要籌辦年末的舞會，安排訪客招待的輪班表，還有很多的慈善活動和學校參觀日的停車規劃等等。於是，我們開始經常性地在上學之前先碰頭，所以，我們的友情就這樣發展起來了。」

「好。不過，梅根的背景和你很不一樣？也和其他人不一樣？你不認為嗎？」

塔莉莎再度看了看她父親。還是沒反應。天啊，他來這裡的意義是什麼？

「她是拿獎學金的孩子，」那名警員說。「她母親不可能負擔得起念萬靈學校的費用，如果沒有財務幫助的話。」

「我們不在乎這種事，」塔莉莎很快地說。「她是我們的一員。」

儘管嘴裡這麼說，但塔莉莎知道那是一個謊話，而且，某程度上，這個謊言比她已經對警察說的謊、也比她還沒說出口的其他謊言更具傷害性。那更像是背叛了梅根。

「我們教育我們的孩子要根據別人的優點來評斷他們。」巴納比・史雷特終於開口了，不過，這句話在塔莉莎聽來更像是在為他自己發言，而不是為他的孩子。

那名警員打量了他好一會兒。「當然了，你是那樣教育孩子的，」她說，然後再度轉向塔莉莎。「我的重點是，梅根有可能覺得自己從來都沒有真正屬於過你們這個團體嗎？」

「我不知道。我從來都沒有想到過這點。」

「也許沒有。不過，你從來都沒有想到過的事，對梅根而言，有可能是很重要的事。」

「你的重點是什麼，警官？」塔莉的父親問。

「喔，我只是單純在想，為了渴望自己能夠被某個團體所接受，梅根可能會打算為那個團體做什麼。」

❹ 預科第二年（Upper Sixth）是英制中學教育的最後一年。學生在十六－十八歲期間就讀為期兩年的預科（Sixth Form），預科課程以預備上大學的課業為主，學校對預科級學生的教學和學習方法以及校規等，都有別於十六歲以下的學生。預科第一年（Lower Sixth）相當於中學六年級，第二年則相當於中學七年級；學生在修完兩年課程後參加高級程度會考，以申請進入大學。

10

安柏同意在沒有律師陪同下接受偵訊——她原本想要趕快結束這一切——然而，偵訊才開始五分鐘，她就想要改變主意了。也許推遲一個小時左右會有幫助，讓她有時間思考和組織好她的故事版本。另一方面，如果她現在要求要有律師在場的話，她看起來就會像有罪，不是嗎？

「告訴我關於梅根的事。」瑞秋問。

瑞秋是被指定來和她談話的警探，雖然她的年齡看起來並沒有比安柏大多少。她的金髮，自己染的——安柏向來都看得出來——被高高地挽成一個精心的髮髻，臉上也化了濃妝。也許她是實習生之類的吧，這可是一個好徵兆，因為他們沒有把她和任何更有經驗的警員安排在一起。他們在逐項核查；很快就會結束了。他們甚至沒有在安柏曾經在電視上看到過的那種偵訊室裡，而是在警察局員工餐廳的一個安靜的角落問她問題。事實上，瑞秋還提供了咖啡給安柏。

不過，她們面前的桌子上有一個錄音裝置。還有一台打開的筆記型電腦。

「你想要知道什麼？」安柏問。

瑞秋笑了笑。「任何你想到的事。你們倆變成朋友有多久了？」

這感覺不對。瑞秋為什麼不問關於昨天晚上的事？

「我想，我們是在我們都成為高年級學生領袖的時候才變成好朋友的，」安柏小心地說。

「不過，我們進入萬靈之後就認識彼此了。」

「她和你在同一組：法拉第小學，對不對？每天早上和下午，你應該都會看到她去報到。一間班級教室裡有多少學生？」

安柏聽到自己的腦子裡出現了警鈴微弱的聲音。很少有人知道私立學校的運作，然而，這個女人，這個看似週六在德本漢姆百貨公司的化妝品專櫃兼差的女人，顯然做了功課。

「十二個。」安柏說。

「六個女孩，對嗎？」

「四個。萬靈的男孩比較多。以前曾經只有一個性別。」

「四個女孩，而你和梅根是其中的兩個。我會認為你們變成好朋友是很自然的事。」

「我還有別的朋友。我在小學裡認識的其他女孩。」

「那應該是柯林戴爾預備學校，一年的費用要將近一萬英鎊。」瑞秋說。

「那和其他的事有什麼關係？」

「梅根念的是查雷林．伍德，那是她家那條路上的公立學校。她在萬靈是領獎學金的學生。那是你之所以不喜歡她的原因嗎？」

這感覺完全不對，彷彿梅根曾經抱怨過他們其他人。

「不。我真的很喜歡她。在準備GCSE❺的會考時，她曾經幫我複習數學。我的數學不太好，如果我當時沒有考過的話，我就無法繼續念大學預科了。梅根花了很多時間和我在一起，而她其實可以不用那麼做的。多虧梅根的幫忙，我才能拿到B。」

安柏短暫地想了一下，自己是否真的曾經感謝過梅根在中學五年級時花了那麼多時間幫她通過了考試。

「當她被選為學生會主席時，你是否曾經因為自己沒有當選而憎恨過她？我知道你也去面試過那個位置。」

是的，她從來沒有對任何人承認過，但是，她確實曾經為了那件事恨過梅根。

「沒有，」安柏說。「學生會主席要擔負很多責任。我很高興成為高年級學生幹部的一員。

校長說過，我們任何人都有可能被賦予那個職務。不過，梅根運氣比較好。我並沒有因此怪她。」

「站在學校的立場來說，那是否有點像在釋放道德信號，你覺得呢？讓他們的學生會主席成為領獎學金的學生？一個來自單親家庭的孩子？」

安柏聳聳肩。「也許吧。可能。」

瑞秋垂下目光，開始打字；她打字的速度很快。幾秒鐘過去了。

「我的意思是，她很聰明，」安柏說。「這是毫無疑問的，不過，她的社交智商就沒那麼好了。她在學校並沒有很受歡迎。」

瑞秋暫停下來，然後抬起頭。「她喜歡薩維的事實有在你們之間造成任何摩擦嗎？他是你男朋友，對嗎？」

「對。誰說她喜歡他？」

瑞秋露出疑惑的神情。「抱歉，我以為大家都知道梅根和薩維相處得很融洽。」

「我就不知道。」

那名警員又繼續打字。「我們來談談梅根很聰明這件事，」她再度暫停下來，然後說道：「劍橋大學給了她入學名額，對嗎？」

「對的。劍橋大學的聖凱薩琳學院。去念自科。」

「自科？」

自作聰明小姐看起來並不是什麼都懂。「自然科學。」安柏解釋說。「那是英國最供不應求的課程之一，也許也是全世界最多人搶著要上的課程之一。你得要很優秀，才能上得了自然科學課程。」

「不過，她的考試成績得要達標。三個A，對嗎？」

「梅根會考過的。在我們之中，她是最不需要擔心的。她絕對可以拿到五個A，沒有問題。」

「就像薩維一樣？」

---

❺ GCSE（General Certificate of Secondary Education）為中等教育普通證書的簡稱，是英國學生完成第一階段中等教育會考後所頒發的證書。學生在十四歲左右進入GCSE的課程學習，為期兩年。課程結束後須參加GCSE的統一考試。

「是啊。他們兩人都選了三門科學、還有數學和高等數學。我們稱之為『亞洲五大科』，或者『亞五』，因為會五門課全選的人大多是亞洲學生。我不是種族主義者，不過，他們就是比我們其他人聰明。薩維和梅根不算。」

「你們是很聰明的一群，不是嗎？即便你們並非所有人都去上了亞洲五大科？」

「我們還可以。我們很努力，我們有好的老師。我們很幸運。」

那名警察直視著安柏。「那麼，你能解釋為什麼梅根的高考成績和預期的差那麼多嗎？」

這個問題讓安柏花了一秒鐘才反應過來。「什麼？」最終，她吐出幾個字。

瑞秋低頭看著她的筆記型電腦。「她拿到了四個C和一個B。B是數學。」

這是一個詭計，即便安柏想破頭，也看不出她為什麼要這麼做。「不可能。」她說。

瑞秋露出一個沾沾自喜的笑容，彷彿贏了一場小勝利那樣。「今早稍早的時候，我們和你們的校長談過。她很擔心梅根，我們聯絡她的時候，她正要去梅根家。我想，她懷疑梅根因為對自己大失所望，並且在無法面對這樣的事實之下做出了什麼傻事。」

這太荒謬了，不過，在過去幾個小時裡所發生的一切之中，聽到梅根考試失敗似乎是最大的震撼了。彷彿世界在某種程度上傾斜了，而所有的一切都和它們原本應該要有的樣子相反了。

「你在騙我，」安柏說。「如果她考壞的話，她早就告訴我們了。整個夏天，我們都和她在一起。她從來都沒有說過她擔心自己的考試成績。至少比我們任何一個都不擔心。」

儘管這麼說，安柏卻想起了梅根那個夏天一直都很不一樣，她變得更安靜，甚至比平時更拘謹。當被問及發生了什麼事的時候，她只是聳聳肩說，她對於一切都將完全改變感到有點感傷，她將會想念她的朋友們。

「我們兩個將會和你一起去劍橋，你這個傻瓜。」塔莉莎曾經這麼對她說過，而當時只有安柏留意到梅根眼裡的淚光。

那名警員笑了笑。「誠如你所說的，派克小姐，你們根本不是那麼要好的朋友，是嗎？」

11

那名年約五十出頭，頭髮似乎已經從他的頭上逃離、轉而以類似真菌的形式重新在他的眉毛、鼻孔和耳朵裡發芽的肥胖警探，將一張照片推向桌子另一頭的丹尼爾。

「蘇菲・羅賓森女士。」那名警探緩緩地說，彷彿很無聊一樣。丹尼爾已經看他打過兩次哈欠，因此暗自希望那是個好現象。「三十六歲，已婚，有兩個幼兒。她是一名家醫科醫生。從各方面來說都很受人喜歡。她剛休完產假，正準備重回工作崗位。這張照片是幾個月前拍的。那個嬰兒，梅西，現在應該快要九個月大了。在今天清晨之前。莉莉則是四歲。」

丹尼爾真的不想看那張照片。他不需要知道蘇菲・羅賓森有深色的頭髮，也不需要知道她的臉看起來彷彿常常笑容滿面似的。他更無須看到她把她的女兒們緊緊摟在身邊，彷彿她們可能會被風吹離她的懷抱一樣。

他想要閉上眼睛，然而，那張照片抓住了他的目光，像發射一枚枚刺人的小飛彈般地，把羅賓森家生活的細節射向了他。那張照片是在起風的時候拍攝的，因為蘇菲的頭髮被吹散在臉上，有一縷髮絲甚至纏在了她的嘴角。他可以看到背景的家庭花園裡有一張孤單的鞦韆，以及看似兔籠邊緣的東西。他們有一棵蘋果樹，那棵樹那年可能不會長出太多的果實，因為風把大部分的花都吹走了。

不過那樣也好，因為這個秋天也沒有人會去摘蘋果了。

蘇菲，羅賓森女士——噢，天啊，他再也無法聽那首歌了——穿著一件圓點襯衫，右肩上還有嬰兒口水流下來的污漬，她的左眉上方有一個細小的疤痕。那個大一點的孩子大約四歲，有著一頭深色的捲髮和一雙明亮的眼睛；那個肥嘟嘟的嬰兒則帶著一身的皺褶繃緊了臉。

蘇菲、莉莉、梅西。他不知道昨晚他們聽到的是誰的尖叫聲。一定不是那個嬰兒；沒有嬰兒可以發出那麼大聲的尖叫。

「那個小女孩在抵達JR的時候還活著，」那名警探繼續往下說，JR是約翰・雷德克里夫醫院的通稱。「嚴重燒傷，不過還活著。她活了大約一個小時。」

丹尼爾張開嘴，他打算說他在收音機上聽到了這場意外，然後及時記起那名警探還沒有告訴他這家人是怎麼死的。他真的應該要問羅賓森一家人和他有什麼關係，不是嗎？雖然，也許他現在才想到已經太晚了？而且，那不是他的律師應該要問的嗎？同意讓政府指派的律師陪同真是個錯誤；他應該要打電話給他爸爸，他父親一定會確保他用的是自己找的律師。其他人一定都會那麼做，他很確定。塔莉莎會有她爸爸陪同，而菲力克斯則會堅持等到他父母找到最理想的律師。

他們所得到的建議都會比他好，他們任何人都可能把他供出來，儘管他們昨晚達成了協議，儘管他們對彼此許下過承諾。不過，羅賓森家的那些生活細節卻依然活生生地在重創著他。花園的一座花床上有一隻貓身體扭曲地躺在那裡，就像貓咪會擺出的姿勢那樣，那頭穿著白色背心、耳朵末梢有著白色花紋的黑貓正在舔舐著自己的毛，完全浸淫在自己的世界裡。

「我們很快就會把這張照片發給媒體，」在丹尼爾有機會開口之前，那名警探說道。「我們還沒有公布死者的名字。羅賓森先生受到嚴重的打擊，這是可以理解的，他希望我們給他一點時間去聯絡他的家人。那似乎是我們僅能做到的。」

「這和我的當事人有什麼關係？」丹尼爾的律師問道，他也該出聲了。

那名警探把一根手指插進毛茸茸的耳朵裡挖了挖。「喔，我沒有說過嗎？她們今天清晨死在了M40上。就在七號出口附近。是你的朋友梅根．麥當納殺了她們。」

不過，不是梅根殺的，而是他。那也不是他的錯，菲力克斯抓住了方向盤，把方向盤從他手中扯開。那都是菲力克斯的主意；他們幾乎是強迫他加入的。該認罪的人是菲力克斯，而非梅根。

「雷德門先生？你沒有什麼要說的嗎？」

「沒有。我的意思是——」他得要控制住自己。「你在說什麼？梅根不會殺人的。」

「她承認了。我們有她簽名的供詞。」

「我不相信，」他努力地說。「我是說，怎麼可能？」

看來，她已經那麼做了。直到那一刻之前，丹尼爾都不曾真的相信她會那麼做。他相信她會在最後一分鐘改變心意，然後把真實發生的事情告訴警方。他甚至還懷疑，她從來都不是真心想要承擔這個責任，而只是想要當唯一一個坦承的人，進而得到從輕的處罰。一整個晚上，當其他四個人打瞌睡的時候，甚至因為緊張到筋疲力盡而睡著時，丹尼爾都在反覆思考著可能上演的劇情，權衡各種機率，最終得到了一個不可避免的結論，那就是他完蛋了。

即便現在，他都保持著沉默，因為他知道警察會在偵訊中耍各種花招。他們會誘導他犯下錯誤。就連他的律師都有可能是共犯，因為，老實說，他根本沒有用處。

「她在M40上逆向駕駛，」那名警探說明。「她從八號出口上來，M40在八號出口轉為了通往牛津的A40，然後開到錯誤的車道上。」

「她不會那樣的。」

他打算對梅根公平點；他不會對她落井下石。「她開車技術很好，」他繼續說道。「比其他人都好。她第一次考駕照就考過了。」

「其他人？」那名警探重複他的話。「你不開車嗎？」

「對的。不過，我正在學，但我還沒有考駕照。」

雖然，他去考過了，他考過兩次，不過，其他人只知道他考過一次。在他第一次沒考過之後，他就把第二次當成了秘密。現在，他了解到自己永遠也考不過了；他再也不會坐在方向盤後面了。

他應該要承認這件事，不然的話，他們可能會懷疑他還有其他的事情說謊。或者，他可以說他說錯了，他的意思是他還沒考到駕照，而不是還沒有去考駕照。他知道，關於他不再開車的決定，他父親勢必會氣瘋了。到目前為止，他父親都還沒有放棄，希望他唯一的兒子有朝一日會繼承他口中的「莊園」，不過，那其實只是一座大農場罷了。

上帝啊，要他保持思緒的專注實在太困難了。

那名警探又開口了。「通往牛津的A40對她來說是回家最合理的路線。」他說。「直接通到海丁頓圓環，然後再沿著環形道路連接到艾菲路抵達鎮上。」

「聽起來是這樣。」丹尼爾說。

「那麼，你認為是什麼原因讓她右轉開上了A40，而不是左轉？畢竟那應該再明顯不過了——路邊就有V形圖案的交通標誌，提醒駕駛人前面有急轉彎，還有禁止進入的標示。」

當然有了。就算他閉起眼睛，他也依然可以看得到那些標誌。

丹尼爾聳聳肩。「當時天很黑。而且時間也很晚了。她應該也很累了。」

「恕我直言，你不能期待我的當事人知道麥當納小姐為什麼會那麼做，」那名律師說。「根據她自己的說法，車裡只有她一個人。」

那名警探的目光直接刺向丹尼爾。他知道，丹尼爾意識到。他什麼都知道；他想得沒錯，這是一個詭計，而且——

「她一直在喝酒。」他不是故意這麼說的——只是不小心說溜了嘴。

「梅根喝酒？」

「我們都喝了。我們從下午四點就開始喝酒，在公園裡。然後，我們去了Lamb and Flag，一直待到最後點餐的時間。然後再到塔莉莎家，菲力克斯開始調製雞尾酒。我們都喝到爛醉。安柏後來還吐了。」

那名警探皺了皺眉。「如果你們全都喝醉了的話，你們是怎麼從Lamb and Flag到塔莉莎家的？」

丹尼爾看看律師。

「丹尼爾？你們怎麼去的？」警探追問。「有人去接你們嗎？你們搭乘大眾運輸嗎？還是計程車？」

「菲力克斯和薩維都有車，」丹尼爾說。「他們在酒吧的時候並沒有喝太多。我剛才說我們都喝到爛醉，那是指後來我們在塔莉家的時候。那時，我們覺得我們應該已經不需要再開車了。」

「可是梅根還是開了車？為什麼？」

「我睡著了。我沒有看到她離開。」

「你們之中不止一個人宣稱在梅根離開的時候睡著了。如果你們都睡著了的話，我懷疑發生了什麼事，導致她覺得需要回家？」

丹尼爾的律師表示，「我的當事人已經告訴過你他睡著了。他不可能知道。」

那名警探對他的話不加理會。「不過，你確實知道她喝醉了？」他對丹尼爾說。

「他也不可能知道這點，」律師又說。「他又不住在她的腦子裡。」

「我道歉。丹尼爾，你說她喝了很多酒。」

「是的，她喝了很多，」丹尼爾說。「一定是因為這樣。她喝了太多，所以就覺得她需要回家，然後因為判斷力受到影響而在出口犯了一個錯誤。」

他那麼做了，他把梅根變成了一個殺害一名母親和兩名幼兒的酒駕者。喝醉比因為疲勞而做出錯誤決定還要糟糕。他現在真的讓她惹上麻煩了。可是，這是她自己的意思；是她自己想要這樣做的。

那名警探拿出另一張照片，將照片轉向丹尼爾。照片裡是一條牛津街道，路的兩側都有連排的房屋。

「你認得這輛車嗎？」警探用他的胖手指指著一輛紅色的高爾夫敞篷車。

「認得，那是菲力克斯的車。應該說是他媽媽的車，不過是菲力克斯在開。」

「我來告訴你什麼事讓我感到疑惑，丹尼爾。」那名警探往後靠在他的椅背上。「我們和照片裡其他兩輛車的車主談過──停在高爾夫前面和後面的車──他們從前一天傍晚就沒有移動過車子。那表示當梅根昨晚回到家時，在她引發一場致命意外之後，加上根據你所說的還喝醉了的情況之下，她仍然可以把車子完美地停進一個非常小的空位裡。」

語畢，那名警探盯著丹尼爾看了好幾秒，然後才再度開口。

「你覺得她是怎麼辦到的？」

12

「梅根今早九點的時候做了血液檢測，」菲力克斯和他的律師被那名指派來和他們談話的警探告知。他是一名穿著粉紅色襯衫、打著紫色領帶的瘦子。「結果發現她的血液裡沒有酒精反應。」

菲力克斯的律師，一名和他母親年紀相當的女子，微微地搖了搖頭；他們事先就已經決定用這個動作來代表保持沉默。菲力克斯堅持要等到他父母找到一名受過犯罪法律訓練的律師陪同才願意開始偵訊。截至目前為止，這似乎是一個好決定；她已經贏了每一場他們和這名警探的對峙。

「菲力克斯？」那名警探催他。

「那不是一個問題。」那名律師說。

「那我再試一次。根據我們對酒精是如何離開人體的認知，以及那場致命車禍和血液測試之間相隔了六小時的事實，套句你和你那一兩位朋友所說的話，當梅根開你的車回家時，她似乎不可能是在『微醉』、『爛醉』、『昏昏然』的狀態。」

「我要再說一次，那是你的結論，不是一個問題。」那名律師說。

「那麼，你願意重新考慮你的觀點嗎？你說她喝醉了？」警探問。

菲力克斯做了一個「我怎麼會知道」的手勢。「我沒有盯著她的一舉一動，」他說。「我在調酒——我沒有把飲料直接灌進任何人的喉嚨裡。我假設她喝醉了，因為我們其他人都喝醉了。她也可能沒有。我不知道。」

「我想，我的當事人已經回答了這個問題。」律師說。

那名警探低頭瞄了被他用來提示問題的筆記簿。「你說她考試成績不理想讓你很驚訝？」

這回，菲力克斯不需要尋求律師的建議了。「沒錯。我會下注說梅根是我們之中考得最好的。」

「那麼，你覺得是哪裡出錯了？」

他真的不知道。梅根幾乎是個天才的事實，是他和其他人向來都視為理所當然的。「家裡的問題？」他說。「也許是什麼她沒有告訴我們的事吧。老實說，我也在猜。」

「那對我們誰都沒有好處。」他的律師補充說道。

現在，當他回想起來，那個夏天梅根一直都怪怪的；很多時候，她都很焦慮不安，很容易就發脾氣，特別是對他。而且在這個群體裡，她變成了唯一一個真的準備對抗他的人。他曾經無視於這件事，拒絕承認他的領導地位也許受到了挑戰。

「你會說她是個好駕駛嗎？一個小心翼翼的駕駛？」那名警探顯然決定忽視律師的話。

菲力克斯聳聳肩。

「麻煩你對著錄音機說。」

「她還可以，」他說。「不是很棒。也許有點粗心。」

話一出口，他就開始覺得這麼說是不是個錯誤。事實上，梅根是一個很好的駕駛人，而其他人也許也會這麼說。

「但你讓她開你母親的車？」

那名律師說道：「麥當納小姐在清晨的時候，未經歐尼爾先生的許可就擅自開走了他的車，這是已經確定的事。」

「你把你的鑰匙放在哪裡了？」

「我的什麼？」

「你的車鑰匙，」那名警探澄清地說。「我假設你母親的高爾夫需要車鑰匙才能發動。大部分的車子都需要。」

菲力克斯看著他的律師；這回，律師沒有做出反應。

「菲力克斯？」

「我不記得了。我告訴過你，我喝醉了。」

「大部分的人會把他們的車鑰匙放在口袋裡。你也是嗎？」

「我猜是吧。聽起來沒錯。不過，我應該沒有那麼做，因為，果真如此的話，梅根不可能在我不知道的情況下取走鑰匙。」

「我們在等你的律師前來時，有很多的時間和梅根聊過，」那名警探說。「我們問過她是怎麼拿到你的鑰匙的。你認為她怎麼說？」

「我的當事人不可能知道麥當納小姐在接受偵訊時說了什麼。」

那名警探在回視律師的時候，目光突然銳利了起來，這是他第一次看起來似乎和她是平等的。「他會知道的，如果他們兩個說的都是實話的話。」他說。

「很抱歉，」菲力克斯說。「我不記得我把鑰匙放哪裡了。每當我喝了幾杯之後，我都會把鑰匙亂放。她有可能從任何地方拿到鑰匙。」

那名警探翻了一頁筆記本，然後再一頁。那名律師不動聲色地坐在椅子上。菲力克斯則看著時鐘。已經快要中午了。他已經在這裡待了快要兩個小時了。

「六月七日星期三清晨你在哪裡？」那名警探終於打破沉默。

有那麼一瞬間的時間，菲力克斯腦子裡完全沒有概念，就在他張嘴打算說不知道的那一刻，他意識到了那個重要的日子。

「我不知道。」不過，他還是這麼回答。

所以，這就是一切結束的方式，在一間陰暗骯髒、沒有窗戶、角落堆積著灰塵的米色房間裡。不過，他還真的不明白，事情怎麼會錯得這麼離譜。他此刻應該要在Lamb才對。他們早已預訂了一張六人桌，要召開他們的香檳早餐慶祝會。

因為六月七日星期三是他把他的車開上M40逆向車道的那個晚上；一切就是從那個晚上開始的。梅根背叛了他們。

「好好想一想。」那名警探似乎並未察覺菲力克斯腦子裡的混亂。「那是九個、十個星期以前的事——暑假剛開始的時候，並不是太久以前的事。」

「我需要日記。我的日記在家裡。」

菲力克斯不知道自己是否可能就要哭出來了。

「確切地說，你在那天凌晨兩點四十五分、三點鐘左右的時候在做什麼？」

梅根在忠實地對他們做出承諾之後卻陷害了他們。

「我們可以把你的日記拿來，」那名警探說。「也許你的父母其中一位可以幫你送來——我們也很樂意和他們聊聊。我也想知道，你在六月二十五日星期天那天晚上的行蹤……」

在那輛高爾夫裡，當時開車的人是薩維。

「還有七月十七日星期一晚上……」

那次是塔莉莎。

「七月二十五日星期二晚上……」

安柏。他敢打賭那個賤人沒有告訴警察她自己開車的那次。

「以及七月三十日星期天晚上。」

「我的當事人已經告訴過你，沒有日記，他想不起來。」菲力克斯的律師說。「因此，我實在看不出這些問題的重點是什麼。」

「我就要講到重點了。」

菲力克斯不知道怎麼會這樣，不過，那個膽小的警探變得不一樣了，他在這間房間裡似乎變得更巨大、更具有掌控力了。

「你大可相信，我們也會問你的朋友們同樣的問題，」他說。「他們其中一個人的記憶力可能會比你更好，歐尼爾先生。」

他們其中一個人將會把他們全都拖下水，如果那個人還沒有這麼做的話。也許是安柏。不過，如果梅根已經把一切都告訴了警察的話，那就表示他們已經完蛋了。菲力克斯認為自己會殺了她。如果她已經為了保護她自己而犧牲他們，他將會找到她，然後殺了她。無論他需要花多少時間。

「你瞧，在六月二十五日星期天清晨，我們接到一個貨車司機來電，他曾經把車暫停在M40的牛津加油站，就在八號出口，」那名警探解釋道。「他從比利時安特衛普開過來，連續開了一個晚上的車讓他需要呼吸一些新鮮的空氣。所以，他就在加油站四周的路邊小作散步。」

警探暫停了下來，讓他所說的話沉澱下來。

「他看到有車頭燈開進A40，就在他所站的位置正對面，但是，車行的方向卻是相反的，」他繼續說道。「由於來自歐陸，所以，他很清楚這種事很容易發生，特別是當一名司機過度疲勞的時候。他覺得那可能是一個歐洲人，在英國的高速公路犯了個錯。」

那不是一個錯誤。薩維正是那個開車的人。他以時速六十哩逆向地把車開下匝道。

「當時，我們並沒有過分擔心，」警探繼續說。「由於沒有意外事故的通報，我們就和我們的證人一樣，都假設那是一個錯誤，一個很幸運沒有造成任何不幸後果的錯誤。不過，那天晚上，我們又接到了另一名司機的電話，那個人看到有一輛車逆向行駛在M40上，也在那附近。那輛車事實上還和他保持平行地行駛了一段時間，而且，他很確定不止一個人在那輛車裡。」

「那和我的當事人有什麼關係？」律師問。

那名警探說：「你在那輛車裡嗎，菲力克斯？」

「不在。」

「你知道誰在那輛車裡嗎？」

「我怎麼會知道？」

「那是你母親的車嗎？」

「不可能。」

那名警探把手伸進地板上的一只公事包裡，然後從裡面拿出一張照片，在此之前，菲力克斯完全沒有注意到那只公事包的存在。

「兩起通報讓我們對那個事件稍微重視了起來，」他說。「因此，我們去了那個加油站，結果發現他們有一台監視器攝影機拍得到反向車道的狀況。」

菲力克斯的律師往前靠，研究著那張照片。「這很不清楚，」她說。「我甚至無法看出我們在看的是哪一款車。」

菲力克斯可以看得出來，不過那是因為他具有優勢，他本來就知道那是什麼車。雖然，客觀來說，他的律師說得沒錯。在那張照片裡，那輛車看起來只不過是在漆黑樹叢背景前的一個模糊影像而已。那條A40上沒有燈光，感謝上帝，而加油站的燈光根本照不到A40。

六月二十五日星期天。那天晚上沒有月亮，他們曾經聊到那晚有多暗。安柏向來都有稀奇古怪的想法，因此，她提到了在黑夜裡做壞事的可能性。在那之後不久，薩維就宣布他打算要試膽；他的話讓那件事變成了一個試膽的行為，一件終將挑戰他們每個人的事情。在那之前，菲力克斯在幾週前的冒險一直都只是一個一次性的惡作劇而已。

「你有車牌號碼嗎？」律師問。

他們不可能有，菲力克斯意識到。如果他們六月就知道車牌號碼的話，他早就聽說了。在那千分之一秒裡，他發現自己希望他們當時就有車牌號碼。那樣，薩維就會被罰款，他們全部都會惹上麻煩，但是，那件事也會就此平息，而他們也不會再一次冒險。

「那次沒有，」警探說。「不過，我們重新看了加油站的監視錄影帶。雖然花了不少時間，但是，我們發現了一些畫面，那輛車曾經五度在清晨的時候駛進A40的反向車道。」

五次。他們每次那麼做的時候都被拍攝下來了。他們怎麼會沒有想到這個可能性？

「你有車牌號碼嗎？」律師重複地問。

他們不可能有。如果有的話，他們早就找上他了。

「我正要說，」那名警探說。「你瞧，菲力克斯，我不相信昨晚的事情是因為梅根過度疲勞或者喝醉而發生的一次性事件，因為，首先，她並沒有喝醉，其次，她——或者某人——很顯然之前就已經這麼做過了。」

13

當安柏和薩維跟著梅根的母親走在狹窄的走廊上時，電話響了。梅根的母親很快地轉身，那張沾著淚水的臉龐同時浮上了警覺和希望。

「那可能是梅根打來的，」她說。「我得去接電話。」她站到走廊一邊，指著樓梯。「你們上樓去，樓上第二扇門就是。」

安柏感到薩維的手指抵在她的脊椎上，推她上樓。

「哈囉！」梅根母親的聲音在擁擠的空間裡聽起來很大聲。「小梅？是你嗎？」

他們在樓梯盡頭看到了四扇破舊的白色房門。

「第二間。」薩維想要趕快結束這一切；安柏則不想開始。

她不應該對梅根家有多小以及——是的——多麼寒酸感到驚訝。她曾經不止一次來到屋外，看到過那扇狹窄的前門、那些擺放在街上的垃圾桶、那幾輛因為屋裡空間不足而被鎖鍊綁在戶外圍籬上的腳踏車。她應該預料得到屋裡的窘況，只是她以前從來沒有想過而已。梅根的生活，她在這個小團體之外的生活，是安柏從來都沒有想到過的。

梅根的房間很小，幾乎沒有什麼空間可以讓安柏和薩維在那張單人床、書桌、椅子和衣帽架之間移動，那個掛著大衣和夾克的衣帽架就算是梅根的衣櫥了。梅根大部分的非學校服裝都來自於本市的慈善義賣商店，安柏一直以為那是因為梅根的風格比較偏向前衛、復古和古怪。然而，此刻在梅根的臥房裡，安柏突然發現那其實是需要使然。整間房間說明了一個事實：「貧乏」。沒有足夠的錢買新衣服。那個狹窄的書架沒有足夠的空間放置梅根蒐集的平裝經典書籍。沒有時間或者意願保持窗戶的乾淨或者重貼壁紙。

床的上方有一張佈滿他們六人照片的軟木塞布告欄，那是除了梅根自己的私人物品之外，這間房間裡唯一的裝飾品：他們在河上、在碼頭綠地、在古老石砌建築前面的照片。貼在正中央的是他們被指定為高年級學生幹部之後所拍攝的正式合照。他們六個靠在一起，神采奕奕中帶著一點點的得意，站在通往校園的第一座白橋上憑欄而照。

「安，檢查那張床。」薩維已經在檢查書架了，他把書一本本拿下來甩，看看是否有任何東西夾在書頁裡。「快點行動。」

安柏蹲跪到地毯上——一條有點黏的薄地毯——試著想在床底下摸到一個大信封，也許是一個薄的塑膠袋。她把手伸進床板和床墊之間，然後又甩了甩棉被和枕頭。床架的抽屜裡塞滿了梅根的校服。

在樓下，那陣模糊的說話聲已經停了。梅根的母親就和梅根一樣瘦小，因此在爬樓梯時也沒有發出太大的聲響。

「安，拜託。檢查布告欄後面。」

安柏再度站起身，把那張軟木塞布告欄抬起來，並且在房門打開時剛好把它掛回原位。他們沒有時間了。

「他們已經起訴她了。」梅根的母親抓著門把，彷彿爬上樓梯讓她耗盡了力氣。「他們已經以謀殺罪名起訴她了。」

「什麼？」薩維手中的書掉了下去，安柏則覺得自己的胸口好像被老虎鉗之類的東西掐住了。謀殺？這個女人在說什麼？塔莉莎曾經說過，如果他們不夠幸運的話，這個事故可能會被視為危險駕駛所導致的死亡；如果事情如梅根所願，那就會是駕駛疏忽而導致的死亡。比較嚴重的罪名會被判處最高十四年的刑期，不過，梅根最多只需要服刑七年，有可能更少，因為她的年齡，加上她是初犯。

「怎麼可能是謀殺？」安柏的聲音聽起來彷彿是別人在說話。「她無意殺害任何人──那是一場意外。」

從她的眼角，她看到薩維靠在書桌上。

「有一個目擊者。」梅根的母親看似已經在崩潰邊緣。她的額頭冒出一片並不健康的汗水。

「就在橋上，高速公路上方的那座橋。」

「那條A329。」薩維喃喃自語地說。

「這個目擊者說，梅根直接朝著另一輛車開過去。他們說她是故意要撞那輛車的。」

那是真的，或者某程度上是真的。他們開在另一輛車的車道上。安柏看到薩維的臉色發白，也許她自己也一樣，她看到他的手在發抖，他在吞嚥口水時下巴都繃緊了。丹在駕駛座上僵住了，完全無法動彈，菲力克斯抓住了方向盤，企圖把他們帶向路肩。不過，另一名駕駛也做了同樣的動作，因此，他們只是避開了正面衝撞，因為菲力克斯很快地又把方向盤回正，讓他們再度回到車道上。對任何一個旁觀的人來說，那看起來都可能像是故意要造成撞車一樣。

「他們說，她以前也那樣做過，」梅根的母親繼續說道。「說她一整個夏天都在那麼做。他們甚至不讓我見她。」

薩維把掉落的書撿起來，放回書架上，彷彿處在一種茫然的狀態。

「她十八歲了，」梅根的母親彷彿在宣告一個他們可能不知道的事實一樣。「那算是成人了。我沒有權利。我沒辦法幫她做任何事。」

「她有律師嗎？」薩維說。「好的律師，我的意思是。我們可以和塔莉的爸爸談。他會知道有什麼律師可找。」

「為什麼，薩維？她為什麼會做這種事？」梅根的母親——安柏這輩子從來都記不得她的名字——將目光從安柏身上轉向薩維，然後又回到安柏。「有什麼讓她沮喪的事情嗎？她和你們兩個吵架了嗎？」

來這裡真是一個天大的錯誤。應該讓塔莉莎和菲力克斯來的；他們會知道該說什麼，該撒什麼謊。安柏的腦子裡一片空白，而薩維似乎也同樣茫然。

「一整個夏天都有點不對勁，」梅根的母親說。「發生了什麼事。我以為是男孩子的問題。」她的目光再次從安柏身上移到薩維，然後又轉回來。「她有和你們說過什麼嗎？」

「我們也不明白，」薩維最終開口，不過他聽起來就像個機器人。「我們沒有找到那本書，很抱歉打擾你了。」

梅根的母親倒吸了一口氣，彷彿房間裡缺乏氧氣一樣。「她就要去劍橋了，」她嚎啕大哭地說。「怎麼會發生這種事？」

14

塔莉莎在泳池小屋的窗邊待了幾乎半個小時，等待著，直到薩維和安柏終於回來為止。當她對薩維招手時，她可以從窗戶上的反射看到菲力克斯正在幫他自己倒另一杯酒，雖然她已經說過喝酒不是什麼好主意。相形之下，丹比菲力克斯更讓她擔心。自從離開警察局之後，他就一直把自己封閉起來，幾乎沒有說過話，只是偶爾用撞球桿撞了幾次球，雖然她從來都沒見過丹對撞球顯露過興趣。他甚至沒有告訴他父母發生了什麼事。

「如何？」塔莉莎在薩維和安柏加入他們在泳池小屋裡的行列時問道。

安柏搖搖頭。「我們覺得自己像混蛋一樣。」

「我們*確實是*混蛋。」薩維崩潰在椅子上。「她媽媽看起來很糟糕，而且沒有人陪在她身邊。還有，各位。她告訴我們——」

「她讓你們到處看？」菲力克斯還在吧檯後面，不過，如果他繼續待在那裡的話，塔莉莎就打算把他拖出來了；她才不在乎他比她重多少。「你們進去她房間了？」

一顆藍色的球撞到木製的球台邊，丹尼爾看著球在綠色的毛氈上回彈。他甚至沒有和薩維以及安柏打招呼。只是偶爾將目光飄向角落裡正在無聲播放的電視。

「東西不在她的房間裡，」安柏說。「聽著，其他——」

「屋裡的其他地方？」塔莉莎說。

「我們沒辦法搜尋整間屋子，」薩維厲聲說。「而且——」

「我們可以在她媽媽去上班的時候搜尋，」菲力克斯提議。「要來一杯嗎，薩維？」

「不！」塔莉莎幾乎是用喊的。「拜託，菲力克斯，大家都不應該喝酒。」

「別生氣。」菲力克斯悻悻然地把酒瓶放下。不過，他並沒有放棄他自己的那一杯，依然把他的酒杯緊握在手裡，彷彿塔莉莎可能會把他的酒杯搶走一樣。

塔莉莎拉高的音量讓丹尼爾畏縮了一下，彷彿他還在和宿醉對抗一樣。「她可能把東西留在車裡了。」他說。

「該死，我怎麼沒想到。」菲力克斯越來越粗魯了。「我應該在車子被吊在半空中的時候爬進車裡的。」

「如果她把東西藏在車裡的話，我們可以在警察歸還車子之後去拿。」塔莉莎說。

菲力克斯放下他的酒杯。「她不會大費周章地寫下那封信和拍照，只為了要讓這些證據回到我們手上。東西一定在屋裡的其他地方，我們得在她媽媽出門的時候去找。」

「那太冒險了。」塔莉莎說道，薩維和安柏則交換了一個她看不透的眼神。

「讓那些東西到處亂放也一樣冒險，」菲力克斯回應她。「如果我們知道梅根不會改變心意的話，我就能睡得安穩許多。沒有拿到那封信和照片的話，我們和她就會各說各話，無法證明誰是對的。」

「各位！」薩維提高嗓門。「你們需要——」

「噓。」塔莉莎突然轉向電視，然後開大音量。

「牛津警方今晚確認，十八歲的梅根．麥當納，久負盛名的牛津萬靈學校的一名前學生會主席，被以三級謀殺的罪名遭到起訴。」

當梅根的照片出現在螢幕上時，泳池小屋裡籠罩著一片沉默。那張照片是在她成為學生會主席不久之後拍的，照片中的她蹲在校長的狗派皮旁邊，地點是基督堂大草坪的河畔。她看起來既認真又漂亮，那頭白金色的短髮讓她散發著些微的前衛感；這名來自單親家庭的女孩不僅在全國最專業的學校中度過了六年，甚至還在那裡茁壯成長，並且名列前茅。

「梅根．麥當納在審判前都會遭到拘押，審判預計會在年底展開。」那名新聞播報員在梅根的照片消失時繼續唸到。「接下來是天氣——」

塔莉莎關掉電視，驚訝地發現自己的雙手竟然在顫抖；她不知道人的手真的會如此。

「謀殺？」菲力克斯說。「怎麼會是謀殺？」

「我們得小聲點，」塔莉莎低聲地說。「我爸爸在家，聲音會透過打開的窗戶傳送出去。」她一邊說話，一邊瞄向陽台，宛如她父親可能就躲藏在外面。「他稍早的時候說，警方向來都會自問：『我們有什麼沒有被告知的？』當他說這句話的時候，他是直接看著我說的。」

丹尼爾說：「你認為他在懷疑什麼嗎？」

「他向來都在懷疑什麼，」塔莉莎說。「那是他的本性。」

「怎麼會是謀殺？」菲力克斯重複地說。「危險駕駛，塔莉，你說最嚴重就是這樣了。很顯然地，她無意要殺害任何人。」

薩維說：「她沒有殺任何人。殺人的是丹尼爾。」

丹尼爾的雙手握緊了撞球桿。

「別這麼說。」安柏把一隻手放在薩維的手臂上。「有目擊者。」她補充道。

眾人花了一秒鐘的時間才理解到安柏在說什麼。「什麼意思？」塔莉莎說完，她自己、丹和菲力克斯帶著逐漸加重的恐懼，聽著薩維描述著他們從梅根母親那裡聽來的話，安柏也偶爾做出補充。

「目擊者會看到我們。」丹尼爾看起來一副準備逃跑的模樣。「我們都下了車。就這樣，完蛋了。」

「未必，」薩維很快地說。「安和我在回來的路上一直在聊這件事。如果我們被看見了的話，他們現在早就逮捕我們了。」

「可是——」丹尼爾無法往下說。

「我想你說得對，薩維。」塔莉莎努力地想要保持冷靜。「不過，有沒有目擊者可能會有很大的不同。」

在那一刻，泳池小屋的門突然打開，只見塔莉莎的父親站在門口。他們沒有人注意到他穿過了陽台。「你們全都看到新聞了嗎？」他問。

當塔莉莎點頭的時候，薩維表示：「我們在想，你怎麼看關於謀殺罪名的事。我們聽說橋上有一名目擊者。」

「顯然如此。」巴納比．史雷特甚至看也沒有看薩維一眼。「一對夫妻錯過了出口，然後在高速公路上的A329違法迴轉。坐在乘客座的人看到兩車幾乎相撞，然後兩輛車都停了下來，一輛停在車道上，另一輛則撞車了。」

「他們有停車嗎？」薩維問。「他們有試著求救嗎？」

「顯然沒有。他們以為那場事故可能和幫派有關，因此，他們不敢冒險。他們直接開到了下一個出口，然後通知了緊急救援服務。」

塔莉莎感到緊張從自己的身體裡釋放而出。

「梅根會被定罪嗎？」菲力克斯問。

「現在還很難說。」塔莉莎的父親繼續對著空氣說道，而沒有看著塔莉莎或者她的任何一個朋友。「警方從加油站監視器拿到的錄影帶素材具有重要的意義。那些畫面證明梅根說她只那麼開過一次，而且是不小心的，其實是在說謊。」

「暗示，不是證明，」塔莉莎糾正她父親。「你稍早是這樣說的。警方無法證明攝影機拍到的那輛車是菲力克斯他媽媽的車，如果他們無法證明的話，那他們就不能證明開車的人是梅根。」

巴納比低頭看著他女兒。「儘管如此，陪審團還是有合理的機會相信那是你母親的車，菲力克斯，而且每次開車的人都是梅根。」他說。「如果陪審團相信她曾經六度刻意危及他人性命的話，他們就完全不會同情她，也不會把這次的事件視為意外。判決有可能很嚴重。」

「多嚴重？」安柏問。

巴納比聳聳肩。「無期徒刑。我們談的是兩個幼兒。不過，從現在開始到開庭之前有可能會發生很多事。警方會想要再和你們每個人談談。你們可以把週六要去西西里的事情拋諸腦後了。」

「他們會讓我們見她嗎？」薩維問。

「幾乎不會，」巴納比厲聲地回答。「如果你們可以見到她的話，你們也應該要假設你們的對話可能會被見證或者錄音。你們全都需要很小心。」他環視著泳池小屋，眼神在一張張蒼白的臉孔之間流轉，最後終於和他們直接對視。他知道，塔莉莎心想。

「在接下來的幾星期裡，也許你們不應該花太多時間聚在一起。對了，說到聚在一起，塔莉，你母親和我希望你加入我們一起吃晚餐。晚餐五分鐘後就準備好了。你們其他人回家的時候小心開車。」

語畢，房門砰地一聲在他身後關上了。

安柏首先打破沉默。「我們不能這麼做。梅根甚至沒有開車。」

「沒有差別，」菲力克斯說。「抱歉，不過是真的沒有差別。如果我們承認的話，她也不會因此脫罪。我們會和她一起坐牢。」

「菲力克斯是對的。」丹尼爾說。

「你當然會那麼說，」安柏斥責道。「昨晚死了三個人。我無法相信我們全都這麼自私。」

「安柏，閉嘴。我們必須要專注，」菲力克斯說。「他們讓我們離開警察局不代表什麼。他們需要時間比較我們之間的故事版本，尋找不一致的地方。他們會再找我們談，當他們那麼做的時候，我們禁不起犯任何錯誤。」

他看著薩維。「在你們兩人去那裡的時候，我們就車子在高速公路上被看到的那些日期討論了一下，並且談及我們應該要怎麼說。」

「我們認為，保持模糊就好，」塔莉莎插嘴。「我們今天就是那麼做的。他們每次丟出一個日期，我就說我不記得，我就說我可能和你們在一起，因為我們整個夏天幾乎都在一起，不過，我不能確定。」

「我也是那麼說的，」菲力克斯說。「我告訴他們說，我需要核對我的日記。」

「我們應該要盡可能地根據事實來說話，」塔莉莎說。「我們可以說，那幾個晚上我們都在這裡，說我們有機會回憶了一下，我們看過了日記，我們問過了父母等等，結果證明那幾天我們絕對都在這裡。那是事實，因此，我們不應該企圖假裝其他的說法。」

菲力克斯點點頭。「我們在傍晚晚一點的時候抵達這裡，也許是在酒吧關門之後，然後，我們就待在這裡，游泳、打撞球、看電影。到了某個時間，我們都去睡覺，沒有留意到梅根悄悄離開了。」

「我同意，」塔莉莎說。「保持含糊，不要編造什麼，因為有人可能會和你的說法出現矛盾。」

「你們知道這一切都要看梅根而定，」薩維說。「我們怎麼做並不重要，如果她——」

「你認為她會守口如瓶嗎？」丹問。「截至目前為止，她一定沒有說出來，不然的話，我們已經被捕了。可是，她未來也會如此嗎？」

「我們無從得知。」塔莉莎說。

「當他們問我們，梅根為什麼這麼做的時候，我們要怎麼回答？」安柏問。「她為什麼一直在高速公路上逆向行駛？我是說，那完全不是梅根會做的事。」

「我們就說我們不知道，」菲力克斯說。「不要企圖去猜測，不要編造什麼亂七八糟的理由。就說你不知道。」

「可是，她整個夏天都怪怪的，」安柏堅持地說。「直到今天、直到我們得知她的考試成績之後，我才真的想到這點，有什麼事情一直困擾著她。」

「我也注意到了。」薩維說。

「各位，那不重要，」菲力克斯說。「重點是，我們不知道，所以那就是我們的回答。」

「你爸爸是什麼意思，我們不應該花太多時間在一起？」安柏問塔莉莎。

「他的意思是，我們是連帶犯罪，」薩維說。「每個人都知道，我們是梅根最好的朋友。我們的名聲也會因此受損，如果我們在一起的時間越多，結果就會越糟糕。他希望我們分開。我們應該預期我們自己的父母也會提出同樣的要求。」

「你和我？」安柏問，她的臉因為沮喪而皺了起來。「我們不能再交往嗎？」

「他們會試著這麼要求的，」薩維說。「他們會祈禱我們其他人不會被拖下水，如果我們逃過被起訴的話，他們會希望我們從此和這個友誼團體不再有任何關係。」

「不過，他們不能阻止我們見面，他們可以這麼做嗎？」安柏說。「我們都超過十八歲了，再過幾個星期，就連你也滿十八歲了。」

「他們可能會認為，在假期接下來的時間裡，他們可以這麼做，」薩維說。「反正，到了十月的時候，我們就會各奔東西了。」

「希望如此。」菲力克斯喃喃自語。

房門再度打開，巴納比又出現了。他輕輕敲了敲他的腕錶。眾人於是站起身來。

「我正要送他們出去。」塔莉莎說。

「晚餐已經準備好了，」她父親反對地說。「比起你的前友人梅根今晚將要享受的那一頓飯來說，這是相當不錯的一餐，用餐環境也好太多。」他環顧著這群人，冷眼地看著眼前那一張張臉孔。「我建議你們，在接下來的日子裡都要好好記取這點。」

15

四個月後。

從孩提時代開始，也就是當他第一次發現並且愛上元素週期表時，菲力克斯就養成了一個習慣，用化學元素來匹配他生活中認識的人。他從來都不認為自己真的認識某個人，直到他把一個化學元素冠在那個人身上為止，有時候則是一個或者兩個元素組成的化合物名稱。不過，對於梅根，他向來都覺得很棘手，他能想到最接近的化學元素就是鉍。長久以來，鉍一直被視為——錯誤的視為——一種穩定的元素，鉍確實也會腐蝕，然而，速度卻極其緩慢；任何人絕對都無法看得出來，也無法測量出來，不過，在那樣的表象之下，絕對有什麼正在發生。而那就是梅根，值得信賴的學生會主席，冷靜、公平，她對於團隊的貢獻能力和她的領導能力一樣優異，大部分的時候，梅根似乎很平凡，不過卻偶爾會散發出意想不到的光芒。同樣地，鉍看似沉悶，有點乏味，但卻可以變成脆弱、散發出彩虹般色澤、令人驚豔的結晶體。菲力克斯在想，總的來說，他的判斷是對的。鉍就是梅根，或者說在這一切發生之前的梅根。

因為在她審判的最後幾秒鐘裡，從他所在的公眾旁聽席後方，菲力克斯被迫看著梅根失去了她的沉著。當法官完成判決時，她似乎蜷縮成了一團，彷彿有一隻看不見的拳頭重重地擊中了她的腹部。她張開了嘴，但是，她所發出的任何聲音都被法庭裡面的喧囂聲淹沒了；如果有罪的判決原本就受到公眾歡迎的話，那麼，法官所宣布的刑期則讓法庭裡響起了一片掌聲。

無期徒刑，最低的服刑期限是二十年。

在公眾旁聽席的最前排，麥克．羅賓森把頭垂到掌心裡。坐在菲力克斯旁邊的安柏也做出了同樣的動作，有人把一隻手放在她的肩上安慰她，不過，那個人是丹，而非薩維。安柏和薩維已經不再是一對了。

接著，梅根緩緩地抬起頭，自從審判開始之後，她可能已經老了十歲。她的頭髮變長了，原本的銀色短髮長出了一吋深色的髮根。那張向來白皙的臉龐變得慘白，臉上的肌肉似乎已經融化了，至於那雙眼睛也已經向內凹陷。她的皮膚粗糙，彷彿廉價的紙張，她的嘴唇也龜裂了。梅根．麥當納，全英格蘭最被唾棄的年輕女子，也許終於明白自己的處境有多麼地嚴峻。

菲力克斯看著她的眼神往上揚起，搜尋著旁聽席，甚至可能是想要把他找出來，如果他認為有一點點可以躲藏起來的可能性，他也許會直接縮進自己的座位裡。不過，他沒有機會躲開她；他也許是整個法庭裡體型最高大的人。

在感受到有什麼事情可能會被揭開的情況下，法庭裡的人群開始跟隨著梅根的視線，他們認為她也許是在找她母親，然而，打從審判一開始，麥當納太太就一直坐在旁聽席的另一邊，而此刻的她已經崩潰在了她隔壁的人肩膀上。

梅根在看薩維嗎？菲力克斯往旁邊瞄，看到了薩維的臉緊張地繃緊了。在法庭上的梅根，雙手抓在她身前的欄杆上，彷彿就要爬過欄杆一樣。她的目光極其短暫地和薩維對上，只見她張開了嘴。

就在此時，法庭的官員打破了這個魔咒，他們上前抓住梅根的手臂，將她帶出了法庭。這讓菲力克斯瞬間鬆了一口氣。現在，所有的戲劇性都將發生在法院外面了。一堆電視攝影機——這個「膽大妄為的駕駛」案子已經引發了全球的想像力——已經等在了街上。各式聲明都將會被發表：警方的、被害人家屬的；人們甚至還可能瞥見那輛無窗的廂型車將梅根從這個世界載往另一個世界的畫面。沒有人想要錯過這些；群眾開始移動。

彷彿退潮時嵌入沙裡的石頭一樣，菲力克斯和其他人停在原地，看著逐漸空蕩的法庭。他身邊所有的聲音都沉悶了下來，法院似乎變成了一台被人把聲音關小的電視機。他看著法官的嘴在嚅動，也許塔莉莎會知道法官在說什麼，法官或許在感謝和解散陪審團吧；他看著律師們收拾著他們的文件，而那名負責這個案件的警探，沒想到她竟然就是第一天偵訊安柏的那個金髮女子，正在對著她粉盒裡的鏡子小心翼翼地檢查嘴上的唇膏。

坐在法庭主要座位的群眾帶著明顯的不耐煩逐一走出法庭，旁聽席的人也跟在後面。至於為了方便行動而坐在最後面的媒體，早就在盡可能保持禮貌之下走人了。梅根的母親在哭泣中被帶走。她並沒有和她女兒的朋友說話。她甚至可能不知道他們也在那裡。

「我們得走了。」菲力克斯越過安柏對著其他人說。「如果我們留下來的話會被人看見的。走吧。」

他們彷彿羊群一樣，筋疲力盡卻很聽話地跟著他離開，每個人在離開木頭長凳的座位時，都低垂著眼光。在過去五天的審判裡，他們一直都努力保持低調，不過，報導的限制現在開始將會被解除了，這點塔莉已經警告過他們，對於全國的媒體而言，接下來將會是恣意妄為的時候。那些急於想要報導的記者無法到監獄裡採訪梅根，因此，他們勢必會轉而將目標對準她的朋友。

菲力克斯走在最前面，那可能並不明智，因為他的身高、體型和膚色向來都是最容易被辨認出來的，他們跟在最後一批出庭人員後面走出了法院。在大街上，電視攝影機鎖定了裹著粉紅色溫暖大衣的主要警探，以及她旁邊的法律團隊，特別是身為被害人丈夫和父親的麥克・羅賓森。

「過去這幾個月對羅賓森先生來說，是最難以想像的痛苦時光，」那名警探在一名記者把毛茸茸的灰色麥克風捅到她面前時說道。「他整個家庭被那個自以為凌駕於法律之上的年輕女子輕率又殘酷的行為給抹滅了。今天的判決透露出一個強烈的訊息，那就是，沒有人可以凌駕在法律之上。」

「他們在那裡！」一名穿著襯墊夾克的女子直接指著他們。「梅根的朋友。」

原本在等待和觀望的群眾似乎同步了起來，每一顆人頭瞬間都轉向他們，整齊劃一地有如一個團隊一樣。一對對冰冷的眼睛鎖定了目標，然後，一名肩上扛著攝影機的男子很快地朝著他們走來。

菲力克斯抓起塔莉莎的手。「快點。」

他抓著塔莉走到大馬路上，完全沒有注意到聖誕節的車流，他們閃過一輛巴士，無視於汽車的喇叭聲。薩維、安柏和丹跟在他們身後，不過，前方的交通號誌已經變燈了，車流的速度也很緩慢。追逐的媒體在人行道的另一頭趕上了他們，大量的行人讓他們難以加快腳步。一張張的臉孔都轉向了他們，因為人們最愛的就是街頭糾紛，只要那個糾紛和他們自己無關就好。

一台攝影機對準了塔莉莎的臉。「塔莉莎，關於你朋友那個膽大妄為的遊戲，你都知道嗎？」

菲力克斯把她拉向一邊，他們開始在一排車輛之間閃躲，不過，新聞團隊在追趕不想接受採訪的對象上，顯然比想要躲開媒體的人更有經驗。那些狩獵者在他們的獵物忙著在擁擠的人行道上奮力往前移動時緊緊跟著他們。

「你認為她在拿到那麼糟糕的考試成績下，是否企圖想要自殺？」

一名行人肩上扛著一棵聖誕樹，聖誕樹尖刺的樹梢刮過了菲力克斯的臉。

「安柏，你有預料到判刑會這麼嚴重嗎？」

「你曾經和她一起在車上嗎，丹？」

這真是場災難；他得帶他們離開。「綠地。」菲力克斯回頭說道。

基督堂大草坪就在附近，那是位於市中心的一片空地，也是他們很熟悉的地方。到了基督堂大草坪他們就可以跑起來，帶著笨重設備的新聞團隊將無法跟上他們。不過，大草坪在黃昏的時候會關閉，而在幾近四點鐘的下午，十二月的天空已經開始露出暮光之藍了。黃昏是一段很不確定的時間，他們可能夠幸運，也可能不夠。

他們在上氣不接下氣中抵達了大草坪的入口，剛好看到管理員站在大門邊，目送最後一批遊客離去。菲力克斯抓著塔莉莎穿過了大門。

「嘿，」那名管理員大喊。「我要關門了。」他往前走，也許打算和他們爭吵，雖然菲力克斯和塔莉莎已經跑進了光線漸暗的小徑，為了攔下他們，那名管理員失去了阻止其他三個人的機會。薩維拖著安柏穿過半開的大門，丹則尾隨在後。那名管理員在某程度上承認了失敗，於是他推著大門關上，一批新聞記者也因此被擋在了門外。

「繼續走，」菲力克斯對其他開始慢下腳步來喘氣的人說。看起來就要哮喘發作的丹尼爾甚至已經從口袋裡拿出了一個藍色的呼吸器，開始朝著它吸氣。「如果我們被關在這裡面的話，我們就得要爬過那扇該死的大門了。」

他帶領著他們沿著布勞德步道往東走，這條寬闊的石子路能讓他們穿過基督堂學院旁邊的觀賞性花園。

「我們會出現在晚間新聞裡，」薩維說。「一路逃跑的我們看起來會像是在隱瞞什麼。」

「我爸爸會殺了我，」塔莉莎說。「我向他保證說我不會去法庭。」

「他以為你過去那五天都在哪裡？」菲力克斯問。

「圖書館。」

「攝影機也許沒有拍到我們。」丹聽起來還在喘氣。「我們也許夠幸運。我家人也不會因此而緊張。」

「他們會把她帶去哪裡？」安柏問道。在他們遠離宏偉的基督會堂之後，天色已經更暗了。他們現在正行走在基督堂大草坪和默頓球場之間。

其他人都等著塔莉莎回答。在劍橋攻讀法律，加上她父親的專業知識，塔莉莎已經變成了他們在法律問題上的諮詢首選。

「今晚，她也許會待在伯林頓，審判期間，她一直都待在那裡，」塔莉莎說。「接下來幾天，他們會把她帶到其他固定的地方。我爸爸認為最有可能的地點是杜倫。長期徒刑的女囚幾乎都會被送到那裡。」

「對你來說很方便，丹。」菲力克斯說道，不過，他的臉上並沒有笑容。

已經在杜倫大學完成第一學期古典文學課程的丹尼爾並不覺得好笑。

「你有預期到她會被判那麼久嗎？」安柏問塔莉莎。

「這裡不是談話的地方，」菲力克斯在塔莉莎張開口的時候說。「我們需要到沒有人聽得到我們說話的地方。」

丹原地轉了一個圈。「這裡完全沒有人。」

他不在乎。「我不要冒任何風險。」菲力克斯堅持道。

「找個地方去喝杯咖啡？」薩維身上的衣服沒有其他人暖和。「我快凍死了。」

「不行，」塔莉莎反對。「我們不知道那些地方都會有些什麼人。」

「到皇后學院去吧。」安柏說出她在牛津大學的學院，他們即將要從大草坪另一頭的出口出去，而皇后學院就離那裡不遠。「我可以簽名讓你們進去。我們可以到圖書館。這個時候，那裡不會有人。」

他們似乎在等待菲力克斯的同意，而他也想不出其他更好的計畫了。「我們走吧。」說完，他加速地催促其他人邁開腳步。

他們走到河邊，然後往北走。默頓球場位於他們的左邊，植物園則在他們的右邊。使用率遠比主門要低的這扇門依然還開著，讓他們得以順利地離開大草坪。他們行色匆匆地沿著玫瑰巷穿過主街，然後右轉到皇后學院。秋季的第一學期已經結束了，不過，學生們依然可以進到公共區域。安柏在傳達室簽名，讓他們都可以進入校園，他們隨即跟著她穿越主要的方庭，爬上螺旋樓梯，來到那座位於上層的十七世紀圖書館。每個人，包括菲力克斯和薩維，在這時都已經喘不過氣來了。

這座圖書館被公認為牛津最美的圖書館之一，位於上層的皇后學院圖書館是一間鋪著橡木地板的長型大堂，裡面矗立著擺滿各式珍稀古老書籍的獨立式書櫃。雕花的天花板漆成了白色和珍珠灰的顏色。巨大的拱窗在這個時間點已經變成了一片漆黑。室內看起來空無一人，感覺很空蕩，不過，菲力克斯依然大步穿過了整個大堂，檢查每一座巨大書架之間的壁龕。然後才滿意地回到其他人聚集的一張書桌旁邊。

「沒人，」他說。「我們很安全。」即便如此，他還是盡量把聲音壓低，一如他們周圍那些燈光黯淡的閱讀燈一樣。他們拉出有著紅色皮椅背的椅子坐下，沒有人把外套脫下來。儘管圖書館並不冷，不過，他們都明白他們可能隨時都需要再次逃跑。塔莉莎雙臂抱著自己的上半身，彷彿試著要保持溫暖；手裡握著呼吸器的丹尼爾，每隔幾秒就瞄向那座螺旋樓梯。

有好長一段時間，沒有人似乎有什麼話要說；也沒有人和其他人有眼神的交流。

「我不認為她會撐得過去，」薩維打破沉默，不過他只是低頭，彷彿是在對那張拋光的橡木桌在說話。「過去四天，特別是今天，我一直期待她會轉過身，指著我們。」

「我也是。」安柏認同地說。

「她沒有看過我們一次，」薩維繼續說。「她一定知道我們在那裡，但是，整整四天，她一直都沒看我們一眼，直到最後一分鐘。」

「我真的以為完蛋了，」塔莉莎說。「我很確定她當時就要說什麼了。」

菲力克斯說：「她表現得很棒——她比我們任何人都有種。」

空氣裡再度瀰漫著沉默。一道沉悶的重擊聲從樓下傳來，彷彿有一本書掉落在了地上。自從那起意外發生以來就一直如坐針氈的丹尼爾站起身，無聲無息地走向樓梯。他往下偷看了幾秒，然後才搖搖頭地走回來。

在菲力克斯的腦子裡，丹尼爾是一個銅和碘的混合體，銅的屬性柔軟、容易變形——雖然有用，不過永遠都無法為這個世界帶來燦爛的光芒；碘是一種無趣的物質，幾乎所有的其他元素都可以取而代之。如果有什麼沒有用處的元素，那就是碘了。在心情好的時候，菲力克斯會對自己承認，他對丹尼爾其實並不公平，不過，天哪，那傢伙什麼時候才能有種一點？

還有，那個呼吸器是怎麼回事？他以前在學校的時候從來都沒有哮喘；他還是一個很不錯的越野賽跑者。

「二十年。我不知道她會被判那麼久。」薩維說。「她可以上訴嗎？」

所有人再度看向塔莉莎。

塔莉莎一直都是他們裡面最容易定義的一個。純汞——在標準情況下呈現液態，具有迷人且不可抗拒的金屬性。汞是無情冷酷的；它聰明、狡猾、具有毒性，宛如蛇一樣。完全就像塔莉。

「說實在的，」她說。「我並沒有太驚訝。我爸爸幾天前說過，他認為事情不會如她所願的。她並非初犯的這個事實，」她揚起一隻手阻止可能打斷她的抗議，不過也許不會有人抗議。「我知道，我知道。不過，從法院的角度來看就是很糟。目擊者的證詞對她很不利。而媒體的報導又很惡毒。公眾的感覺按理不應該影響審判，可是，它還是產生了影響。」

「而且，精神健康評估的結果發現她完全正常。」菲力克斯補充說道。

「『異乎尋常的冷漠，』那是那個人說的，」安柏說。「那個精神醫師，他說她很不友善、很冷漠，對於發生在她周圍的事情很疏離，而且也沒有適度地領悟到她所做的事情很嚴重。」

「他也說她可能有心理變態的傾向，」丹尼爾說。「你們曾經想過她會這樣嗎？我從來都沒想過有這種可能性。」

「她公開地撒謊來保護我們，難怪她會被認為怪異，」薩維厲聲說道。「我不知道你們怎麼樣，不過，我不確定我能撐得下去。」

圍繞著桌子的氣氛改變了。不止一個人的身體緊繃了起來，菲力克斯還聽到有人深深吸氣的聲音。才華洋溢、體態俊美的薩維當然是金：珍貴、迷人，具有上百種不同的用途，不過終究過於柔軟，也不可靠。自從遠古以來，人們就對金子抱持著渴望，然而，沒有人能夠用它來蓋出一幢房子。

「你是什麼意思？」塔莉莎問。「還有，小聲點。」

薩維用手撫過自己的臉頰。「這件事一直在我的腦子裡，從我睡醒那一刻起，每一秒鐘都在我的腦海裡。」他抬起目光。「我幾乎無法入睡。我快要脫序了。我無法專注在課程的學習上，我無意於社交或者參加大學裡的任何活動。我快要變成殭屍了。這件事在啃噬著我。」

安柏朝著他伸出手。薩維冷冷地看著她的手，兀自將自己的雙手插進腋下。

「我懂你的意思。」薩維的冷落讓安柏的眼神陰沉了下來。「每天早上，當我醒來的時候，都會有一瞬間的時間，我會覺得一切都很好，然後，我會想起來，那就好像有人在我的胸口砸下一個重物一樣。」

「我現在很怕火，」丹尼爾說。「我無法待在有火的房間裡，即便只是一小撮的火焰。我無法忍受破裂聲和劈啪作響的聲音。那讓我想要尖叫。」

菲力克斯發出了一聲重重的嘆息。他和桌子對面的塔莉莎四目相對。他們雖然有預期到會這樣，但是卻沒有想到來得這麼快。

「我會在晚上每個人都上床睡覺之後在校園裡走動，」丹尼爾繼續說道。「我會檢查任何可能引起火災的東西。大家都認為我腦子不正常，再也沒有人願意和我說話，可是，我就是停不下來。我的指導老師說，我需要去找諮商師，然而，當他想要尋求我變成這樣的根本原因時，我卻永遠也不可能把這個原因告訴他，這樣一來，找諮商師還有什麼用處？」

菲力克斯說：「說這些事情都沒有辦法幫助我們。」

「我已經要求要換到一樓的寢室，」丹尼爾似乎無法停止。「我在我的床下放了一條繩索，以便發生火災的時候可以用。我現在完全一團糟。」

「我們都在付出代價，」塔莉莎說。「不只是梅根。」

「我想，她現在可能願意和我們任何一個人交換。」薩維說。

「你得要振作起來，兄弟，」菲力克斯對丹說。「我們都需要，不然的話，我們就都會落到梅根現在的下場。他們不會因為我們認罪就釋放她的。她依然會要服刑二十年，唯一的不同只是我們也得要入獄二十年。」

他再度和塔莉莎的眼神相遇，然後對她微微地點了點頭。她將之視為是在暗示她可以把他們的想法告訴其他人，於是她說：「如果我們在外面的話，我們就可以幫助她。菲力克斯和我一直在討論我們可以在財務上幫忙她。」

「你是說要怎麼幫她？」安柏抬起頭。「她在牢裡又沒有辦法用錢。」

「幾年之後，我們就會賺錢了，」塔莉莎解釋說。「如果我們振作起來的話，也許可以賺到很多錢。我們可以成立一個信託基金，每年從我們的收入裡支付一個比例的金額到那個基金。等梅根出獄的時候，那筆錢就可以讓她開始起步。」

「那才是真的在幫她，」菲力克斯表示。「因為我們無法面對這份罪惡，然後我們就把自己推下水，這樣一點幫助也沒有。」

氣氛改變了，他可以感覺得到。丹尼爾的眼睛在發亮，安柏確實也聽進去了。

「我喜歡這個想法，」安柏說。「如果我們撥出百分之二十，那她也可以得到同等的比例，是嗎？」

「百分之二十可能有點難，」菲力克斯說。「特別是剛開始的時候。不過，百分之十可能比較好。之後再提高百分之十。」

就連薩維似乎也在考慮了。

「而且，我們應該要告訴她我們在這麼做，」塔莉莎說。「這樣，她會知道我們並沒有拋棄她。」

「怎麼告訴她？寫信給她嗎？」安柏問。

「天啊，當然不是。」塔莉莎看起來似乎嚇到了。「我們絕對、絕對不能把發生過的任何事情白紙黑字寫下來。得有人盡快去看她。不能是我——我爸爸會知道的。」

「我去，」薩維說。「只要我們知道她在哪裡。不過，我們都需要去看她，不止一次，只要她還在牢裡，我們就要經常去探視她。」

安柏很快地點點頭，幾秒鐘之後，丹也跟著點頭。菲力克斯又一次和塔莉莎四目相對，他先是低下頭，隨即又抬起頭來。他不打算去看梅根，而他很確定塔莉也一樣，不過，眼前，他得要先安撫他們之中那些意志比較脆弱的成員。

「但是，人們不會服刑到期滿的，不是嗎？」丹問。「她不會真的要待在監獄裡二十年。她又不是連續殺人犯。」

「我爸爸認為她至少得關十年，」塔莉莎說。「也許更久。任何提前獲釋的企圖都會遭到麥克・羅賓森的法律團隊反對的。」

「十年？」薩維說。「我連接下來十天會怎麼樣都不知道。」

「我們還有其他的事情需要考慮。」菲力克斯說。

「什麼事？」

「梅根隨時可能改變她的心意。我們真的需要找出她讓我們簽名的那封信。還有底片。」

「我同意，」塔莉莎說。「不過，我們要去哪裡找？我們不能再去她家。」

「我們必須繼續找，因為就算她信守承諾，終有一天，她也會出獄的。記得嗎，我們都欠她，這點我們都同意過。她隨時都可以開口對我們提出要求。」

第二部

二十年後

16

當梅根重返這個世界時，夏天才剛剛開始。在萬靈學校裡，聖三一學期[6]已經開始了整整一週，好幾支不同的體育隊伍也已經在聯賽的排名表上締造出優異的成績。另一方面，新科學大樓的建築工程進度已經落後了，此外，一名潛在的新贊助者也已經退出了。董事會預定在六點鐘召開會議，而丹尼爾並不想要把這個壞消息告訴他們，特別是他懷疑梅根最近獲釋的消息大量曝光，是導致這名富商撤資的原因。他只希望董事會不會發現在他們抵達之前，她才剛到過這裡。

「她在前台。」

他想，他可以用教宗的格言來安撫他們：「凡人皆有過；唯神能寬恕」，不過，他有一種感覺，這句話不會被聽進去的。梅根．麥當納並非萬靈學校引以為傲的畢業生。事實上，早在丹尼爾被任命校長之前，她所有能夠被去除的紀錄都已經被校方永久刪除了。而現在，她回來了，在董事會召開之前不到一個小時，她活生生地回來了。他原本可能會笑出來，然而，這麼多年來，有時候他已經忘記了要怎麼笑。

學校的秘書艾倫正站在門口，強裝出一副不以為然的模樣。不過，丹尼爾認識艾倫好幾年了；他可以看得出她眼裡的興奮。

「誰？」他問。

他沒有對艾倫說過梅根要來的事情，不過，她很清楚M．麥當納女士是誰；牛津郵報曾經報導過她獲釋的消息——當然是頭版——牛津BBC也是，全校因此籠罩在各式謠言之中。半數的低年級學生宣稱在學校運動場看到她站在河的對岸注視著他們，彷彿來自於被遺忘的醜聞裡的一個鬼魂。

「你的老朋友。」那名秘書說道。

丹尼爾從來沒有和艾倫討論過自己的過去。

「董事們知道她在這裡嗎？」她繼續說。

「謝謝你，艾倫。」他在電腦螢幕上打開另一份文件，企圖要看起來很忙的樣子，不過那可能騙不過她。「幾分鐘後我會去帶她進來。明天見。」

「我不介意去請她進來。」

丹尼爾沒有抬頭看她。「我還沒完全準備好。而且你也會錯過你的公車。」

艾倫走了，不過，他敢打賭她會繞過前台離開這棟建築，好瞄一眼那個女惡魔。丹尼爾給了她五分鐘的時間；然後再給自己幾分鐘的時間，祝自己好運。

他有什麼感覺？走投無路是他唯一能說得出來的感覺。自從梅根上週訂下這次的會面之後，他每天幾乎都無法睡超過幾個小時，而且就算真的睡著了，他也會被惡夢纏身。在每一個夢境

❻ 聖三一學期（Trinity Term）是英國和愛爾蘭一些大學的夏季學期，通常從每年四月到六月。

裡，他都夢到還是青少年的自己被一個無形的影子追逐過牛津，而他知道那個影子就是梅根。

萬靈學校也許從十五世紀以來就一直教育著牛津天賦異稟的學生，但是，那些原始的建築物早就消失了。任命丹尼爾為校長的這所學校，只是一堆建築風格五花八門、座落在一片空地上的建築群而已，而學校的董事會還不准他把這片稱之為後院的空地變成一座停車場。在心跳劇烈之下，他穿過一座廊橋，走進那棟主要建築，然後，碎步跑過藝術系，再從後面的樓梯下樓，經過教職員休息室來到前台。

和他一樣對這所學校瞭若指掌的梅根，已經調整好自己的位置，好讓自己面對著門口。他們在同一時間看到了彼此。

他的第一個念頭是，那些宣稱曾經看到梅根在監視學校的低年級生根本是在胡說八道。玻璃門另一邊的那名女子，看起來完全不像牛津郵報所刊登的那張照片，也和他記憶裡那個十八歲的女孩大相逕庭。她那頭出色的銀色短髮變成了一頭深棕色的長髮，黯淡得有如泥土一樣；那張可愛的臉龐變得骨瘦如柴，宛如屍體般蒼白。她向來都很瘦小，但是，她的四肢變得有稜有角，彷彿是被別針固定在她的軀幹上一樣。她就像一只使用多年之後被丟棄的牽線木偶。她看起來病懨懨的，這讓他慚愧地感到了一絲希望；這個不堪的人類不可能成為一個威脅。

同時，他停下了腳步，他們就那樣隔著玻璃看著彼此。他試著要讀懂她的表情，並且猜想在他開門之後多久，她會開始指控他。你為什麼沒有來看我？為什麼沒有寫信給我？二十年來，你為什麼離我那麼遠？也許，她會開門見山地告訴他，她想要什麼，現在，他得要為她做什麼，來償還她所犧牲的一切。他真是個傻瓜，竟然同意在這裡和她見面，在眾目睽睽之下，然而，那也是因為她太堅持了。

「你還好嗎，丹？」

丹尼爾嚇了一跳。他沒有留意到一名體育老師一路跟在他身後，現在被他擋住了去路。他振作起精神，打開門，走向前台。

「梅根。」他伸出一隻手，暗自祈禱她不會期待一個擁抱。當她站起身的時候，她似乎有點搖晃，彷彿她的腳無法站穩一樣，而當她伸出一隻手撥開臉上的髮絲時，他看到她右邊的太陽穴上有一道醜陋的疤痕。那是一道深深的傷口，沒有經過適度的縫合，結果在皮膚上留下了紅色和發皺的痕跡。

「校長。」

她露出笑容，他無法辨別她是在恭喜他，還是在嘲諷他。她的手感覺又冷又潮濕，在盡可能不失態的情況下，他很快地放開了她的手。

「你登記了嗎？喔，你拿到名牌了。」

那名前台給了丹尼爾一個明知故問的眼神，他知道，在這星期結束之前，學校裡的每個人，上至最年幼的低年級生，下至校門口的傳達員，都會聽說梅根來過了。那名前台和艾倫會把這個消息昭告給董事會、家長會、所有提供學校餐飲和清潔服務的公司，以及員工休息室。

「那麼，我來帶路。你可以爬樓梯嗎？」

這句話說得真蠢，但是，她看起來那麼脆弱，彷彿一陣強風就可以把她吹倒。在他們爬到二樓之前，她就已經遠遠落在後面了，不過，對此，他並沒有感到驚訝。丹尼爾從樓梯頂端看著她掙扎地爬上最後幾階，她在重重的喘息下已經冒出了一層薄薄的汗水，直到現在，他才看到她的膚色微微地泛黃。

「多久了，你——」他才開口。

「出獄？」她主動幫他問完。

他確實想這麼說。「回到牛津。」不過，他卻更正地說。

「幾個星期。我一直在生病，否則，我會早點來。」

「嗯，見到你真好。」他說。

她畏縮了一下，眼睛微微地發亮，彷彿鋼鐵一樣。時候到了，他告訴自己，就是現在了。

「這邊走。」他對她說，不過，她當然知道怎麼走到校長室。她無聲無息地跟在他身後，安靜到他走到走廊的一半時，不禁回頭看看她是否還在，結果卻發現她緊跟在他身後，距離近到讓人不安。他把她留在書房，自己則到艾倫的房間去泡茶。當他回來的時候，梅根正站在窗邊。

「我已經忘記從這裡看出去有多美了。」她說。

「我從來都沒有看膩過。」他說。

他發現，這是他對她所說的第一個實話。校長室的書房可以眺望基督堂大草坪，還有著名的夢幻尖頂作為背景。太陽低垂在天空，暮光下的建築物都蒙上了一層溫暖的蜂蜜色。有些傍晚，當學校籠罩在一片寂靜之中時，丹尼爾會在他的窗邊坐上好幾個小時，看著日落餘暉逐漸隱沒，看著那些尖頂消失在夜色裡，看著城市閃爍的燈光彷如星星般地亮起。在一天結束之際獨自眺望著牛津，能讓丹尼爾幾乎記起自己曾經有過的快樂時光。

現在似乎不是對梅根說這個的時候，因此，他倒了一杯茶，試著記起她以前喝茶的習慣。她說：「我上回來這間房間的時候，還在這裡喝了香檳。」

就那麼一句話，回憶突然鮮活了起來，開始在他的腦海裡發亮：那是他最後一場考試的那一天，六月的一個星期四；其他人都比他早考完，不過，他們都在校長的邀請下回到了學校。校長準備了蛋糕和香檳招待他們，並且感謝他們身為高年級學生領袖的辛苦和傑出的表現。當時現場還有一名專業的攝影師，依照慣例，他們也拍下了作為學校年鑑之用的團體照。

他記得自己曾經對菲力克斯、塔莉莎和薩維在和校長相處時的自信感到讚佩，彷彿他們知道校長的權威將會隨著他們最後一次的考試而滑落；彷彿他們知道，現在他們已經和她平等了，而且也許有朝一日還會凌駕過她。他依然對校長感到緊張，他可以看得出來安柏也是。梅根呢？現在，當他想起這件事時，他覺得梅根那天似乎有點不對勁；她縮進自己的世界裡，幾乎沒有說話。他還曾經覺得自己是不是得罪到她了。

「我恐怕沒有任何的冷飲，」他說。「不過，我的確有去森寶利[7]買了一些巧克力消化餅。」

[7] 森寶利（Sainsbury）是英國第二大的連鎖超市。

這個笑話一點都不好笑。梅根半笑地看著他，拿起那杯茶嚐了嚐，然後加了三湯匙的糖。

「把所有的事都告訴我，」她一邊小心翼翼地坐進他的一張扶手椅裡，一邊說道。「我絕對沒有預料到你會在這裡工作。」

「我也是。」

當丹尼爾看到校長一職的徵人廣告時，他曾經認為自己寧可砍掉一隻手臂，也不願意每天都回到這個他所熟悉的環境。然而，隨著日子過去，他一直無法忘掉這個職缺廣告，因此，當惡夢開始纏身的時候，他不禁猜想，正面面對他的恐懼是否會有幫助。在徵人的最後一天，他遞出了他的履歷，這對他來說幾乎是一個自我挑戰。當他被錄取時，他曾經認為這就是命運。不過，他是對的；某種程度上，回到這裡確實有幫助，至於為什麼如此，他也無法解釋。

「要把這個故事說完需要花很長的時間，也會讓你聽到睡著，」他說。「不過，在我就讀杜倫的最後一年，我開始教一些一年級的學生，然後從中發現我對教書還有點天賦。我接受了一年的教師訓練，然後就一路走了下來。我在募款方面也不賴，那也許就是我之所以會得到這份工作的原因吧。你看到樓下那些新預科中心的計畫了嗎？」

「我看到了。看起來比我們以前的預科中心改善了很多。」

「是的。而且那將會花掉我們超過一千萬。」

她歪著頭，表露出微微的認可，他不知道她是否在戲弄他。她遲早都會說出來的。該死的二十年！你們都在哪裡？

「成家了嗎？」她問。

他搖搖頭。「我在杜倫學到的另外一件事就是，我喜歡宗教生活。我在二十出頭的時候加入了一個修道會。」

他不能再提起杜倫了。過去二十年裡，梅根大部分的時候也都在杜倫，就在和他距離幾哩的一座戒備森嚴的監獄裡。

梅根的眼睛，那雙他印象中深棕到近乎黑色的大眼睛，似乎變小了，即便她驚訝地將它們瞪大，而且充滿了血絲。「修道會？你現在是什麼，修道士？」

他勉強擠出笑容。「對的，某種程度上是的。世俗修士。我和其他十來個弟兄們住在考利路的一間修道院裡。我們都在社區裡工作，不過，我們把我們私人的生活奉獻給了研究和祈禱。」

她眨了眨眼，一次、兩次、三次。「天哪。其他人對這件事有什麼想法？」

「其他人？」

他很清楚她的意思。

梅根嘴邊的笑意消失了。「薩維、安柏、塔莉和菲力克斯。」她說出這些名字的方式，彷彿是看著一張卡片唸出來似的。「你知道的，其他人。我們的朋友。那群人。」

丹尼爾發現自己正在扭著外套上的一顆鈕釦，那是他這輩子從來沒有做過的動作。「喔，他們啊，」他說。「說實在的，我已經好幾年沒怎麼和他們見面了。」

梅根的眼神變得冷酷起來。

「薩維在倫敦工作，雖然我覺得他和他妻子還住在牛津。菲力克斯經常到國外去，塔莉莎的律師事務所讓她一直都埋首在工作裡，至於安柏，呃，你一定在電視上看過她。她和我再也不是同一個圈子——」丹尼爾停了下來。有什麼事情發生了；房間裡某種說不上來的氛圍改變了。

「薩維結婚了？」梅根問。

「他們都結婚了。當然了，除了我。薩維是最後一個。我記得是前年夏天。在威爾特郡。很不錯的一場鄉村婚禮。」

丹尼爾在說這些話的同時有一種感覺，他感到某個脆弱的結構正在崩塌，彷彿他把一張支撐的卡片從一疊卡片裡抽走了，而他們正處在那堆卡片倒塌之前的那千分之一秒裡。有什麼事發生了，但是，他完全不知道那是什麼事。

梅根手裡的茶杯傾斜了，那就好像她忘記了杯子正在自己手中一樣。淡棕色的液體灑到茶碟上，然後溢了出來，低落到地毯上，她完全沒有留意到，他不禁在心裡想著，她已經不正常了。某種內在的本質已經不存在了。

「梅根？」他說。

她驚動了一下，看到發生了什麼事，隨即把杯子和茶碟放下來。地毯上出現了一塊漬痕，不過，她並沒有理會。

「你們都很成功。」她說。

「我們的老朋友很成功，是啊，」他說。「我只不過是一個卑微的學校教師而已。」

她的眼睛在閃爍。「總比我好。」

丹尼爾拾起自己的茶杯，避開了目光。時候到了。她就要告訴他她想要他做什麼。一份工作？錢？不管是什麼，都會是一個大要求，因為他忽略了她這麼多年，因為他沒有做到自己承諾中的那個朋友，所以她要懲罰他。他幾乎希望她能趕快開口。再怎麼糟，他都可以知道自己的處境。然而，當他抬起頭時，她的眼睛卻失焦了，只是盯著他身後的某個東西。

「梅根，你有什麼計畫？」他說。「你現在住在牛津嗎？」

「我還能去哪裡？」

「那——我是說——你在找工作嗎？我可以看看這裡有什麼，你知道的，廚房，或者也許清潔承包商那裡，不過，你知道的——DBS[8]會審查。我想應該行不通。」

他在搞什麼？梅根．麥當納曾經在國際物理奧林匹克競賽中勝出，而他居然告訴她說，她連在她昔日的學校裡掃廁所都不夠格。

梅根並沒有注意到，或者她無視於他的不得體。「是啊，我會需要一份工作，」她說。「有一些方案可以幫到忙，雖然那些都會是很底層的工作。我也打算要在九月去上課，當學期再度開始的時候。」

[8] DBS（Disclosure and Barring Service），犯罪紀錄查詢及限制雇用局的縮寫，是英國的一個政府部門，允許雇主查詢受雇人是否有犯罪紀錄，因而不適合從事接觸兒童或弱勢成年人的工作，旨在協助雇主做出更安全的決定。

「你有地方可以住嗎？」

她擠出一絲空虛的笑容，然後嚴厲地看著他。「事實上，我還希望你會有間客房。」

他的胃揪緊了。「梅根，我住在一間修道院。只有男性才能住在那裡。」

那抹笑容冰冷得有如東北的單層玻璃窗一樣。「我只是在開玩笑。我住在艾菲路的一間雅房，她告訴他。「當然，除非被鄰居發現我住在那裡。我已經不止一次被告知說，我肯定得要搬走。」

她太悲慘、太可憐了；她需要的是同情，不是害怕。然而……

「你有想過，也許你離開牛津會比較好？」他問。

「牛津是我的家。我的朋友都在這裡。」

她的眼神再度從他身上轉開，彷彿縮回到某個內在的私人空間裡。這回，他讓她待在那裡。他留給梅根的時間正在一分一秒溜走，而他不能讓董事會的人抵達時，發現她在這裡。過了一分鐘或者不止一分鐘之後，她往前傾靠。

「丹，你們有來看我嗎？」

「什麼？」

「你和其他人。你們有到監獄來看我嗎？」

他不知道要說什麼。他們當然沒有。他們的父母堅持要他們切斷和梅根．麥當納的所有關係，在他們十八歲的時候，雖然已經是成人了，他們在經濟上卻還沒有獨立。他們的父母依然可以告訴他們要做什麼，也知道他們會乖乖聽話。雖然，平心而論，他懷疑他們之中有任何人曾經反抗過。即便許下承諾的薩維，也一直離她遠遠的。

可是，她為什麼要問？她應該早已知道答案了。

「我的頭受過傷，」她回答了他沒有說出口的問題。「那是我在獄中待了五年左右發生的事。有人把我推下樓梯。我昏迷了好幾天。」

他的目光轉向她前額的那道疤痕，她的頭髮再度垂落下來，幾乎遮住了疤痕。頭部受傷解釋了很多事情，她的含糊其辭，習慣性地發呆。他說：「我不知道你受傷的事。很遺憾聽到這件事。」

在他說話的同時，一個回憶開始在他的腦子裡翻湧。他記得塔莉在多年以前告訴過他們所有人說，梅根在監獄裡發生了一場意外。塔莉說得很低調，暗示梅根只需要貼上OK繃，吃點阿斯匹靈就可以了，而他們其他人甚至沒有試著追問更多細節。他們養成了一種習慣，只要可以，就不再談及、甚至不再想起關於梅根的事情。那樣對他們會容易一些。

梅根聳聳肩。「監獄裡就是會發生那種事。不過，那表示我記不清早年的事情了。」

這件事讓他的感覺轉變為一絲扭曲的興奮。雖然討厭這樣的感覺，但是他依然給了它空間去擴大。

「有很長一段時間，」梅根繼續說。「我記不得那場審判，或者遭到判刑，或者在監獄裡的頭幾年。過了一陣子以後，記憶開始回來了，可是，那些記憶很模糊，也很混淆。我還是不確定它們是真的，或者只是我自己捏造來填補空白的。」

「那一定很讓人不安。」

「我不知道我做了什麼。想想看，丹尼爾。我從在最後一個夏天等待我的高考結果，變成了一個罪犯，被關在了英國最糟糕的監獄之一裡，而我卻不知道為什麼會這樣。」

她在對他說謊，她不得不如此。然而，從她的眼裡，他看不出任何欺騙之意。

「可是，我的意思是，有人告訴了你，不是嗎？」

現在，她的眼裡閃爍著淚光。「他們告訴我說，我殺了一個母親和兩個幼兒，」她說。「他們說，我刻意在M40上，把我的車開在錯誤的車道上，而且我以前就那麼做過好幾次了。他們說我被定為謀殺罪，被判了無期徒刑。」

他想要因為自己那一刻的感覺而憎恨自己；然而，他恨的卻是她給了他一個隨時可能會被奪走的希望。她可以、依然可以要他。

「可是，那聽起來完全不像我，丹。我有那麼做嗎？我真的殺了那些人嗎？」

丹尼爾真的認為自己在那一刻願意付出一切代價以告訴她實情，但是，他卻可恥地連試都沒有試。他能說的只是對他自己有利的話，也是他接下來開口的時候，無法直視著她的話。

他說：「只怕你有那麼做，梅根。」

當他抬起頭時，淚水已經流下了她的臉頰。

「我還希望是他們弄錯了，」她說。「我以為只要我再見到你，你就可以對我解釋一切。」

「小梅，」他毫不思索地就用了昔日的暱稱。「我無法解釋，我從來都沒辦法。」

至少，這句話是真的；他永遠也無法明白那個夏天，他們被什麼瘋狂的、自我毀滅的力量給控制住了。

「那麼，請你告訴我，」她說。「告訴我我做了什麼。我知道那天晚上你們和我在一起，至少在傍晚一開始的時候。告訴我事情是怎麼發生的。」

這一切應該會在他心裡激起某些情緒性的反應。他應該會感到噁心，或者崩潰，然後承認事實。然而，丹尼爾可以感覺到自己內在的一切都凍結了。他不確定自己還能感受到什麼。

「梅根，這麼做沒有意義。」

她提高了嗓子。「當然有意義。我不相信他們告訴我的。那似乎不可能。我會相信你。」

她的信任應該會讓他感動；然而並沒有。

「我們在塔莉家，」他說。「我們在喝酒。我想，你大部分的時候都待在游泳池裡。我們幾乎都在泳池小屋睡著了。當我們醒來的時候，你已經不見了。」他站起身，決定要結束這場已經轉變為鬧劇的會面。「我所知道的就是這樣。梅根，我很遺憾。」

她回視著他，瞪大的眼睛裡有著害怕，前額上那道泛紅的疤痕看起來十分醜陋。「可是為什麼？我怎麼會做出那麼愚蠢又魯莽的事？那像我嗎？」

「不。」他對自己的聲音變得如此冷酷完全不感到震驚。「我們都很驚訝。沒有人能夠相信。梅根，我很抱歉，不過，我有一場董事會議要開，我得要去準備了。我送你出去吧。」

她沒有放棄的跡象。「噢。我以為，也許我們可以小酌一杯或者什麼的。」

「今晚恐怕不行。」

再也不會。他再也不會和這個女人共處。他往門邊走近一步，看到了外面的停車場裡有一輛車子，他立刻認出那是一名董事的車。

「那就盡快找一個時間吧，」她說。「我一直試著要和其他人聯絡，但是很難拿到他們的電話號碼。我曾經打電話到安柏的辦公室，不過，她並沒有回電給我，我也不確定塔莉莎的事務所叫什麼名字。」

「我想安柏很忙吧。他們應該都很忙。」丹尼爾勉強露出笑容。「你至少找到我了。接下來幾週我會有點忙，不過，我們可以在夏天的時候喝杯咖啡或什麼的？你有聯絡電話嗎？」

他無意和她見面；他只是想讓她離開這裡而已。

「你可以給我誰的電話嗎？」她說。「你一定和他們有聯絡。」

他已經站在辦公室的門邊了。「也不算。已經沒有聯絡了。圈子不一樣，梅根。我只是一個卑微的學校教師而已。」

終於，她從椅子上站起身。「你還沒回答我的問題。」她說。

「什麼問題？」

「在我發生意外之前，你有來看過我嗎？我知道在那之後沒有。我發出了很多探視要求，但是你們沒有人來過。」

他別開臉孔。「我們應該都在大學念書，然後就開始工作了。」

「我就在杜倫，丹，你也是。」

當他的頸背感覺到她的呼吸時，他嚇得跳了起來。她已經來到那麼近的距離，還把手放到他的肩膀上。

「沒關係的，」她說。「我是一個怪物，我明白。你們得要讓自己保持距離。你現在還這麼覺得嗎？」

是的，比她所知道的還要嚴重。他說：「不，當然不。不過，生活還是要繼續下去的，小梅，這點你得要了解。」他輕輕地閃身，但她依然抓住他。

「你會告訴他們我想要和他們見面嗎？你會讓他們知道我回來了嗎？」

「當然。不過，我自己也幾乎沒有和他們聯絡了。我不確定我什麼時候會再見到他們。」

她緩緩地、悲傷地點點頭，然後在他帶她下樓時再度保持了沉默。當他們來到前門的時候，她抓住門把，不過似乎沒有力氣把門拉開。他立刻上前把門打開。

「你看起來狀況不太好，」他說。「你有家醫嗎？這點我可以幫你。」

「我有腎臟病，」她告訴他。「幾年前我感染了病毒。那也影響到了我的肝臟，不過，腎臟被感染得最嚴重。監獄不是什麼健康的地方。」

「我很遺憾。」他已經不知道要說什麼了，況且，幾碼之外，董事會的主席已經在下車了。

「可以治療得好嗎？」

「不行。情況在接下來的幾年裡會惡化。如果我喝酒過量的話，惡化的速度可能會更快，因為大部分坐過牢的人都會酗酒，也許我也會。我真的需要一個捐贈者，不過，在接受器官捐贈的名單上，被判定殺人的兇手都遠遠排在名單的後面。」

房間似乎傾斜了。有一瞬間，丹尼爾以為自己摔倒了。他甚至還伸出手扶在牆上。他真的完全不知道要對她說什麼了。

她站在那裡，就在他學校的門檻上，抬頭看著他，而他知道她接下來要說的每一個字是什麼。

「我唯一的機會，」她開始說道。「而且是可能性極小的機會，就是找到某個和我有相同血型的人。」她笑了一下，在那個笑容裡，他瞥見了昔日的梅根。

「某個欠我一次人情的人。」

17

董事會議超過了原訂的時間，丹尼爾只好先行退席。他很快地離開，甚至數度無禮地讓別人長話短說。室外，傍晚的天氣很溫和，天光還很充足，不過，當他離開學校的範圍時，他拉緊了自己的外套，並且豎起了兩邊的衣領。他走到一半的時候，才想起自己簡直就是在躲藏。他甚至停下腳步，四下張望，以防梅根就潛伏在附近。

在走過一百呎之後，他溜進一條鵝卵石窄巷，這條死巷比他身後傍晚的天空還要暗沉。他來到巷底，按下一個四位數的密碼，打開一扇高大的鐵門，讓自己進入老校園的腹地，這裡建造於維多利亞女王還在位的時期，是學校建築群裡最老舊的區域。在他走向通往唱詩班隧道入口的鐵閘門時，他腳下的碎石子發出了清脆的聲響。

對萬靈學校的新生而言，發現密道是他們最興奮的事情之一——他還記得多年以前自己的那份欣喜——那是一條在主要馬路底下的石砌隧道。所有的學生，除了預科生之外，可想而知，都會利用那條隧道來過馬路。

在隧道另一頭，五十碼之外，丹尼爾可以看到一個黑色的剪影。塔莉莎已經用他簡訊她的那個密碼先進入了隧道，並且正在快步地迎上前來，她的鞋跟踩在石頭上的聲音也不斷地傳送過來。

幾年前，為了讓自己在法庭上看起來夠嚴肅，塔莉莎犧牲了她原本那頭漂亮的長髮。不過，對於頭髮的捲度，她卻無能為力，因此，她的頭髮依然像一圈棕色的光環圍繞著她的頭。在光線比較好的時候，丹尼爾還可以看到她頭髮上的那些挑染，金色的髮絲呼應了她棕色眼睛裡的光斑。她依然苗條，那身絲滑的南歐人膚色似乎並沒有隨著歲月老化，每當他見到她時，總不免覺得她是多麼地引人注目。然而，塔莉莎的外表似乎具有某種拒人於外、而非吸引人的特質。在他們的青少年時代，柔美的安柏向來都是所有男孩注意的焦點。至於梅根，當然也是，不過大部分的男孩對她都帶著敬畏。

「怎麼樣？」

在丹尼爾將塔莉莎帶離隧道時，鐵門哐噹一聲地關上。位於市中心的萬靈學校佔地不大，不過卻擁有一片完全屬於自己的牛津地產——學校運動場，那是一座四周緊鄰著切維爾河的大島。也許會有一兩個人能從學校的高樓或者附近大學的高層建築裡看到丹尼爾和塔莉莎，不過，他們絕無可能聽到他們的談話。

他們從老校園前面的那座玫瑰花園走上一條碎石路，再穿過兩座被稱之為白橋的裝飾性木造結構。白橋後面的區域已經逐漸陷入了一片漆黑。

他說；「她不記得了。」

在急著想要聽取塔莉莎的看法之下，丹尼爾以超快的語速，也許連聲音都過大了，複述著梅根告訴他的事情，包括她的頭受傷以及隨之而來的失憶等等。他的話聽起來也許毫無章法，因為塔莉莎不止一次地打斷他，要求他重說，或者要他釐清某些事情。最後，就連她似乎也接受了發生奇蹟的事實。

「哇，」她小聲地說。「我們並沒有預料到會發生這種事。」

此時，他們已經來到島上了，他們順著一條被一代又一代的孩子們沿著運動場列隊走到看台所踩踏出來的小路而行。那條小路既平坦又紮實，就連穿著高跟鞋的塔莉走起來也沒有問題。

「她要我告訴她發生了什麼事，」他說。「那天晚上她做了什麼。」

「嗯，我想，你完全可以做到，就和其他人一樣。」

有時候，丹尼爾可以接受得了塔莉莎的黑色幽默，有些時候，他甚至也覺得好笑。但是，這句話卻不屬於那種狀況。

「我告訴她那是真的，」他說。「她真的殺了那些人。我聽到那些話從我口中說出，我不敢相信我竟然那麼做了，而且我並沒有停下來。我想，我讓她崩潰了。」

塔莉捏了捏他的手臂。「她在監獄裡關了將近二十年。她早在今晚之前就崩潰了。」

「我大可改變一切的。我可以告訴她說。她沒有殺任何人。」

「不，是你殺的。那是你應該要告訴她的嗎？」

丹尼爾停下腳步。過了一秒鐘之後，塔莉莎也停了下來。

「我很抱歉，丹，我不應該那麼說。我們都要為已經發生的事負責。不過，如果梅根不記得那天晚上的事，那這件事就結束了。終於。」

他很明白塔莉莎的意思，不過，丹依舊無法讓自己感覺到一切結束了。還不行。如果他真的有什麼感覺的話，那就是他的感覺比之前更糟了。他得到一個可以為那天晚上贖罪的機會，然而，他卻沒有把握住。這麼多年了，他的內心深處依然是個懦夫。

「我們可以幫她，」塔莉莎說。「不用說，一定是遠遠地幫她。例如那個基金。我不確定那有多少——」

「一百萬多一點，」他告訴她。「我昨晚問過薩維了。」

那個因為罪惡感和絕望而成立的基金，這麼多年來，已經變成了一個有意義的事實。菲力克斯在他們工作的第一年聯絡過他們所有人，推動他們把基金設立起來。當時已經是投資銀行後起之秀的薩維負責管理這筆基金，並且讓基金成長了不少。薪水微薄的安柏和丹尼爾雖然不是主要的貢獻者，不過卻也都盡了自己的一份力量。

塔莉莎小聲地吹了一聲口哨。「那是很大一筆錢，」她說。「對一個處在梅根那樣立場的人而言，那可不是一件小事。她可以買一間公寓，也許移居海外。我們應該要鼓勵她那麼做。你有告訴她關於錢的事嗎？」

「她問我，在她發生意外之前，我們是否有去探視過她，」丹尼爾說。「我不得不告訴她沒有，我們拋棄了她。」

「她對那天晚上發生的事真的沒有記憶了嗎？她真的有那麼說嗎？我們得要確定。」

「她求我告訴她說那是一個錯誤，她並非怪物，不像這個世界給她貼上的標籤那樣。」

他們已經來到了體育館，一座建於一九三〇年代、刷白的獨特建築。他們爬到露台上，然後在潮濕的木椅上坐下來。

「我們知道這一天終將來到，」塔莉莎說。「我們知道她不會永遠待在監獄裡。」

「不，就連你也無法讓她一直關在裡面。」

塔莉莎深吸了一口氣。他側瞄著她，只見她繃緊了臉。

「那不是我，」她低聲地說。「是我爸爸。」

「喔，得了吧，你爸爸幾年前就退休了。」

丹尼爾以前從來都沒有就這件事挑戰過她，雖然，一開始的時候，他們五個曾經討論過他們的父母有無可能懷疑事情的真相。沒有一個母親或父親曾經說過什麼，但是，他們在他們子女面前的行為表現卻出現了微妙的改變。安柏的形容最恰當；她說：「那就好像他們對我的愛少了一點點。」

不過，真正讓他們相信家長們已經知道真相的原因是，他們發現塔莉莎的父親曾經積極地採取行動，企圖要延長梅根的刑期。他曾經指示他子公司的一組人去幫忙受害人的家庭。他們在她的審判上要求法官處以最高刑期，並且在每一次的上訴、每一次申請提前假釋時都提出反對。如果不是塔莉莎父親的干預，梅根也許幾年前早就獲釋了。

當然，梅根並不知道自己受到了多麼可怕的背叛。

而現在，丹尼爾並不相信塔莉莎的否認。她接手了她父親的律師事務所；她是事務所的資深合夥人，在沒有知會她、也沒有得到她的同意之下，任何事情都不可能付諸執行。

「但我爸爸和她的意外無關，」塔莉莎說。「那是監獄裡的打鬥，如此而已。」

丹尼爾轉頭看著塔莉莎。

「你告訴我們這件事，又說那沒什麼，只是頭撞了一下，很快就會好了。但是，事情沒那麼簡單。我看到了她的疤痕。你還有什麼沒讓我們知道的？」

塔莉莎繃緊了下巴。「我不知道她失憶的事。」

「但是，你知道她受傷的事？」

「在那之後不久，她曾經提出上訴，希望基於同情的立場可以提早獲釋。不過被駁回了，多虧了我爸。」

「和你無關嗎？」他追問。

「無關。」

塔莉莎不肯看著他。當他們還小的時候，他們曾經對塔莉莎的西西里家庭和她家人與組織犯罪之間可能的連結開過玩笑。他們對那樣的聯想感到很有趣，而塔莉莎也從來都沒有否認過。只是，他們從來都不是認真的。

在監獄裡安排一場意外？他知道這種事經常發生。然而，塔莉莎可能是梅根頭部受傷背後的策劃者，這是一個他需要努力調適的新認知。他意識到自己並不想知道。

「如果她發現的話……」他沒有說完這句話。他不需要說完。

「她沒有理由會發現。」

「她想要見面。」

塔莉莎的聲音強硬了起來。「我希望你有告訴她這不是個好主意。」

「我說，我們已經沒有聯絡了，我並沒有每年都和你們見面。但我不確定她是否那麼輕易就會放棄。」

塔莉莎站起身，拍了拍她的外套，然後往前走向台階。「再和她見一次面，」她說。「只要其他人也同意，你就可以告訴她關於錢的事。如果她保證離開牛津，而且永遠不再回來的話，我們可以給她現金。也許可以用支付年金的方法，這樣一來，如果她開始製造麻煩的話，付款就會被中斷。薩維會知道怎麼運作。我今晚會打電話給他。」

就在那一刻，塔莉莎的電話響了。她看著電話螢幕，丹尼爾也看到了。未知來電，透過Facetime打來的。

「我預料到了，」她說。「我不會講太久的。」

她按下通話鍵，然後把手機舉高，好看到螢幕。丹尼爾也可以看得到，雖然他已經閃到旁邊，這樣他就不會被看到。一張臉出現在他們眼前。梅根。

「塔莉，」她說。「很高興看到你。你把頭髮剪短了。」

「你怎麼有我的號碼？」塔莉問。

「丹給我的。」

他不得不稱讚塔莉莎；她完全沒有讓自己的眼神瞄向他的方向，一絲一毫也沒有。

「你真的在學校運動場嗎？」他聽到梅根這麼說。「我相信我認得那個體育館。」

塔莉莎皺起眉頭。「我在我繼子的學校。」她說。「薩默敦的聖約瑟夫。看起來確實有點像。我想，我已經好幾年沒去過學校運動場了。」

塔莉實在太厲害了，她是個偉大的說謊家。

梅根說：「你記得在河上唱牧歌的事嗎？那次，薩維和菲力克斯在划船，結果薩維的篙掉了。」

就算塔莉莎不記得，丹尼爾也還記得。那是學校的一項傳統，在聖三一學期結束之際，學校的唱詩班會在六艘平底船上唱牧歌。他和其他幾個女孩在岸上觀看。薩維一不小心，差點掉入河裡，導致他的篙也不見了。他們自己還止不住大笑。

「很久以前的事了，」塔莉莎說。「你有什麼事，梅根？」

梅根沒有回答，對此，丹尼爾並沒有感到驚訝。即便是他，也被塔莉莎冷漠的語氣嚇了一跳。

「你可以把大家聚在一起，」過了一會兒之後，梅根說道，這回，她的語氣也和塔莉一樣了。「我這個週末有空。」

塔莉的眼神閃向丹尼爾。

「有人和你在一起嗎？」梅根問。

「一個體育館的管理員。我想，他可能想和我說話。我得走了，梅根，我需要去接我繼子和他幾個朋友回家。」

「我們就訂週六？我們在一點鐘的時候去你可愛的家。氣象預報說那天天氣不錯。我們也許甚至可以在戶外吃飯。」

「我不確定……」

「不，你可能是對的。天氣還有點涼。我能讓你去聯絡其他人嗎？我會問丹，不過，你也知道他的個性。如果你告訴他你想要去一間啤酒廠的話，他就會開始設定導航，更別說要他策劃一場狂歡了。」

「梅根，我得要讓你知道，」塔莉莎說。「其他人，我是說，我很少和他們碰面了。這太匆促了。還有，安柏——呃，你不能突然打電話給那樣的人，然後要求他們一起吃午餐。我想——」

梅根的聲音打斷了塔莉莎的抗議。「你知道嗎，塔莉，我完全不會說二十年的時間太匆促。我會說他們向來都有很多的時間。一點鐘。我會在那裡和你們見面。幫我和丹道晚安。」

塔莉臉上的反光消失了。梅根下線了。

塔莉瞪著丹尼爾。「你把我的號碼給她？」

那份恐懼回來了；回到他們身邊的梅根不是他認識的那個人。「當然沒有，」他說。「我不知道她是怎麼弄到的。」

塔莉莎害怕地環顧四周，彷彿梅根現在可能會從後面漆黑的樹叢裡出現。「她知道你在這裡——你有告訴她我們要見面嗎？」

「她認得學校運動場，塔莉。你擺明了在說謊。」

他感到不寒而慄。看到塔莉莎如此驚慌失措讓他感到不安。「她——變了。」

「我知道，我聽到了。她和我在一起時完全不是這樣。她溫順得像一隻老鼠。」

塔莉莎把她的手機收起來。「不會發生的。如果我把她帶進家門的話，馬克會氣死的。而且，其他人也不會配合的。」她幾乎是用跑的衝下體育館的階梯。

「你得要處理這件事，丹，」她回頭喊道。「你去和薩維以及其他人弄清信託基金的事，然後和她見最後一次面。告訴她關於錢的事，不過讓她清楚地知道，她得要走得遠遠的。」

丹尼爾不得不欽佩塔莉莎，她以為所有的問題都能用錢和強硬的手段來解決。

「沒有那麼簡單。」他在趕上她的時候說道。

「丹，她不記得了。我們無法改變已經發生的事。她為我們所做的事付出了代價，現在，我們有機會可以回報她。但是，我們不能再當朋友。」

塔莉莎邁開大步往前走，彷彿要把他丟在後面一樣，他們很快就走到了第一座白橋。她在橋的最高點停了下來，低頭看著查爾維河漆黑的河水。過去，他們曾經在這裡共度了那麼多時光，撐篙、划船、野餐。

他來到她旁邊。「我們不能冒險。」

「你是什麼意思？」

「她說她不記得了，我們不能假設她說的是實話。」

塔莉莎的臉垮了。「她為什麼要說謊？」

他不確定。他有他懷疑的理由，但是，懷疑沒有幫助。現在，他們需要面對的是事實，不是猜測。在所有人當中，塔莉莎最明白這點的。

「她生病了，」他說。「她在監獄裡感染到的病毒讓她的腎臟受損。她需要移植。」

塔莉莎發出一絲細微卻相當冷酷的笑聲。「她沒有機會的。」

「她知道。她需要一個私人贈與者；某個和她的身體相匹配的人。」

「我再說一次，她沒有——」

「GCSE的生物學課程，塔莉。我們都上過。記得那時候我們每個人都發現了各自的血型嗎？」

塔莉莎的反應如同刀子一般銳利。她明白了。「喔，天哪。」她說。

「梅根和我的血型一樣，」他告訴她，也許是因為他需要聽到這件事被說出來。「我們甚至還就這件事開過玩笑。如果我們需要捐贈者的話，我們還有彼此。」

即便在月光下，塔莉莎的臉色也蒼白地很明顯。「你覺得她還記得嗎？」

「我確定她記得。我們都同意的那些人情？我想，她就要向我開口了。」

18

丹尼爾告訴梅根說他並沒有常和那幫老朋友見面是在說謊。在畢業之後不久，曾經有一段時間，他們五個試著要分道揚鑣，不過，在二十出頭的時候，丹尼爾就開始出現了精神健康的問題。他對社交失去了興趣，有睡眠困擾，早上起床更是一個大問題。他每天服用的興奮劑和鎮定劑讓他感到不安，也處在瀕臨辭職的邊緣。他的治療師，一名世俗方濟各會的修士，也是他最終加入修道會的原因，告訴他，他在學生時代有一些懸而未決的問題（不會吧，簡直是福爾摩斯），而和別人分享他的感覺將會有所幫助。

安柏是最贊成的，其他人則較為謹慎，不過，沒有人拒絕聚會，而自從第一次的重聚之後，他們就漸漸地又在牛津一帶聚集了起來。塔莉從來都沒有離開過牛津，這也是理所當然的，而菲力克斯的公司距離牛津也只有十五哩，至於有充分理由把倫敦作為根據地的薩維和安柏，則選擇搬出牛津，並藉由通勤往返於倫敦和牛津之間。

他們從來都沒有談到梅根，或者他們曾經做過的事，儘管丹尼爾相信，那個夏天永遠都在他們的腦海裡，漂浮在表面底下，彷彿有毒的雜草一般。與一群和他一樣有罪的人聚集在一起確實有幫助，雖然，某程度上，他永遠也無法真的理解原因。

現在，他在想，他們是否一直都在等待這件事：梅根的歸來。

因此，他們在隔天晚上見面了，見面的地點在賓夕路的鱸魚酒吧，因為這裡在傍晚之初並不繁忙，他們要確定每個人都知道最新的狀況，並且開始擬定計畫，如果他們可以的話。騎腳踏車的丹尼爾最早抵達，然後是開著他那輛Aston Martin的菲力克斯。

在他們念預科第一年的時候，菲力克斯就承認他喜歡用元素週期表上的元素來匹配他所認識的人，不過並非每個人的反應都很高興（銅不至於太糟糕，但是碘——拜託！）其他人，特別是那兩個化學專家，曾經想要知道菲力克斯認為他自己是哪個元素。菲力克斯洋洋得意地告訴他們是鉋，銀金色的鹼金屬，化學性質極度活潑，一接觸到水就立刻爆炸，並且迅速燃燒。他說，鉋是難以掌控的東西。

「才不是，」梅根厲聲回嘴。「你是氟，菲力克斯。你隨時都在抱怨，但是你光靠自己卻成不了事。你研究別人，但是卻不讓任何人看到真正的你。」薩維當時曾經爆笑，幾個月之後，他們兩個就送給了他們的朋友一個新名字氟力克斯。

Aston Martin的駕駛座窗戶被降了下來。「我五分鐘後到，兄弟，」菲力克斯大聲地對他說。「幫我點一杯啤酒。還有一瓶白酒給那些女孩們。」

塔莉莎和薩維在菲力克斯抵達之後幾分鐘也同時到了。安柏是最後到的，她開著她自己的車，而非政府給她的派車，並且戴著太陽眼鏡和一頂蓋住頭髮的帽子走進酒吧，那頭金紅色的頭髮依然十分獨特。她拒絕了菲力克斯正要幫她倒的酒，改以一杯礦泉水替代。

「我不能因為酒駕被攔下來。」她看了看她的手機，然後關機。

「那是你現在最不需要擔心的。」塔莉莎低聲地說。

安柏是第一個擁抱社群媒體的議員，並且擁有一群龐大的追隨者，其中有些群眾甚至連做夢都不曾想要投給她所隸屬的政黨。在一篇二百八十個字符的推文裡，安柏可以展現出一種鮮少在她交談時出現的睿智和幽默。其他人曾經有點惡毒地懷疑，她可能有實習生在幫她處理社群媒體帳號。不過，薩維曾經反對這種懷疑論。

「她真的很有趣，」他說。「她只是不譁眾取寵而已。」

對於某個從來不隱瞞自己想要成為首相的人而言，這麼解釋聽起來很奇怪，不過，其他人還是接受了他的說法。

「丹，你有多確定？」塔莉莎在他們兩人把他們和梅根的對話告訴其他人之後問道。「我是指她假裝失憶的事？」

「八成。」在過去二十四小時裡，丹尼爾幾乎沒有心思想過別的事。「我認為她在測試我，看看我是否會全盤托出。我沒有。我失敗了。當她在不到一個小時後和塔莉通話時，她就變了。」

「她很生氣。」塔莉莎補充說。

薩維說：「你應該是太緊張了，腦子不清楚。也許那是你的幻覺。」

「那個意外是真的嗎？」菲力克斯問塔莉莎。「她的頭真的受到重傷嗎？」

「我看過醫療報告，」塔莉莎回答。「那種東西無法作假。不過，裡面並沒有提到失憶。」

「那有可能是真的，」薩維說。「我們的擔心也許都是不必要的。」

沒有人吭聲。

「如果她真的失憶的話，我們就穩操勝算了，」菲力克斯說。「我們甚至不用釋出那個信託基金。我完全可以用得上那筆現金。」

「不過，我們還是應該那麼做，不是嗎？」安柏說。「我們還是會把錢給她。這是我們最起碼能做的。」

薩維壓低了聲音。「她真的要求你捐贈器官嗎？」

「沒有，」丹尼爾說。「不過，她用了人情這個字眼。而且，她是直視我的眼睛說這句話的。」

「那是一個很普通的字眼。」薩維說。

「她在耍我。」

安柏抬起目光。「她不能那麼要求，丹。她不可以。」

「她可以要求任何她想要的，」菲力克斯說。「她手中握有我們的小辮子。」

語畢，音樂停了下來。在一片安靜之中，他們可以聽到酒保把玻璃杯從洗碗機裡拖出來的聲音。他們坐在那裡，誰也沒有開口，直到音樂再度揚起。

「那麼，我們要怎麼辦？」安柏問。

「很簡單，」菲力克斯說。「丹給她一顆腎臟。沒什麼大不了的——很多人都這樣做。」

菲力克斯和丹尼爾隔著桌子看著彼此；他眼裡有一份挑釁，「來啊，來吵架。」

「不，他不能這麼做，」塔莉莎說，丹尼爾從來都沒有這麼感激過這個老朋友的解圍。「如果她準備要拿走丹身體的某些部分，那她會想對我們其他人提出什麼要求？」

薩維顫抖了一下。有那麼幾分鐘的時候，他看似就要起身走人了。「我洗耳恭聽你的替代計畫，塔莉。」

塔莉把她的大皮袋放到桌上，然後把手伸進裡面。「這些是所謂的拋棄式手機。」她在每個人面前都放了一支手機。「它們的號碼和我們平常用的手機不一樣，重點是，這些號碼是無法追蹤的。」

「我的為什麼是綠色的？」菲力克斯問，丹尼爾也注意到每個手機殼都有顏色。他的是深藍色的。

「我已經把我們的號碼都設定在每一支手機裡了，所以，我得要能夠分辨它們，」塔莉莎回答。「這樣，你們也會比較容易區分它們和你們自己的電話。每支手機裡都有相當的預付額，不過不是無限制的，因此，除了為這件特定的事情打電話給彼此之外，千萬不要使用這支手機。」她環視著其他人。「明白嗎？」

菲力克斯皺起眉頭。「這真的有必要嗎？」

塔莉莎說：「菲力克斯，我們兩個誰比較了解犯罪行為和警方對犯罪行為的監控？」

丹尼爾很高興看到菲力克斯舉起雙手投降。塔莉在他們這個愛說大話的朋友身上贏得的小小勝利，向來都讓丹尼爾感到很開心。

安柏把她的那支放進她的袋子裡。「這是個好主意，」她說。「我從來都不確定我的手機對話內容沒有被例行性地監聽。」

塔莉莎接連獲勝。

「如果梅根開始指控的話，我們可以預料警方會開始調查，包括沒收我們所有的科技產品，」她說。「我們之間突然產生的一堆簡訊和電話，會讓我們看起來很可疑。就算我們用拋棄式手機，我們也不應該說任何會讓我們看似有罪的話。」

菲力克斯緊抿雙唇，把那支綠色的手機放進他的外套口袋。過了一會兒，丹和薩維也照著做。

「對於我們在哪裡以及在什麼時候見面，我們也要非常小心，」塔莉莎繼續往下說。「突然出現不尋常的某種見面模式也會很可疑。」她環顧著酒吧。「在接下來的日子裡，至少有幾個月的時間，我們不要再到這裡來。我們每次見面都要在不同的地方，在別人不認識我們、就算我們的對話不小心被聽到也不會引起懷疑的地方。這樣都清楚了嗎？」

沒有人反對。

「此外，我們也把對話的機率降到最低，」塔莉莎說。「我知道彼此對話現在對我們的重要性，但是，我們只在有話要說的時候才交談。其餘的時候，我們就正常過日子。」

「還有什麼要交代的嗎？」菲力克斯無法不語帶諷刺。

「有，」塔莉莎說。「我們得要找到證據。那就是替代計畫，薩維。我們找到證據就把它銷毀。」

那個證據，某個他們很多年都沒有提起的東西，某個他們甚至可能想要企圖忘記的東西。二十年前，在塔莉莎家的泳池小屋裡，一條救生索在他們滿臉絕望之下被拋向了他們。他們如飢似渴、毫無羞恥地抓住了它，從此，他們就在繩索上晃蕩，再也無法站到穩固的地面上。而現在，他們必須好好正視那個證據，那個證據具有剃刀般的銳利，完全可以將他們的救生索一刀切斷。

「在二十年之後？」安柏說。

「我同意，」塔莉莎說。「我們當時就應該那麼做。我們是笨蛋，而且我們都被嚇到了，不過，我們現在不一樣了。梅根把那封信和照片藏在了某處，我們必須把它們找出來。沒有了那些東西，就算她開始到處指控我們，那也是雙方各執一詞，而人們會相信誰呢？」

沒有人辯駁。一名內閣次長、一名律師事務所的資深合夥人、一個白手起家的百萬富翁實業家、一個投資銀行家，還有全英格蘭學習成績最好的學校之一的校長。他們將會和一個殺害兒童的前受刑人各執一詞。

「她不需要證據，」安柏說。「如果這件事傳出去的話，即便是毫無根據的指控，我也會完蛋。」

「沒有證據，我們就不會被起訴。」塔莉莎堅持。「我們全都不會被關。我們都不會失去我們的家人和我們的飯碗。」

「如果梅根沒有證據的話，她就不會太過分。」菲力克斯說。「尤其是如果我們又給她一筆錢，要她不要張揚的話。她又不笨。」

「她一點都不笨。」薩維說。「當年她就比我們任何人都聰明，即便現在，她都不會那麼容易被說服的。」

「那麼，東西在哪裡？」塔莉莎說。「那天晚上她能藏匿的地方有限。隔天一早，她就去警察局了。」

「我們搜索過她的臥室，記得嗎？」丹尼爾說。「東西不在那裡。」

「那天晚上應該要有人和她一起回去的，」菲力克斯說。「我的意思是，我們應該要跟蹤她的。」

安柏說：「當時，我們的思緒都很混亂。」

「除了梅根之外。」薩維說。

塔莉莎想到了一件事。她對薩維說：「那天晚上，你陪她走到車子旁邊。你有注意到任何事情嗎？她有沒有——我不知道——對陽台上任何一個大花盆露出不尋常的興趣？」

薩維緩緩地開口，彷彿試著要回憶。「她坐進車裡的時候，手上拿著那封信。她把信放在乘客座上。底片應該在她的口袋裡。丹說得沒錯，它們不在她的房間裡。我想，她在回家的途中一定曾經在哪裡停留過。」

「我們需要一張地圖。」安柏說，不過，菲力克斯的反應比她快。他已經在他的手機上打開了谷歌地圖。

「不管她放在哪裡，東西可能都還在那個地方。」塔莉莎把自己的椅子挪到桌子另一邊，好看清楚牛津郡的地圖。「她出獄之後幾乎沒有機會去把東西拿回來。特別是如果她一直在生病的話。」

菲力克斯用兩根手指將螢幕上的地圖放大。「這是在大海撈針，」他說。「你舊家距離她當時住的地方有十一哩，假設她是直接回家的話。」

「她舊家的後花園，」安柏提出來。「她媽媽把那幢房子賣了，可是，她可以翻過籬笆去把東西拿回來。」

「大海撈針。」菲力克斯重複著同樣的話。

「我不建議我們開始尋寶，」塔莉莎說。「我打算跟蹤她。」

「你可以那麼做嗎？」安柏問。

「我們是北部這些郡裡最成功的離婚律師事務所，」塔莉莎說。「我們經常跟蹤那些卑鄙的丈夫或妻子。在今晚結束之前，我可以讓人去跟蹤梅根。」

「很花錢吧。」菲力克斯說。

「事成之後，我會從基金裡把這筆錢拿回來。」

「有人對此感到罪惡感嗎？」安柏說。「我是說，梅根救了我們，而我們卻計畫要再次欺騙她。」

丹尼爾忍不住了。「那你就等她去和你要重要的器官吧。」

安柏並沒有退縮。「如果她的器官受損了，那也是因為她為我們所做的事。」

「好吧，那你就去動手術吧，」丹尼爾說。「你把你想要保留下來的那顆腎臟給她吧，那顆有朝一日你的丈夫或者其中的一個孩子可能會需要的腎臟。噢，我忘了，你的血型和她不一樣，所以你沒有這個困擾。」

「梅根的損失並沒有比我們多，」菲力克斯說。「她考試考砸了。她不會去劍橋，而且她幾乎知道這點。如果有人要為發生的事情背黑鍋的話，很顯然就是她。」

「我不確定她是這樣想的，」丹尼爾說。「我們原本應該要支持她的。塔莉的爸爸原本應該要當她的律師，而不是去幫她的被害人。如果她現在不爽的話，當她發現事實的時候，我們就只能求老天保佑了。」

當他說完的時候，他看到安柏瞪大了眼睛，而薩維則困惑地皺著眉。他留意到，菲力克斯完全不為所動。看來，過去這些年，關於梅根的消息並沒有被公平地分享。

「丹提到了一個重點，」塔莉莎說。「雖然那不是他有意要說的。」

「什麼？」安柏問。

「她打算從我們每個人的身上得到一些什麼。如果我們不能找到證據的話，我們就需要有心理準備。」

「那我們把那筆錢給她，」安柏說。「那是一大筆現金。」

塔莉搖搖頭。「我不確定那夠不夠。我想，她要的是很大的東西。會造成傷害的東西。你們都要開始思考，她可能會向你們要什麼。」

「我已經知道了。」薩維說。

所有的目光都轉向他。

「那天晚上她已經告訴我了，」他繼續說。「那就是她為什麼要我陪她走到車子旁邊的原因。」

安柏說：「你告訴我說她沒有說什麼特別的，你說，她只是要人陪伴而已。」

「她說了很多，」薩維說。「她很清楚地告訴我，我欠她的人情是什麼，並且要我發誓不會告訴你們任何人。如果我告訴你們的話，交易就取消了。」

「什麼？」塔莉莎說。「她要什麼？你得要做什麼？」

「維持單身。」薩維回答。

丹尼爾可以從他身邊每個人的表情看得出來，沒有人明白這是什麼意思。他自己也是。

「直到她出獄之前，我都必須要保持單身。」

「為什麼？」安柏的臉色發白。

薩維無視於其他人，直接對著安柏說出了接下來的話。他們已經分手很多年了，但是，丹尼爾想起當時他們兩人曾經很親密。「她告訴我她愛我，」他的話讓安柏的眼睛瞪得更大了。「她說她愛我很多年了，她原本要對我說的，但是我那時已經開始和你交往了。她說，一切都改變了，我得要和你分手，維持單身。」

他拿起他的飲料，一口氣喝光。他們沒有催他，因為他看起來似乎需要一點時間。

「她說，她一生中最美好的時光都將在監獄裡度過，她將會失去遇見對象和戀愛的機會。她說，她不想在將近四十歲出獄的時候，變成一個悲哀的老處女。因此，我必須等待，等她出獄，我必須娶她。那就是我欠她的人情。」

「可是，你和艾拉……」安柏開口。「薩維，你在兩年前娶了艾拉。你到底在想什麼？」

菲力克斯靠在他的椅背上，發出一聲苦澀的乾笑。「老兄，」他說。「你完蛋了。」

19

他們同意那個星期六到塔莉莎家，出席歡迎梅根回來的午餐會。他們別無選擇。丹尼爾通常都可以隨心所欲幫自己安排週末的活動，不過，其他人就必須得重新安排他們的行程，安撫他們不高興的另一半，應付難纏的孩子，還要在事後編造一堆的藉口。那都不重要；他們沒有選擇。

塔莉莎家那幢超級現代的建築座落在市中心北邊一條道路兩邊樹木林立的大道上。其他的房子大部分都擁有一百年、甚至更久的歷史，不過，塔莉莎不知怎麼弄到了許可，將原本那幢愛德華時期的別墅拆除，用混凝土、彩色玻璃和花崗岩，蓋出屬於她自己的宏偉建築。她那輛白色的Range Rover停在車道上，旁邊則是她丈夫鋼鐵灰的大型Range Rover。一雙沾泥的橄欖球釘鞋被隨便扔在了前門的台階上，從樓上一扇打開的窗戶，丹尼爾可以聽到小孩的聲音。塔莉莎自己沒有孩子，不過，她丈夫在他的第一段婚姻裡生了三個兒子。

孩子帶來的混亂和前院花園嶄新的造景以及這幢房子閃耀的正面似乎有些違和，不過卻同時也予人一種心安的感覺。它似乎在說，這也是一個正常家庭的家，而在正常家庭的房子裡是不會有什麼可怕的事發生的。

丹尼爾把他的腳踏車騎上車道，告訴自己要堅持這樣的信念。

就在他打算按門鈴之際，他聽到輪胎壓在石礫上的聲音，他轉過頭，只見一輛黑色的BMW

電動車正在駛上車道。他不認得那輛車，不過最終發現那是莎拉的車，莎拉是菲力克斯的妻子——一名高挑、相貌平平、具有小馬俱樂部⑨氣質的金髮女子。丹尼爾看著菲力克斯從後座抱出他們兩歲大的兒子路克，在此同時，薩維則從另一側的座位爬下了車。

沒有薩維的妻子艾拉的蹤影。

他們四人還沒走到丹尼爾面前時，另一輛車也開過來了，一輛黑色的大型Volvo，坐在駕駛座的是安柏那擁有非裔加勒比海血統的丈夫戴斯特。豐富的駕駛經驗讓他輕鬆地將車子做了三點調頭，如此一來，那輛車隨時都可以快速駛離，接著，他也轉到後座協助他的孩子下車。

他們之中從來都沒有人提過安柏和戴斯特結婚是為了有助於她的生涯發展，不過，變成一對饒富魅力的跨種族夫妻對她來說也沒有什麼傷害。安柏和她的兩個小女兒在一起，兩個可想而知有多麼可愛的女孩，就是現代英國家庭的典型代表。

兩個家庭轉而向彼此打招呼，媽媽們大讚對方的孩子，三個男人則相互握手，丹尼爾在這種時候總是習慣性地感到被排除在外。家庭的世界是他永遠被摒除的一個世界。他按了按門鈴，塔莉莎的丈夫馬克立刻就來應門了。

「球賽精采嗎？」丹尼爾對橄欖球毫無興趣，不過，經驗告訴他，那是馬克唯一的話題。他

⑨ 小馬俱樂部（Pony Club）是一九二九年於英國成立的志願組織，其分支現已遍佈全球。該俱樂部鼓勵年輕人享受所有和馬有關的運動，提供馬術和騎術指導。此外，讓俱樂部成員有組織地合作、溝通、相互引導，鼓勵會員積極承擔自己的責任、強調尊重馬匹、透過馬術找回自己，並積極為他人服務，都是其內在的精神價值。

可以聞到馬克散發出來的戶外味道；還有他手上那杯紅酒的味道。

「簡直太棒了。」馬克的視線已經越過了丹尼爾的肩膀，望著更有意思的其他人。「馬爾伯勒大學。他們上一季讓我們一敗塗地，今天早上卻完全無法突破我們的攻防。」

一陣爆破聲從樓上傳來，聽起來既狂野又電子。

「樓上有幾個孩子？」丹尼爾雖然很習慣塔莉莎那幾個精力充沛的繼子，不過，這個上午，他們似乎又更上一層樓了。

「五個，」馬克告訴他。「賈斯的一個朋友膝蓋受傷了，我把他送去急診室。我們把他的其他兄弟接到這裡。來吧，你們都很熟悉這棟房子了——你們那麼常來。」

丹尼爾把他的外套掛起來，然後走向其他人，和他們適切地打招呼，並且做好心理準備要接受例行的擁抱和臉頰的親吻。一輩子的禁慾已經讓他習慣了避免與別人的身體接觸，然而，他一直都沒有成功地讓其他人了解到這點。那幾個女人似乎覺得她們的碰觸行為對他有所幫助。當她們終於放開他的時候，他跟著馬克穿過房子後面偌大的廚房。

不過，用大來形容其實是低估了這間廚房；那是一個超大的空間，覆蓋兩層樓，還有一片從地面延伸到天花板的玻璃。夏天的時候廚房裡燠熱難耐，在丹尼爾眼中，晚春的時候倒還可以忍受。

「其實不需要這樣的，」馬克低聲地說。「我在待命中，隨時都得去工作，而塔莉自己連我的三個孩子都照顧不了了，更遑論還有一屋子的客人。」他瞄向丹尼爾的方向。「我無意冒犯。

不過，我確定我們前幾週才剛和你們幾個見面而已。凡事適度就好，多了也會膩的。」

丹尼爾很習慣馬克的個性。他沒有惡意，而且，他也同意馬克的話。

「艾拉沒來？」當其他人來到他們身後時，丹尼爾問薩維。

薩維搖搖頭。「我告訴她是工作上的事。」

站在廚房流理台邊的塔莉莎轉過來面對他們，她的笑容並沒有太燦爛。她的頭髮挽到一邊，但是這個髮型並不適合她。那讓她的臉看起來太大，太有稜有角。她甚至連化妝也懶得化。丹尼爾正要走向她時，其他女人和小孩卻越過他，又開始和塔莉莎展開新一輪的擁抱。在和莎拉擁抱完之後，塔莉莎向他走來。

「她已經到了，」她在他耳邊小聲地說。「不要張望。」語畢，她很快地走開；丹尼爾看到她傾身親吻薩維，他知道她也在告訴他這件事。

*不要張望？那是什麼意思？*在丹尼爾轉身去和菲力克斯以及莎拉說話時，他的視線外圍瞄到了些什麼。他抬起頭，立刻就看到了她。

塔莉莎和馬克這棟宏偉的房子裡最引人注目的特色，就是一座橫跨整棟房子的內部陽台。透過二樓那片半牆高的強化玻璃，樓下的丹尼爾可以看得到玻璃後面的過道，以及過道所通往的那五扇臥室房門。站在陽台中央往下看著眾人的正是梅根。丹尼爾首先想到的是她看起來好多了。她的頭髮已經洗過，被一副太陽眼鏡往後固定，不再披散在她的臉上。現在，在知道她對薩維的感情之後，他意識到她今天在外貌上所下的功夫是為了薩維，而那是她當日和他見面時不覺得需要為他做的。

「你在看什麼？」菲力克斯跟著丹尼爾的眼神，然後，其他人一個一個地也注意到了——當然，塔莉莎也已經在那裡了——他們全都抬起頭，就像舞台上的演員一樣，看著他們唯一的女性觀眾。

「那是誰，媽咪？」安柏的長女問。

「我是梅根，」她回答。「哈囉，各位。」

梅根的皮膚依然蒼白，不過已經沒有了她到學校找他時的那抹蠟黃。在穿得比較得體之下，她看起來苗條地很時尚，既不像厭食症者，也沒有骨瘦如柴的樣子。她甚至還化了妝，在那短暫的幾秒鐘裡，丹尼爾很慶幸自己不是薩維。

「不要自己躲在樓上，」馬克大聲地說。「下來吧。」

梅根在那裡又站了一秒鐘，然後才沿著陽台緩緩而行，消失在了樓梯口。

「這是哪位？」菲力克斯的妻子莎拉問。

「學校的老朋友。」菲力克斯說。

塔莉莎悄悄地走近丹尼爾。「她決定要自己走走看看，」她在他耳邊小聲地說。「她表現得好像這地方是她的一樣。」

「也許那就是你的人情，」丹尼爾無法不說。「也許她喜歡你的房子。」

塔莉莎臉上受傷的表情，讓他差點就感到了罪惡感。

「馬克知道嗎？」他說。「我是指她是誰？」

她搖搖頭，然後聳了聳肩。果然——她要說什麼？不過，他們最終都會弄清楚的：馬克、莎拉、艾拉和戴斯特。某種程度上，他很幸運，因為他不需要對誰說謊。上帝不算。因為上帝已經知道了。

梅根的鞋跟在白色的石頭地板上發出清脆的聲音，然後，她又出現了。她決定在恢宏的入口處盡可能多待一會兒，因而站在門口注視著他們所有人。

「沒有什麼朋友比得上年輕時就認識的老朋友，」她說。「他的問候無人能比，他的讚美比任何人的話都珍貴。」

「那是誰說的？」菲力克斯問，他的聲音有點太大。「莎士比亞？」

「老奧立佛·溫德爾·福爾摩斯，」梅根回答。「哈囉，菲力克斯，你想念我嗎？」

此時，丹尼爾有一種感覺，彷彿他們全都站在一座碼頭上，看著冰冷的湖水，明知他們都需要下水，卻盡可能地拖延往下跳的時間。菲力克斯率先行動，這點應該沒有人感到驚訝，然後，梅根就隱沒在了他的擁抱裡。他用一隻手臂摟著她的腰，將她引領到莎拉和小路克的面前。對其餘的人來說，眼前的感覺就像緩刑一樣，不過，菲力克斯從來都不是會讓自己犧牲太久的人。

「你記得你的閨蜜吧。」他把安柏往前拉。「我們現在都稱她為尊貴的女士。而且我們都假裝我們投給她的政黨；如果我們不投她的政黨，她就會生氣。這位是戴斯特，她堅忍的丈夫，以及兩個小可愛，青銅和鎢。」

「珍珠和露比！」兩個女孩齊聲說道。菲力克斯玩這種花招已經很多年了，不過，她們似乎從來都不厭倦。他表現得太開心，努力過頭，不過，丹尼爾無法真的責怪他；他們沒有人知道應該怎麼表現。

梅根憐愛地用一根手指擦過小女孩的臉頰，看到兩個小女孩似乎讓她融化了。她蹲下來，對她們一人伸出一隻手。「你們好漂亮啊，」她說。「幾歲了？」

「五歲，」珍珠告訴她。「露比三歲。你是誰？」

「我是你媽咪的一個老朋友。」梅根站起來，走向安柏，後者完全沒有移動，接著是一個尷尬的擁抱，只有手臂和頭髮的接觸，身體、甚至臉頰都相距了好幾吋。

「你們好貼心。」梅根的眼裡泛著淚光，她朝著他們笑了笑。「我好高興。」

「當然了，還有薩維。」菲力克斯似乎決定要演出總指揮的角色。「過來，薩維，到餐桌坐下吧。」

當梅根和薩維的目光相遇時，丹尼爾感到所有人都有心理準備了。

「說到餐桌，我餓死了。」馬克一手落在丹尼爾肩上，另一手則在薩維肩膀上，有效地打斷了梅根準備對她唯一的真愛所發出的問候。

他們圍繞著塔莉莎的巨型玻璃桌而坐，試著要讓她安排的午餐達到最好的效果。她找來了外燴，那是當然的了——塔莉這輩子從來都沒有煮過一餐飯——午餐相當豐盛：水果和蔬菜閃閃發亮的沙拉、一隻帶有甜味和深色脆皮的巨大火腿、一整塊圍繞著無花果和蜂巢的布里起司乾酪，還有胡椒炸雞。不過，除了那五個青少年之外，他們誰也吃不下太多。

丹尼爾一直很擔心席間的對話會很生硬，沒有人會知道要說什麼，他們所面對的問題非同小可。出乎他意料的，他們什麼都聊，即便這五個老朋友參與甚少。梅根是全場的靈魂人物。她和馬克聊學校的橄欖球，和莎拉聊馬，也和戴斯特聊議會鰥夫的險境，而你不得不佩服她，真的，因為她所說的每一個字肯定都是在瞎扯。

他留意到她沒有和薩維說話，有可能是因為塔莉很巧妙地把薩維和梅根安排在桌子的同一邊，中間還相隔了好幾個座位——他們兩人要交換眼神就變得很困難。薩維幾乎沒有開口，只是不斷地查看他自己的手機，有一次還為了接一通電話而離開房間，丹尼爾很確定那應該是艾拉打來的，至於那些美食，薩維也幾乎沒有吞下肚。

「你怎麼會認識他們的？」馬克在午餐進行到某個階段時問梅根。丹尼爾相信他已經被告知說，她是學生時代的一個老朋友，不過，對於那些和自己沒有直接關係的訊息，馬克鮮少會記住。

「我也念萬靈學校。」梅根回答。

「梅根是學生會主席。」除了對女兒耳語之外，這是安柏在一個小時之內第一次開口。

「我是一個領獎學金的學生，」梅根說。「那其實是象徵性的任命，一所上流的私立學校藉此來展示它的革新性和包容性。一百名學生中只有一個來自中低下階層，因此，他們就盡可能讓那個學生變得很重要。」

「那不是真的。」薩維很快地說。

梅根往前傾靠在桌上，這樣，只要一轉頭，她就可以看得到薩維。他們彼此互視了一秒鐘。薩維之前就已經把他的婚戒拿掉了。

「不，你是我們當中最聰明的。」安柏很快地補充。

「那麼，這麼多年來你都到哪兒去了？」馬克問道，他似乎完全沒有察覺到餐桌上的緊張氣氛。「國外？還有誰要火腿？」他拿起切肉刀在空中揮了揮。

「我要。」菲力克斯遞出他的盤子，儘管他的盤子上還有很多食物。不過，他的酒杯倒是已經空了。

「我也要，」丹尼爾聲援地說。「不過，給我一秒鐘的時間讓我把盤子裡的先吃完。太好吃了，塔莉，一如既往。」

「薩默敦的這家外燴，」塔莉說。「從來都沒有讓我失望。」

「我一直都在東北部，」梅根告訴馬克。「在杜倫。」

「很不錯的地方。」馬克轉向丹尼爾。「你是念那裡的杜倫大學，不是嗎？」

丹尼爾的嘴裡塞滿了火腿；他只能點點頭。

「再過幾週，安柏會舉辦一個生日派對，」戴斯特對梅根說。「你應該要來。我會把詳細資訊發給你。」

丹尼爾大可嘲笑他身邊那一個個驚恐的神情，如果不是他自己也嚇到了的話，他可能真的會取笑他們。安柏的派對向來都很別緻：黑色的領帶、草地上的帳篷、炫耀自己頭銜和權力的地方政要。梅根絕對不是第一個參加安柏派對的罪犯，不過，當你是政要人士時，偽造帳目和半夜撞死一個年輕的家庭，這兩者之間就有很大的差別了。

有好幾秒鐘的時間，他們可以聽到孩子們的電子裝置所發出的電子嗶嗶聲。塔莉莎把酒倒進原本就已經裝滿酒的杯子裡，安柏幫露比擦掉嘴邊一個不存在的污漬，菲力克斯查看著他自己的手機，丹尼爾瞄到馬克和戴斯特彼此交換了一個疑惑的眼神。

「你真好，」梅根說。「我會很樂意去的。」

「你找到會計了嗎？」薩維問菲力克斯，新的話題似乎讓席間因為鬆了一口氣而發出嘆息。菲力克斯的財務長在幾週前丟下他不管了。他搖了搖頭。「很多人應徵——我覺得沒有人適合。」

「你可以外包，不是嗎？」馬克說。「我們就用了一家本地的公司。我可以把他們的資料給你。」

「我可以，我也曾經那麼做過，但是那太貴了。」菲力克斯放下手中的刀叉，他似乎找到了可以讓他不用再努力吃東西的藉口。「而且，烏干達的新工廠也已經讓我捉襟見肘了。問題是，我們距離倫敦太近。那些通勤的優秀人才，他們的薪水是我所能負擔的兩倍。」

「在這種情形下，菲力克斯一切都自己來。」莎拉插嘴說。「他每天晚上都工作到幾乎半夜。路克現在看到他都開始哭了，他都快不認得自己的爸爸了。」

「那也太誇張了。」菲力克斯嘟囔地說。

「我不覺得。」莎拉厲聲以對。隨之而來的是一陣尷尬，當一對夫妻當眾分享了太多私事時就會這樣。

「我來做這份工作。」梅根說。

原本的尷尬至此就失控了。

「我有財務會計的文憑。」她等待其他人出現反應。當他們全都沒有吭聲時，她拿起她的酒杯，透過杯緣看著他們。「怎麼了？」她說。「你們以為我會在監獄裡浪費二十年嗎？」

莎拉倒吸了一口氣。坐在桌尾、原本全神貫注在手機上的男孩們全都安靜了下來。就連五歲的珍珠都瞪大了眼睛，無聲地用嘴形重複了監獄兩個字。

「你在監獄裡？」其中一個男孩問。

「為什麼？」另一個問。

梅根張開嘴。

「不要。」安柏鮮少會大聲說話，不過，當她這麼做的時候，他們都想起為什麼人們會把她當作未來的首相在認真談論。「這裡不是說話的地方。」

塔莉莎站起來。「孩子們，你們和你們的朋友可以到遊戲室去吃甜點。」

五個男孩顯然想要看熱鬧，他們開始爭辯。「我是認真的，」塔莉莎警告說。「把珍珠和露比一起帶去，好好照顧她們。」

當孩子們幫自己拿取甜點、離開房間時，空氣裡瀰漫著一股敏感的沉默。塔莉莎還檢查了房門是否有關好。依然沒有人說話。路克發出了刺耳的尖叫，莎拉只好起身。

梅根說：「你一定記得我的數學有多好，菲力克斯。沒想到，我的財務也一樣很棒。而且，我可以星期一就開始工作。」

梅根一邊說話，一邊從頭上摘下她的太陽眼鏡，然後將頭髮甩散，接著再把眼鏡折疊好，放在她的餐盤旁邊。然而，她明顯的冷靜和沉著，似乎和那副鏡架尾端已經被啃咬過、甚至已經褪色的太陽眼鏡有些違和。

「我是說週二，」她說。「因為週一是五一節[10]。今年，那天也是銀行的休假日——應該會比往常更瘋狂。」

「塔莉，這裡面是什麼？」莎拉瞄著一碗看似乳脂鬆糕的甜點問道。「我可以給路克吃這個嗎？」她雖然問的是塔莉莎，但目光卻看著她的丈夫，即便丹尼爾都可以讀到她眼裡的訊息。

「喔，老天，不會吧——那上面有白蘭地！」塔莉看向遊戲室的房門。「我剛讓孩子們吃了烈酒。」

安柏發出一聲輕聲的尖叫，警覺地轉向戴斯特。

「看來，我們會有一個安靜的下午，」馬克聳聳肩。「不會對他們造成什麼傷害的。」

「你說得簡單，」安柏嚴厲地回嘴。「你最小的孩子可能都比我還重。露比才三歲。」她說

[10] 五一節（May Day）是古老的歐洲節日，標誌著夏天的開始，通常在五月一日慶祝，和國際勞動節並無關聯。

著站起身。「拜託，塔莉。」

「他們不會有事的。」戴斯特說著抓住他妻子的手，丹尼爾從來都沒有看過他發脾氣。「坐下來吧。」

「你怎麼說，菲力克斯？」梅根問。

「那這個塔呢？安全嗎？」莎拉的聲音開始變得尖銳。

「喔，拜託，莎拉，餵食你的小孩又不是我的責任。」塔莉莎失控地說。

薩維閉上眼睛，彷彿這樣做就可以讓眼前的一切消失。

「我會比你提出的年薪少收一萬元。」梅根對菲力克斯說，宛如他們之間的話題是房間裡唯一的對話。「不過只有一開始的六個月如此。到那個時候，我已經完全可以證明我自己的能力了。」

菲力克斯說：「你怎麼知道我付的薪水是多少？」

「你在LinkedIn和金融時報上面刊登廣告，」梅根回答他。「那不是什麼秘密。」

丹心裡在想，現在，為了幫菲力克斯一把，其他人應該會介入吧？不過，這就好像在看一條蛇跟蹤在一隻老鼠後面；他們無法把眼光從老鼠身上挪開。

「小梅，如果你需要錢的話，我很樂意幫你，」菲力克斯說。「我可以讓你重新站起來。」他環顧著其他人，信託基金這幾個字彷彿心電感應的訊息一樣，在他們之間來去。薩維緩緩地點頭，沉默地給了菲力克斯他的許可。

「我們得要好好討論這件事。」莎拉低聲地說。

「我不想要貸款，我要一份工作。」梅根說。

「這不是什麼好主意。」莎拉重複道。

「這是一份很專業的工作。」菲力克斯說。

「不見得。你的全年營業額是一千四百萬英鎊，營業利潤率是百分之七，而你每年的成長率是百分之十，這算很不錯。問題是，你並沒有好好思考融資增長的策略。隨著營業的成長，成品庫存量也會增加，向客戶提供的信貸也一樣。這些都需要資金，總之，你的現金快不夠了，那就是你為什麼會對供應商拖款、你的信用評等也在下滑的原因。你不記得老會計師們的名言嗎：『營業額是虛榮，利潤是理智，現金才是現實』？」

「你是怎麼知道這些的？」菲力克斯看起來大為震驚。

「你每年都把你公司的帳目提交存檔，你的信用評等也列在鄧白氏[11]上面。你有一個網站，好幾個社交媒體的帳號。這又不難。」

「我想知道你為什麼會坐牢。」戴斯特笑看著眾人，彷彿要讓大家覺得他是在開玩笑。不過，他們都知道他不是在開玩笑。「我可能得要重新考慮邀請你來參加我老婆的派對。」

[11] 鄧白氏（Dun and Bradstreet）是一家國際企業資訊和金融分析公司，致力於協助全球各地的企業提升營運績效，成立至今已有一百八十年的歷史，總部設在美國紐澤西州。

安柏拿起她的包包。「我們回家路上再說吧。」她對她丈夫說。「塔莉，謝謝你，不過，我想我們需要帶女兒回家了。」

「事實上，也許我應該——」丹尼爾開口說。

「二十年前，我偷了菲力克斯母親的車子，然後在M40上逆向行駛，」梅根說。「我撞到了一輛車，還造成車裡三名乘客死亡，其中兩個是年紀很小的幼兒。」

莎拉聞言，把她的兒子摟得更緊了。

「天啊，你就是那個人。」馬克給了他妻子一個「搞什麼？」的表情。

「那是意外嗎？」戴斯特問。

「不是，戴斯特，因為沒有人會因為意外而被判刑那麼重，像我一樣，除非有什麼位高權重的人企圖要陷害他們。」

梅根說這句話的時候並沒有看塔莉莎，這樣也好，因為塔莉莎的臉色已經像屍體一樣了。

「我是為了好玩那樣做的，」梅根繼續說。「為了有趣，我還不止一次那麼做過——有監視器的錄影帶為證。我不懂魯莽，而且危險，然後我就被關了二十年。在十八歲的時候，你可以想像一下。」

薩維從座位上站起來。「我需要去透口氣。」說完，他大步走出了房間。

「你知道這件事嗎？」戴斯特對他妻子說。「我是說，當時。你知道她做那種事嗎？」

「喔，不知道，」梅根打斷他。「我所有的朋友都不知道。他們那個夏天都在忙著嗑藥——

他們完全不知道我所玩的暗黑遊戲。」

她站起身，靠近安柏的肩膀。「也許那不是你想在公共場合公開的事情。別擔心，我可以低調一點。」

「八點到吧。」菲力克斯閉著眼睛說。「在大部分人進公司之前，我可以有點時間教你怎麼做。我們先試試看吧。」

20

五一節當天黎明之前，上千名市民就起床聆聽莫德林學院唱詩班從該學院知名的塔樓在春天裡歡迎五一節的歌聲。一如既往地，丹尼爾也是他們其中的一個；一如既往地，他也希望自己此時可以處在這個世界的其他任何地方。

丹尼爾討厭五一節。他討厭這種不真誠的歡樂，以及被夾在一片看不到盡頭的群眾之中的感覺；他痛恨人行道上的嘔吐物，痛恨那些穿著破舊舞會禮服、熟睡在街頭長凳的女孩；他還痛恨街上彷彿地毯般的垃圾，還有維持治安所需要的花費。然而，身為牛津最重要學校之一的校長，他長年來都一定會收到邀請，去參加莫德林學院的五一節早餐會。

他在接近莫德林橋的時候接了一通電話。是塔莉打來的。她背景的吵雜聲，讓他幾乎無法聽清她在說什麼，這讓他知道她也正在市中心。他就要遲到了，沒有什麼時間可以講話，而他前方的群眾已經匯集成一堵牢不可破的人牆了。

「你在哪裡？」他朝著一個頭髮狂亂、滿臉塗成綠色、正在朝著空中撒花的傢伙擠過去。

「靠近室內市集的地方，」塔莉回答。「我和馬克以及孩子們走散了。如果運氣好的話，我不會再遇到他們。」

「我走了之後，情況如何？」他問。

在菲力克斯同意給梅根一份工作之後，她的勝利似乎讓她筋疲力盡，丹尼爾幫她叫了一輛Uber，送她回她靠近艾菲路的雅房。

「安柏和戴斯特在你走之後不久也離開了，」塔莉莎回答。「好像我給他們的孩子下毒了一樣，其他人在那之後也很快就走了，莎拉沒有給菲力克斯什麼好臉色。」

那個綠臉的傢伙在頭上裝了兩支雄鹿般的鹿角。他背對著丹尼爾，看起來似乎沒有可能越過他。

「馬克氣死了，」塔莉莎說。「孩子們在網路上找到了那個意外的報導。他無法理解我為什麼邀請她到我們家來。」

「你沒有說什麼吧，有嗎？」丹尼爾不小心踩到了別人的腳。一大把的山楂花朝著他的臉撲上來；他已經聞到了臭味和尿騷味。

塔莉莎說：「你當我是誰啊？」

「塔莉，我們需要有個計畫。我們不能讓她這樣威脅我們。」

「可是，萬一她不是在威脅我們呢？萬一她真的不記得了呢？如果我們保持冷靜的話，一切都可以解決的。」

群眾在這個時候變成了一道堅不可摧的人牆，已經沒辦法再往前走了。丹尼爾擠向旁邊，直到他抵住將群眾和橋欄隔開的那道鐵柵欄為止。柵欄另一頭有一條狹窄的通道，只見一排警衛已經駐守在那裡了。

「我們需要把那筆錢給她。」他說。

「把錢給她可能會喚起她的記憶。該死，他們找到我了。我等會兒再打給你。」

在丹尼爾面前，一名眼神呆滯的年輕男子正在用一口東歐腔和那些警衛吵架，要求警衛讓他從橋上跳下去。

「你們得讓我跳下去，」他說。「我是專業的。」

那名警衛搖搖頭。

在古老的年代，學生們，通常都還穿著前一晚參加舞會的正式服裝，會從莫德林橋上跳到河裡，以慶祝五一節。不過，不止一個人曾經因此而受傷，在丹尼爾的記憶裡，從橋上跳下水一直都是被禁止的。那天早晨，那排警衛的陣仗宛如有什麼總統來訪一樣。

「我以前曾經跳過。」那名年輕男子說。

那名魁梧的警衛又一次搖了搖頭。丹尼爾從外套的內袋裡掏出他的邀請卡，遞向警衛。

「你可以幫我過去嗎？」他對著那名警衛大聲地說。「我得在五分鐘之內到達學院。」

那名警衛好整以暇地打量著他身上那件看起來不像穿了一整個晚上的時髦西裝以及長袍，然後聳聳肩。「你得爬過來。」他說。

丹尼爾爬到柵欄上，抓住警衛伸出來的手臂，翻過柵欄。那名警衛接住他，丹尼爾也試著讓自己和他的長袍都安全越過柵欄。

「嘿，為什麼他可以跳？他是誰？蝙蝠俠嗎？」

「謝了，老兄。」丹尼爾說。

從柵欄通往河流的那一側，他可以很快地就走到莫德林橋的另一邊。就在他已經很接近學院的時候，他聽到有人在叫他的名字。

「丹！」

他無法相信。穿著正式洋裝和高跟鞋的梅根正等在入口處。「我還在想你不會來了。」她說。有那麼一剎那的時間，丹尼爾完全懵了。他有邀請她到這裡來和他見面嗎？

「早安，校長。」輪班的門衛把柵欄移到一邊，好讓丹尼爾可以通過。

他當然沒有邀請她，可是，他一直都在和薩維聊星期六的五一節慶典。她偷聽到了他們的對話。

「天氣真好，校長。這位女士是和你一起來的嗎？」

丹尼爾張開口準備說不是，然而，梅根卻帶著他沿著那條鵝卵石小徑直接走進了主要的方庭。

「你不介意吧，會嗎？」她在他耳邊小聲地說。「我一直都想要近一點看。」

方庭裡擠滿了人。

「真有趣，」梅根說。「我們要上到塔樓嗎？我猜那裡的視野一定很不一樣，特別是今天。」

「我們擠不進去的。」丹尼爾在群眾前面停下來。他已經瞄到了幾個他認識的人，他不想被迫要介紹她。「梅根，你在這裡做什麼？」

她原本興奮的臉垮了下來，像一個遭到訓斥的小孩一樣。「我需要和你談談，」她回答。

「週六那天有點尷尬。」

「你原本期待會怎樣？」

她張開口正要回答他，鐘聲響了。圍牆外面，原本喋喋不休的群眾爆發出一股興奮，一聲又一聲的喊叫接著響起。方庭裡，每個人都抬起頭往上看，丹尼爾也很高興地跟著做。一百四十四呎高的莫德林塔是牛津最高的建築物。丹尼爾可以看到塔台高聳的欄杆後面，一個個身披長袍的身影就站在石雕的空隙之間。

塔上的鐘敲了四、五、六下。在整座城市短暫的屏息之後，唱詩班開始唱誦「聖餐讚美詩」。

「父神啊，我們敬拜祢，我們向祢獻上讚美……」

嘹亮的歌聲飛向天際，這首承傳了幾世紀的聖歌無比的壯麗，丹尼爾每次聽到這首聖歌的首句時，總是會熱淚盈眶。一般而言，他會默默地加入吟唱的行列——這是他所愛的一首歌——但是，他不能在梅根面前讓自己這麼做。

「你懂它的意義嗎？」梅根小聲地問。

他有古典文學的博士學位——他當然懂。

「我們崇敬你，喔，耶穌基督，你是唯一的子。」在唱詩班唱到第二句的時候，他把拉丁文的聖歌歌詞翻譯給她聽。

聖歌結束了。大街上響起一片震耳欲聾的歡呼，丹尼爾看到一顆藍得有如天空的氫氣球飄浮過塔頂。飛機開始飛過，凝結的尾跡劃過湛藍的天空，彷彿數學圖形一樣。塔樓上，學校的牧師開始讀誦創世紀的開頭詩句，也就是關於上帝如何創造世界和光的部分。

「地是空虛混沌，淵面黑暗。」

一股顫慄攫住了丹；即便梅根都留意到了，並且驚訝地看著他。

「讓我們祈禱，」牧師宣告道，接著，方庭裡的每個人都低下頭禱告，唸誦著關於春天甦醒和光明回到人間的禱告詞，丹尼爾終於明白自己為什麼痛恨五一節的早晨。因為它在慶祝冬天的結束；它是一場慶祝一切良善、光明和力量重返世界的慶典。然而，對於那些生活在黑暗之中的人而言，他們是無法回到光明的。丹尼爾花了二十年的時間在尋求救贖，卻在每個春季都眼睜睜地看著它遙不可及。而此刻在他身邊的這名女子，就是它活生生的象徵，就算她不是造成這個事實的原因。

在那之後，他沒有聽進太多的祈禱文。唱詩班又唱了三首牧歌，每一首都一如既往地優美動聽，這是他無庸置疑的。他看著更多的藍色氣球飄向天空，每一顆氣球對丹尼爾來說就像是那些祈禱詞，不斷地往上爬升，尋求著仁慈的傾聽者。那天早晨，他明瞭到他的禱告永遠也不會飛翔，它們注定了要永遠留在地面上。

梅根為他付出了他應該要付出的代價，也因此偷走了他的救贖。

他們看著唱詩班回到地面，在掌聲中穿過方庭。他們不再是天使，只是一群擁有好嗓音的孩子和年輕男子，而他們現在想要吃他們的早餐了。

「我們可以上去嗎？」梅根問道，她的意思是指塔樓。

沒有理由不可以，畢竟，唱詩班已經下樓來了，現在加入大排長龍的隊伍去吃早餐也會花掉不少時間，因此，在丹尼爾的帶路下，他們爬上了狹窄的旋轉樓梯。

「好美，」當他們爬到女兒牆的時候，梅根說道。「那段祈禱文，關於清晨降臨、迎接漫長黑暗後的光明。感覺就像是在對我說的一樣。」

大部分的人在黎明爬上莫德林塔的時候，都會轉向西北邊，好在清早的陽光下欣賞那些角樓、小尖塔和尖頂，不過，梅根卻走向南邊的角落。丹尼爾加入她的行列，俯視著大街上的人群。群眾開始離去，彷彿從邊緣開始融化的冰塊一樣。不過，這也需要時間；市中心可能有兩萬人，而且大部分的人也不趕時間。這些人群會挪往附近的酒吧，也許會去聖吉爾斯觀賞傳統的莫里斯舞蹈。這股嘉年華的氣氛至少還會持續好幾個小時。

梅根轉向東邊，朝著太陽瞇起眼睛。他張開口打算要告訴她說，週六那天她落在塔莉家的太陽眼鏡在他這裡。

「我誰也沒有。」梅根頭也沒有抬地說。

丹等著她繼續往下說。

「你和其他人，你們是我僅有的。」她說。「一個人不會在監獄裡交朋友，只會結盟。即便那些現在已經出獄的人，對我來說也不再有用。我不會過著前科犯的生活，丹。」

不，你想要偷走我們的生活。這只是他腦子裡的一個想法；他做夢也不會說出口。

「你的家人呢？」他問。

她環顧著他。「我媽死了，你沒聽說嗎？」

他沒有。不過，他也無意和梅根的母親保持聯繫。

他搖搖頭。「我很遺憾，我不知道。」

「我想，那時候我有寫信給你們。至少寫給了你們其中一個，不過，那時，我已經接受了你們沒有人會回信給我的事實。你有看過那封信嗎，丹？」

「小梅，」他嘆了一口氣。「那是很久以前的事了。」

「我不會靜悄悄地走開，你知道嗎，」她說。「你和其他人，你們需要接受這件事。不管怎麼樣，我都會回到你們的生活裡。」

「你不知道——」他停了下來。他打算說，你不知道你在要求的是什麼，然而，她也許知道。也許，她很清楚她在要求什麼，只是還沒有開口要求他們而已。

「你真的不記得那個夏天的事了嗎？」他問。

梅根直視他的雙眼，他心想，時候到了，她現在就要承認了。然而，她搖了搖頭，那已經變成了一種很熟悉的動作，彷彿在企圖甩開什麼沾黏在腦子裡的東西一樣。

「我來告訴你那是什麼感覺，」她專注地說。「我要你想像一下，閉上你的眼睛。」

丹按照她的話做了；他沒有選擇。

「一輛兒童腳踏車衝進一座池塘裡，」梅根說。「別擔心——沒人在車上。它衝過水面，掀起一片漣漪，漣漪不斷地往池塘邊緣擴展，然後，腳踏車翻覆了，倒在了一片蘆葦叢裡。」

梅根的聲音聽起來幾乎很平靜。丹尼爾感到她似乎在告訴他一個故事，一個她已經演練過無數次的故事。

「腳踏車就停在那裡，」她繼續說。「冬天來了，池塘也結冰了。腳踏車凍結在冰層裡。一邊的把手、前輪大部分的輪輻和坐墊的一部分依然還在冰層上面，其他部分則在冰層下面。我們可以看得到，但是卻摸不到。它是無法接觸到的。現在，你可以睜開眼睛了，丹。」

他張開了眼睛，她已經更加靠近他了。他想要往後退一步，但是，他已經抵到女兒牆了。

「那個夏天在我的記憶裡就像那樣，」她說。「某些部分，我可以很清楚地記起，但是其他部分呢？我知道它在那裡，我幾乎可以看到它就在表面底下，只是我碰不到。殺人的那一部分就像那樣。我知道我殺了蘇菲．羅賓森和她的孩子。那件事就在我的腦子裡，只是我找不到它而已。」

她突然轉身走開，回到角落，遠離了丹尼爾；他在想，她沒有說謊，她真的不記得了。我們安全了。

梅根再次探出頭，看著塔樓底下。「那些綠色的服裝是怎麼回事？」她問。「他們看起來有點嚇人。」

「人們穿著綠色服裝已經有好幾百年的歷史了，」丹尼爾告訴她。「那代表了自然、重生和春天。」

一股培根味從底下的方庭傳來。他準備要提議他們下去吃早餐。

「異教，」她說。「在這樣一個基督教的早晨。」

「你會看到全歐洲的教堂都在展示這種綠人的形象，」丹尼爾說。「基督教義和異教之間的分割線是眾所周知且永無止境的模糊。聽著，你要去──」

他已經在走向樓梯了。

「我要去試試催眠。」她說。

丹尼爾停下腳步。「你說什麼？」

「我要去接受催眠。看看我是否可以找回那些被我鎖起來的記憶。」

他的胃口盡失。

「你確定嗎？」他努力地吐出幾句話。「我是說，你這麼做有什麼好處？你知道確有其事，你已經付出了代價。現在，你可以往前邁進了，不是嗎？放下那些事吧。我們會幫助你。事實上，有一件事，我一直想要──」

「但，那是重點，除非我了解，否則我無法放下，」她說。「我需要知道是什麼促使我做了那麼愚蠢的事。當我的人生就在我眼前等著我、當我有這麼好的朋友時。我們打算要征服世界的，不是嗎？我為什麼要丟棄掉那一切？」

她太有說服力了。

「我無法往前邁進，」她說。「直到我可以清楚記起那個夏天發生了什麼事為止。」

她可能在說實話。另一方面，也許她記得每一件事，她只是在折磨他。他完全無法確定到底是怎麼回事。

突然之間，一個念頭騰空而出，那完全不像他會想到的事，以至於丹可能會相信那個念頭是外星人植入他腦子裡的。梅根正站在一個小尖塔旁邊。如果現在還有人從下面抬頭往上看的話，那也只能看到她的頭和肩膀，不過，大部分的人這時候已經不會往上看了。

他想到了一個結束這一切的方法，一個確保他們現在和未來能夠永遠安全的方法。他只需要衝向梅根，抓住她的腳踝，推倒她。她將會摔落到一百四十四呎底下的石地上。

那樣，一切就結束了。

21

菲力克斯的辦公室座落在距離泰晤士鎮中心一哩外的這幢工業建築的二樓，朝北面對著一座停車場和支路。他看著一輛公車停靠在一百碼之外的公車站，不過他看不清下車的人是誰。路上的樹木太多了。

他強迫自己離開窗邊，然後幫自己倒了一杯咖啡。他習慣喝加奶的咖啡，全脂牛奶外加兩顆糖。當他獨處的時候，他會添加一個甜點湯匙量的愛爾蘭威士忌，那瓶威士忌就鎖在他桌子的櫥櫃深處。他並非總是維持一個甜點湯匙的量，在他誠實面對自己的時候，他會承認甜點湯匙在經年累月之下已經換成了正常湯匙，也許是分菜的那種湯匙，而等到上午結束的時候，他可能就換用大湯勺了。

他喝著那杯咖啡，感覺到那股熟悉的暖意從他的心臟往外溢出，讓他的神經冷靜了下來，也平緩了他的顫抖。當然，一個小時之後，那份緊張就會再回來。如果他能吃得下，能吸取一些酒精的話，勢必會有些幫助，但是，他多年以來一直都很差的胃口，在梅根獲釋的消息傳來之後就更加蕩然無存了。

現在，她就在這裡，穿著一件繫了綠色皮帶的雨衣、左肩上揹著一個包包，正朝著他工廠的前門走來。她在走下路邊的時候被絆了一下，差點就失去平衡，看到她脆弱的模樣讓他的心輕鬆了起來。

他嚥下他的咖啡，抓了幾顆薄荷糖，他向來都在他的桌子上放著一盒薄荷糖，然後跑下樓。現在時間還太早，前台沒有人，他得要自己幫她開門。

「你來了？」他說。

「如你所見。」

「搭公車沒問題吧？不會太擠吧？」

她給了他一個半玩味、半同情的表情，不過，在他帶她前往樓上辦公廳的途中，他依然不停地聊著些蠢話，她的座位距離他自己的辦公室不遠，他隨即又帶她參觀這棟建築。

「這是梅根，」他對總是第一個來上班的倉庫人員說。「她會和我們一起工作一陣子，整理帳目。是時候有人來做這件事了，我知道。」

當他離開倉庫的時候，他意識到背後有些奇怪的眼光，不過，也許是因為梅根在他身邊，所以讓他變得比平常要敏感；也許，那些怪異的眼神老早就存在了。他們從倉庫穿過庫存室，在這裡，置身在這些商品而非員工之中，他覺得輕鬆多了。化學不會評斷一個人。他面前的架子上至少有五百種以上獨特的化合物，而他很清楚其中每一個的配方。那些化合物可以和他溝通；某種程度上，他對化合物的了解是他在人類身上永遠達不到的。

「我們從極端環境裡搜尋物質，用在我們的男性美容系列上，」當梅根徘徊在架子之間時，他告訴她。「我對這感到很興奮。聽著，一種植物要在地球上最嚴峻的環境下生存，就一定得進化出它自己天然的防護化合物。我們採集它們，將它們轉化為產品中的活性成分。當我們對男性心理進行行銷時，在嚴峻環境中蓬勃生長的概念絕對是一大賣點。」

他靠向架子，從梅根後面拿起一個小塑膠瓶，然後將瓶子轉過來，好讓她可以看到瓶標上的名字和配方。「來自拉普蘭地區的黑紅莓汁。」他告訴她。

梅根做出一個佩服的表情。「它的作用是什麼？除了吸引男性心理之外？」

「改善微循環和增加皮膚緊緻度，」他告訴她。「我們的客戶——歐萊雅、聯合利華、寶僑——他們會向我們購買這個，外加這個成分可以如何被吸收的建議，然後把它用在他們自己的產品上。」

他把瓶子放回架上。「這是珍珠岩。」他拿起另一瓶。「天然的火山玻璃。」

「去角質？」梅根問。

在極短的一瞬間，菲力克斯想起了自己曾經喜歡梅根，事實上是很喜歡；她是他所認識的人當中，唯一一個對化學的熱誠度和他不相上下的人。「沒錯。」他說。

當他帶路離開的時候，她落在了後面。「那是很大量的氫氧化鈉。」她看著堆在房間一角的圓桶說道。

菲力克斯做了個鬼臉。「那真是一團糟。」他承認道。「它們應該要被送到烏干達的新工廠。我們的肥皂系列就是在那裡製造的。我得把它們送回去。」

當他帶著梅根參觀通風櫃、成排的均質機和離心機時，實驗室裡那些全都擁有博士學位的傢伙都對他投來好奇的眼神，不過，他早就開始懷疑，他們已經在懷疑他可能喝酒喝到快要失控了。他的聲音太大，也笑得太過頻繁。公司裡唯一一個似乎還處之泰然的人就是梅根，只見她彷彿一名來參觀的皇室成員般沉著。

「化妝品？」她在他們回到她的座位時問道，此時，他已經幫她煮了咖啡。他不認為自己以前曾經幫公司的任何人煮過咖啡。他當然曾經幫他們倒過飲料，那是在耶誕節的時候，不過咖啡？從來沒有過。

「個人保養品，」他糾正她。「化妝品是女人，通常是女人，塗抹在她們臉上的東西。我們做的是全套的個人保養——除味劑、保濕品、除毛膏、仿曬產品——不過，那其實都和化學有關。」

她笑了笑，那個笑容讓他願意付出一切來知道她在想什麼。他記起他們兩人經常在學校的實驗室裡一起工作。當然，那是在薩維不在的時候。

「好吧。所有的未付發票都在這個文件盒裡。我已經把會計系統的密碼放在你桌上了。」她說：「我向來都知道你會很成功，菲力克斯。」

「謝謝。不過，你知道的，我們都一樣。我的意思是，誰能想到安柏——」

她打斷他。「可是，你是賺大錢的那個。」

他的威士忌效力絕對在消退中。在時間到之前，他需要再來一杯。「噢，我不會那麼說。烏干達的工廠已經超出了我的負擔。薩維還不錯。雖然，他沒有談及他的紅利，不過，我們都很確定，他和艾拉在聖約翰街買下的那棟房子沒有貸款的成分。」

梅根垂下了目光，他相信她正在把薩維的地址記在腦子裡。他太愚蠢了，不應該說出來，不過，不管怎樣，她遲早也會發現的。他口袋裡的手機發出了嗡鳴聲。是那支塔莉莎給他的拋棄式綠殼手機。他瞄了一眼手機螢幕。丹尼爾。

「你需要什麼嗎？」他問梅根。「慢慢來，我並沒有期待立刻就有結果。你先感受一下這個地方。還有兩個星期才會發薪，所以，不用擔心今天要做薪資核算。」

「他妻子是什麼模樣？」他聽得出來，梅根試圖要讓自己的聲音聽起來很平常；不過並沒有很成功。「我相信她一定很有魅力，就像莎拉一樣。」

她在恭維他和他的妻子。莎拉足夠迷人，不過，她的魅力是博登⑫型錄上的那種模特兒型的，而且是大齡模特兒，距離「超級迷人」還很遠。遠遠比不上艾拉。

他的綠色手機又響了。這次是薩維。

「這你得要自己判斷，」他一邊說，一邊意識到在他腦子裡悄悄萌生的恨意，如果那股怨恨沒有顯現在他聲音裡的話。「我相信你不久就會見到她了。」

「他和安柏是什麼時候分手的？」梅根問。

有那麼一秒鐘的時候，菲力克斯想要接起薩維的來電，然後把他交給梅根；讓薩維自己對這

⑫博登（Boden）是創立於一九九一年英國服裝零售商品牌，主要的販售通路為網路、郵購和型錄。

個被拋棄的女人解釋。「在我們都上大學之後不久。」不過，他卻這麼說。

「誰提出要分手的？」

他把他的手機拿開。「他在第一學期的時候和她分手。她很傷心。她去了劍橋幾次，企圖想要弄清楚。我之所以知道，是因為她住在塔莉莎唐寧街的住處，而塔莉莎告訴了我。不過，那沒有用，薩維已經往前邁進了。」

「他有和別的女孩交往嗎？」梅根的目光低垂，彷彿不再相信自己可以直視著他。

菲力克斯把持住浮現在腦子裡的思緒，然後把它留在了心裡。根據塔莉的說法，薩維在劍橋一直在亂搞，不過，現在把這種事告訴梅根並不是太明智。

「我不知道。我們有一陣子失去了聯絡。」

在他位於隔壁的辦公室裡，桌上的座機開始響了。菲力克斯於是讓她開始做自己的工作。他在他自己的房間裡又倒了一杯酒。這回，他索性連咖啡都不加了。

22

塔莉莎比其他人更清楚沉著冷靜以及不暴露自己想法的好處。在那場災難性的午餐派對之後，接連好幾天，她不止一次地拿起電話打給其他人，卻在電話尚未接通之前就又掛斷了。當丹尼爾在週末前打電話給她的時候，她幾乎覺得如釋重負，並且立刻就答應和他見面。

「由於沒有什麼新聞見報，」當他們越過巨大的石砌拱門，走進圍牆裡的花園時，她開口說道。「我猜你沒有那麼做？」

身為全世界最古老的科學園林之一，牛津植物園座落在商店集中的大街上，幾乎正對著莫德林學院。如果塔莉莎和丹尼爾在那時候轉身的話，他們就可以透過園景樹的樹梢瞥見塔樓。不過，他們卻朝著邊緣更為野生的區域走去，因為那裡的人煙比較稀少。雖然這是個濕冷的陰天，但是，花園裡永遠都不乏訪客。

「我當然沒有那麼做，」丹尼爾說道，他們走過成排凋零的鬱金香，乾燥的花瓣在腳底下發出了清脆的聲響。「不過，塔莉，有一瞬間，我以為她就要自己跳下去了，天哪，我不確定我會跑過去阻止她。」

在天色漸暗之際，一陣風突然將幾朵粉紅色的花吹到他們的臉上。塔莉莎翻起她外套的衣領，她認為她可以感覺得到空氣裡的雨滴。

「我不明白的是，」她說。「你說她威脅你——」

「警告我——我們——不要低估她。」

「隨便啦。如果是這樣的話，那為什麼還要玩把戲？為什麼不乾脆坦承，說出她在想什麼，告訴我們她想要什麼，然後提出那些人情要求？她為什麼要讓我們一直猜？」

他們閃過一個銀髮婦女的觀光團。「你們現在站的土地曾經是一座猶太墓園，」她們的導遊說。「在猶太人被驅逐出這座城市之後四百年，數千輛卡車運量的渣土和糞肥填高了這塊土地，好讓這裡高於查爾維河、適合植栽。無怪乎這裡的植物長得這麼好。」

「她提到催眠，」當他們走到不會被人聽到的範圍時，丹尼爾告訴她。「你覺得那有用嗎？」

「如果她只是假裝失憶，那絕對有用，」塔莉莎回答。「我只是不明白，她為什麼要這樣打啞謎？」

「因為權力的平衡已經改變了。她沒有什麼可以失去的，我們卻不一樣。她很樂在其中。」

雨開始落下，那群上了年紀的遊客紛紛前往靠近花園入口的玻璃屋。塔莉莎和丹尼爾則走向河邊的小溫室。溫室裡的空氣密閉，玻璃因為凝結的水珠而變得不透明，他們的腳步聲穿插在持續不斷、彷彿音樂節奏般的雨滴聲中。

睡蓮室裡，捲曲的根鬚彷彿昆蟲等待獵餌中的舌頭，而懸垂的花朵與其說是盛開，似乎更像是一場正在進行中的化學爆炸。中間的池塘就像一片由碟子、餐盤和人孔蓋大小的葉子合組而成的拼布被。他們來到一張木頭長凳前面，這是為了紀念某個他們不感興趣的人而設立的凳子，不過，他們還是充分利用了紀念者的好心，在凳子上坐了下來。

「那聽起來不像梅根，」塔莉莎說。「她不是那種卑鄙或者會操縱別人的人。」

「我們認識她是很多年以前的事了，」丹尼爾回答。「在她坐了二十年的牢之前。而且，我甚至不確定我們當時是否真的了解她。她有告訴任何人說她考試考砸了嗎？」

她沒有。塔莉莎心想，現在回想起來，當時是有些跡象，梅根隱約地和他們這個團體保持了距離，彷彿她已經知道，身為這個團體的一員，她經不起即將來到的成績揭曉。不過，那個時候，他們全都只關心自己。沒有人曾經多想。

「我們需要那些證據。」丹尼爾繼續說，塔莉莎可以聽得出來，他試著讓自己聽起來不像在指責或者不耐煩，因為他們把這個任務委託給了她。

「在今天結束之前，我們應該就可以拿到了。」塔莉莎告訴他。

「怎麼回事？」

「我原本不打算說的，因為我不想讓任何人抱持希望，不過，我等一下會去梅根的雅房。」

她看著她的手錶。「在四十分鐘之後。」

「你要怎麼進去？」

「我認識的某個人會幫我開門，」塔莉莎回覆。「他會打扮得像個工人，配戴讓大部分人都相信的證件。一旦他進去了以後，他就會打電話給我，然後，我們就會一起搜尋那個地方。」

丹尼爾四下張望，彷彿擔心有人會聽到他們的談話，然後壓低了他的聲音。「萬一你被撞見了呢？」

「梅根在上班，菲力克斯答應我，如果她離開公司的話，他就會打電話給我，不過，她沒有理由會離開。如果有其他人看到我的話，我可以裝作是督導或者什麼的。我們現在討論的是位在學生居住區域的一間雅房，丹。沒有人會在乎的。」

丹尼爾抓了抓頭，這不是第一次了。塔莉莎已經注意到他外套肩膀上有一些細碎的頭皮屑。

「我們早就應該這麼做了，」他說。「她已經有時間把東西藏到其他地方了。」

「很抱歉，不過，沒有人會從Yell.com上面去找能夠用輕鬆的手段犯法的私家偵探。要找這樣的人是需要時間的。」

「他值得信任嗎？」

「不行，那就是我為什麼要去的原因。」

「小心點，塔莉。」

「你要替代我去嗎？」

他臉上的神情讓她發笑。「放輕鬆。我有別的任務要交給你。不管原因為何，你都是她現在鎖定的目標。」

「也許我是唯一一個她可以掌握的人。」

「不管理由是什麼，反正她會和你說話，她覺得和你在一起比較自在。」

「那我應該要做什麼？」

「盡可能地查出原因。從二十年前開始。當時一定發生了什麼事，導致她偏離正軌，也讓她考試考砸了。如果我們知道那是什麼事，我們可能就可以開始了解當年是什麼驅使她做出那樣的決定。而現在驅動她的又是什麼。」

23

要把車停在牛津市中心幾乎是不可能的事，塔莉莎很久以前就已經放棄了。腳踏車，特別是一輛低功率的小型電動腳踏車就容易多了。在和丹尼爾道別之後，她從玫瑰巷牽回她的腳踏車，然後重新回到大街上，在橋的前面越過丹尼爾身邊；再從The Plain圓環轉進艾菲路。在騎過大約一哩之後，她再度左轉，將車子停在距離梅根那間雅房六戶之外的地方。她提早十分鐘到了。在確定附近沒有人之後，她打了一個電話。

「嘿，」菲力克斯在電話響了兩聲之後接了起來。「怎麼了？」

塔莉莎問：「她還在你那裡嗎？」

「是啊。你要進去了嗎？」

「幾分鐘之內。如果她離開那棟建築的話，我需要你打電話通知我。」

「不用擔心。」

「她的狀況如何？」

「出乎意料的好。只花兩天的時間就把那些積壓待辦的事全都做完了。也重新安排了一些作業方法，每個人都認為，長遠來看，她做的那些改變會帶來很大的不同。大家都喜歡她。」

塔莉莎不確定梅根出人意料的成功是否讓人惱火，她問：「有人知道她是誰嗎？」

「還沒有。我試著不要讓莎拉到公司來。她對於雇用梅根感到很生氣，而我大體上也告訴她說，我已經改變了主意，我打算開除梅根。」

「你騙了你老婆？」

菲力克斯朝著電話嘆了一口氣。「塔莉，我想，在這件事結束之前，我們全都會比現在還要糟糕。」

他說得沒錯；她就要縱容她自己擅闖民宅了。

在前面一點的街頭，一輛白色的廂型車停在了路邊。塔莉莎可以看到一名年約四十的男子就坐在駕駛座上，低頭看著一個記事板。

「我想我們要開始辦事了，」她說。「不要讓她離開。」

她掛斷電話，在原地等著。那名走向她的男子身上穿了一件有青綠色袖子的深藍色夾克，那是英國瓦斯工程師最新的制服。不過，夾克上並沒有英國瓦斯的標誌，部分原因是那些標誌很難弄到手，另外一部分的原因則是冒充公共事業的員工進入私有房產是犯罪行為。這樣一來，他們兩人一旦進入梅根的房間，就只算是違法而已。

他們並沒有彼此自我介紹。

「準備好了嗎？」他在他們的距離近到可以交談時問道。

她點點頭，打開大門，這扇大門可以通往那棟三層樓連排房屋的前門。並排的門鈴顯示出至少有八個人住在這棟建築物裡。她的同伴從口袋裡拿出一個東西，將之塞入前門和門框之間的縫隙。五秒鐘之後，他們就在建築物裡面了。等待專業向來都是值得的。

「七號房。」她說，雖然她早已經告訴過他了。

「頂樓。」他在前面帶路，他在爬樓梯的時候微微向右傾斜，好騰出空間給他身上的工具包。樓梯上的藍色地毯覆滿灰塵，到處可見斑駁的痕跡。牆壁上有多處磨損，他們在一樓經過的那盞燈罩上蓋滿了黑色的東西，細看之下，她驚恐地發現那是一堆死掉的昆蟲。他們聽到電視的聲音從一間房間裡傳出來，另一間房間則傳出了一個女人的喊叫聲，第三間則是嬰兒的哭聲。

只有兩扇房門的頂樓，天花板已經傾斜成尖銳的角度，而那張老舊的地毯至此也壽終正寢。他們腳下赤裸的地板已經被油漆過，不過並非最近的事。

「新鎖。」塔莉莎的同伴表示。

「你可以打得開嗎？」她壓低了聲音，以防另一扇門裡有人聽到。新鎖是個好現象。如果梅根覺得有必要裝新鎖的話，唯一的原因就是屋裡藏了什麼東西。

他沒有回答，只是蹲下來，打開他的工具包。塔莉莎躡手躡腳地走到八號房前面，然後傾靠在門上，直到她可以感覺到木門已經貼在她的頭髮上。她屏住了幾秒鐘的氣息，不過，屋裡什麼聲音也沒有。

那名穿著藍色和青綠色夾克的男子拿起一個工具，然後是另一個。他的身體擋住了她的視線，讓她無法看到門鎖，所以，她只能等待，忍住不提出她覺得既無用又煩人的問題。她的手機震動了好幾次，不過，來電的人都是同事或客戶，而不是菲力克斯，因此，她並未理睬。

經過十二分鐘之後，房門終於打開了。那名男子收拾好他的工具，隨即站起身。他扶住房門，等她一踏進房間之後，門立刻就在他們身後關上了。

「不能讓她知道我們來過。」她說。

他從口袋裡掏出兩副拋棄式手套，將其中一副遞給她作為回覆。

「我們要找的是一張紙，A4大小，上面還有一些手寫的字跡，」她說。「還有一卷相機的底片，或者可能已經被沖洗成相片了。它們也許會被裝在一個信封裡，或者塑膠袋，為了安全保管起見。」

「我從這頭開始。」他很快就開始動手。

那間房間很小，天花板傾斜，幾乎只和塔莉莎最小的繼子在家裡的臥室一樣大。牆壁的石膏板呈現著渾濁的米色，窗戶的邊框在剝落的油漆下已經腐爛了，老舊的地板也黏乎乎的，不過，房間卻很整齊，廚房區域也很乾淨。水槽和瀝水板上都沒有盤子，地板上沒有亂丟的衣服，單人床也折疊得很整齊。塔莉莎想起他們在十八歲時是多麼地不修邊幅，看來，如果監獄曾經教給梅根什麼的話，那就是乾淨的習慣。

當她的同伴在檢查廚房的櫥櫃時，她可以聽到陶瓦和罐子發出了輕微的叮噹聲，不過，她自己則還沒有加入搜尋的行列，她的注意力被一張釘在床頭上方的軟木塞板所吸引。那張板子上釘滿了照片和其他紀念物，那是在梅根被判刑時就被她拋下的生活。塔莉莎自己年輕的臉龐以及她過去最好的五個朋友都從照片裡回視著她，他們一個個都帶著發亮的眼神、頂著狂野的頭髮、緊抿著雙唇：渾身濕漉漉地在碼頭綠地的河邊發抖；醉躺在大學公園的陽光之下；在雷丁節裡像苦行僧般地跳舞；在查維爾河的撐船比賽上，薩維和安柏以及梅根撐著同一艘船，而菲力克斯、她和丹則在另一艘，要想起是誰贏了那場比賽突然之間似乎變成了全世界最重要的事。

在板子正中央的是一張薩維的照片。那是在戶外拍的，因為背景都是樹，而且是在夏天，因為所有的樹葉都蓊鬱茂密。她立刻就知道拍照的人是梅根。薩維的臉上有一抹笑容，那是她已經很多年都沒有見過的笑容。也許二十年了。

「看一下板子背後。」她的同伴告訴她，塔莉莎這才意識到自己的眼裡噙著淚水。不過，她按照吩咐地做了，只是軟木塞板背後並未釘有什麼大信封。

「床，」她的同伴接著又對她說。「扒開。」

床上或床邊沒有什麼東西。他們兩人合力把床翻到側面，這樣，他們才能看得到床框底下，然而，依然什麼也沒有。她檢查了衣櫥裡寥寥無幾的東西，也檢查了衣櫥櫥頂和底下。梳妝台抽屜裡廉價的內褲她也翻過了，在翻找過超市買來的兩件胸罩之後，她又重新將它們折疊好。

此時，她的犯罪同夥已經結束了煮飯區的搜索，正在地毯上檢查是否有任何遺漏的地方。當他們在房間裡待了將近四十分鐘之後，他搖了搖頭。

「如果東西在這裡的話，我們應該已經找到了。」他說。

塔莉莎同意。

「人們通常會把重要的東西隨身攜帶。」他補充說道。

他們一起離開了那棟房子。在一樓的時候，他們遇到一名正在開啟其中一扇門的年輕女子，不過，那名女子在看了他們一眼之後，就匆忙地閃進屋裡了。

「還要監視嗎？」當他們回到街上時，他問道。這是他們之前已經討論過的事。

「她五點下班，」塔莉莎告訴他，雖然他已經知道了。「監視她到午夜，或者直到她回家，看哪一種比較快。我需要知道她去哪裡，還有她和誰見面。」

「要監視到什麼時候？」

塔莉莎給了他四天之後的日期，然後他們就分道揚鑣了。在他開車離開時，她再度打了電話給菲力克斯。

「什麼也沒找到，」她說。「她也許帶在身上。你需要搜她的包包。」

「我他媽的要怎麼搜？」

「用你的想像力。等她去上廁所的時候、偽造火警警報、把她鎖在他媽的櫃子裡。我不在乎你用什麼方法，只要確定東西沒有在她身上就好。」

他惱怒地掛斷電話。用什麼方法有什麼差別。他當然會去做。他們都是罪犯。只不過缺乏練習而已。

24

接下來的幾天，菲力克斯都沒有機會搜查梅根的手提袋；她向來都把提袋放在她的身邊。不過，隔週的星期三早上，為了要和她談論一張客戶的發票，他瞄了一眼辦公廳敞開的大門。她不在她自己的座位上；不過，她的手提袋還在。

手提袋就放在她的椅子旁邊，那是一個看起來很廉價的帆布包，那種年輕女孩會帶著去參加慶典的包包。手提袋本身撐得很鼓，表面上還有點髒，它攤在地上，背帶橫躺在地毯上。

來吧，那個包包在嘲笑他；我想你不敢。

辦公廳裡還有其他人。三名銷售代表在他們自己的座位上，只要他們抬起頭，他們就可以看到他在窗戶裡的倒影。IT部門的員工雖然都低著頭，不過，在他走出他自己的辦公室時，他們鮮少不會用問題攔住他或什麼的。

完美的機會永遠也不會來臨。

他走近梅根的桌子，一把拉開她的椅子坐下。

「需要幫忙嗎，菲力克斯？」他的大客戶代表凱西——她很討厭這個頭銜，也許是因為她本身體重就過重，同時又對那些在她背後開的玩笑沒有想像力——正從幾張桌子之外看著他。

他沒有抬頭。「不用了，沒事。梅根離開了很久，你知道她去哪裡了嗎？」

「庫房吧，我想。」

他點點頭，把梅根的收文籃拉向自己，假裝在翻閱裡面的文件。然後在沒有低頭的情況下，用腳勾住那個手提袋，將袋子推往桌底下的深處，直到擦撞到掉落在地上的一支彩色簽字筆為止。他詛咒了一聲，把椅子往後推，彎下身，隱沒在了梅根的桌子底下。

在近距離之下，那個袋子散發著一股二手商店的味道，上面還有一個暗扣。袋子看起來塞滿了東西。他把袋子倒過來，讓裡面的物品散落在地板上，稍後他會再一一放回去：錢包、手機、梳子、化妝包、衛生紙、衛生棉條、幾支筆和鉛筆、一個A5大小的棕色信封，信封是密封起來的，裡面裝了什麼很小不過卻有點重量的東西。他把信封夾在食指和拇指之間捏了一下。某種圓柱體的東西，長度大約有二點五吋。

菲力克斯的胸口感到了一股燃燒的快感，就像勝利的感覺；這應該就是了。

在他頭頂上的房間裡，辦公廳外層的門關上了。他把信封塞進垃圾桶裡，一路壓到最底下，直到看不見為止。當他從桌子底下鑽出來時，梅根正朝著他走過來，在此之際，他自己辦公室裡的座機響了。

「我來找你談談，」看到她挑起的眉毛，他對她說道。「把你桌上的東西都打翻了。抱歉，我想我已經整理好了。」

現在，她一定會找那個信封了。他搞砸了。

他桌上的座機不再響了，不過，他桌上的手機卻開始響了。那是他個人的手機，不是塔莉給他的那支拋棄式手機。

「談什麼?」梅根沒有辦法坐下來,因為他還霸佔在椅子上。不知怎麼地,他無法動彈。只要一動,他看起來就像在逃跑。

「什麼?」

「你要和我談什麼?」

「喔,對。」他不記得了。他完全忘了他早先編好的理由。又有電話響了,這回是辦公廳裡的電話。

「這個嗎?」她拿起桌上的發票。

「啊,就是這個。我不確定——」

「菲力克斯,前台一直在找你,」IT部門的葛萊漢大聲地說。「莎拉已經要上樓來了。」語畢,辦公廳的門就打開了,他的妻子走了進來。

「早安。」她一邊走過地毯,一邊對著員工露出雙唇緊閉的笑容;有些人也回以一笑,不過不是所有人都如此。莎拉從來都沒有努力想要和她丈夫的員工當朋友。她完全無視於梅根。「我需要和你談談。」她對著菲力克斯說。

他很高興暫時獲得了解救,雖然他知道這只是暫時的,他跟著他妻子走進他的辦公室。在房門關起來之前,她俯身從他的桌上拿起他的咖啡杯,嗅了一下。他等待著。她不說二話地放下馬克杯,然後指著門口。

「她在這裡幹嘛？」她盤問他。

菲力克斯繞過他的桌子，坐了下來。在那片刻之間，他心想，在莎拉面前幫他自己倒一杯酒是不是個好主意，不過，他還是這麼做了。她很懂得要在何時何地吵架，而現在，他寧可被指控為一個酒鬼。

「我們討論過這件事。」她補充說。

「不。你給了我你的意見。我沒說什麼。那不算是討論。」

莎拉讓拉開椅子和坐下來的動作看起來彷彿是一種暴力行為一樣。她俯身從桌面上靠近他，然後試著壓低聲音。「她是一個前科犯，」她咬牙切齒地說。「你不能讓她接近公司的帳目。」

那杯威士忌喝起來像屎一樣，咖啡的殘渣完全破壞了它的味道，不過，菲力克斯依然喝了下肚，也得到一股虛張聲勢的勇氣作為回報。他說：「她被判的是謀殺罪，不是在公司行竊。」

「那樣就可以嗎？誰知道她過去二十年在戒備森嚴的監獄裡學到了什麼，而你居然還讓她接觸到我們所有的錢？她會把我們洗劫一空的，菲力克斯。」

事實上，他妻子給了他一個靈感。

「薪資怎麼辦？」她繼續往下說。「這個月底會有將近五十萬英鎊要領出來。如果她把那筆錢轉到百慕達的海外帳戶，那我們要怎麼支付員工的薪水？」

不過，他要這麼做嗎？這個新的念頭悄悄爬進了他的腦子裡，就像一隻老鼠偷偷鑽進下水道一樣？財務真的不是他的專長，要不然的話，梅根也不會在這裡了。薩維，相反地——是啊，薩維就做得到。

「你有在聽我說話嗎？」

「麻煩你小聲一點，莎拉。我有盯著她，確認她所做的每一件事。我們原本就有防護措施可以預防你所說的那種事發生——而且早在她來之前就已經有了。任何不尋常的事情，銀行都會察覺到的。還有，你知道嗎，截至目前為止，她都很有效率。她在帳目的掌控上已經逐漸上了軌道。」

莎拉很快地站起身，讓他以為她就要向他走來，不過，她感興趣的卻是他的櫃子。她打開櫃子，抓住了那瓶酒。

「你是個酒鬼，菲力克斯。你沒辦法盯住任何東西。還有，她不能在這裡工作——我查過了。」

他從她手中拿過酒瓶，放到別的地方。「你在說什麼？」

辦公室響起一陣敲門聲，驚動了他們兩人。在他有機會開口之前，辦公室的門就被打開了，只見梅根站在門口。

「我們現在很忙。」莎拉厲聲地說。

「你們在說我——我聽到了。」梅根踏進辦公室，讓門關上。

在親自面對梅根之下，莎拉失去了部分的氣焰，不過，她不打算完全退讓。她讓自己在菲力克斯的椅子一邊站好，然後直視著另一個女人的眼睛。

「我不是不想幫忙，我知道你現在的處境艱難，但是，我不認為讓你處理公司的帳目是個好主意，」她說。「股東不會喜歡這樣的。」

「沒有什麼股東，」梅根回答她。「這是一家私人公司。」

菲力克斯聽到他妻子氣呼呼的呼吸聲。「我父親資助了一部分。」

菲力克斯有一陣子沒有聽到她提起這點了；至少有好幾個月了。

梅根說：「菲力克斯是總經理，決定在他。我無意冒犯，不過，你甚至沒有列名在董事會裡。」

「你從事會計工作是違法的，」莎拉說。「你是一個被判刑的罪犯。」她輕輕推了推菲力克斯的肩膀，好取得他的注意。「我問過克萊兒，她姊姊是個會計，在倫敦最大的公司之一上班。」

「克萊兒的資訊有誤，」在菲力克斯來得及回答之前，梅根先開了口。「我被定罪讓我無法加入任何的專業機構，不過，那不能阻止我參加和通過任何相關的考試。要不要雇用我完全由菲力克斯決定。」語畢，她彷彿對莎拉失去興趣似地轉向菲力克斯。「你剛才沒有看到一個棕色信封吧，有嗎？」

菲力克斯雖然說不出話來，不過卻很感激他妻子此刻的存在，於是，他搖了搖頭。

「真可惜。」她的目光變得有點太緊迫盯人。「我以為你剛才在我桌子底下玩耍時也許會有看到。」

菲力克斯強迫自己迎向她的注視。「抱歉。」

梅根似乎失去了興致。「一定是落在家裡了。老天，最近我太常掉東掉西的了。光是這個星期，我就得要買新的太陽眼鏡、兩支新傘和一副手套。」

「你的太陽眼鏡在丹那裡，」菲力克斯說。「你上週末把它留在塔莉家了。」

「他可以留著。那是很糟糕的二手貨。」她在離開房間時對莎拉笑了一下。「很高興再見到你。」

莎拉沒等到房門關上就轉向他。「你打算讓她用那種態度對我說話嗎？」

菲力克斯嘆了一口氣，雖然他不得不承認，莎拉的反對是完全可以理解的。「這件事我們可以回家再討論嗎？」他問。

「我們現在就在討論。」

「不，我們沒有，因為你根本不知道自己在說什麼。現在，我還有很多事要做，所以，如果你希望有人付帳單的話，你最好讓我開始工作。」

莎拉二話不說地離開了他的辦公室。她企圖要把門重重甩上，不過，門上的緩衝機制卻讓她連門都沒辦法甩。現在，梅根佔了上風，不過，等他今晚回到家的時候，她會已經重新充好電，到時候，他將會面對新一輪的砲轟。

菲力克斯感到筋疲力盡；威士忌的效用已經退去了，他可以感覺到那股熟悉的顫抖又偷偷地爬進了他的指縫之間。他只想要把頭靠在桌上，忘卻一切。他不確定自己可以撐過今天，更遑論他回到家之後還有幾個小時的吵鬧鬥氣在等著他。

電話又響了，他接起電話；他還有事情要應付。

✦

五點鐘的時候，行政部門的員工下班了，但梅根還在自己的座位上。六點的時候，技術部門的人和銷售代表也都離開了。梅根哪裡都沒有去。到了六點三十分的時候，清潔人員已經開始佔據整棟建築了，辦公室裡空蕩蕩的，除了他們之外——菲力克斯和梅根。

即便辦公室的門開著，他從自己的位子上也無法看得到梅根，不過，他完全可以感覺到她的存在，就在幾碼的距離之外。她在耍他，她一定在耍他；她已經在垃圾桶裡找到了那個信封，現在，她正在等他去垃圾桶把它拿出來。

午餐時間過後，菲力克斯就沒有再喝過酒了，他覺得那彷彿像是一種勝利，不過，在剛才那一個小時裡，他曾經一度打開他的櫃子，垂下右手去撫觸那個酒瓶。不知道是什麼毫無道理的原因，和那個酒瓶的身體接觸確實有所幫助。

在他妻子怒氣沖沖地衝出去之後不到一個小時，菲力克斯想到自己可以把為什麼雇用梅根的真實原因告訴她。他的妻子是那種很實際的人。她有她珍惜的生活方式，有一個兒子要照顧；她不會想要見到他入獄的。

他本能地知道，莎拉不會被蘇菲．羅賓森和她的孩子的命運所觸動。他的妻子幾乎完全沒有同理心。她會為了她自己的兒子奮戰，不過，卻對其他孩子的生病與否不為所動。

她的慈善工作都在本地，而且都可以被人看見：接送殘障人士、海倫與道格拉斯之家、牛津醫院之友，所有能讓她被重要人士注意到的活動。他從來都沒看過她為海外的慈善團體捐過一鎊，或者做過任何一件不會被人注意到的好事。

莎拉的元素符號是氡，一種幾乎無法察覺的惰性氣體，它會腐蝕你的肺部，並且從裡到外緩緩地讓你中毒。

莎拉不會洩露他的秘密。相反地，他們這個圈子裡會多一個人，不過也會多一份潛在的風險。不，他會避免把真相告訴莎拉，能拖多久就多久。

大門打開了，一名身材單薄、年近三十、穿著清潔公司制服的黑人男子推著一輛推車走入辦公廳。清潔人員已經來到樓上；他們將會清空所有的垃圾桶，他已經沒有時間了。一名矮小、皮膚黝黑的女子拖著一台工業用的清潔吸塵器跟在那個男子後面，他記起每當清潔人員到他家的時候，他妻子總是會離開現場。她總是對他們很禮貌，她不想捲入他們的故事裡。「那些領取最低工資的人可能很窮困。」她曾經對他這麼說過。

菲力克斯覺得自己在一個下午裡對他妻子的了解，勝過在七年的婚姻裡對她的認識。過去，他並沒有意識到，他們兩人是多麼地相像，多麼地適合彼此。當然，他並不愛她；愛是很久以前，他眼睜睜地看著它溜走的東西。

他嚇了一跳。梅根就站在他的門口，彷彿她已經站在那裡好一會兒了。「出神了？」她說。

菲力克斯正要開口問她是否找到了她的信封，不過卻發現他最好還是表現得好像已經完全忘了這件事。「我腦子裡的事情太多。」

「在上位很辛苦？」

他聳聳肩。「你要下班了？」

「莎拉的事，我很抱歉，」她說。「你希望我和她談談嗎？」

梅根的笑容幾乎很接近真誠，她的眼裡閃著狡猾的光芒。「我可以告訴莎拉很多事，」她似乎在暗示。「如果我選擇這麼做的話。」不過，也許他已經變得像丹一樣多疑了。

辦公廳裡充斥著吸塵器的聲音。

「我沒事的。我會解決的。」菲力克斯撒了個謊，然後又說：「你的工作表現很好，小梅。你做得來的。」

她的站姿改變了，然後是她的表情。菲力克斯無法用言語形容，不過，那讓他聯想到了剛點燃的蠟燭所散發出的光芒，在蠟燭完全燃燒之前的那一秒。

「明天見。」她轉身離開房間。

「小梅！」

她回過頭。

「我在想，」他說。「如果你需要預支你的薪水，我可以安排。我們還有十天才發薪。」

「我沒事，謝謝。」她似乎想到了什麼。「噢，那提醒了我一件事。我遇到一件讓我感到疑惑的事。」

「什麼事？」

「有一筆月付款，數目不小，支付到了一個編號帳戶。」

他的胃在翻攪，菲力克斯保持著面無表情的樣子。

「那個數字每個月都不太一樣，看起來似乎很奇怪，直到我發現那個數字總是等同於公司利潤的百分之十。」

他們收入的十分之一，那是很久以前在牛津某個學院的圖書館裡達成的一個協議。那是他設定的，因為如果是年付的話，那樣的數目會讓任何查過帳目的人都會注意到。

「信託基金，」他說，那是多年來他對好幾個會計重複用過的說法。「給路克的。」

「啊。真慎重。你要我看一下那個基金嗎？財務建議不是我的強項，不過，長期投資得要符合某些條件，你知道的，提供退休金、風險平衡之類的。」

不能讓梅根接觸到她自己的信託基金——她會看到金額定期來自於塔莉、丹、安柏和薩維。

「你手上的事情目前已經夠多了。」他說。

她半笑了一下，而這回她似乎真的要離開了。「我不會猜那是給路克的，」她說。「因為他才——兩歲？根據我追溯到的紀錄顯示，那個信託基金創立的日期相當久遠。你一定一直都很確定有朝一日你會有孩子。」

他們的眼神再次交會，這次比正常情況下還要久一點點，他心想，丹並沒有多疑，他是對的。她確實記得。

「不要錯過了你的公車，梅根。」他說。

菲力克斯決定保持按兵不動直到她離開這棟建築物為止，他望著梅根穿過停車場，消失在了擋住公車站的那一排樹後面。直到那時，他才跑進主要的辦公廳。她的垃圾桶裡空無一物。他狂奔過辦公廳，在走廊上找到了清潔人員。

「不好意思，不好意思。」他大聲地叫道。

他們回頭看著他，彷彿他打破了什麼潛在規則，例如公司員工不應該和外包的清潔人員有所互動之類的。他當然不記得自己曾經和他們任何人說過話，甚至曾經看過他們。也許清潔公司每天晚上都派不同的清潔人員前來——這種事情，他甚至從來都沒有想過。

「我需要找一個垃圾桶裡的東西，」他解釋說。「我不小心把那個東西扔了。」

他們瞪著他看，似乎不太明白他的意思。他放棄解釋，看到了推車上的一個大袋子。

「抱歉。」

他把袋子從固定好的位置拉起來，整個翻倒過來。那一整天的垃圾散落了出來：紙張、揉成團的購物袋、空信封、樂透獎券、超市優惠券、三明治包裝紙、香蕉皮、蘋果核。一杯沒有喝完的咖啡因此在藍色的地毯上留下了一片淡棕色的液體。

有了。那個棕色的信封。他抓起信封，抬起頭，彷彿正在做什麼丟臉的事情被抓到了一樣。

那一男一女的清潔員只是沉默地看著他。他把信封放到一邊，隨即將滿地的垃圾聚集在一起，放回了那個袋子裡。他站起身，把那個袋子遞給那名男子，後者不發一語地接過袋子。

「抱歉，」他指著地上的咖啡漬說。「我太笨手笨腳了。」

「沒問題，先生，」那名男子以毫無口音的渾厚嗓音回答。「我們會處理的。」

25

菲力克斯把那卷底片倒在酒吧桌上。他提議在牛津市中心的Turf Tavern見面，因為這裡的光線黯淡、天花板又低，而且需要通過一條狹窄的中世紀通道才能抵達，讓它似乎更適合作為密會的地點。當他到達的時候，他不禁猜想自己是不是在嘲笑塔莉莎、以及她對於盡量少見面和每次都要在不同地點見面的堅持。無所謂；塔莉並沒有足夠的自知之明可以發現到這點。

在臨時通知之下，只有四個人前來赴約。安柏卡在了倫敦，要很晚才能趕到，不過，當菲力克斯打電話給薩維的時候，他正在回家的火車上，隨即很快地前往他們昔日的學校去接丹。

「哇塞。」薩維的目光落在那卷底片上。

「你是對的，丹，她在騙我們。」塔莉莎說。

丹似乎並沒有對自己的勝利感到高興；自從梅根回來之後，他已經瘦了好幾磅，而且他的皮膚看起來並不健康，手腕和鬢邊都長出了濕疹。

「看似如此。」他緊緊握住他的飲料說道。

「我不明白的是，」塔莉莎說。「她為什麼不告訴我們她想要什麼，然後讓這一切結束？梅根從來都不是惡毒的人。」

「我們能給她的東西是無法彌補她所失去的，」丹回答。「這不只關乎於她要求她想要的東西，更關乎於竭盡她所能地傷害我們。」

他們四個全都壓低了聲音。酒吧裡也許嘈雜，不過客人們之間的距離都很靠近。

「是柯達的嗎？」薩維拿起那個黑色的圓筒朝向光源。「那封信呢？」

菲力克斯搖搖頭。「只有這個。沒有其他的了。」

「沒有了這個，那封信就無關緊要了，」塔莉莎說。「那封信可以是捏造的，可以是個玩笑，如果我們堅定立場的話，那封信是證明不了什麼的。能把我們打倒的是那張照片。」她伸出手，輕輕地捶了一下菲力克斯的肩膀。「幹得好，菲力克斯。」

某個人，一個喝醉的學生，站在打開的門邊盯著他們瞧，菲力克斯本能地把手放在底片上遮蓋起來。

「我們現在要怎麼做？」薩維問。

「把照片沖洗出來，」丹尼爾說。「我們得確認。」

「沒錯，我們不能把底片直接丟到Boots[13]，」菲力克斯告訴他們。「我已經下了隔日達的訂單，訂購了亞硫酸鈉、乙酸和菲尼酮。這些東西會快遞到我家，以免梅根起疑。」

「你這行業還真便利。」一如菲力克斯和梅根，薩維的化學也很厲害。

「抱歉，那些是……」丹尼爾準備要問。

「是我需要用來沖印底片的媒介，」菲力克斯說。「其他的東西我的倉庫裡有。我可以在我家的小棚屋裡弄一個暗房。」

塔莉莎往後靠在赤裸的石牆上。「我無法相信明天此時這件事就結束了。」

菲力克斯說：「在我們看到照片之前，我們不應該高興得太早。喔，還有，她發現了那個信託基金。」

所有人都沉默了一下。

「怎麼會？」塔莉莎問。

「她在處理我的帳目。她可以接觸到我公司所有的財務。而且，她真的做得很好。如果情況不是這樣的話，我會很樂意雇用她。」

「我們要釋放那筆基金嗎？」薩維說。「安柏希望如此。她昨晚還打電話給我。」

「那也許可以緩解衝擊，」菲力克斯說。「等我們告訴她遊戲結束的時候。我不能讓她繼續上班——莎拉已經大發雷霆了。」

「馬克也不高興，」塔莉莎說。「我不確定如果她想要再到我家的話，我會怎麼做。」

「她今天打電話給我，」丹說。「電話上顯示是你公司的號碼，菲力克斯，所以我以為是你，就接了起來。她想要見面。」

「我也是。」塔莉莎的臉色嚴肅。「我週五要和她一起午餐。在沃德斯登的五箭。我真是等不及了。」

⓭ Boots是英國和愛爾蘭的連鎖藥妝店，創立於一八四九年，目前在英國和愛爾蘭有超過2,200家店鋪。

「我認為她一直打電話到我家。」薩維說。

其他人立刻就露出了興趣；不知怎麼地，梅根聯繫薩維似乎是一件更嚴重的事。

「你認為？」菲力克斯說。

「只有在我去上班的時候。前幾天晚上我回家時，艾拉很生氣地走過來，她想要知道我是不是有外遇，因為她一整天都在接電話，但是電話那頭卻沒有人應聲。」

「真是屋漏偏逢連夜雨。」菲力克斯對他表示同情。

「她是開玩笑的，」薩維繼續說道。「我從來沒有遇到比艾拉更沒有佔有慾的女人。她隔天就打電話到電話公司，抱怨電話線路的問題。不過，那可能是梅根打來的。」

有一會兒的時間，沒有人開口。

「你要和她見面嗎？」菲力克斯問丹。

丹尼爾拾起那卷底片。「我想，那就看這裡面是什麼了。」他說。

26

「我們可以到離工廠比較近的地方。」當塔莉莎和梅根在五箭的壁龕座位坐下來時，她對梅根說道。塔莉莎向來只需要在用餐前幾個小時向五箭預約，就可以訂到她想要的座位，這次，她想了很久應該坐在哪裡。在餐廳的主要空間裡，梅根也許比較不會提出什麼為難的話題；不過，如果她預訂了那裡的座位，後果也可能更糟。最後，她還是選擇了壁龕的座位；壁龕的三面石牆可以提供給她們所需的隱私。

梅根只是望著花園，沒有回答。

「你是怎麼到這裡的？」塔莉莎繼續說。「我可以去接你的。」

「我買了一輛車，」梅根告訴她。「我媽留了一點錢給我。那是一輛老爺車，不過還可以開個幾個月。」

塔莉莎不禁懷疑幾個月之內可能會發生什麼事，才能讓梅根可以買輛更好的車取代她的老爺車。

「我喜歡這個地方，」梅根說。「你父母在你十八歲生日的時候帶我們來過這裡，你記得嗎？」

當然。她的十八歲生日就在那個夏天之前，在一切蒙上污點之前。塔莉莎花了很多時間在回想當生活那般純潔、那麼充滿希望的那段時光。

「我爸爸是羅斯柴爾德爵士⓮的朋友，」她說。「我們成長的那段期間，這裡其實就像是我們家的飯廳。」

「這個座位很不錯。」梅根說著轉過頭，再次面對鑲嵌在外牆上的那片偌大的觀景窗。「我以為他們要帶我們去坐在花園的座位。」

「你的午休時間有多長？」塔莉莎問。

「我下午請假了。我要去找公寓。」

一輛新車，她預期很快就要換一輛更好的車了，除此之外，她還在找公寓。

「喔？」塔莉莎在菜單送上來的時候說道。

「我不能永遠住在雅房，」梅根在女服務生離開時說。「那裡太陰冷。而且，我確定前幾天有人闖進我的房間。」

多年來，塔莉莎已經練就出在公眾場合控制住表情的功夫。不過，即便如此，在這一刻和梅根眼神交流依然超出了她的能耐。她對著菜單皺了皺眉。「真的嗎？」她很確定他們並沒有留下痕跡。「這裡的煙燻鮭魚很不錯，」她說。「我請客。」

「我的東西似乎被移位了。不過，我也很難確定。」

「有東西掉了嗎？」塔莉莎持續盯著菜單問道。

「我有什麼好被偷的？」

如果有答案的話，那個答案也沒有跳進塔莉莎的腦子裡。「你要在牛津找房嗎？」她問了另一個問題。

「我想是的。要一起來嗎？」

塔莉莎闔上菜單；反正這裡的菜單她再熟悉不過了。「今天下午我的行程滿了。慶祝喬遷之喜的時候記得邀請我。」

等到梅根要開喬遷派對的時候，她將會很忙，她不會在城裡，也許甚至還會出國。

「當然，」梅根說。「我會邀請你們所有人。還有你們的另一半。雖然，莎拉好像並不喜歡我。」

「莎拉誰也不喜歡。我不確定她能有多喜歡菲力克斯。」

這話讓梅根笑了，她眼睛裡的那抹冰冷短暫地消失了，這是自從她回來以後，塔莉莎第一次看到了昔日的那個老友。

女服務生已經回來了。名聲太大也有一些壞處，餐廳的服務有時候幾乎到了打擾的程度。當你的酒杯一直被倒滿，或者你的談話一直被打斷時，會讓你真的很想告訴服務生一切都很好，謝謝。

⓮ 羅斯柴爾德家族（Rothschild Family）是地球上最神秘強大的家族，發跡於十九世紀初，也是歐洲、乃至世界久負盛名的金融家族。

「丹說你一直在生病。」塔莉莎在她們點完菜、再度獨處時說道。

「你很驚訝嗎？」梅根回答。「你以為監獄是很健康的地方嗎？」

「我當然知道不是。」

「那裡的食物很差，都是加工過而且難以消化的東西。除了癮君子之外，每個人都變胖了。我們估計每個人一年的體重大概會增加十四磅。」

梅根的體重沒有增加。如果有什麼不同的話，那就是她看起來比塔莉莎印象中還要更瘦。因為她變成了癮君子嗎？

「那裡沒有新鮮的空氣、沒有運動、醫療保健低於標準，更別提衛生的問題。精神健康問題是你所能想像到的最糟糕的狀況。英國女人一般的平均壽命是八十一歲。你猜在監獄裡是幾歲？」

「我猜不到。比八十一少一點吧，我想。也許少十歲？」

「是四十七歲，塔莉。如果我繼續待在裡面的話，我現在就只剩下不到十年可以活了。事實是，誰知道我現在還能活多久。我不只失去了我服刑的那二十年，也失去了在外面世界的三十幾年。」

「小梅，我不知道要說什麼，」塔莉莎開始說道。「這點我們可以幫你，至少，我是說我可以。我會幫你和我的個人健康診所約個時間。我會付這筆錢。還有你所需要治療的任何費用。」

她到底在說什麼？肝腎疾病的治療可能會花到數十萬英鎊。馬克不氣死才怪。

梅根拿起她的玻璃杯，喝了一口水。「那很好心，不過，那不是我現在需要你幫我做的。」

那筆信託基金可以負擔得了這個費用。其他人會同意的，她會讓他們同意的。等等，梅根剛才說什麼？

「你需要我幫你做什麼？」

梅根往後靠在椅背上。「我需要你當我的律師，塔莉。」

塔莉莎讓自己不用著急。她先幫自己的杯子加滿水，也幫梅根加水，然後在想，當她需要的時候，那些緊急的客戶來電都到哪裡去了。

「你為什麼需要律師？」她終於開口問。「你已經出獄了。還有，犯罪法並不是我的專長。」

在塔莉莎變成經營合夥人之前，犯罪法曾經是她的專長。不過，梅根不需要知道這點。

「可是，我現在並非自由之身，不是嗎？」梅根說，「無期徒刑就是這個意思。一輩子。如果我被開一張停車的罰單，我就有可能會被送回去。」

有道理，這是塔莉莎自己從來沒有想到過的。嚴格來說，梅根的刑期永遠也服不滿。「我懷疑，」她說。「你得要做出什麼比違規停車更糟糕的事才會被送回去。」

暴力行為會讓她被送回監獄。如果被抓到危險駕駛的話就一定會。

「我的重點是，我現在很脆弱，」梅根說。「任何人都可以用任何事來指控我、陷害我，而在我證明自己是清白的之前，我就會被認為是有罪的。法律和我這樣的人是站在對立面的。」

她們的前菜送來了。塔莉莎這輩子從來都沒有這麼不餓過，然而，她卻很感激上菜這幾秒鐘所帶來的暫停。

「誰會那麼做？」女服務生一走開，她就說。「誰會用你沒有做的事情指控你？」

梅根以握拳的方式緊握著她的餐具，彷彿野蠻人一樣，彷彿她隨時都可能把它們用來當作武器一樣。「這種事已經發生很多年了。」她說。

「什麼事？」

梅根沒有回答，只是開始用餐。她的前菜是一道被裝飾得很漂亮的煙燻鮭魚，不過，梅根幾口就將它塞進了嘴裡。「法官判我至少要服刑二十年，你記得嗎？」

她當然記得。塔莉莎可以把開庭那天的狀況一字不差地寫出來。

梅根已經吃完了。塔莉莎留意到，那個週末在她家的時候，梅根也是這樣吃東西的，除了孩子們之外，梅根是他們之中唯一一個有食慾的人。她讓塔莉莎聯想到一條知道什麼叫做飢餓的狗，任何放在她面前的東西，她都不會放過。然而，她依然這麼瘦。她一定真的生病了。

塔莉莎放下自己的刀叉，把她的盤子推到梅根面前。「試試看這個，」她說。「我想這是這家餐廳菜單上最好的一道菜。」

盤子於是被換了過去。

「由於我犯罪的時候年紀還小，加上我一直是模範受刑人，所以在服刑十年之後，我就進行上訴，並且申請提早獲釋。然後，食堂裡爆發了一場打鬥。那和我一點關係都沒有，但是，我卻被指控煽動暴力和攻擊。」

「怎麼會發生那種事？」

答案很簡單。監獄裡的任何人隨時都準備為一點報酬而引發打鬥，大部分的受刑人無聊到他們會為了找樂子而做這種事。獄警甚至更容易受賄——畢竟，他們可以在外面花錢。

「那個自稱是被我攻擊的犯人鼻子被打斷了，」梅根繼續往下說。「你會覺得那只是小傷，但是，五個不同的證人，其中包括兩個獄警，卻指證是我。好笑的是，監視器那天剛好壞了。之後，他們就建議我放棄上訴。」

「我不知道有這件事。」

又一個謊言。這件事發生的時候，塔莉莎的父親曾經告訴過她。他表示他並沒有涉及此事，他不會坦承犯罪的，即便是對他自己的女兒，不過，她當時曾經和他四目相對過。巴納比・史雷特知道他女兒做了什麼事，即便他對她的行為感到不屑，他還是保護了她。

「然後，我又被控偷竊，」梅根一邊說，一邊用指尖把盤子擦乾淨。「那筆現金在我的牢房裡被發現，當我說我不知道錢怎麼會在那裡的時候，沒有人相信我。」

「味道還可以嗎？」那名女服務生在她們誰也沒有注意到之下來到她們身邊，打算把盤子撤走。

「二十年來我吃過最好吃的食物。」梅根說。

女服務生的笑容變得有點僵。盤子很快就被收走了。

「接下來，我被控走私毒品，」梅根說。「又是在我的牢房裡找到的。那個時候，我已經開始變得多疑了。」

「你的律師不能做點什麼嗎？也許讓你轉到別的監獄去？」

「我的律師根本不在乎。在那二十年裡，我幾乎沒有見過他。」梅根俯身在桌面上，朝著塔莉莎靠近。「是這樣的，」她說。「我寫信給你，還有你父親，要求你們代表我。我寫了四次。只收到了一次回覆，是一個資深的辦事員寫的。」

「我問過爸爸，」塔莉莎說。「他說那可能會對事務所帶來很大的傷害。你被定罪的時候，本地民眾的反應很強烈，小梅。有人告訴過你，學校數度遭到破壞嗎？入學申請也變少了。募款遭到很大的打擊。隔年，整整一年之後，學校被牛津和劍橋錄取的學生人數掉了百分之五十。沒有人想和你扯上關係，我爸爸知道，如果他被視為和你站在同一邊的話，他的事務所會受到很嚴重的影響。」

梅根的臉宛如石頭一樣。

「我們是一家牛津的事務所，」塔莉莎說。「他說，你需要非牛津的事務所來代表你。」

「之後，我又被指控要為另一場打鬥負責，」梅根說。「情況就那樣一直持續下去，直到我覺得自己再也見不到天日為止。」

塔莉莎不自在地四下環顧了一下。「梅根，請你小聲一點。我知道你一定感到很失望，可是，我們當時都只是青少年。那時候，我們什麼也做不了。」

「你們可以來看我。一次也沒有，塔莉。二十年，連一次也沒有。」

女服務生又回來了。「嗨，兩位，你們的主菜來了。」

「喔，拜託，」塔莉厲聲道。「不是，我很抱歉。請你——」她示意女服務生把盤子放下。

「我要向你道歉。謝謝你。」

女服務生很快地逃開了。

梅根在她的牛排上切下一刀，血很快就湧出來。「你知道那像什麼嗎，塔莉？那就好像有一個在法律世界裡擁有極大影響力的人，極盡他所能地要讓我盡可能地待在監獄裡不要出來。」

她把一大塊牛排鏟進嘴裡，那至少足以讓她安靜好幾分鐘。不過沒有那麼幸運。

「或者極盡她所能。」她透過嘴裡嚼到一半的肉補充說道。

27

那些化學藥劑在週一的時候送到了，不過，菲力克斯等到莎拉上床睡覺之後才開始沖印底片。他把路克的遮光簾釘在花園裡的一間附屬建築物的窗戶上，再從戶外的水龍頭接了幾公升的水到一個容器裡，然後打開他從公司借來的那盞紅外線燈。把照片的底片轉成負片並不困難；至少對他來說不難。

他用一個露營專用的爐子把那些顯影的化學藥劑加熱到需要的溫度，然後在黑暗中把底片攤開來，捲在那個訂製盆子的捲軸上。接著，他用一個計時器，按照操作指示攪動那些液體，再把它們裝回它們原本的瓶子裡。他可以把它們帶到公司處理掉。

沖印的下一步需要中止顯影，這些化學物是最臭的東西，而且都具有毒性。才過了幾分鐘，他的頭就痛了，而且開始感到暈眩。當這個步驟結束時，他打開頭頂上的燈——那些底片已經不再對光線敏感了——然後把門打開了幾秒鐘。

他無法忍住不把底片拿高對著燈光——那是那條河嗎？公園裡的某個地方？他掃視著底片，想要找出二十年前在泳池小屋拍攝的那張照片，那張拍下了手寫認罪書的照片。沒有用——影像太小了，而且還在負片狀態中。菲力克斯拿出第三瓶混合液，這些液體將會讓影像最終成形。他花了更多的時間在等待、攪動那個盆子、沖洗。最後，他用水洗掉了所有神奇的物質。等液體流乾的時候，他總算就完成了。

菲力克斯壓抑著想要再次把底片對著燈光的衝動，他把那卷細長的棕色底片夾起來，讓它變成了一條垂直的細繩。在等待底片變乾的時候，他走到了屋外。

夜空裡明淨無雲，清涼的空氣裡瀰漫著初夏的味道。那天傍晚當他到家時，路克正在開窗的浴室裡洗澡——莎拉總是過度擔心蒸氣會損壞牆壁上的油漆——盛開的花朵被風吹進室內，彷彿五彩繽紛的碎紙，飄落在他那粉紅色皮膚的天使身上。

一想到他可能失去路克，不管是因為莎拉離他而去，抑或——一個他根本不敢想的念頭——因為他自己的入獄，都讓他感到十分沉重。菲力克斯對路克的愛是他從來都不知道自己也會擁有的一種感情。在兒子出生的那一刻，他就知道他願意為這個小人兒付出自己的生命。現在，在他即將發現他需要怎麼做才能讓一切再度好轉之際，他問了自己一個不同的、更加陰暗的問題。他會……？

時間到了，底片應該乾了，那個特定的問題可以留到改天再說。菲力克斯回到小屋，收拾好那天晚上他使用過的所有東西，將之放在了他的後車廂裡，好拿回到工廠。然後小心翼翼地將底片拿進屋裡。

他躡手躡腳地上樓。推開路克臥房的門。那孩子的臉朝下，胖嘟嘟的腿和腳從身體底下探出來，這個姿勢讓他的屁股——夜間的尿布讓他的屁股變成了一大包——直指著天花板。

在輕輕地把門關上之後，菲力克斯沿著這層樓走到他在家裡的辦公室。他的蘋果電腦早已開啟，如此一來，開機的聲音和暗房軟體啟動的聲音就不會吵醒莎拉。他把負片進行了掃描。他操作著滑鼠，幾個動作之後，影像就轉化成了正片；接著又操作了幾個指令，處理顏色、反差和明亮度。然而，它們依然太小，無法清楚地辨識。他懶得裁切尺寸，直接選擇了列印，然後坐在列印機旁邊，在每一張圖像被傳送出來的時候接在手裡。

第一張列印出來的圖像讓他的心跳加速。那是碼頭綠地的一座橋。孩子們聚集在橋的最高點，那個攝影師——他猜是塔莉，因為那是她的相機——捕捉到一個男孩在半空中，雙腳躍入水面的那一刻。其他的孩子坐在岸邊。那個跳水的孩子可能是薩維，菲力克斯不確定，不過，這應該就是那卷底片了。他嚥下哽在喉嚨裡的口水，告訴自己保持冷靜。下一張圖像是在碼頭綠地拍的另一張照片，第三張也是。裡面依然沒有他認得的人。

第四張是一座公園；他覺得是大學公園，遠處有五個人圍成一個圓圈而坐。塔莉應該是在她走過來的時候拍下了這張照片；她總是最後一個到的。更多大學公園和樹的照片，還有一個可愛的小孩在遊樂場的照片。另外有幾張是牛津市中心的照片，其中一張是在莫德林橋上那家蒸氣龐克店的窗外拍攝的。

下一張讓他感到了困惑。那是在晚上拍的，圖像裡有一座大型雕像，是一個展開巨大翅膀的天使。他沒有印象他們曾經在墓園裡聚會，甚至在他們醉心於蒸氣龐克的時期都沒有那麼做過，不過，塔莉有可能是在獨處的時候拍的。

一棵蘋果樹——這是？——沒錯，那是塔莉莎家花園裡的蘋果樹。另一張是五箭的花園。那是塔莉的父親最喜歡的餐廳，因為那個討厭鬼喜歡和羅斯柴爾德爵士不期而遇，然後假裝兩人認識彼此。

接著是幾張學校的照片，菲力克斯可以感到自己開始緊張。依然沒有他們一群人的照片，而且感覺有點不太對勁。他開始草率地往回翻閱著照片。最後一張就要印好了。它從紙槽裡漂出來，然後正面朝下地落在了地毯上。

他不想把它撿起來，但是他知道他得把它撿起來。他把那張圖像翻過來，放在他面前的桌上，然後深深地注視著它，目光久久沒有移開。接下來，他做了一件多年不曾做過、也早已經忘記自己還有能力這麼做的事。

菲力克斯開始哭泣。

28

翌日上午，菲力克斯沒有去上班，而是直接開車到塔莉莎位於市中心的辦公室，然後在抵達前台之後才通知她。十五分鐘之後，他被帶到了他的老朋友那間擺設著瑪麗皇后傢俱的鑲板辦公室。看到他的出現，塔莉莎並不高興。

「如果事情出了什麼問題的話，你這樣擅自跑來就太不妥當了。」她在辦公室的門關上時說道。「你以前從來不會到這裡來。你現在為什麼來了？」

「把你的桌子清空，」他告訴她。「你得要看一些東西。」

塔莉莎站在窗前，她的臉被遮住了一大半，不過，他認識她夠久了，他知道她不喜歡被人告知該怎麼做。菲力克斯可以看到戶外那棟木架結構的建築，儘管位於巷子對面，看起來卻彷彿觸手可及。每一層樓都蓋得比下面那一層還要寬，因而讓整棟建築物看起來彷彿一顆向上生長的蘑菇。

塔莉需要面對現實。「我有一整天的時間，」他說。「我的生活已經被撼動了，很快地，你的也一樣。」

塔莉莎不再多說地把桌曆和筆電移到一張茶几上，好讓菲力克斯把他幾個小時前列印出來的照片攤在桌面上。塔莉莎並沒有碰那些照片，不過，當她一張接著一張看的時候，她的神情似乎放鬆了下來。

「我記得那間店，」看著看著，她說：「我們在清晨一點的時候鬼鬼祟祟地在謝爾登劇院附近出沒，讓那對德國情侶差點嚇破膽。」

「它還在那裡。」菲力克斯告訴她。她還沒有弄懂。很合理，他自己也是看了一大半的照片才弄懂，不過，這應該是她自己的底片，畢竟是她的相機拍的。

「這是什麼？」她彎身湊近那張天使的照片。「我不記得拍過這個。也許有人借用了我的相機。」

他繼續把其他列印出來的照片排在桌上給她看。

「親愛的蘋果樹，」她說。「我想，我懷念那棵樹多過於那幢房子。」

菲力克斯把最後一張放下來。塔莉莎注視著那張照片，又抬頭看看他，然後把照片拿起來。最後一張照片是在基督堂大草坪上的梅根。在照片裡，她笑看著相機，一隻手在半空中對著鏡頭微微地揮舞。

塔莉莎並不蠢。她終於明白了。「這是最近拍的，」她說。「這是現在的梅根。」

菲力克斯前一天晚上花了很長的時間注視著笑看鏡頭的梅根——在他看來，那是勝利的笑容。

「這些都是最近拍的，」菲力克斯說。「當我看到最後這張時，我有一種不好的感覺，我只是說不上來是什麼。」他把一根手指壓在市中心的一張照片上。「那輛車不是二十年前的車，」他說。「那是現代的車款。還有，公車看起來也不是。」

「這是在幹嘛？」

「這些都不是你拍的，塔莉，是她。記得前幾天晚上在酒吧裡，薩維問到當年的那卷底片是不是柯達的？也許不是。她拿了一卷新的底片，然後拍了很多這個城市的照片。」

塔莉一臉的困惑，突然之間，她看起來年輕了好幾歲。「她為什麼要那麼做？」

「嗯，我能想到兩種理由。第一，她企圖想要重新創造記憶，回到那些她度過年少歲月的地方。」

「她現在有手機——她大可用手機拍照。」

「沒錯，我自己也沒有辦法被第一個理由說服。第二個理由是，她故意找了一台舊相機，買了一卷底片，然後到處去拍攝當年那卷底片上可能拍過的鏡頭。之後，再把底片帶到公司，因為她知道我會想拿走那卷底片。她希望我們發現這個。」

塔莉莎往後退靠在窗台上。「她是真的在耍我們，不是嗎？」

「是的。問題是，我們要怎麼辦？」

29

等到他們有時間可以再見面時已經是週末了，而塔莉莎再一次地告誡大家不要驚慌。「我們必須冷靜，」她在菲力克斯離開她的辦公室之前對他說。「她可能想要激起什麼反應，我們不能稱了她的意。我們得要表現出一切都很正常的樣子。」

「你說得容易，」菲力克斯厲聲回嘴。「你又不需要一天和她相處八個小時。」

不過，在客氣而友善地對待梅根、並且用不會聘雇梅根太久的承諾來打發他老婆的情況下，他還是熬過了那個星期。

現在，和一群他無須說謊的人在一起，他終於感到鬆了一口氣。

這間私密的房間位於薩默敦的玫瑰與皇冠酒館裡，房間既狹小又擁擠，一如其他的酒吧一樣。安柏和薩維的座位之間相隔了一點距離，他們在眾人面前向來都如此；若非薩維對他年輕妻子的迷戀實在太過明顯，不然，菲力克斯可能老早就懷疑他和安柏已經舊情復燃了。丹站在一邊，檢視著一座書架上的書籍——天知道他為什麼這麼做，因為那個書架上最新的書竟然是一本十年前的酒吧推薦指南。

菲力克斯靠在窗邊往外看著庭院，留意著塔莉什麼時候會出現。

「那算不得證據，」安柏正在說。「我知道你很沮喪，菲力克斯，但是，那不是。她也許只是試著要重新製造回憶而已。」

身為一名政治人物，安柏天真到近乎白痴。也許那就是她為什麼那麼成功的原因；她的天真讓人們相信她。當他們還在學校念書的時候，他就認為安柏的元素代號是釩，表面上強韌而有用，特別是當她和別人有所互動的時候，不過，一旦失去互動，骨子裡就一無可取。

菲力克斯俯身在酒吧的桌面上，然後把照片聚集在一起。即便相隔得那麼遠，他都覺得梅根正在嘲笑他，他不需要再多看那些照片一眼。

「我的意思是，她出獄已經快要一個月了，」安柏繼續咕噥著。「如果她打算向我們提出什麼要求的話，她早就已經那麼做了，不是嗎？」

「她沒有和我聯絡，」薩維說。「如果她真的記得那年夏天發生的事，我應該是她最生氣的對象。」

真令人慶幸，菲力克斯心想。梅根的憤怒一旦爆發的話，薩維將會是她主要的目標。

「也許她把最好的留在最後，」他惡意地說。「你家還有不知名電話打來嗎？」

「在艾拉打電話給電話公司之後就沒有了，」薩維承認。「也許根本就沒有問題。」

「沒錯，我們不應該因為恐慌而做出什麼蠢事，」安柏說。「丹，告訴我們你和她一起午餐的事。她怎麼樣？」

丹尼爾將目光從一本拉丁字典上挪開，他環顧著眼前這群人，彷彿不太確定他們聚在這裡是為了什麼。「我們不用等塔莉嗎？」他問。

「我不確定我能待多久，」安柏說。「我八點有個選區會議要開。」

菲力克斯重新看了看庭院。沒有任何深色頭髮的高大女子大步往他們的方向走來。「等她到了之後，我們再轉述給她聽就好了，」他說。「繼續，丹。」

「我帶她去吃午餐。」丹拿起他、菲力克斯和薩維三個人一起開的那瓶紅酒，把自己的酒杯加滿。「在艾菲路的一家土耳其餐廳。讓我告訴你們，她的胃口一點都沒有問題。」

丹尼爾看起來狀況並不好。他的雙手長了一塊塊的濕疹，脖子和下巴底下也出現了一些斑點，那有可能是過敏反應，但也可能是壓力太大。薩維看起來也更瘦、更蒼白了。

「她怎麼樣？」安柏在菲力克斯坐到她旁邊時問道。「我是說，她的狀態怎麼樣？在你開始和她說其他的事情之前，你覺得她對生活適應得如何？」

「看起來比她剛出獄時好多了，」丹尼爾說。「她的皮膚已經不像當時那麼黃、那麼不健康了，此外，她也不再時不時就回頭，你知道的，好像在擔心有人可能會突然靠近她一樣。」

「我也注意到了，」薩維說。「我們在塔莉家的時候。她一直都很神經質。」

薩維自己也好不到哪裡去，菲力克斯心想，每次他收到簡訊或者室外有什麼噪音大聲響起的時候，他就開始變得緊張不安。

「她只想要聊和我們有關的事。」丹尼爾瞄著菲力克斯的方向。「你公司的狀況如何？」

梅根重返他們的生活所帶來的震撼，對他們每個人都造成了影響。丹的皮膚出現了奇怪的狀況，薩維變得比未婚的老姑媽還要神經過敏，而安柏不停釋放道德信號的行為也快要把他們都逼瘋了，至於菲力克斯則喝酒喝到連他自己都覺得他的酒癮已經失控了。他把他的酒杯遠遠推開。問題是，他的手卻自動地伸向酒杯；而大半的時候，他自己竟然都沒有意識到。

「還有，她對安柏的成功感到很驚訝。」丹試著擠出笑容，不過那個笑容看起來卻很尷尬又勉強。「她要我帶一些照片給她看，重大場合的照片，你知道的。我給她看了安柏結婚的照片——不是你的，薩維，我沒那麼笨。我說我沒有去參加你的婚禮，所以，不要陷我於不義。」

「她要看我結婚的照片？」安柏緊張地看向薩維。

「對，她大做文章地說她原本應該當你的伴娘，或者你其中一個女兒的教母。她想知道她們的生日。我不太記得了——抱歉，安柏，不過她們又不是我的教女。我告訴她我會問問的。她還想知道她們最喜歡的玩具、書籍、電影等等。她說是為了買禮物。」

「這感覺有點偏執了。」菲力克斯說。

「是啊，正是如此。」丹拾起他的杯子。「她也問了很多關於塔莉的事情，她家人是否還擁有西西里的那個地方，她自己為什麼不生孩子，她和馬克幸福嗎？每次我問她關於她自己的事情時，她就盡快地改變話題。」

「企圖不要犯錯嗎？」薩維問。

「誰知道。最後，我直接問她那年夏天她的考試出了什麼問題。我告訴她說，她考試的結果就和那宗意外一樣讓我們很震撼，因為我們都知道她有多聰明。說真的，我想我有點過分恭維她了。」

丹尼爾的眼睛四周有一圈粉紅色的痕跡，即便被眾人視為不敏感的菲力克斯也可以看出他飽受折磨。安柏把手覆蓋在丹尼爾的一隻手上。「她怎麼說？」她的語氣就像大人在對待即將要鬧脾氣的小孩一樣。「關於她考試的事？」

丹尼爾嘆了一口氣。「她說，也許她沒有她自認為的一半聰明。她可以看出我並不相信，所以，她就編了個瞎謊，告訴我她突然得到考試恐懼症的故事。」

「真有這種東西嗎？」薩維問。

「還確實有。」談及梅根以外的話題似乎讓丹尼爾高興不少。「有一些很聰明的學生真的無法面對考試。我們學校現在就有幾個，我們正在和心理學家研究根本的原因。不過，突然發生這種症狀並不尋常，而梅根宣稱她就是突然發生的。」

「她究竟是怎麼說的？」安柏問。

「她說，在每次考試前幾個小時，她就開始感到恐慌發作。她的心跳會加速，她胃裡的東西會攪成一團，她的呼吸幾乎就要失控。平心而論，這些都是典型的恐慌發作的症狀。」

「為什麼我們都沒有注意到？」菲力克斯問。「我參加的每一場考試，梅根也都參加了。薩維，你和她的試卷是一樣的。你有發現到什麼嗎？」

薩維搖搖頭。「沒有什麼不尋常的地方。我的意思是，我們都很緊張；都感到了壓力。」

「正是，」丹尼爾說。「我們當時完全都聚焦在自己身上，只關注我們可以記得的事，以及未來可能發生的事。我們不太會去注意到別人的問題。」

「塔莉到底在哪裡？」菲力克斯咕噥著。

「當她進入考場時，情況就更糟了，」丹繼續說道。「她每隔幾分鐘就需要去上廁所，她以為她就要生病了。就連試卷也變得模糊，彷彿她失去了視力一樣。如果這些都是真的，那麼，老實說，她能考出以前那麼好的成績才怪。」

「那是什麼引發這種症狀的？」菲力克斯問。「你不會從全校最聰明的學生變成什麼無法面對考試的人吧。」

「是啊，謝啦，菲力克斯，對於考試心理學我還是略知一二的。」丹說。「如果她說的那些症狀確實屬實的話，一定是發生了什麼事才引發的。不過，就算她記得是什麼原因引發的，她也沒有坦承出來。」

「她的模擬考成績很好，」薩維站在窗邊說。「我記得有一次校長訓斥了我們兩個關於自滿的危險，校長說，有些在一月成績表現良好的孩子也可能在六月的時候完全搞砸。她還要我們兩人保證我們一定會繼續努力不懈。」

「總之，不管發生了什麼，一定都是在一月到六月之間發生的，」丹尼爾說。「有人記得任何事嗎？」

「塔莉到了。」薩維說。

塔莉莎遺傳了她父親的習慣，每次走進房間時總像是電視裡那種旋風般走進法庭的超級大律師一樣。他們聽到她的高跟鞋踩在室外石板上的聲音，然後就看到她猛然推開大門，彷彿期待要抓到他們正在做什麼不正經的事情一樣。

菲力克斯從座位上站起來。他無法忍受另一波的隔空親吻和偽裝的擁抱。「我要到吧檯去。我會讓丹告訴你剛才的討論。還要再來一瓶嗎，夥伴們？」

兩個男生都沒有回應他，那表示他可能不應該再喝了，他突然羨慕起丹和薩維，光是三分之一瓶的紅酒就可以滿足他們。至於安柏，只要塞一片萊姆在沛綠雅裡就可以讓她微醺了。

「給我蘇格蘭威士忌，一杯。」他對酒保說。

那杯蘇格蘭威士忌和一壺水很快地就被放在他的面前。「還要一杯白酒，」他繼續說。「夏布利白葡萄酒，如果你有的話。」

他在那一小杯威士忌裡加了幾滴水之後，舉起酒杯，一口氣吞下半杯。葡萄酒和啤酒對他來說再也沒有分別；他也可以像安柏那樣喝氣泡水就好，畢竟這些全都沒有什麼作用。不過，那杯威士忌也許可以讓他撐過接下來的半個小時。

「你給我們帶來了什麼消息？」當他回到那間私人房間時，他問塔莉莎。

「整體而言，沒有什麼太多的消息，」塔莉莎說完，舉起手平息眾人不耐的呻吟。「等一下，我要說到重點了。」

她嚥下一大口夏布利，不過，她並沒有向菲力克斯道謝，而只是從她的提袋裡掏出一份文件。那是她的私家偵探給她的一份報告，也許也是最後的一份。她在啜飲白葡萄酒之間開始讀著那份文件。

「她去上班，在那裡待了一整天，除了在五箭和我見面之外，然後在大約六點鐘的時候回家，之後幾乎都待在家裡。當她出門時，她也都是在公共場所蹓躂，到河邊、公園之類的。」

塔莉莎抬起頭，也許是想要看看她是否吸引了所有人的注意。

「她吃外賣食物，幾天前在艾賓頓路的那個地方買了一輛二手車，」她繼續說道。「她付了將近一千四百英鎊。那是她媽媽留下來的遺產，你們不用問了。」

「我們沒問。」菲力克斯小聲地說。

「幾天前，她去剪頭髮，然後去了西門購物中心，在那裡的 John Lewis 和 Hobbs 買了衣服。她還去了夢想家園房產三次。去找公寓。」

塔莉莎把那份報告放在桌上。

「她找公寓的其中一個原因可能是媒體似乎已經發現她住在哪裡，」她說。「有人連續三個晚上都徘徊在她家附近，攔下進出那棟房子的每個人，兩天晚上之前，那棟房子的前門還被人潑了油漆。」

「我想，公司的人也發現了她是誰，」菲力克斯說。「目前還沒有人對我說什麼，不過，公司裡的氛圍的確改變了。」

「不過，那也沒差，是嗎？」安柏說。「你不會解雇她吧？」

菲力克斯聞言大笑。「如果我可以忍受得了我老婆對我的態度好像我殺了她的狗一樣，那麼，我就可以面對得了幾個不滿的實驗室技術人員。」

「我還沒說完，」塔莉莎抗議地說。「昨天晚上，她在九點過後幾分鐘出了門。也許是在等外面都安靜、天也黑了之後才出去。她上了她的車，然後朝著環狀道路開出城。」

「你那位老兄有跟著她嗎？」菲力克斯問。

塔莉莎那雙深色的眼睛亮了起來。「當然，他跟在她後面。我付錢給他就是要他跟蹤她的。她開上了通往倫敦的A40。他以為她就要直接開上高速公路，但是，她卻轉向了泰晤士，然後繼續沿著A40，朝著米爾頓公用綠地駛去。」

菲力克斯感到桌邊的氣氛出現了一絲細微的變化。

「你的舊家？」安柏說。

塔莉莎那頭深色的捲髮在她搖頭時彈了幾下。「不是，她去了這裡。就在A40七號出口外的一個小地方。」

塔莉莎從信封裡拿出一張照片，其他人全都靠上前來看著那張夜裡拍攝的照片，照片上是一棟紅色屋頂、漆著白牆的大建築。兩層樓，靠近主要道路；屋子前面有一片狹窄的空地。

「回聲庭園？」丹尼爾讀出高掛在大門右邊那片牆壁上的一個招牌。

「那是一個建築廢棄品的回收場，」塔莉莎說。「從一些老舊建築物裡救回一些建築材料——石頭、木頭、大理石、磚砌物等等——然後再轉售，通常都會大幅加價。建築物後面有一個很大的院子，堆滿了各種奇怪又驚人的東西。」

安柏說：「我媽媽很喜歡那類的東西。他們家增建時有很多門和門框，都是從那裡來的。」

「你們有人聽說梅根和那個地方有什麼關聯嗎？」塔莉莎問。

其他人全都搖了搖頭。

「所以，當你們知道梅根鍵入一個安全密碼之後進入了大門，就會和我一樣驚訝。」塔莉莎說。「那讓我們英勇的偵探遇到難題了，因為他不知道那個密碼，無法跟著進去。不過，他還是繼續在附近窺探，他覺得自己看到靠近院子後面的一輛露營車裡露出了一道光線。他沿著院子邊上的籬笆一直走，結果發現籬笆的某個部分剛好有一個老樹樁在旁邊。他攀過籬笆，走近那輛露營車。」

塔莉莎停下來，給他們看了更多的照片：那個舊物回收庭園在夜裡的照片，那是一個介於舊貨店和哥德式墓園的地方；一輛露營車，車子的排氣口冒出了蒸氣，被窗簾掩住的車窗也透露出幾許燈光。

「她的某個獄友？」菲力克斯問。

「先保留那個想法，」塔莉莎說。「現在，你們也許可以回想一下菲力克斯偷走的那卷底片裡的某一張照片。」

「那個石雕天使，」菲力克斯說。「那是在這個地方拍的嗎？」

塔莉莎拿出另一張照片，指著背景裡的某一個東西。菲力克斯不需要看太久。那是同一個天使。

「那是我們的私家偵探拍的最後一張照片，」塔莉莎說。「因為在那個時候，那輛露營車裡傳出了彷彿大型狗的叫聲，然後，我的人就趕緊逃跑了。」

「那代表什麼意思？」菲力克斯說。「我們從來都沒有去過回聲庭園，有嗎？我的意思是，從來沒有大家一起去過。那不是我們聚會的地方之一。」

「那代表你偷的那些照片可能根本沒有惡意，」安柏說。「和我們完全無關。」

「那個私家偵探隔天又深入追查了一下，」塔莉莎說。「看來，那輛露營車似乎是回聲庭園的石匠在那裡的正式居所。他是這個生意的合夥人之一，也是負責到處從廢棄建築裡拯救各種設備的人。他住在那裡，就像人身看門犬一樣，雖然那裡也有一條狗，那個人的名字叫做蓋瑞・麥當納。」

她停了幾秒，好讓他們消化這個消息。

「他是梅根的父親，」為了怕他們還不明白，她又補了一句：「他曾經坐過牢。」

30

「蓋瑞．麥當納成為回聲庭園的合夥人已經將近二十年了，」在眾人從短暫的震驚中恢復過來之後，塔莉莎告訴他們。「我們還在念預科的時候，他就已經擁有那個地方了。」

「我不敢相信她居然從來都沒有提過這件事。」薩維說。

「她從來都沒有提過她爸爸，」安柏補充說。「當我問她的時候，她說他們很多年前就失去聯絡了。」

「也許是因為他大半輩子都在監獄進進出出吧，」塔莉莎繼續往下說。「不是什麼令人驕傲的父親。」

「他有可能是她考試失敗的原因嗎？」安柏問。

「有可能，不過，我比較感興趣的是，回聲庭園距離我父母在小米爾頓的房子很近，」塔莉莎說。「開車不到十分鐘。你們知道，我們一直都在自問，她在離開我們之後、回到她家之前的這段時間，可能會怎麼處理那卷底片和我們簽名的自白書嗎？」她的目光回到那些照片上。「我會說，我們找到答案了。」

菲力克斯可以看到自己的興奮也反映在其他人的臉上。丹尼爾往後靠在椅背上，大聲地吐了一口氣。

「你認為那些東西還在那裡？」薩維問。

「我們知道東西不在她的雅房。而她也沒有把東西帶在身上。」

「可是，那地方的東西是對外販售的，」丹尼爾反對。「她不可能冒險把東西藏在某個可能被賣到科茲窩穀倉改建房的物品裡。」

「這樣事情就簡單多了，」菲力克斯說。「我們可以跳過任何貼有價格標籤的物品。」

「一定有一些物品是基於情感價值而被他們列為非賣品，」塔莉莎說。「或者什麼他們不能販售的東西。也許是這尊天使。這值得我們去查一查。」

「你的偵探朋友能幫我們去查嗎？」丹尼爾問。

塔莉莎繃緊了臉。「我們不能冒險讓他去做任何會陷我們於犯罪的事情，」她說。「還有，坦白說，我已經沒辦法把這筆費用合理化了。如果我們要搜尋那個地方的話，我們就得要自己動手。」

「在夜間嗎？」

她打了個冷顫。「天啊，不會吧。梅根的爸爸有一隻他媽的德國牧羊犬。我才不要和那隻狗有什麼瓜葛。我會在那地方對外開放的時間去看看。不過，得要有人和我一起去，那地方太大，一個人搜索不來。」

「我們不能全部都去，」菲力克斯說。「萬一她出現的話，那看起來就太可疑了。」

「我會去，」薩維主動表示。「反正，我們家今年也需要整修。」

菲力克斯說：「我們不能指望一定會找到。我們需要B計畫。」

塔莉莎給了他一個冷笑。「你何不把你的計畫說來聽聽？」

菲力克斯看了看其他人。他知道，安柏會是一個麻煩；其他人，應該還好。至於塔莉，不管怎麼樣，她都已經上了這艘船了。

「塔莉對我說過，雖然梅根現在獲釋了，但是，無期徒刑永遠沒有正式結束的時候，」他說。「所以，如果她犯了其他的罪，某種夠嚴重的罪，她極有可能會再被關起來，也許關上很長一段時間，那麼，我們的問題就迎刃而解了。」

空氣裡一片沉默。安柏並沒如他預期的立刻就提出反對意見。

「你有什麼想法？」薩維問。

「莎拉給了我一個靈感，」菲力克斯一邊說，一邊在想，自己是否在間接把責任推到他妻子身上。「她一直在抱怨梅根可能會掏空整個公司，說梅根只要把一些現款轉到海外帳戶就玩完了。公司就會因此而倒閉。」

「梅根不是小偷。」安柏說。

「我不是在暗示我們要等她主動那麼做。」菲力克斯說。

其他人很快就明白了他的意思。

「有可能嗎？」丹尼爾問。

「當然有可能，」菲力克斯說。「我可以連接到公司裡的任何電腦。我知道每台電腦的密碼。要設立一個受款帳戶會比較困難，不過，很幸運地，我們認識某個具有投資和IT技術的人。」

眾人全都看向薩維。

「可能嗎？」塔莉莎問他。

「理論上很簡單，」薩維回答。「我也許可以遠程操作。不過，如果我去他公司的話會比較好，最好是在當我們確定她沒有不在場證明、而且可能就是那個盜轉公款者的時候。」

「我們不會那麼做。」安柏說。

「那就讓我們希望我們不需要那麼做，」塔莉莎說。「我也有同樣的想法，雖然，讓我來策劃的話會比較棘手。因為我得要再找那個私家偵探，而且那也不會便宜。」

「怎麼做？」丹尼爾問。

塔莉莎聳聳肩。「讓她的電腦裡出現兒童色情的資料，或者某個晚上偷走她的車，在危險駕駛之後把車丟棄在某處。她得要證明車不是她開的，不過，因為她是獨居，所以也很難證明。」

「我無法相信我所聽到的。」安柏說。

塔莉轉向她。「那麼，你有什麼高見？少來了，安，你不能一直否定我們的計畫，而不提出你自己的建議。」

安柏並沒有退縮。「我們可以照顧她。給她錢，讓她活到我們的生活裡。」她看著其他人。

「那也許不會太糟。她的工作表現很好——菲力克斯，就連你自己也承認這點。塔莉，你可以很輕鬆就充當她的律師——你閉著眼睛都可以做到。如果她想要當我女兒的什麼名譽阿姨的話，我也不介意。」

一陣沉默。

「我們可以做到的，」安柏的態度變成了懇求。「我們不需要為了自己而犧牲她。又一次地。」

「讓一個被定罪為幼童殺手的人涉入他女兒的生活，戴斯特會有什麼感受？」塔莉莎問。「你的選民呢？全國的媒體呢？我不確定其他人怎麼想，但是，我估計這會讓普羅富莫事件⑮都相形見絀。」

「好了，別這樣。」薩維湊過來，把一隻手放在塔莉莎的手臂上。菲力克斯預料她會甩開他，不過，出乎他意料地，她做了一個深呼吸，然後再度拿起她的酒杯。

「抱歉，安。」她咕噥地說。

「還有另一個辦法，」薩維說。「如果我們跳脫框架思考的話。」

「什麼辦法？」安柏問。

「如果我們真的認為事情可能會變得更糟、梅根會抖出一切的話，我們就按上次的作法再做一次。」薩維說。

「我沒聽懂。」丹尼爾說。

「二十年前，我們其中一個人為了大家擔起了這個責任，」薩維繼續說道。「梅根為我們背負了罪名。因此，如果我們需要再次面對這件事的話，就要有人站出來。」

菲力克斯在其他人臉上看到了和他自己一樣的困惑。

「那怎麼可能？」塔莉莎問。「如果梅根供出我們其中一個的話，她也會供出其他人的。」

「如果我們團結的話就不會，如果我們五個對她一個的話就不會。」薩維說。「我們其中的一個人同意坦承那天晚上和梅根一起在車裡，即便她承擔了責任。其他人就支持這個說法。那個人會服刑，這是幾乎可以確定的，也許比梅根的刑期還要久，不過，我的重點是，那只會是我們其中的一個，不是全部的人。」

「那我們要怎麼決定是誰？」丹尼爾的臉已經沒有了血色。

「薩維，你這是在胡言亂語，」塔莉莎說。「梅根有我們簽名的認罪書。」

「她有的是一份偽造的認罪書，」薩維露出一絲冷笑。「那是她同意要頂罪、讓丹尼爾——我只是隨便舉例——逃過的代價。我們為了丹而簽了那份認罪書，但是，那不是實情。我們其他人從來都沒有離開過塔莉家。」

「我覺得那不管用。」安柏說。

「那會變成梅根和我們各執一詞，」薩維說。「值得試試看，不是嗎？」

⓯ 普羅富莫事件（Profumo Affair）是發生於一九六三年的英國政治醜聞，是時任陸軍大臣約翰．普羅富莫和舞孃克莉絲汀．基勒發生的一段婚外情。這樁醜聞不僅震驚社會，甚至拖垮了當時的麥克米倫政府。

「我們要怎麼決定這次由誰來承擔責任？」丹尼爾又問了一次。

「有誰自願嗎？」薩維笑看著其他人，菲力克斯注意到他的手插在了外套的口袋裡。

「薩維，我們不能這麼做，」安柏抗議。「我有兩個孩子。」

「噢，我想我們都有一兩個不想被關進去的理由，」薩維說。「我的重點是，我們可能無法達成這樣的願望。也許我們讓梅根來決定吧。」

「她不會選你的，不是嗎，如果她還喜歡你的話，」安柏厲聲地說。「而她可能也不會選菲力克斯，不然的話，她的工作就不保了。」

薩維把手從口袋裡伸出來。只見他握拳的手裡抓著五根各種顏色的塑膠吸管。「挑一根吧。」他說。

沒有人有所動作。

「其中有一根比其他的短兩吋。」薩維說。

「這是騙局，」丹尼爾說。「你知道是哪一根。」

「那我就最後再抽。很公平了。」

塔莉莎把椅子往桌邊挪開幾吋。「我還是比較贊成我的計畫，」她說。「我們找到那張簽名的認罪書和那張照片，那就沒有人需要承認任何罪。」

「噢，我也比較喜歡你的計畫，」薩維說。「不要誤解我的意思。這是B計畫。」

「你那是狗屎計畫。」安柏說。

薩維轉向她。「那麼，你會考慮把菲力克斯公司的錢轉帳到一個海峽群島的帳戶嗎？」他問。「如果那樣做不管用的話，再考慮塔莉說的，找個晚上撞爛她的車。」

安柏把前額埋入雙手裡。

「你會考慮嗎？」薩維追問。

安柏點點頭。薩維趁勝追擊地把拳頭伸向桌子對面的她。「抽一根。」他堅持道。

她淚眼盈眶地抬起頭看著他。「我同意。你贏了。夠了。」

「你還是得抽一根。我們需要C計畫。」

他掃視著其他人。「就算沒有其他好處，至少這可以讓我們集中心思。」

安柏咕噥著從薩維手中抽出了一根橘色的吸管。「是這根嗎？這是比較短的那根嗎？」

菲力克斯俯身探過桌面，從剩餘的吸管抽了一根紅色的。他和安柏動作一致地同時伸出手，和對方比較吸管的長度。兩根的長度一樣。他鬆了一口氣，不過也對自己的反應感到丟臉，因為這實在太荒謬了。

塔莉莎接著伸出手，彷彿跟在老鼠後面的蛇一樣，她選中藍色的那根。吸管的長度和菲力克斯以及安柏一樣。

現在，薩維的手裡只剩下兩根吸管了：一根是綠色的，一根是粉紅色。

「你覺得自己會有好運嗎？」薩維問丹尼爾。

丹尼爾看起來就像即將要把自己的手伸進火裡一樣，他抓住那根綠色的吸管，抽了出來。和其他人的吸管長度一樣。

薩維打開他的手，讓那根粉紅色的吸管掉落在桌面上。這根也和其他的一樣長。

「開玩笑的。」他說。

安柏壓抑著想要哭泣的衝動，丹尼爾用雙手摀住臉，而塔莉莎的臉色都發白了。

「他媽的，薩維，」菲力克斯斥責道。「你這樣做的目的是什麼？」

薩維站起身。「這是在測試，」他說。「下回，我們就來真的了。」

31

薩維和塔莉莎在週一下午接近傍晚時去了回聲庭園。當他把車停在塔莉莎那輛白色的Range Rover旁邊時，一陣春天的暴雨襲擊了牛津郡。她等到薩維下了車，才把車窗降下來。

「你覺得這雨會停嗎？」

「我有一支多餘的傘。」他打開後車廂，拿出他的雨傘以及艾拉用的那柄，然後把兩支傘都撐開來。「快點，這裡六點打烊。」

他們一走進大門，就感覺這座庭園不像真的庭園。這裡展示的大部分舊貨都是用來放在戶外的，因此，有人花了一番心力將這裡偽裝成適合擺放這些東西的花園。長著灌木叢的草地上擺著蓋滿青苔的鳥盆，一座池塘位於草地中央，四周圍繞著蘆葦和黃色的金盞花，池塘中間還有一座正在噴水的噴泉。花園長凳四處可見，大部分的長凳上都擺放了疏於照顧的盆栽。鍛鐵的涼亭支撐在石柱之上，高聳的柱子和大型雕塑構成了一道天際線，生鏽的鐵欄杆也隔出了幾條小徑和圍場。一扇扇待售的舊門各自以不同的間隔距離隨意地散放在小徑上。數十個陶瓦花盆被放置在有輪子的推車裡，盆子的尺寸和形狀五花八門，應有盡有，還有一些蒂芬妮燈具垂掛在角落的燈柱上。此外，還有一棵樹枝上裝飾著燈籠、長滿木瘤、形狀扭曲的榛樹。

這場雨和向晚的時間讓其他的顧客都望而止步，當他和塔莉莎沿著第一條碎石小路往前走時，他們是庭園裡唯一的人影。即便在晦暗的光線下，庭園後面一顆巨大的金球依然吸引了薩維的目光。那顆直徑幾乎長達十呎的球體置放在一座巨大的石盒頂端。金球後方矗立著一座巨大的混凝土結構，它雖然不屬於這座庭園，卻異常地和這裡毫不違和。那是一座源自二十世紀中旬的水塔。

「老天啊，」塔莉莎的聲音從她的雨傘底下傳出來。「我們要從哪裡開始？」

「我們沿著邊緣走，」薩維建議。「我會在最後面和你會合。不用理會任何可能出售的東西。然後試著以小孩的角度思考。梅根可能曾經在這裡出入了十幾年。」

沒有等塔莉莎回答，他就沿著一排壁爐出發了。他經過一堆甕，那些甕放在柱子上，看起來彷彿露出地面的真菌，然後又穿過一堆石砌動物——坐在台座上的獅子、蹲伏著的獅鷲、躺臥著的獵犬——他覺得好像有幾十雙沒有生命的眼睛在對自己虎視眈眈。直到走出這個區域，來到一幢污穢不堪的磚砌附屬建築，他才感到鬆了一口氣。

建築的屋頂隱藏在一棵楞樹低矮的樹枝和層層蔓生的常春藤底下。在他視線所及的那一部分牆面上，幾乎每一吋都覆蓋著一隻石雕的滴水嘴獸。有些長有獠牙、甚至是長牙般的牙齒，還有很多則朝著他的方向伸出了海綿般的厚舌頭；每一隻彷彿都在對他尖叫。它們有些蓋住了自己的眼睛，有些掩住了耳朵，還有一些則把武器抓在爪子般的拳頭裡。滴著雨水的滴水嘴獸似乎都在哭泣。這樣的主題在薩維的腳邊繼續延伸，只見地上還有一些小惡魔般的怪物不帶善意地瞪視著他。他記得滴水嘴獸是中空的，基本上就是精雕細琢的排水管；它們的腹部儼然就像中空的洞穴。

「需要幫忙嗎，老兄？」

一名年約六十五歲的男子不知何時走近了他。男子穿著一件綠色防水外套，灰白的捲髮上戴著一頂鄉村風格的扁平帽，讓他看起來像是一名農夫。

「抱歉，」薩維給了男子——那一定是梅根的父親；他們有著同樣的深色眼睛——一個笑容，那是他專為手握上千萬投資金額的客戶所保留的笑容。「我很喜歡滴水嘴獸。不過，如果我帶一個回家的話，我老婆會殺了我。她要我來找木製品。」

「在那邊，」蓋瑞・麥當納指著庭園的對面，越過那顆金球，在一尊鍛鐵的跳舞人骨塑像後面，有一堆木門宛如紙牌般堆疊在一座臨時搭建的雨篷底下。「你要找的東西是什麼？」

麥當納示意他們應該要穿過庭園，於是，薩維就跟在他的身後。當他們走到金球後面時，他看到一個維多利亞風格的圓弧邊浴缸，那個浴缸也許會適合放在他家的浴室。如果一切能回復到正常的話，也許他可以帶艾拉來這裡。不過，也許他不會；一定還有其他的舊貨場。

「我們在牛津的市中心買了一棟房子，」當他們繞過池塘時，他解釋道。「我們的房子裡有很多一九七〇年代的木製品，而我妻子想要找一些比較合宜的東西來替換。」

「噢，你要不要說得仔細一點。」

三十分鐘之後，塔莉莎找到了他，距離舊貨場晚上打烊之前還有十分鐘。她朝著他挑起的眉毛搖了搖頭。

「我想，我們是在浪費時間。」薩維壓低了聲音。梅根的父親早就不見了，而薩維完全不知道他去了哪裡。

「你認為東西不在這裡？」

「噢，我想東西是在這裡。只是找不到而已。」

當老麥當納喋喋不休地談論著回收橡木、南美核桃木和波蘭松木時，薩維有很多的時間可以思考。

「她不可能冒險把東西放在任何可能會被賣掉或移走的物品裡，」薩維說。「即便像這種醜到最高點的物品，」他指著那個金球。「也可能會有人喜歡。無論如何，她應該都會把東西放在某個固定的、不對外出售的物品裡。」

「那是什麼？」

薩維朝著院子最後面的一個結構體點了點頭，一個俯視著一切的龐然大物。

塔莉莎說：「那個水塔？」

「有誰會到一座水塔去？」薩維問。「水利局也很少會去。而且，如果那座水塔已經不再使用的話，我也不會感到驚訝。」

「你認為梅根爬上去了？」塔莉莎覺得不寒而慄，這讓薩維想起懼高是他這位老朋友曾經承認過的極少數的弱點之一。

「她十八歲的時候很苗條。她不僅跑越野賽，還是登山隊的成員。」

塔莉莎極其緩慢地微微點了點頭表示同意。「我們能爬上去嗎？」她說。

這也是薩維一直在問他自己的問題。「我想，我們必須爬上去，」他說。「我想，我們得在天黑後回來。」

當薩維到家的時候，他的妻子在走廊迎上前來；她身上穿著她的結婚禮服。

他說：「我錯過了什麼嗎？」

艾拉有一種搞笑、甚至詭異的幽默感，不過，眼下的情況倒是從來沒見過的。她走向他，高跟鞋踩在磁磚地板上；她的妝容很完整，只差沒有戴上花冠而已。她來到他面前，原地轉了一個圈。

「幫我拉開拉鍊。」她告訴他。

他在想應該要怎麼向比他年輕十歲、剛結婚不到兩年的妻子解釋說，他現在真的不想要親熱，不過，薩維還是照她的吩咐做了。他妻子的肌膚彷彿是從那片白色的絲綢裡迸發出來的一樣，就像剛剛綻放的金色向日葵。

「比較容易還是比較困難？」她在拉鍊完全拉到底的時候問。

「什麼？」

「比我們結婚那晚容易拉下來，還是更難？這件禮服是我的試金石。如果拉鍊更容易拉下來的話，就表示我瘦了；如果更難拉，我就是胖了。唐迪說，我看起來胖嘟嘟的。」

唐迪是他妻子的經紀人。當艾拉再次轉身面對他時，他說：「你不能站到浴室的體重計上面嗎？」

「磅和盎司是會騙人的，吋才算數。」她踮起腳尖，抓住他的領帶將他拉近，然後親了他一下。「所以，是更難還是更容易？」

他完全不知道。「幾乎一樣吧。」

她佯裝怒視著他，不相信他說的話，隨即突然又板起臉。

「你會嘲笑我接下來要說的話。」她說。

「很好。我現在需要笑。」

「我想，我被偷拍了。」

「如果你穿著你的婚紗出門的話，我可以保證你會被偷拍。」

「稍早，當我還穿著緊身褲和你的一件舊T恤時，有人就在外面，透過窗戶在拍照。」

薩維和艾拉的家沒有前院；路人可以直接拍打他們的窗戶，甚至可以透過窗戶看進來。不過，路人通常不會如此；大部分的牛津人都還是很有教養的。

「你有看到是誰嗎？」他問艾拉，不過，艾拉已經轉身，大步走進了廚房。她現在不會願意把她的結婚禮服脫掉了；她喜歡打扮。他慢慢地跟在她身後，檢查著可以眺望街道的那扇窗戶。他們連網眼窗簾都沒裝；「我是什麼，未婚的老姑媽嗎？」他妻子曾經這麼說過。

那天稍早有人站在外面，拍了一張他家裡的照片。拍了他妻子的照片。

艾拉可能是對的，那可能是狗仔；也可能是梅根。

「我做了晚飯，」艾拉回頭對他說道。她的廚藝很糟糕。「這星期第二次，」她補充說。

「你為我感到驕傲嗎？」

「我是個幸運的男人。」說著，他加入了她的行列。

32

議會也許正在聖靈降靈節的休會期，不過，週一的時候，安柏在市裡開會到很晚，直到九點過後才回到家。她從後門進到屋子裡，悄悄地把門關上；女兒們對媽咪偷偷進屋總是保持高度警覺。只要有機會，無論幾點，她們兩個都會從她們的床上跳起來打招呼。

廚房裡的蒸氣充滿了濃濃的小茴香、萊姆和香菜味；工作台上，一碗北非小米正浸泡在番紅花水裡。感謝上帝，她嫁給了一個喜歡做飯的男人。戴斯特出現在走廊上，光著腳，手上還有墨印，T恤上也還沾著女兒們晚餐的殘餘碎屑。

「嘿。」他們兩人同時說道。她把頭靠在他的肩膀上；他則幫她脫去外套。

「你好嗎？」她一邊從冰箱裡拿出酒瓶一邊問。他們有一個規定，不在週間的時候喝酒，不過，也許期中假期和休會期不算是工作週吧。

「女兒們都很好，」他告訴她，因為她從來都不會先問到她們，只是，他知道，她總是想要先問女兒的狀況。「她們在克羅伊和艾蜜莉家游泳和午餐，下午去了泰晤士那個可怕的地方。露比和她最好的朋友吵架了，不過一個小時後就和好了，至於珍珠，根據露比的說法，她有男朋友了，但是，他們還沒有親過嘴。」

「泰晤士那個可怕的地方」指的是小小巫師，那是一座室內的遊樂場；他們的女兒很喜歡那裡，不過，她們的父親就沒那麼熱衷了。

他舉起一只杯子。「還有一個比較不令人興奮的消息，我們拿到那個金絲雀碼頭的案子了，而且我是負責的建築師。」

安柏親吻了她的丈夫，對於剛才倒的那杯酒，她已經不再感到強烈的罪惡感了，因為他們現在可以說喝酒是為了慶祝。在戴斯特從烤箱裡拉出一盤砂鍋菜時，她爬上了一張吧檯凳。

「艾蜜莉說了一件事。」戴斯特一邊說，一邊把杏子和鳳梨鋪排在香料雞上面。「她不是太擔心，不過，她想要確定我們知道這件事，而且覺得沒有什麼關係。」

艾蜜莉是他們女兒的保姆。安柏做出了一個「願聞其詳」的表情。

「在小小巫師的時候，當孩子們在那個大溜滑梯玩耍時，有人走到她身邊。」

「『走到她身邊』是什麼意思？」

戴斯特嘴裡塞滿了食物，不過並沒有阻礙他說話。「孩子們正在玩，那些保姆和媽媽們則在咖啡區，時不時留意著孩子們，你知道人們在那個地方是怎樣的。」他停下來，咀嚼了一會兒。「總之，有一個女人在艾蜜莉那桌坐了下來。」

有什麼事困擾著戴斯特；雖然他假裝沒什麼，不過，他臉部的線條繃得更緊了，彷彿他的皮膚被撐開了一樣。

「一個女人？」她說。

「梅根。」

安柏放下她的叉子。「梅根在小小巫師？」

「是啊。她說她和另一個家庭一起去的，雖然，艾蜜莉並沒有看到她口中的那個家庭，她認出了珍珠和露比，所以想要和她們打招呼。艾蜜莉說，她和她們一起坐了一會兒，問了各種關於她們的問題，她們在哪裡上學，下課後都做什麼活動之類的。」

「艾蜜莉幹嘛不打電話通知我們？你知道的時候為什麼沒打電話給我？」

戴斯特舉起一隻手，上帝原諒她，如果他說出，「冷靜點，寶貝」的話——她絕對會把叉子捅進他的眼睛裡。

「艾蜜莉說她很猶豫，不過，在那之後，她一直小心地盯著那兩個女孩，她希望她不用多說，我們就會知道她並沒有把女兒們的興趣或者她們的行蹤告訴她。我相信她，安。艾蜜莉知道她在照顧我們的女兒時需要特別小心。」

安柏立刻站起身。「我要去看她們。」

「寶貝，你怎麼了？我知道她不是什麼楷模，但是，她也許說的是實話。她有可能是和另一個家庭一起去的。」

他自己都不相信這個說法；她可以從他的眼睛裡看出來。戴斯特企圖要佯裝一切都很好，因為那是他的直覺，不過，他的表情所透露的卻完全不是這麼回事。

在樓上，依然還睡在同一間臥房的女兒們已經熟睡了，期中假期難得的活動耗盡了她們的精力。總是說她在矮樹叢裡看到小精靈、在每一個櫥櫃裡看到怪物的珍珠，全身都蓋在羽絨被底下，只露出了幾撮深色的髮絲。反之，因為新陳代謝超快而像個小暖爐般時時散發著熱氣的露比，則已經把羽絨被踢到了她的腳邊，捲成一團地躺在床墊上，那雙胖嘟嘟的小手裡抓著一個柔軟的玩具。安柏彎下身，親吻女兒的額頭，花了幾秒鐘嗅著她的氣息，然後感到自己的心臟停止了跳動。

露比抓著的那個玩具是安柏從來沒有見過的：一隻大象，銀灰色的絨毛比天鵝絨還要柔軟，根據安柏多年來購買嬰兒禮物饋送朋友的經驗，她知道這隻大象的價格貴得離譜。

「哈囉，媽咪。」露比的眼睛在微弱的燈光底下看起來彷彿黑色的。

「嘿，寶貝。」安柏再次親吻女兒。「這個新朋友是誰啊？」

「這是愛麗。」

大象愛麗⑯——當然了。露比沒有什麼想像力，她母親在生珍珠的時候已經把想像力都用光了。

「你從哪裡拿來的？」

露比的眼睛又漸漸地閉上了。「梅根阿姨。」她咕噥了幾句其他的話，但聲音小到安柏幾乎聽不見。安柏挺起腰，很快地走到珍珠的床畔，她掀起羽絨被，讓大女兒那張睡臉可以露出來。

---

⑯ 大象愛麗（Elly the Elephant）是一首英文童謠。

珍珠也有一份來自「梅根阿姨」的禮物。另一個Jellycat[17]的玩具。只見她的頭頂上扒著一頂看似柔軟的皇冠，那是一隻粉紅色的章魚，章魚的腳纏在珍珠的頭髮上，彷彿永遠也不會放開她一樣。

安柏走出房間，耳邊迴盪著露比的呢喃。

「梅根阿姨說她是一隻大象。因為大象永遠都不會忘記事情。」

[17] Jellycat是一九九九年創立於倫敦的高級絨毛玩具品牌。

33

薩維在午夜過後回到了那個舊貨場，他很慶幸壞天氣讓夜晚更加地黑暗。誠如他所懷疑的，那個水塔不在回聲庭園裡，而是在另一塊相連的土地上，被高聳的鐵籬笆整個圍了起來。薩維把他的車緊貼著樹籬停好——他的車是黑色的，因此，不太可能被馬路上的其他車輛發現——然後才把他從家裡帶來的撬棍從後車廂裡拿出來。

稍早，他有很多時間做計畫。艾拉在晚餐後去參加了西門購物中心的一家新店官方開幕會，回到家時已經很晚了，以至於累到無心聊天。他原本希望大雨在半夜就會停歇，不過，至少雨勢已經減弱了，而天空裡的雲層絕對帶來了加分的效果。薩維感覺到濕氣撲在自己的臉上，雖然他很驚訝於自己的冷靜，不過，當他走到那片八呎高的鐵籬笆前面、站在水塔的陰影底下時，他還是感到了一絲緊張。獨自前來也許不是什麼好主意。不過，菲力克斯最近鮮少有清醒的時候，丹連自己的影子都怕，而他更不可能開口要求那兩個女生了。

薩維穿了一身的黑，就像一個竊賊一樣，雖然他戴了頭燈，不過，他還不想把燈打開。他把他的撬棍從籬笆的孔洞裡穿過去，然後藉由一塊緊緊拴在鐵網上的泰晤士水利局招牌作為墊腳的施力點，翻過了籬笆。

在近距離之下，水塔就高聳在他面前。這是一座建造於一九五〇年代的水塔，由六根混凝土柱子將圓形的混凝土水塔撐入高空。它看起來彷如外星人，甚至就像世界大戰早期改編電影裡的獵食者，爬上這座水塔是他最不想做的事。

即便如此，他還是用了那根撬棍把水塔的梯子勾了下來。在他爬到十呎高之前刮起了一陣風，等到他爬到十五呎高的時候，一股莫名的恐懼攫住了他。他告訴自己梯子很牢固，水利工程師一定還不時地在使用這座梯子，因此，他強迫自己繼續往上爬。到了二十呎高的時候，整座水塔似乎都在晃動，彷彿和風共謀著要把他甩下來。

當他抵達第一座平台時，他終於有機會可以休息，不過，從這裡開始，往上爬變得更加困難了。一旦他重新拾起腳步，他就需要爬在一座往後傾斜的樓梯上，因為樓梯從這裡開始環繞著圓柱形的水箱蜿蜒而上。如果他沒有抓穩的話，唯一可以防止他往下跌落的，就只有一條可能已經生鏽多年的狹窄安全護欄。其中還有一小段距離，他必須要頭上腳下地爬過去，而薩維早已不像當年那麼結實強壯了。

他的腳才一離開平台，一陣恐慌就向他襲來。當他的身體開始顫抖的時候，薩維將目光盯在混凝土上，告訴自己就快到了。他可以支撐得了自己的體重一兩分鐘，不會有問題的。金屬護欄在一整天的冷雨沖刷下刺痛著他的手，不過，他還可以忍受得了。他的腳在梯級上滑動，雖然梯子已經不再平行於地面，但卻依然穩固。

接下來是最詭異的部分，他抓住梯子下半部的弧形邊緣，如此一來，他就可以再次垂直地往上爬。如果他現在打滑的話，他一定會摔斷脖子。在最後一拉下，他終於再次站直了。他咬緊牙關，爬完最後的幾級。

一抵達上層的平台，薩維整個人都癱軟了，等到他終於不再喘氣時，他才真正地打量起四周的環境。他正置身在一座圍繞著水塔圓周的狹窄平台上。那座容納著大量黑水的水箱就在他的正下方。

就在一陣強風撲向水塔之際，薩維抬起了頭。水箱中央的上方有一個圓形的小結構體，看起來似乎是某種控制室。他掙扎地站起身，緊緊地抓住護欄，沿著水箱的邊緣移動。水塔附近的鄉間既平坦又空曠；最接近的村落至少也在一哩之外，它們看起來全都渺小無比。

當他來到控制室門外時，他試了試門把。可想而知門上了鎖，也沒有窗戶可以讓他往裡窺視。薩維往後退開一步，用力一踢，那道門瞬間打開，露出了裡面圓形的空間，看起來就像燈塔頂端的房間一樣，只是沒有窗戶。在終於不需要擔心被人看見的情況下，薩維扭開了他的頭燈。

那是一間青少年的小窩。混凝土地面上蓋著一塊破舊的地毯，一隻超大的泰迪熊靠在遠處的那面牆上，不懷好意地看著他。他腳下的一只豆袋散發出腐敗的味道。一落雜誌交互堆疊在一起，他覺得自己認得其中一本預科的化學課本。一只靠電池啟動的燈掛在牆上的掛鉤上。梅根爬過那道危險的樓梯，自己一個人把這些東西帶到了這上面來。

薩維不知道自己究竟是更難過還是更惱怒，因為梅根從來沒有告訴他和其他人關於這個地方的事。關於她的事，他們不知道的實在太多了。

沒有跡象顯示數十年來有人曾經到過這裡，然而，他的心臟卻再次怦怦作響了起來，這回是興奮使然。梅根肯定不會有兩個像這樣的藏匿之處；那卷底片和那張簽名的認罪書一定在這裡。

頭燈的亮光落在了一個被塞在豆袋後面的書包上。薩維在書包裡面發現一本剪貼簿，他先把剪貼簿放到一邊，然後繼續清空書包裡的物品。一團皺在一起的衛生紙掉了出來，上面還沾著血跡，彷彿有人曾經用那張衛生紙來止住鼻血。

書包裡沒有其他的東西了，即便是背面那個拉鍊的口袋裡也空無一物，因此，他讓自己坐在豆袋上，打開了那本剪貼簿。在第一頁裡，他赫然看到自己的臉正在回視著他。

剪貼簿裡都是他。那一整本相簿裡全都是他。那些照片大多是團體照，不過，每一張照片裡，他都位於正中間。仰躺在學校通識教室裡的一排椅子上；從碼頭綠地的河流走出來，河水順著他的身體滴下；把木頭扔進火堆裡，四濺的火花在他身邊的夜色裡飛舞。然後是他以前的圖書館借書卡、他們去看樂團演奏的票根，還有雷丁節的節目表。

在剪貼簿的最後一頁，他發現他昔日的學生領帶就貼在上面。他把領帶翻過來檢查，看到了他的名牌，薩維．愛特伍德，就在背面。

那坨沾血的衛生紙也是他的，他現在想起來了，確切地說，應該是在菲力克斯把一顆足球直接踢中他的鼻子時，梅根給他的那張衛生紙。她保留了下來。一直以來，梅根都愛著他，而他卻從來都不知道。

然而，他的內心裡有什麼東西正在不安地蠕動，彷彿蟲子一般。其實，你知道的，不是嗎？你只是不願去想起，因為你無法面對得了。

「完全沒有那張認罪書的蹤跡？底片也沒有？」

當薩維回到他的車裡時，他既驚訝、又慶幸地看到了幾則來自塔莉莎的簡訊。這個計畫，他只告訴了她一個人。當他回覆時，她立刻就又發來了簡訊，好讓他知道她還沒睡。他需要找人談談，於是，他打給了她。

「沒有，」他說。「在我離開之前，我把那個地方翻遍了。東西不在那裡。」

「不過，二十年前，當她知道她即將入獄時，她可能把東西藏在那裡。她在牢裡時，東西應該一直都在那裡。」

一輛車從馬路上駛過，快到不可能注意到薩維依然緊貼在樹籬旁的車子。

「是啊，說這些現在對我們並沒有幫助，不是嗎？」他說。

「你離開的時候，有把那個地方恢復原狀嗎？她會知道有人去過嗎？」

「我得踢開那扇該死的門才進得去——她當然會知道。我們得要面對她。我們不能再這樣下去了。」

電話那頭一陣沉默。然後才傳來一聲，「老天。」

他從來沒有聽到塔莉莎這麼挫敗過。「是啊。」他應聲道。

「你現在要去哪兒？」

「回家。我還會去哪裡？」

他掛斷電話，腦子裡閃進一個念頭，也許，要不了多久，回家就不再是個選擇了。

薩維把車停在離家有點距離的街上，然後在車裡坐了一會兒。他這輩子從來沒有這麼疲憊過，或者從來沒有這麼難以入睡過。他家裡沒有燈光，感謝老天。

牛津市中心在凌晨一點鐘的時候難得安靜——酒吧總是營業到清晨才打烊——不過，聖約翰街距離傑里科夠遠，吸引不了醉漢和流浪者前來。在路燈下閃耀著金色光芒的這條排屋街此刻空蕩蕩的，房子裡的人都已經進入了夢鄉。

多年來，薩維一直都很羨慕那些睡得安穩又容易入睡的人。他常常躺在床上想著如果沒有那天晚上的話，他的生活原本可能會怎麼樣；他們所有人的生活會如何，這個清醒的惡夢總是糾纏著他，有時候甚至讓他幾個小時都無法入睡。

蘇菲．羅賓森現在原本應該五十八歲了，她的女兒們也應該都已經長大成人。她甚至可能已經當了祖母。幾年前，薩維發現了她們的生日——他並沒有刻意追查，只是無意中發現的——而現在，每年的一月十日、六月十七和八月二十五日，他都發現自己會想起那三個在他的助力下永遠消失在這個世間的女人。當他看到二十來歲、皮膚白皙、有著深色頭髮的年輕女子時，他就想起羅賓森家的兩個女兒，他永遠也不會在街上和她們擦身而過，也不會在酒吧裡撞見她們。隨著時間的過去，他開始問自己，如果他在二十年前曾經承擔他自己的那部分責任，那麼，他現在這股嚴重的罪惡感會不會少一點。有一段時間，他甚至還曾經羨慕過梅根。

他意識到自己明早還需要搭上早班火車，還有忙碌的一整天等待著他，全球的債券市場也不會在他頭腦混沌時關閉，薩維最終還是下了車。車門關上的聲音冷冷地回彈在建築物的牆壁上，他立刻邁開步伐越過街道。

「薩維！」

一道半呼喚、半低語的聲音響起，如果是在市中心任何其他的街道上，他也許不會聽見，然而，在這片漆黑的寂靜下，它卻飄浮過了柏油路，傳送到了他的耳裡。他回過頭，只見一名女子站在對面的人行道上，半掩在一輛藍色的車子後面。梅根。

34

薩維感覺到自己冒出了一身汗。他很害怕，而這種害怕比他在爬那座水塔時還要嚴重。爬水塔的危險是可以界定的。然而，眼前這種危險卻不是。

梅根彷如石頭一樣地站在那裡，任他盯著看。一個念頭在他的腦子裡悄然而生，那是一個如此令人不安的念頭，以至於他沒有讓它有呼吸的空間，隨即就將之摒棄了，而且再也不要想起。

他舉起雙手，做出不明所以的樣子，而她則把他的舉動視為要她走近的暗示。

「我以為你永遠都不會回家了。」她走近到幾乎可以觸碰到他的時候說道。

「小梅，你在這裡做什麼？」

他可以聞得到她的香水味，他可以說出那香水的名字，即便已經過了二十年，天哪。Coco by Chanel，他們送給她的十八歲生日禮物。他們都出了錢，不過，是他和安柏在一個星期六去買的，而且是他做了最後的選擇。多年以後，她依然搽著他的香水。

「我必須離開我的公寓，」她說。「我沒有地方可去。」

「你說你必須離開，那是什麼意思？」

她沒有地方可去，那是什麼意思？

「媒體發現我了。他們已經在我住的地方外面宿營了三天，那棟房子裡的其他人現在也都知道我是誰了。」

薩維環顧著四周;整條街依然空蕩無人。「所以呢?我的意思是,他們有什麼問題?你已經坐過牢了。而且你也不具危險性。」

這句話他說得有點猶豫,梅根有可能會具有危險性。

她往前靠近一步。「試著把這句話告訴他們吧。我是一個殺害兒童的人,薩維——沒有人想和我住在同一個屋簷下。我家前門被蓄意破壞了——有人在上面用紅漆寫了兇手幾個字。而我自己的房間也被闖入了,我的房間被毀了。他們在我房間的牆壁上到處潑糞,還尿在我的床上。他們也搞壞了我的食物——我只能把食物都丟掉。我沒辦法鎖門。我得不到安全。」

這些話讓他知道她為什麼在這裡了。

「其他人呢?」他試著問。

一絲不快的表情在她臉上一閃而過。「我不能去找丹,他住在修道院。而安柏身邊的警衛比白金漢宮還要多。」

她一定曾經去安柏家附近窺探過才會知道這點。他不禁懷疑,她曾經站在這條街上多少次,也許還透過窗戶看著他和艾拉,一想到梅根出現在他妻子附近,他的胃整個都糾纏在一起了。

「塔莉呢?」他問。「菲力克斯?我是說,你和他一起工作。」

「莎拉和馬克都受不了我。莎拉還企圖要讓我被開除——她絕對不會讓我待在他們家的。而我也去了塔莉莎家。馬克不讓我進去。」

那可能根本不是真的。不到半小時以前，他才和塔莉通過電話。如果真有其事，她早就告訴他了。

「艾拉從來沒有見過我。」梅根嘟起下唇，朝著他瞪大了眼睛。「她不可能在沒有見過我之前就把我趕出去。」

艾拉對梅根一無所知，她和薩維過去的友誼，她曾經服刑多年，或者她再度出現的事情，艾拉都不知道。即便如此，很少人妻會願意讓一個陌生女子進到自己的家而不質疑。事實上，艾拉也許就是這少數女子中的一個；似乎沒有什麼事可以擾亂得了艾拉禪意般的冷靜。

薩維看著他家的窗戶，他家就在兩棟房子之外；依然漆黑和空蕩。除非他妻子要一早工作，如果是這樣的話，她打包好的行李箱就會放在走廊上，不然的話，她很少會在八點前起床。也許他可以在艾拉毫無察覺之下，讓梅根偷偷進屋，再偷偷離開。

「你開車來的嗎？」他眺望著街道，看看是否有他不認得的車。「七點之前，你得把車開走，否則就會被取締。」

她伸出一隻手，食指上吊掛著她的車鑰匙。「沒問題。我還要上班，儘管莎拉極盡所能地要讓我走人。」

當他開門的時候，梅根安靜地等待著。謝天謝地，走廊上沒有行李箱，他很快地把她帶到廚房。

「咖啡？」他說完才想到艾拉是否會聽見水壺的聲音。也許不會，她睡得很熟，像個孩子一樣。

梅根無視於他的問題。「你去了哪裡？」她說。「我已經在想我得要睡在車子裡了。」

「工作。」他拿起水壺，隨即又放下來——她並沒有說她要咖啡。「太忙了。我和紐約的團隊開了一個電話會議。」

他不能再說了。他從來都不擅長說謊，而且，他這身打扮根本不是上班的服裝。「我把車停在了阿克斯橋。」他不假思索地說出了一個地鐵站的名字。「在那裡搭上計程車。公司有一個Uber的會員帳戶，供我們通宵加班的時候使用。」老天，他得閉嘴。「你需要什麼嗎？毛巾？牙刷？」

她挑起一邊的肩膀，以至於她的背袋輕輕地撞在了她的臀邊。「緊急供應包，」她說。「我早就料到會發生這種事了。」

「塔莉說你在找公寓？有找到嗎？」

「塔莉家很不錯，不是嗎？我一直都想要住在薩默敦。」

「我想是不錯。」

梅根轉過身，看著挑高的廚房，以及往外通往花園的溫室。花園四周還圍繞著圍牆。

「不過，你家也很棒，要去市中心也很方便。」她抬頭看著天花板。「四層樓，包括地下室、四間臥室、兩套衛浴，還有一間書房。雖然還需要整理，不過具有完美住家的潛力。」

她聽起來就像把這幢房子賣給他的仲介。

「我谷歌過，如果你覺得奇怪的話，」她繼續說。「要出售的房產通常在賣出後都還會被保留在網路上好幾個月。我想，總體而言，我比較喜歡塔莉家。無意冒犯。不過，她家停車會比較容易，而且花園的大小也很適中。」

她說得好像只要她開口，塔莉家和他家就是她的了。也許真的是這樣。

梅根沒有等他回應就轉開了，不過卻又立刻僵住，她的目光盯在某個東西上。有那麼一剎那的時間，薩維不知道她可能在看什麼。然後，他看到了餐具櫃上擺著一張他和艾拉的結婚照。

那是一張快照，是婚禮上的一名賓客在他們兩人沿著一條鄉村小徑，從教堂走向她父母家花園的時候抓拍的。

「和我結婚，薩維。那是你欠我的人情。甩掉安柏，不要讓她保持希望，然後又被毀了。你會有幾年的時間去拈花惹草——我不會過問的——可是，你得要保持單身。維持單身，然後，等我出來的時候，你必須娶我。」

那個夏天，他們六個最後一次聚集在一起的時候，他們，他和梅根，曾經站在菲力克斯母親的車子旁邊，當時，他曾經覺得她是那麼的漂亮，他過去從來都沒有真正讚賞過她的美，而她當時看起來是那麼地絕望和悲傷，同時也冷漠得彷如拋光的鋼鐵一樣。他只能讓自己不要撲倒在她腳邊，哭泣地告訴她，他有多麼地抱歉，他有多麼感激她為他們所做的事，他願意為她做任何事來補償她。和她結婚？當然，那是他起碼可以做得到的。

現在，他站在她身後，在觸手可及的距離之下，他在想，她那麼做是否完全都不是為了她個人的利益。她的高考失敗，會讓她不得不揮手道別他們其他人所期待的閃亮未來。在沒有被任何大學錄取之下，她最終也必須從他們的圈子裡退出。也許，梅根把那場意外當作是她最後的機會，一個能讓她和這群人永遠綁在一起的機會；一個把薩維留在她生命裡的機會。

那天晚上，她不知道警方握有他們每一次逆向開車的證據。她不可能知道她會被以謀殺罪起訴，而非危險駕駛，她也不可能知道刑期會比她預期的最糟結果還要長。等到她發現整個案情對她有多麼不利時，她已經來不及反悔了。不過，說句公道話，她甚至也沒有試著要反悔。她盡了她一切的力量來保護他們。來保護他。

「她看起來和我很像。」梅根說。

她轉向他，似乎有點驚訝於他已經和她靠得那麼近，然後朝著那張照片點點頭，那一刻，稍早曾經在街上偷偷爬進他腦子裡的那個不忠的念頭又回來了。二十九歲的艾拉看起來並沒有比梅根十八歲的時候大多少。她那頭染成鉑金色的短髮，和梅根在學校時的髮型一模一樣。那張臉蛋也一樣地小巧，尖尖的下巴也一樣，那雙深色的大眼睛也一樣。他娶了一個看起來像是梅根妹妹的女人。

直到此時，薩維才發現到自己有多麼離譜。

「你覺得像嗎？」他問。

梅根把雙手放到背後，抬頭注視著他。「和安柏一點都不像。」她說。

「安柏和我早就是過去式了。」

「你和我也是，幾乎是。」

在她所能記得的所有事情裡面，為什麼偏偏是這件事？山丘上的那場派對，在地勢高過牛津的那座山丘，帳篷、火焰和燈籠把原本長滿野生植物的花園變成了一個宛如仙境的地方。在大部分的人都回家或者喝醉的時候，他和梅根一直坐在火堆旁邊聊天，那份情愫差點就在他們之間點燃了。當時，她是那麼勇敢地暗示他她對他的感覺，而他卻退縮了。他沒有把握住她，也因為如此，他們兩人的人生可能完全地改變了。

他的妻子就在樓上。他的妻子就在幾呎之外，也許還醒著，雖然他和梅根此刻完全沒有出聲。任何一點來自地板的嘎吱聲、突然的咳嗽聲，也許都會讓他覺得感激，然而，在他踏出最後一步，將他們兩人之間的距離縮短到幾吋之際，夜色依然維持著危機四伏的沉寂。

「每個夜晚。」她低聲地說。

他很清楚她接下來要說的是什麼。每個夜晚，我都在想你。他沒有給她說出口的機會。他攫住她的臉，吻了她。

35

每次薩維的電話響起，他就覺得是梅根打來的。到了週四的時候，他已經認真考慮要把他的手機丟進泰晤士河裡了；電話的鈴聲正在粉碎他的神經。那天早上過了一半的時候，他的電話響了，他知道這次一定是她。他在他的外套裡翻找，差點就把外套從椅背上扯下來。來電號碼無法顯示。他按下了接聽。

「薩維，是我。」

不是梅根，是安柏，老天爺，他骨子裡竟然有一種失望的刺痛感。

週一那天晚上，結束那一吻的人是梅根，而不是他。

「不行，你妻子就在樓上。」她小聲地說，而他也試著要振作起來。他們兩人躡手躡腳地上了樓，他帶她到二樓的客房，然後在他熟睡的妻子旁邊眼睜睜地躺到天亮。

「嗨。」他現在並不想和安柏說話。

「我需要見你，」她說。「你有空吃午餐嗎？」

「我不吃午餐的，安柏。」這件事他不知道已經解釋過多少次了。

「那就晚一點。我要開會，不過我可以排出時間。」

「有這麼——」

「是關於梅根。薩維，你得要知道。」

他和安柏約在保得利大廈的入口；她帶他通過安檢，然後走到她位於三樓的辦公室。她穿了一件淡紫色的合身套裝和一雙深藍色的高跟鞋。

「謝謝你來這裡，」在吩咐她的助理不要把電話接進來之後，她對他說道。「你知道的，出入餐廳之類的事對我來說都很難。」

安柏的辦公室窗戶俯瞰著河流。薩維可以看到聖湯瑪斯醫院就在橋的一邊，舊市政廳則在另一邊，河堤上面永遠都有川流不息的人們。更遠處的下游，倫敦眼正在緩緩地轉動。

「我沒有太多時間。」他告訴她。

安柏在她的一張安樂椅上坐下來。她已經脫掉了外套。他可以看到她那件訂做的絲質襯衫腋窩底下已經出現了汗漬。「她一直在跟蹤我女兒。」

他一時感到有點困惑。「誰？梅根？」

「是啊，梅根。」安柏的面容扭曲。「她在對我女兒動腦筋，薩維。」

他曾經在安柏的臉上看到過那樣的表情，就在幾年以前；那表示她就要哭了。他伸出手抓住她的雙手。「好吧，放輕鬆。她們兩個都沒事吧？」

梅根不會傷害安柏的孩子的。安柏不知怎麼地弄錯了，不過，她臉上的表情卻嚇到他了。她漲紅了臉，呼吸急促，淚水盈眶。她似乎要很努力才能開口。

「別這樣，」他說。「慢慢來。從頭開始說。」

她吞了一口氣，彷彿一個即將溺水的女人。「星期一的時候，她跟蹤她們和她們的保姆到一個室內遊樂場，」安柏終於說得出話來了。「然後是昨天，她在她們的芭蕾舞教室外面等著。我不知道她是怎麼知道那裡的——我當然沒有對她說過。」

他放開她的手。「我想，我們應該要假設，關於我們每個人能夠公開被找到的資料，梅根都知道。好吧，發生了什麼事？」

「當我去接孩子的時候，她就在那裡。只要在狀況許可之下，我有多麼地喜歡陪著孩子們，這點你是知道的——並不是因為這樣一來，人們就可以看到我是一個好母親，而是因為這樣一來，我就可以當個好媽媽。她們喜歡我去接她們，而不是艾蜜莉。」

薩維試著要記起艾蜜莉是誰，當然了，那是安柏家的保姆。

「我們在教室外面的停車場等著，當時，有個媽媽在我耳邊嘮叨說她不同意提高兒童福利津貼，然後，梅根就出現了。」

就像她出現在他家的街上一樣。薩維必須承認，那讓人很不安。「你有問她，她在那裡幹嘛嗎？」

「她說，她就在那一帶——不要問我為什麼，我沒有想到要問——而且想要再看看我女兒。她說她一直很想她們，她覺得她們很漂亮，還有，她現在回到牛津了，她有多麼想要成為她們生活裡的一部分。她『回到牛津了』，薩維，那是她委婉的新說法，用來取代她從牢裡獲釋了，彷佛她之前是去了什麼豪華的地方度假一樣。」

「好吧，專注，安柏。我可以理解你為什麼不希望她毫無預警地出現，不過，這聽起來也不算太糟。」

「喔，真的嗎，你繼續往下聽，因為很快地她就提起你了。」

薩維把梅根的臉就在他幾吋之外的畫面從自己的腦海裡推開。

「她說了什麼關於我的事？」

安柏嗤之以鼻。「噢，你現在有興趣了？我就要說到了。她買了禮物給兩個女孩——她在週一的時候也做了同樣的事——你知道孩子們收到禮物是什麼樣子的。她們迷上了她們新認識的梅根阿姨，想要帶她回家喝茶，我試著要找藉口，但是她卻把所有的注意力都集中在她們身上，而不是我身上，而且表達出她也很想來。」

「你把她帶回你家了？」

「她讓我沒有選擇的餘地。那時候，其他人已經開始在看我們了。你不知道她是什麼樣子，薩維——」

噢，他知道。他很清楚梅根是什麼樣子。他知道她聞起來是什麼味道，嚐起來又是什麼味道。

「我不能在不驚動別人之下拒絕她，我確定有些媽媽已經在懷疑了，因此，她就跟著我們回家，結果，她現在知道我們住在哪裡了。」

反正她早晚都會知道的。「安柏，我想，你反應過度了。」

「噢，我有嗎？」安柏提高了聲音。如果她不小心一點的話，他們的談話可能會被隔壁的人聽到——安柏永遠都會說，下議院比篩網更容易漏水。「告訴我，」她繼續往下說。「艾拉對你們兩個即將離婚的消息有什麼反應？」

「什麼？」

「孩子們在換衣服的時候，她丟下了這顆炸彈。她說，她有一件重要的事情要告訴我。她想要讓我第一個知道，因為你和我曾經有過一段過去，她說，你們現在在交往。」

薩維半站起身。那就是一個吻。一個該死的吻。

「搞什麼？」他努力地說出一句話。

「對你來說是新聞吧，是嗎？因為那也讓我有點驚訝，不過，你們兩個顯然有點什麼，即便當年我們還在交往的時候。她說了什麼關於威爾．馬克漢那場派對的事，當我在派對上身體不適時所發生的事。她說，一旦我們上了大學，你就打算要和我分手，轉而和她交往。她說，那就是為什麼你們兩個都申請了劍橋的原因，因為這樣你們就可以在一起。」

威爾．馬克漢，位於野豬山的那棟大宅，那裡的花園似乎綿延了好幾哩；那是他記憶中最棒的一場派對。

「嗯，首先，這是胡說八道，其次，那已經是二十年前的事了。那有什麼重要性——我是指對你來說——現在？」

安柏看似受到了侮辱。「噢，是不重要，不過，我以為你會想要知道。」

「我確實想知道，謝謝，安柏。可是，她為什麼認為我們兩個要復合了？更不要說我們從來就沒有交往過。」

「嗯，那可能和你確實承諾過為了拯救你自己，你會在她出獄時娶她的事有關，不過，她倒是沒有提到這件事。她一直在假裝什麼也不記得的遊戲。她說，從她回來之後，那股吸引力明顯地依然存在。很顯然地，你們無法把眼光從彼此身上移開。她說，那就是艾拉第一個星期六沒有去塔莉家的原因——你不希望她們兩人見面。她說你不愛艾拉，你從來都不愛，艾拉只是第二順位，因為你太寂寞了，不過，那樣的狀況現在已經結束了。薩維，她聽起來瘋了。」

他無法注視安柏。「週一晚上，她到我家去了。」

有一會兒的時間，他的坦承似乎懸盪在空氣裡。

「天啊。艾拉在嗎？」

「她睡著了，在樓上。我很晚才回家。」他還沒有告訴其他人關於他到水塔的事情，看來，塔莉也沒有說。一切都發生得太快，他們根本來不及跟上事情發展的速度。

「你沒有讓她進門吧，有嗎？」

噢，說得好像很容易似的。「她在我家住了一晚。」他一邊站起來，一邊承認。他覺得自己已經不可能坐得住了。

他回到窗邊，看著一名男子向西敏橋附近的一個攤販買了一束花，他告訴她關於梅根的悲傷故事，他把她安頓在客房裡，隔天早上他下樓後不久，她就冷靜而感激地離開了。他沒有告訴安柏關於那個吻的事，或者他幾乎整夜都輾轉難眠的事。等到他說完的時候，安柏的臉色蒼白，寫滿了驚恐。他不怪她。

「薩維，我知道我向來都是第一個反對不要放過梅根的人，但是，現在我已經不確定了。」把最擔心的事情說出來之後，安柏似乎比較冷靜了。「我還沒有把全部的事情都告訴你。」

薩維覺得自己的胃裡彷彿有什麼東西凝固了。「繼續說下去。」他說。

「等到孩子們換好衣服回來時，她又開始吹捧她們。她很會和她們相處——她有一種與生俱來的天賦，知道怎麼和孩子說話。她告訴她們關於安提瓜的事情，那是戴斯特的家族起源之地。她一定是從什麼書上看來的，因為她絕不可能去過加勒比海，但是，她滔滔不絕地說著那裡的民間傳奇和神話，說那裡有些住在山裡和河邊的人可以變成動物和精靈。那些故事充滿了吸引力，即便我都可以看得出來。她們覺得她很棒，可是，你知道過了幾分鐘之後，我想到了什麼嗎？」

「什麼？」

「她要把她們拐走。她企圖要吸引她們，對她們下某種咒語。」

薩維往後朝著她走近一步。「安柏，我想——」

她舉起一隻手阻止他。「不，你聽我說，最後，我打開了電視。我。我從來都不鼓勵她們看電視的，但是，我無法再忍受，然後，她就開始說，對一個年輕女孩而言，被關進牢裡最糟糕的事就是失去生孩子的機會。她說，就算和你在一起，她也永遠無法有自己的孩子了。她告訴我，她在獄中發生了一個很糟的意外——我猜就是塔莉和丹告訴過我們的那件事，也就是她失去記憶的那個意外。她的身體受到了很嚴重的傷害，結果，她不得不切除子宮。她再也不能生小孩了。」

「我不關心這個問題，安，讓我說清楚，我不會為了梅根而離開艾拉的。」

他知道他不會的。無論她對他有什麼奇怪、扭曲的吸引力，安柏說得也許沒錯，那是一種魅力或者一種咒語。不過那並沒有差別。薩維愛他的妻子。

「你還不明白，是嗎？」安柏急著往下說。「她開始看著珍珠和露比，彷彿她就要把她們其中一個吃掉一樣，然後她說：『我永遠也不可能擁有像她們兩個這麼珍貴的東西，是嗎？』接著，就在我試著想出應該要說什麼的時候，她看著我，帶著十足的惡意和冷酷，她說：『所以，你得要把你的一個孩子給我。』」

在那一剎那之間，薩維不確定自己是不是聽錯了。

「什麼？」他在幾秒鐘之後說。「我的意思是，你不是說真的吧？」

「噢，她笑了，然後聲稱她是在開玩笑，但是，她絕對是認真的。那是我欠她的人情，薩維。我得要把我的一個孩子給她。」

36

週五早上快八點的時候，當他的火車駛進派丁頓之際，薩維收到從菲力克斯那支拋棄式手機發來的一則簡訊。

好消息。找到了！今晚在塔莉舊家見。在游泳池邊。8.30 p.m. 不要打給我，我沒辦法講電話。晚點見。

找到了。他一定是指那卷底片和那封簽名的認罪書，那份證據。薩維在他的聯絡人裡找到了菲力克斯，就在他要按下通話時，他記起菲力克斯叫他不要打給他。那麼試試安柏，她應該還在家，正在幫女兒們準備期中休假裡所計畫的活動。他很快地鍵入訊息。

你收到簡訊了？

一分鐘之後，她回覆了。

稍早之前收到了。塔莉也是。聽起來很不錯。不過最好不要交談。晚點見。

薩維收起電話。就這樣嗎？事情結束了嗎？

那天的時間過得極其緩慢，薩維回家的火車也誤點了。除此之外，牛津外圍的交通狀況比平常還要糟。天空的雲層在下午的時候散去，柏油路面上佈滿了閃閃發亮的水坑，拖緩了所有人行進的速度。

雨勢在他抵達塔莉莎舊家所在的村莊時終於減緩。她父母家那扇巨大的電子大門敞開，薩維在一股不祥的預感下，將車子駛進車道。自從那個夏天以後，他有二十年都沒有回到這裡了。即便塔莉莎也鮮少來此；她和她父母的關係鬧僵已經好多年了。

時間已經近乎晚上八點四十五分了。

這麼說，梅根終究還是把證據留在了這裡。這一整天裡，他絞盡腦汁想要弄清楚她是怎麼做到的，因為那天晚上，是他陪她走到車子旁邊，目送著她開車離去的。不過，不知怎麼地，她就是辦到了，而菲力克斯也搞懂了。當他把車停好、熄掉引擎時，薩維意識到自己有一種感覺，不完全是失望，更像是錯失機會的感覺。如果有人比較了解梅根的話，那也應該是他。除了梅根之外，他是這群人裡最聰明的。

不過，他會照顧她的，即便其他人不打算善待她。她可以擁有他在信託基金裡的那一份，他甚至可能可以找到更多基金，教她如何操作。他會確保她得到良好的照顧，只要她不再玩心理折磨的遊戲。

菲力克斯的簡訊說是在游泳池畔見面，然而，游泳池一片漆黑，落下的雨滴反彈在水面上，讓泳池看起來彷彿自有生命一般。不過，泳池小屋倒是亮的，薩維覺得自己可以看到窗戶裡有幾個剪影。在開門之前，他先輕輕敲了敲門。塔莉莎立刻前來應門。

「我們正在擔心，」她說。「每個人都到了，就連安柏也來了。」

薩維甩掉頭髮上的雨水，跟在塔莉莎後面進門。泳池小屋比薩維記憶中的要小，還有一股霉味和游泳池的化學藥劑味；那些竹椅因為老舊而裂損，椅墊也沾上了斑斑的污漬。他覺得自己來到這裡似乎是做錯了，那就好像回到一個他成年以後一直試著要逃避的地方。

菲力克斯在吧檯裡，這沒什麼好驚訝的，而丹尼爾站在撞球檯邊，手裡抓著一根球桿，彷彿在抓什麼武器一樣。安柏坐在一張安樂椅邊緣，雙手緊握。不過，她對他露出一絲笑容，那抹笑意讓她在那一剎那間似乎又變回了昔日的那個安柏。

薩維並不覺得自己打斷了他們的談話；菲力克斯在等他抵達之後才要公布那個好消息。難怪其他人看起來都很緊張。

「你父母呢？」薩維問塔莉莎。他們最不需要的就是看到年邁的資深大律師巴納比・史雷特突然闖入這裡。

「巴勒摩，」她告訴他。「他們喜歡在天氣變得太熱前去那裡。這裡只有我們。」

「來一杯嗎？」菲力克斯主動問。

薩維搖搖頭。「不用了。」他走到對面安柏所在之處坐下，不過，當他抬起頭時，所有人都在看著他。每個人看起來都很緊張，甚至不高興。

「抱歉，各位，」他說。「火車，然後堵車。」

屋外的雨聲似乎更大了。

「然後呢？」塔莉莎說。她站在門邊，好像在守衛入口處，儘管她說這幢房子裡只有他們。塔莉莎是在對他說話，而不是菲力克斯。四對眼睛依然緊緊盯在他身上。

「拜託，不要再搞懸疑了，」塔莉莎繼續說道。「我的意思是，我們都很理解你的謹慎，不過，我已經魂不守舍了一整天了。」

「東西在哪裡？」安柏問。

菲力克斯從吧檯邊離開。「不用管東西在哪裡，你確定你拿到了嗎？」他說。「我是說，一卷底片裡有可能是別的照片，這點我們都已經知道了。我們需要把底片沖印出來。」

薩維的目光滑過眼前一張又一張的臉孔；他們的表情依然一樣。「各位，」他說。「我不知道你們在說什麼。」

沒有人回應。

「薩維，這不好玩。」安柏聲音不穩定地說。「你為什麼要這樣？」

他錯過什麼了，什麼重要的事。

丹尼爾說：「她唆使你這麼做的嗎？」

薩維從他的口袋裡掏出手機。然後站起身，他找出菲力克斯發來的簡訊，隨即走向吧檯，遞出手機。

「這是今天早上稍早的時候收到的，」他說。「當我在火車上的時候。什麼好消息？你發現了什麼？還有，你們都在說什麼鬼話？」

菲力克斯顫抖地接過電話。幾秒鐘之後，他把手機還給薩維。「這不是我發的。」他說。他們在耍他。「你是什麼意思，你沒有發這則簡訊？這是你的手機發出來的，是你的號碼。」

塔莉莎從薩維手中搶走電話，讀著那則訊息。「該死。」她說。

「什麼？」安柏也站起來了，即便丹都放下了他的球桿。

塔莉莎把自己的手機遞給薩維。他看著螢幕上的訊息，那是一則來自他的簡訊：

好消息。找到了。今晚在塔莉舊家見。在游泳池邊。8.30 p.m. 不要打給我，我沒辦法講電話。晚點見。

那是菲力克斯發給他的簡訊，只不過這則是從他自己的手機發出來的，很顯然地，是發給了其他四個人。

「我們在今早六點四十五分的時候收到的，」塔莉莎說。「你要我們在這裡碰面。」

「不，」薩維搖搖頭。「不，我沒有。我以為是菲力克斯發的。」

「怎麼會這樣？」安柏問。

「梅根。」丹說。

安柏轉向他。「嗯，很明顯是梅根，可是，她是怎麼做到的？」

菲力克斯站直了身體。他是眾人中最高的，他可以越過他們的頭頂看出去，只見他的目光盯在了窗戶上。薩維發現其他人也和他自己一樣轉過了頭。屋外，游泳池的燈光已經亮了，在泳池的遠端，一個孤獨的身影就站在磁磚上，俯視著池水。

菲力克斯說：「我想，我們馬上就會知道了。」

37

菲力克斯率先走出屋外。他可能只是藉著酒膽而已，不過在眾人之中，他似乎是最有膽量的。塔莉莎和丹尼爾走在一起，緊張地對望著彼此。安柏落在後面，甚至還抓住了薩維的手，然後跟在其他三個人的後面。

「她嚇到我了。」她小聲地說。

梅根也嚇到薩維了。她沒有穿著雨天的裝備，那一身輕便的夏日服裝已經濕透了。她的長髮貼在她的頭皮上，一路延伸到她的後背。她揹了一只書包型的包包，包包的帶子橫跨在她的胸前，彷彿裝了什麼很貴重的東西一樣。

菲力克斯帶領著他們走向長方形泳池的另一頭。

「嗨，各位。」梅根抬頭望向天空，雨水順勢從她的臉龐往下流。「你們能相信嗎？這雨下得真掃興。」

「你想要幹嘛，梅根？」菲力克斯已經站穩在泳池的對面。其他人則聚集在他身後。

「我認為我們應該在這裡做個了結。」梅根得要提高嗓門，她的聲音才不至於被雨聲蓋過。「在一切開始的地方，也就是塔莉家的泳池畔。」

安柏捏了捏薩維的手。「她真的記得。我就知道她記得。」

照理說，安柏的低語在雨中應該傳送不到泳池對面，但是，不知道怎麼地，她的話還是被聽到了。

「我當然記得了，」梅根大聲地回答。「你們以為我會忘記你們對我所做的事嗎？會有一分一秒忘了嗎？你們可以打掉我半個頭骨，但是，我依然會記得的。」

薩維放下安柏的手。「小梅，我們進屋去吧。我們不能在這裡談。」有很短暫的一瞬間，他以為她會拒絕，以為她會繼續大聲喊叫，無論是否還在下雨，直到鄰居報警為止，不過，她的目光越過了他們的頭頂。

「泳池小屋，」她說。「好。那是我們把我們那個可恥的小計畫孵出來的地方。」

梅根是最後一個走進屋子裡的，她背對著門口。雨水從她的身上滴下來，在油氈地板上積成了一灘水。沒有人把燈打開。

梅根首先開口。「先解開你們的疑惑吧，今天一大早，我溜進到你家，薩維，用你的電話發簡訊給其他人。前幾天晚上我去你家的時候拿走了一把鑰匙，那把鑰匙我會留著的，如果你不介意的話。等我去上班的時候，趁著菲力克斯離開辦公室，我用了他的電話，沒錯，你們兩個現在都需要更改電話密碼了。」

菲力克斯靠在屋後的牆壁上。他看起來並不害怕，不像其他人那樣。他看起來很憤怒。「我再問一次，」他說。「你想要幹嘛？」

「菲力克斯，別這樣。」安柏蜷縮在那張舊沙發的邊緣。「別把事情弄得更糟。」

塔莉莎坐在梅根的正對面。丹尼爾則站在她後面，雙手放在椅背上。他也許想要讓自己看起來像是在保護她；不過，他也可能只是躲在塔莉後面而已。

「噢，我想事情不會更糟了。」菲力克斯的目光依舊盯著門邊的那個女人。「你想要什麼，梅根？」

「我想要什麼？」她說。「我想要和你們面對面，然後對你們說，你們這群懦弱、可悲又背信忘義的混蛋！」

薩維已經預料到了，這麼多年來，他也不斷地對自己說過同樣的話；即便如此，梅根那股猛烈的憤怒依然讓他感到難以招架。

菲力克斯似乎變成了他們的發言人，他說：「好吧，你現在已經發洩出來了，你要——」

梅根沒有讓菲力克斯繼續說下去。「噢，不，我還沒有說完。我給了你們我的一輩子。我為了你們放棄了一切，而我只要求你們，事實上，那也是我對你們說過的最後一句話，不要忘了我。」

梅根的聲音裡帶著顫抖；薩維慚愧地發現，那給了他希望。情緒和力量是相反的。

「我們沒有忘記你，小梅，一秒都沒有。」安柏說。

梅根轉向她，這個動作讓安柏縮進了她的椅子裡。「噢，真的嗎？因為在該死的二十年裡，你們沒有任何人打電話、寫信，或者來看過我。」她朝著丹冷笑，後者的視線只是緊盯在塔莉莎的後腦上。「你，你這個懦弱的混蛋——有整整四年的時間，你距離我不到一哩，而你卻沒有來過。而現在，當我終於出來了，你卻把我當成賤民一樣，彷彿我是什麼曾經企圖要和權貴家庭的小孩混在一起、假裝自己也是他們一分子的昔日舊識。」

「沒有人要求你做那件事，」菲力克斯提高了音量。「你自願的。」

梅根倒吸了一口氣，菲力克斯似乎以為自己壓過了她的氣焰。他甚至挑釁地朝她跨出一步。「你的高考考砸了，或者幾乎考砸了。你一敗塗地，梅根，所以，不要對我們抱怨說你錯失了你的大好未來。你根本沒有未來。」

「我可以重考的，你這個可悲的混帳，」梅根大吼。「我會失去一年的時間，最多了。然而，我失去了二十年。」她指著塔莉莎。「你，你應該要代表我的，你答應過你會讓你那個卑鄙的父親代表我，結果他卻做了什麼？他當了麥克．羅賓森二十年的律師。而你竟然完全沒有吭聲，有嗎？你以為我不會懷疑為什麼我在監獄裡的時候，發生在我身上的每一件事都那麼糟糕嗎？為什麼我不斷地被刁難、虐待和陷害？我知道某個大人物盯住了我的案子，而那只可能是你和那群被你稱之為家人的罪犯。」

塔莉莎張開嘴；但卻沒有發出任何聲音。

「你為什麼告訴我們你什麼都不記得了？」丹尼爾問，他試著讓自己的聲音聽起來很委屈。

「因為我想要看你們會怎麼做，」梅根告訴他。「我想要給你們一個好好表現的機會，讓你們把事情做對，即便你們不需要這麼做。」

薩維重重地嘆了一口氣。他應該早就要知道的；那是一個測試。他們全都沒有通過。

「小梅，事情不像你想的那麼糟，我保證，」安柏已經淚眼汪汪了。「很多年前，我們成立了一個信託基金。我們一直都在把錢存進這個基金裡。這是一筆鉅款。」

「是啊，是啊，我知道這個信託基金。」梅根不屑一顧地瞄了菲力克斯一眼。「你的資訊安全系統連一間托兒所的安全都保障不了。我上班的第一週就發現了這個基金，我用你的密碼進到了這個帳戶。」

「你可以擁有這個基金，全部，」菲力克斯說。「我們明天就可以把錢轉給你。」

梅根低下頭，好把包包的帶子繞過頭。「我已經拿到了，你這個白痴。今天一大早，我就用薩維的電腦把那筆錢全部轉進了我的戶頭。所以，謝啦，各位——這是一個開始。」

薩維不知道自己是不是就要吐了。她還做了什麼？她鬆開的那個包包裡裝了什麼？

「那你想要什麼？」菲力克斯重複道。

卸下包包的動作似乎讓梅根感到了疲憊。她往後靠在門上，半閉著眼睛，很快地吸了幾口氣。這讓薩維想起來，她應該病得不輕。

「首先，別再想要找那個證據，」在看似體力恢復之後，她說。「你們永遠也找不到的。噢，那提醒了我一件事，前幾天晚上是誰闖進了那個水塔？」她輪流看著他們。「安柏和丹不會有那個膽量。菲力克斯沒有清醒到可以爬上那道梯子。塔莉，也許。不，我賭是你，薩維。你是最有嫌疑的一個。」

她和他眼神相對，他知道她正在想那天晚上他還做了什麼。

「夠了。」菲力克斯高舉雙手，就像學校老師要求學生安靜一樣。「告訴我們你想要什麼，梅根，或者不說也可以。總之，我不要再聽任何的廢話。」

「閉上你的嘴，菲力克斯，還有，把這個打開。」梅根從她的背包裡拿出一只棕色的大信封遞給他。在那一瞬間，薩維以為那也許是他們一直在找尋的那個證據，他以為梅根就要把東西交出來了，不過，菲力克斯在抽出一份長達好幾頁的打字文件之後，他臉上的神情告訴薩維那不可能是證據。

「這是什麼鬼？」菲力克斯把東西遞向梅根。但她並沒有接過去。

「這是一份讓我成為你公司正式合夥人的法律文件。你需要讓你的律師看一看。也許塔莉可以幫你服務。我已經改變要她當我律師的想法了——你只管找她，不用客氣。」

薩維從來沒有在他的老朋友臉上看到過如此憤怒的表情。有一兩秒鐘的時間，他以為菲力克斯就要衝向梅根了。不過，菲力克斯控制住了自己，然後說：「你以為我會把我公司的一半給你？」

「百分之五十一。」梅根給了他一個扭曲的笑容。「我會是經營合夥人，因為這樣，我們就有機會挽救你的公司。如果讓你掌管公司的話，不出兩年就要倒閉了，菲力克斯。你喝酒已經喝到失控了，而你的現金流也出現了危機。我會讓你去對莎拉宣布這個好消息——她似乎真的不喜歡我。雖然，老實說，我不確定這段婚姻她還會維持多久。」

梅根結束了菲力克斯的部分。無視於他因為震驚而發白的臉色，她把注意力從他身上轉開，彷彿他已經不存在一樣，然後從她的袋子裡掏出另一個信封。當她轉向薩維時，他的胃都揪成了一團。

「說到夫妻不和這件事，」她說。「這是你的離婚文件。你需要在上面簽名，然後付諸行動。不要拖太久。」

薩維深深吸了一口氣。至少，他要還的這個人情並沒有讓他太意外。「我不會和我妻子離婚。梅根，」他說。「我很抱歉你所經歷的一切，你有權生氣，但是，我不會離婚的。」

他發現每個人在梅根走向他的時候都流露出緊張的神色。他可以聞到她頭髮上的雨水味，以及一股Coco Chanel的淡香。她走到他面前，距離近到她必須仰起頭才能和他四目相對。「那麼，在接下來幾天的某個時候，你會在半夜裡醒來，發現我坐在你的床尾，」她幾乎是在他耳邊低語。「我會告訴你老婆你所做的一切。然後，採取離婚行動的人就會是她了。」

當她把頭轉開，將注意力集中在別處時，一股鬆了一口氣的感覺讓薩維只想要坐下來。不過，他強迫自己站得挺直。丹尼爾是下一個，他也接到了一個棕色的信封。

「醫療表格，」梅根對著她面前臉色發白的男子說。「我需要這些表格在這個週末前填好，然後寄送到右上角的那個地址。你得要接受一個心理評估，我期待你可以通過那個評估。等到我體內有一顆可以正常運作的腎臟時，這個人情才算償還了。」

說著，梅根把一隻手放在她的下背上，然後往後靠了一下，彷彿是在強調她的重點，雖然這個動作看起來似乎只是下意識的行為。

「你瘋了。」丹尼爾低聲地說，不過，他無法直視她的眼睛。

梅根往後仰頭大笑。

「噢，高興點，你這個膽小鬼，」她嘲諷著丹尼爾。「只要你撐過手術，而且術後沒有感染的話，你就不會有事的。你幾乎不會注意到你失去了什麼。我會說，你的懲罰比其他人輕多了。」

安柏突來的動作驚擾了所有的人。她跳起來，半跑向門口。「我不要繼續待在這裡，」她大聲地說。「我不要聽這些。」

彷彿爬蟲類一樣地快速，梅根迅雷不及掩耳地抓住了她這個老朋友的外套袖口。「別這麼快，」她說。「沒有人可以離開。」

淚水流下了安柏的臉龐。「求你別這樣。」她哀求道。

「我想是露比吧，」梅根的臉上露出一絲冷笑，彷彿剛從一堆幼崽裡挑中了一隻小狗一樣。「她的年紀比較小，所以會比較容易適應。告訴她，她要和她的梅根阿姨住一陣子。她會很興奮的——她是真的喜歡我。一開始的時候，她可能會常常要求要回家，不過，孩子的適應能力都很強。她會習慣的。最終。我保證我會好好照顧她。」

薩維困難地嚥了嚥口水。他覺得噁心，即便這個精神錯亂的女人威脅著要搶走的孩子並不是他的。不出意料地，安柏看起來已經要暈倒了。

「梅根，你太離譜了，」他說。「你可以拿走那個信託基金，沒有人有異議。菲力克斯也會給你他公司的一些股份——閉嘴，菲力克斯——如果你真的要我離開艾拉，試著和你在一起的話，也沒問題。」他往前走近，同時企圖緩和自己的表情，甚至試著擠出笑容。他做不到，如果他有一把槍的話，他一定會對她開槍，不過，他讓自己繼續說話。「我們之間一直都有一種連結，」他說。「我承認，也許這行得通，誰知道呢。不過，丹尼爾不會給你他的腎臟，而安柏當然也不會讓你帶走她的一個孩子。你不能做這種要求。」

生效了。梅根對他露出了微笑。她甚至伸出手碰了他的手臂。然後，她的笑容彷彿融冰般地從她的臉上消失了。

「你沒有搞懂，是嗎？」她說。「我可以要求任何我想要的東西，因為你們都將面對失去一切。」她開始在小屋裡踱步，在說話的同時用她的手指指著他們。「丹，你在監獄裡熬不過五年——他們會把你生吞活剝的。失去一顆腎臟和這個比起來根本不算什麼。菲力克斯，等你被定罪時，你的公司會垮掉，你老婆和孩子也會身無分文。那個唯利是圖的賤女人當然會和你離婚，而你也將永遠見不到路克。薩維，一旦你老婆發現你所做的事，她會立刻離你而去，安柏，你比較喜歡哪一種作法？保住你的一個女兒，然後知道另一個被照顧得很好，還是在你的下半輩子裡，每個月只和她們兩人見面一個小時。」

她停下腳步，轉而對所有人說：「你們的期限到七月一日，也就是安柏派對的那天晚上。屆時，我要所有的事情都已經安排妥當。沒錯，我確實期待收到邀請。我和會薩維一起去的。」

「那我呢？」塔莉莎說。「我要償還的人情是什麼？」

梅根轉頭朝著塔莉莎笑笑，幾乎很驚訝地記起她的存在。「我很高興你開口問了，」她說。「安柏，坐下來，你還不能走。薩維，退後，你贏不了的。」

薩維帶著安柏回到她的座位。她崩潰在椅子裡，開始靜靜地啜泣。

梅根的情緒似乎轉變了。她坐在咖啡桌上，讓自己顯得比其他人都渺小，幾乎是一種脆弱的姿態。薩維並沒有上當；她策劃這件事已經很久了。他看著她往前傾靠，彷彿就要坦承什麼一樣。

「讓我問你們一件事，各位，」她說。「你們有人想過，二十年前，我為什麼在高考時搞砸了？究竟出了什麼問題，你們曾經有過一秒鐘的好奇嗎？」

「我們當然有，」薩維說。「不過，基於當時所發生的一切，我們就沒有把那件事列為首要討論的話題。」

梅根的眼神更冷了。「事實上，你們只關心事情會對你們造成什麼影響。你們對於我生活裡發生了什麼事一點興趣都沒有。」

「噢，拜託，梅根，我們當時都還是孩子，」塔莉莎厲聲道。「哪個十八歲的孩子不會只關心自己？你遇到什麼個人的問題讓你考試失常？那又不是什麼大不了的事。」

梅根的眼睛閃了一下。「個人的問題？我來告訴你那年的五月，就在第一次考試前的幾週，我發生了什麼事。我被我父親和他的四個同夥集體強暴了。你覺得這個個人問題怎麼樣？」

這個真相似乎在小屋裡迴盪。就連塔莉莎的臉色都發白了。「你在開玩笑吧。」她說。

梅根搖搖頭。「我簡短地告訴你們吧，」她說。「靠在別人肩膀上哭泣的時期早就已經過了。我從來沒有真正認識我父親。當他不在牢裡時，他對他自己的女兒也不感興趣。然而，天真到近乎白痴的我，很希望我的生活裡能有一個父親。我不斷地去接近他，希望他會對我表示關心。有一天晚上，我出現在那輛露營車裡，當時，他和他的同夥因為吸食古柯鹼而失去理智，然後，事情就失控了。」

「什麼時候？」塔莉莎問。「那是什麼時候的事？」

「你要一個日期嗎？五月七日。星期五晚上。我原本應該去舊消防局和你們碰面，但是我沒有出現。隔天，我告訴你們說我吐了一整晚。這個部分是真的。」

「我記得。」安柏說。

薩維也記得。那年，到了五月的時候，安柏已經開始讓他感到不耐煩，他發現自己不停地想起那些事——那件沒有結論的事——在威爾．馬克漢派對上發生的事。他開始養成一種習慣，習慣等著梅根出現，雖然他幾乎沒有意識到，但是每當她不在時，他總是會尋找著她的身影。

「你為什麼不去報警？」塔莉莎問。

「因為我自己也喝了酒。在事情發生之前，我在那裡和他們待了一個小時左右。我也吸食了一點古柯鹼，我以為我會被責怪，我以為別人會說是我自己造成的，說我是自願參與的。因為我父親，我自己的父親，居然讓那種事發生在我身上，甚至他也參與其中，那讓我感到很丟臉，因為我已經十八歲了，而人們在十八歲的時候都會做出荒唐的事。」

「你當時應該要告訴我們，」塔莉莎說。「我們就可以幫你。」

「你們會嗎？真的會嗎？因為我不記得你們任何人曾經關心過我。」

「那不是真的。」安柏說，不過，她說得並沒有說服力。

「小梅，我很遺憾，」菲力克斯說。「那真的很糟糕。但願我們當時知道這件事。」

在那一刻，梅根似乎被菲力克斯的話所感動；就連薩維也覺得那些話聽起來很真誠。然後，她振作了起來，把臉從他面前別開。

「好吧，接下來是你要做的事，塔莉。你得用你聲名狼藉的家人去對付我那不光彩的家人。去和前幾個星期幫你闖入我房間的那個傢伙聯繫，如果他不幹髒活的話，就去找其他人，然後讓我父親永遠消失在我的生命裡。」

塔莉莎驚恐地看著身邊的其他人。「你究竟在說什麼？」她問。

梅根站起身。「那是你欠我的，塔莉。你必須把我父親幹掉。」

38

他們看著他們的老朋友在雨中離開。在教堂的鐘敲響十下的時候，菲力克斯站起來，消失在了吧檯後面。幾分鐘之後，他帶著一瓶蘇格蘭威士忌和幾個玻璃杯又重新出現。當他倒了五大杯純威士忌時，沒有人出聲抱怨。

「有什麼建議嗎？」他問。

「我不會把露比給她的。」安柏搶在其他人開口之前先說。「就算我準備要那麼做，雖然我絕對不會的，戴斯特也不會同意。我可以把一切都告訴他，但他還是絕對不會放棄他任何一個女兒的。」

薩維留意到，他們五個人都分開來坐，彼此之間保持了一些距離，沒有人想要給其他人或者向其他人尋求安慰；彷彿他們都決定了，最終，他們將會獨自面對這件事。

「他會眼睜睜地看著你坐牢嗎？」丹尼爾問安柏。

「會的，我想他會。」安柏一個個看著他們，宛如在祈求他們。「我不能這麼做。我很抱歉，各位。即便你們都答應她，我也無法同意。」

薩維等著菲力克斯，也許塔莉，開口爭辯。但是他們兩人都沒有。

「那個賤人得不到我半個公司的。」菲力克斯大聲而清晰地發言，讓薩維差點就跳了起來，然後，他給了安柏一個冷酷的微笑。「別擔心，安柏。那不會發生的。」他環顧著眾人。「全部都不會的。」

「我們都急著想聽你的計畫。」過了一會兒之後，丹尼爾表示。

「是她自己對我們提出了這個要求。」菲力克斯已經喝光了他自己的那一杯，幾乎是帶著罪惡感地正在看著那瓶酒。「你們也都聽到了。」

「我不懂你的意思。」薩維說。

塔莉莎看著菲力克斯。「我聽懂了，」她說。「而且我同意。」

他們兩人的眼神交會了一秒鐘，一個未說出口的訊息在他們之間閃過，薩維感到某種細微又厭惡的感覺，彷彿蟲子一樣，悄悄地爬上了他的脊椎。

菲力克斯說：「梅根想要塔莉找人做掉她父親。在不同的情境下，我不會反對——那傢伙是個百分百的無恥之徒。不過，在目前的情況下，這麼做就浪費了。」

沒有人回應。塔莉的視線盯在地板上，安柏環顧著室內。丹尼爾注視著菲力克斯，彷彿他無法將自己的目光挪開一樣。

「可能嗎？」過了一兩分鐘之後，菲力克斯問塔莉莎。

「理論上，」她說。「那是可行的。很冒險。而且很貴。」

「我們有那筆信託基金，」菲力克斯說。「薩維，你覺得你可以把那筆基金拿回來嗎？」

薩維發出一個不置可否的咕噥。他不知道；那要看梅根把她轉帳的軌跡隱藏得多小心。而且坦白說，他不確定他們到底在說什麼。

「什麼東西會很貴？」安柏也不明白。

雖然，薩維感到某程度上，他知道他們在說什麼。他突然覺得不安，只想要衝進外面的大雨之中。

「雇用一個職業殺手，」塔莉莎回答，彷彿是在討論什麼聘雇合約一樣。「我會需要回家，找一些人談談。」

所謂的回家，塔莉莎指的是巴勒摩，她母親家族的所在地。果然，塔莉莎和菲力克斯正在盤算著雇用一個職業殺手。薩維等著有人——安柏、丹——任何一個人表示反對。

「你們真的要那麼做？」當沒有人開口時，薩維問道。「雇用一個人去殺梅根的父親？」

「你說對了一半。」菲力克斯說。

「我不明白，」薩維又說了一次，雖然，這回他知道他明白了。就連安柏臉上困惑的表情也不見了。

「我們雇用那個職業殺手，」菲力克斯說。「殺掉梅根。」

39

薩維已經站起身了。「你們瘋了。你們不能把我變成一個兇手。」

「我們都是兇手，薩維。」菲力克斯再也無法抗拒地伸手去拿那瓶蘇格蘭威士忌。「二十年前，我們的手上都沾了三個人的血。這只是多一個而已，為了救我們所有人的性命。」他打開瓶塞，不過卻在倒酒的時候停了下來。

薩維轉向安柏。「你不會贊成這麼做吧，安柏，你不是這樣的人。」

安柏看起來並不高興，她的聲音並沒有退讓。「她不能把我的任何一個孩子帶走，薩維。她越線了。」

「丹，你要加入嗎？」菲力克斯問。

丹尼爾把他的手指放在額頭中間，薩維以為他就要祈禱了。未料，他閉上眼睛，將手垂落在身邊，然後點了點頭。

酒瓶在菲力克斯放下來的時候發出了叮噹的聲音；他的酒杯依然是空的。「好，那麼我們就爭取時間，」他說。「距離七月一日還有一個月，我們也許可以再多要一點時間，如果必要的話。丹，你把那些表格寄出去。我們需要花好幾星期的時間才能搞定一切。如果需要的話，你可以捏造說你感冒了。反正，你只要避免躺在手術刀底下就好了，直到塔莉可以把她那邊的事情安排好。安柏，你告訴她說你同意了，但是她得等到夏天接近尾聲的時候。你和她可以開始一起在牛津找學校。重點是，要讓她以為你答應了。」

安柏在面色蒼白和顫抖之中點頭同意了。

「我也一樣，」菲力克斯繼續往下說。「假裝在計畫移轉股份，但實際上卻在拖緩速度。你最快什麼時候可以飛回家，塔莉？」

「我不相信我所聽到的。」薩維聽到自己的聲音大到不自然，即便在轟隆的雨聲中也可以聽清楚。「你們這些人到底有什麼毛病？」

「她讓我們別無選擇。」安柏說。

他們沒有任何一個人，包括安柏在內，可以直視著他的眼睛。

「而且，她對你提出的要求也沒有那麼糟。」丹尼爾半抬起頭，神情看起來既狡詐又不懷好意。

「噢，你認為是這樣嗎？」薩維走向門口。「不，我不會這麼做的。我不會參與任何殺人的計畫。在我那麼做之前，我會先去自首。」

「你不能幫我們其他人做這個決定。」丹尼爾說。

「等著看好了。」

「好吧，等一下。」以一個大塊頭來說，菲力克斯的動作依然很快，他在門口攔下了薩維，擋住他的去路。「你說得沒錯。我們太匆促了。」他看到了薩維的眼神，於是往後退開一步。

「讓我們再想想吧——不，忘了這個決定吧，我們這個週末先冷靜一下——幾天之後再談。好嗎，兄弟？」

菲力克斯往後退得更多，高舉雙手露出安撫的姿態。「我們星期一再說，接下來這整個週末，我們就保持冷靜。也許，我們可以說服梅根合理一點。安柏的孩子和丹的手術是我們的紅線，我說得對嗎？」他看了看其他人。

「還有雇用殺手的事。」薩維補充道。

菲力克斯突然變成了理性先生，彷彿薩維才是那個提出離譜要求的人。「對，也許我們可以說服她放棄那些要求，」他說。「我可以讓她成為我公司的股東。我不會給她百分之五十一，不過，我可以給她別的。也許，她可以到海外接受移植。而我們也可以說服她，讓她去報警處理她父親的事。塔莉，在這件事情上，你可以代表她吧，能嗎？真的，我的意思是，這次不會再搞她了。」

塔莉點點頭，她的眼神從菲力克斯轉向薩維。

「那樣可以嗎？」菲力克斯問薩維。「也許，她是在和我們討價還價，我們剛才聽到她所提出來的只是她的開場策略。我們可以還價。那應該行得通，不是嗎？」

「也許。」

菲力克斯拍了拍他的肩膀。「好吧，回去休息吧。我們幾天後再聊。」

薩維等不及要離開這個房間，離開他們，他大踏步地走入夜色裡，在雨中跑向他的車子。直到他把車開出車道，他才發現其他人都沒有離開泳池小屋。他們還在裡面，還在討論。討論關於梅根的事？還是討論他？

40

整個週末，薩維都覺得自己似乎失去了理性思考的能力。每一次他試著要維持思路時，那些思緒就從他的腦子裡溜走了，就像瀕臨在半睡半醒之間的最後幾分鐘那樣。他試著用紙筆把不同的行動計畫寫下來：他可以昧著良心，順從菲力克斯的計畫，然後告訴自己說，梅根的生活早在二十年前就結束了，他們只不過是在幫一隻受傷的動物從痛苦中永遠解脫；他可以說服梅根和他一起私奔，靠著那筆信託基金過日子，再也不要和其他人見面或聯絡；他可以支持其他人一起還價，希望梅根可以明白事理。隨著週末一分一秒地過去，各種不同的可能性也出現了，有些合理，有些則完全難以接受，不過，它們都有一個很大的破綻：羅賓森家。不管他現在做什麼，他奪走三條性命、而且從來沒有為此真正付出代價的事實都難以抹滅。

他依然看不出有什麼解決方法。他無法在沒有把其他人拖下水的情況下去自首。路克、露比和珍珠會在失去一個父母之下長大；馬克、戴斯特、莎拉和艾拉的生活都會受到嚴重的衝擊；他曾經以為可能出現在他未來生活裡的孩子也將會像一場被遺忘的夢一般地消失。時間一分一秒地過去，薩維發現自己正在盯著他妻子那張可愛的臉龐。他從來沒有看過她哭，他不確定她這輩子是否知道真正的不快樂是什麼。而現在，他即將摧毀她的幸福。

其他人信守了他們的承諾；沒有人和他聯絡。不過，他越來越多疑了。也許他們私下見面，卻沒有通知他。也許，他因為拒絕參與那個計畫，而讓自己被他們拋棄了。菲力克斯和塔莉莎是否真的已經決定要從巴勒摩雇用一名只需要一份報酬就可以解決兩個問題的殺手？另外，他是否也無須懷疑當他下次坐進他的車裡時，也許會發現煞車已經失靈了？

薩維開始檢查家裡的每一扇門是否鎖住了。當艾拉說下個月她要到冰島工作十天時，他欣然地同意了，以至於她看起來似乎有點受傷，不過，他知道，她在冰島會很安全。

週六的中午過後不久，一個純白色的信封被塞進了他家的門底下，上面寫著，薩維。信封裡有一張名片，是位於艾賓頓路的旅屋飯店，名片背後只寫了一個名字，梅根。那是什麼意思？她期待他去那裡找她嗎？

到了週日傍晚，他已經受不了了。前一個晚上他幾乎沒有睡覺，一整天也都沒有進食，更無法好好地安坐在椅子上。夠了。他不知道自己會對梅根說什麼，不過，他要把這件事做個了結。

路上的車輛很少，他沒有花太多時間就抵達了旅屋飯店。梅根的車子停在靠近出口的地方。櫃檯那名年輕男子打電話到梅根的房間，然後告訴薩維他需要到二樓的二十四號房，隨即解除安全門的門鎖讓他進去。薩維爬上樓梯，沿著走廊找到了二十四號房，然後敲了敲門。她把門打開，不發一語地往後退開，讓他進到房間裡。

梅根的濕髮光滑得彷如海豹的毛皮。她臉上沒有化妝。她的眼睛和嘴唇沒有他已經習慣看到的那麼令人驚豔。不過，她的皮膚更白皙了，並且散發著那種他妻子經常提起的光芒。她身上那件薄棉浴袍貼在了濕漉的皮膚上。她看起來似乎並沒有對他的出現感到驚訝。

「對不起。」他說。

梅根挑起眉毛，那對形狀完美的眉毛就如同她的髮色一樣深。

「二十年前，我們不應該讓你那麼做的，」薩維繼續說道。「我們應該一起承擔那個責任。」

除了眨眼之外，梅根絲毫沒有流露出有在聽他說話的樣子。

「我們應該要知道有什麼不對勁，應該要知道你發生了什麼可怕的事情，應該要知道你需要我們。我們是很糟糕的朋友。你的高考原本應該要考得很好的，小梅，你沒有考好是我們的錯。」

梅根的臉上出現了某種柔和的神情；那不是微笑，也許是回憶。「不，」她說。「至少那件事和你們沒有關係。」

「真正的朋友會對你不離不棄的，即便當你入獄的時候。我們應該要寫信給你、去探視你，讓你知道我們支持你，讓你知道我們永遠都支持你。」

「是啊，」她說。「如果那樣的話會很好。」

「而且，我們應該要歡迎你回來；一開始就把信託基金的事情告訴你；把你帶回我們的生活，盡我們所能地幫助你。但是，我們卻等到被迫了才這麼做，並且還附和法庭的判決，認定你原本就是有罪的，這種作法也許是二十年來我們所做過最糟糕的事。」

她的嘴角往下拉，她的頭從一側擺向另一側；她在假裝思考他的話。

「不過，事情就到此為止。梅根。」

她再度揚起眉毛。

「這件事就到這裡結束吧，」薩維往下說。「我不認同你所提出來的任何一個殘酷的要求，我想，其他人也一樣。我不會和我妻子離婚。我愛她。我花了很長一段時間才找到一個我愛的人，也許那是因為我對你所做的承諾，以及我對你的感覺，不過，我找到了她，我不會離開她。你和我永遠都不可能在一起。」

他看到她在嚥口水時繃緊了下巴；她的眼睛變得更亮了一點。

「我會在你脅迫我之前去自首，」他說。「反正，這整個週末，我都差點這麼做了。我甚至兩度穿好鞋子，準備到警察局去。」

「那你為什麼沒去？」她的聲音冷得像冰一樣；她不會仁慈以對的。

「我想，在我那麼做之前，我應該要先公平地提醒其他人，」他告訴她。「不過，我會去自首的，相信我。」

「看來，你終於把你的膽量找回來了。」她說。

他活該被她這麼說。

「再見，梅根，」他說。「我很抱歉。」

當他打開門跨進走廊時，梅根發出了一道他無法辨識的聲音，那是介於屏息和哭泣之間的聲音。他沒有回頭。

41

週一清晨，當他手機的鬧鐘在三點三十分響的時候，菲力克斯已經醒了。黑暗之中，他在浴室的鏡子裡瞥見一張看似年輕的臉。他粗糙的皮膚、鬆弛的下巴和嘴邊的線條都不見了，讓他眼前的這張臉回到了他記憶中青少年時期的模樣——只有一個地方很不一樣。他眼裡的那抹神采已經消失了。

現在，這是一張惡人的臉。那個結束三條性命、毀了其他六個人的莽撞行為是出於他的慫恿。某個夜晚，在返家的途中，他坐在他父親車裡的乘客座上，突然萌生了這樣的念頭，他想像著自己在高速駕駛中，朝著迎面而來的車子飛馳而去。那個想法從此在他的腦子裡揮之不去，他在他們一群人聊天時提起此事，一開始只是輕描淡寫，因此，其他人根本沒有意識到他在做什麼，不過，等到有一天他說，「來吧，就讓我們這麼做」的時候，他們都已經準備好了。

都是他的錯。

莎拉在他越過房間的時候並沒有翻動。她仰躺著，一束光線落在她的側臉上。他，一個邪惡的人，可以很輕易地就把一顆枕頭放在她的臉上，緊緊地壓住，直到她再也無法掙扎。也許，他甚至不會感到後悔。自從梅根回來以後，他對任何事都很難再有感覺；那就好像他體內那股被壓抑多年的邪惡，因為她的突然出現而被釋放了出來。莎拉的臉扭曲了一下，彷彿感覺到有危險靠近一般。

菲力克斯無聲地溜出房間。當然了，他並沒有要把他的妻子悶死。路克需要她，而且，他對莎拉也沒有什麼不滿。在梅根回來之前，他對莎拉一直有一種近乎親情的感覺。不是愛，當然不是；菲力克斯這輩子只愛過一個女人，而那個女人在很久以前就已經離他而去了。

他安靜地爬進莎拉的車裡；他妻子那輛黑色、幾乎無聲的電動BMW，比他自己的車更適合他這次的行動。在發動引擎之前，他檢查了一下他的手機，打開最近才安裝的一個app，沒有人知道關於這個app的事。

在發現梅根的照片把戲之後，他從網路上訂購了一個簡單的追蹤裝置，那種一般用來裝在狗身上的東西，然後，當他知道梅根在開會的時候，他借走了她的車鑰匙，把那個東西裝在了她的備胎下面。那就表示一星期七天，一天二十四小時，他都完全知道她在哪裡，而現在，她正在家中的被窩裡……事實上，她不在——她的車正在大約市中心一哩左右的艾賓頓路上。

那不重要，只要她不在他即將要去的地點附近就好。

他朝著高速公路而去，車子開到半路的時候，他的頭燈似乎照到了路邊一隻狐狸的眼睛，那隻動物嚇得退縮到灌木叢裡，彷彿本能般地躲開了他。當他接近回聲庭園的時候，也就是梅根的父親居住的那個建築舊貨場，他把車開到路邊，停在一座運動場的大門入口旁邊。時間是清晨三點五十八分；他還有時間改變主意。

他下了車，站在原地傾聽了一會兒，聽著一輛貨車朝著M40開去的聲音，以及一隻他無法辨認的動物哭聲，然後告訴自己不要再想了。如果他們在二十年前就這樣做的話，一切可能會大大地不同。他們可能會改變心意，開車回塔莉家，喝醉、昏睡，生命也會一如計畫地往前走。除了梅根之外。

菲力克斯已經想得夠多了；他不會改變心意的。

他從後車廂裡拿出一個小背包和一根老舊的棒球棍。然後戴上手套和滑雪面罩，沿著那條路小跑了四分之一哩路，直到他抵達梅根父親所居住的那個露營車外面。從塔莉莎之前告訴他們的訊息，他知道附近有一個樹樁可以讓他翻過圍籬。

圍籬和馬路之間的邊界已經模糊不清了。粗大的草叢高過一呎，他只能踩在糾纏不清的荊棘叢上。不過，他很高興有這些植物的存在；因為這樣他才可以隱身其中。

菲力克斯把那只小背包從肩膀上拉下來，翻找著背包裡的東西。他在亞馬遜網站上找到的那個哨子頻率高達四十千赫，基本上是人耳聽不到的，不過卻在狗輕易就可以聽到的範圍之內。他吹了一聲哨子，在他耳裡聽來，哨子發出了一道輕輕的噓聲，而他所得到的回應是來自露營車裡的一陣狗吠。

他再吹了一次。

那隻狗又叫了一次。在菲力克斯第三次吹響哨子之後，那陣狗吠聲變得更為瘋狂，那隻狗也開始刨著露營車的車門。就在他的胃因為緊張而絞成一團時，菲力克斯看到車門打開了，那隻狗隨即跳下車。一道男性的身影站在門口。

菲力克斯蹲下來，再次打開背包。他在背包裡找到了那個塑膠袋，塑膠袋在手指底下摸起來既冰冷又濕軟，他把袋子裡的東西倒出來，將一塊肉扔過圍籬。那塊肉直接就落在了那隻被綁住的德國牧羊犬前方。

「公爵，怎麼了？」梅根的父親叫道。

儘管中間隔著圍籬，但那隻狗的距離已經近到讓菲力克斯感到了緊張，牠發出一聲低沉的咆哮；不過，牠已經看到那塊肉了。

「公爵！」梅根的父親叫道。

那隻狗停在原地，在貪婪和責任之間掙扎，牠抬起眼看著菲力克斯，鼻子則保留在那塊六盎司的肋眼牛排之上。牠又咆哮了一聲；然後舔了舔牛排，菲力克斯立刻轉身爬走。他對動物心理學一竅不通，不過，他估計如果他離開現場，也許會讓那隻狗得到牠所需要的勝利感，進而向誘惑投降。他雙手雙膝趴在潮濕的地上，在幾呎外的路上等待著。一根蕁麻刺進了他的手腕。

梅根的父親再次呼叫著那隻狗。菲力克斯聽到牠奔跑的聲音，然後，露營車的車門就關上了。他站起身，看了看他的手錶。

那塊下了毒的肉需要十五到二十分鐘才會生效，那會是四點十五分左右的時候；菲力克斯從李．查德[18]所出版的每一本書裡得知，清晨四點是人類身體能量最低的時候，是睡意最濃的時

[18] 李．查德（Lee Child），一九五四年生於英國，是英國驚悚小說天王。

候。在四點鐘展開攻擊、入侵和伏擊並非沒有道理的。

在四點十六分的時候，菲力克斯爬過圍籬，翻落在院子裡。他丟下背包，不過，卻緊緊握住了那支球棍。地上已經沒有那塊牛排的蹤影了。

當他輕叩車門時，露營車裡什麼聲音也沒有。沒有反應——不管是狗還是人。菲力克斯轉動門把，當他發現車門沒鎖時，他完全不感到驚訝；梅根的父親以為在一道七呎高的圍籬屏障下，再加上有一隻大型狗睡在身邊，他肯定安全無虞。

那隻狗昏沉地躺在地板上；那個男人則睡在露營車另一頭的一張上下鋪上。菲力克斯跨過那隻狗。

「嘿。」他一邊確認自己有足夠的空間可以揮棒，一邊叫了一聲。然後，「嘿！」這次大聲了一點點。

梅根的父親直挺挺地坐起來。「他媽——」

菲力克斯沒有讓他說完。他很快地用力揮下球棒，球棒直接落在了男子的頭側。麥當納立刻向後倒去，菲力克斯緊接著再落下一擊。男子的口中發出一道介於咕噥和呻吟之間的聲音，隨即從床上半摔了下來。他用手臂抱住頭，不過，他並沒有做出其他動作來保護自己。

菲力克斯再一次往下揮出球棒，這回，球棒落在了男子的肩膀和他捏緊的手上，菲力克斯覺得自己聽到了骨頭折斷的聲音。麥當納蜷縮在車子的地板上，彷彿一個胎兒。菲力克斯氣喘吁吁地抓住他的T恤衣領，將他拖過地板，來到能讓他有更多空間的地方。他踢了他一下、兩下，然後朝著他覺得是腎臟的部分踢了第三下，當麥當納不再蜷縮時，菲力克斯又朝著他的臉揮了一棒。一陣令人不舒服的清脆聲告訴他那傢伙的鼻子斷了。

在離開露營車的時候，菲力克斯彎下腰看了看那隻狗。在假設那隻狗的重量大概是三十五公斤的情況下，他計算出能夠讓牠昏睡一個小時左右的K他命劑量。牠的胸口正在正常地上下起伏。他把車門撐開，如此一來，如果麥當納無法恢復意識的話，那隻狗也可以自行逃出去。他也許很邪惡；但他不是怪物。

「不用謝我，小梅。」在他朝著他的車走回去時，他在風中低聲地說道。

42

菲力克斯回到家，在沒有驚擾到莎拉之下爬回床上，出乎意料地，他睡了好幾個小時。他的鬧鐘在平常設定的時間響了，而他的妻子甚至得在鬧鐘響了很久之後叫醒他，當他抵達工廠的時候，他上班已經遲到了。

菲力克斯上樓走向他的辦公室，他已經有心理準備要和梅根面對面了，這是自上週五晚上之後，他們第一次碰面。他對她父親所做的事並沒有改變任何事情。痛扁麥當納是很反常的行為，和目前的情況完全不相干。傷害、甚至殺了梅根的父親，是他十八歲時早就應該要做的。這是他欠她的。

不過，那並不表示她就可以得到他半個公司。雖然，他對安柏的孩子或者丹的腎臟不具什麼強烈的感情，但他也不會讓她太過分。下一次，她的目標也許就是路克了。不，梅根的問題並沒有消失，對於他和其他人應該如何處理這個問題，他也沒有改變他的想法。他拉開通往主辦公廳的門，準備要面對她。

她不在她的座位上。

他沿著辦公廳往前走，朝著和他眼神相對的人點了點頭，也對那些向他道早安的人做出回應。只是，一如往常地，他大部分的員工並沒有和他互動。

「梅根還沒來？」他來到她的座位，他可以看出今天早上沒有人在這裡工作過的跡象。

「她請了一星期的假。」他的人事部主任匆匆地瞄了他一眼。

「從什麼時候開始的？」

那個女人的表情瞬間變得很有戒心。老天，他連一個簡單的問題都不能問了嗎？

「從她把表格填好，放在我的桌上開始，」她告訴菲力克斯。「我簽過了。她說，她會和你說清楚。有什麼問題嗎？」

「不，當然沒有。」他繼續往前走。「她可能告訴過我，但我忘了。」

當然了，那是個該死的問題——菲力克斯打開他自己辦公室的門——而她當然沒有告訴他。

他拿出他的手機，打開那個追蹤的app。她，或她的車，依然在艾賓頓路上。

他正要發簡訊給其他人，不過卻在第一個名字顯示在螢幕上時停了下來。塔莉莎曾經不止一次警告過他們，不要在簡訊裡提起和梅根有關的事情，即便是用那支拋棄式手機也不行。塔莉有時候是一個自以為是的蠢婆娘，不過，關於這點，她是對的。

菲力克斯陷入他的椅子裡，腦子裡萌生出另一個念頭。警察。梅根有可能改變心意。她現在甚至可能和警察在一起。只不過，她不需要為了去找警察而休假——有什麼意義？不，她可能沒有和警察在一起。即便如此……

菲力克斯感到一陣恐慌在心裡燃起，他拿起了那支綠色殼子的手機。塔莉莎一定不會有空，因為塔莉莎永遠都沒空，而他也不打算浪費時間打給安柏。他留了一個訊息給塔莉，然後試著打到學校給丹。

「我沒有太多時間，」他的朋友在接起電話時說。「再過十分鐘我就要教課了。」

這傢伙以為他打電話來是為了安排一場壁球賽嗎？「梅根不見了。」他說。「她請了一個星期的假。你知道這件事嗎？」

電話那頭短暫地停了一下。然後，「不知道。她有告訴任何人她要去哪裡嗎？」

「辦公室裡沒有人知道任何事。」

就在菲力克斯打算告訴丹有關跟蹤裝置的事情時，他猶豫了。坦白說，他不確定這個團體裡他還可以相信誰。藉由那個跟蹤的app，他已經知道梅根上週去薩維家的事，也知道她在那裡過夜，但是，薩維在這件事情上可曾坦白？不，他一定沒有。那是另一個讓他不確定自己是否應該相信薩維的原因。

丹說：「她要幹嘛？」

「那正是我問我自己的問題。你知道她現在住在哪裡嗎？有人應該要去她原本的雅房看一下，看看她是否還在那裡。」

所謂的有人，他指的當然是丹；他是距離最近的。

丹說：「我可以在午餐的時候過去。」

早點去會比較好，然而，菲力克斯必須接受一個學校的校長不可能隨便就離開校區的事實。

「盡快吧，」他說。「這是新的狀況。而她籌劃這個已經有一陣子了。」

43

梅根沒有在那間雅房。在按過一戶又一戶的公共對講機之後，丹尼爾終於找到一個聽起來上了年紀的男子願意和他說話。那傢伙不知道梅根的名字，不過確實提到那個住在七號房的女殺人犯。

「她已經走了，」透過沙沙作響的對講機，丹可以聽到他說的話。「沒有人希望她住在這裡。」

在不吭一聲之下休假，而且也搬離了她的雅房？老天爺，如果梅根打算進一步讓他們焦急的話，他真的得要告訴她沒有這個必要。

「你沒事吧，老師？」

丹尼爾在不知不覺下回到了學校，在腳踏車停放架旁邊，兩名三年級的男孩看著他，臉上的表情混合了關切和興奮。他已經把外套脫掉了，在校方宣布夏天已到之前，校區裡是禁止脫掉外套的，而他甚至連領帶都扯鬆了，並且一路都低頭看著柏油路。他得要振作起來。

丹尼爾開玩笑說自己需要健身，隨即匆匆跑上樓，打了電話給塔莉莎。她正要出門去和一個客戶一起午餐。「我正要打給你，」她聽起來上氣不接下氣的。「你聽說了嗎？」

他可以聽到她的高跟鞋踩在走廊磁磚上的聲音。「聽說什麼？」他問。

「等一下。」

背景傳來關門的聲音。

「BBC在一個小時前報導說，」塔莉莎繼續說。「警察正在M40七號出口旁的一個舊貨場。一名年約六十歲的男子被打得很嚴重，而且陷入了昏迷。那隻狗一大早就狂吠到像在拉警報一樣。那一定是梅根的父親。」

丹尼爾再也站不住了，他跌坐在辦公桌後面的椅子裡。梅根不見了，現在又是這個消息。

「那可以解釋她為什麼沒有去上班的原因。」他緩緩地說，試著要在自己的腦子裡弄清楚。

「她有可能在醫院。」

塔莉莎說：「你說她沒有去上班是什麼意思？你和菲力克斯聯絡過了？」

即便沒有穿外套，丹尼爾還是覺得渾身發熱。他閉上眼睛，深深地吸了一口氣。「梅根沒有告訴他就請了一個星期的假。她也不住在那間舊雜房了。」

塔莉莎沒有立刻回覆，丹尼爾覺得彷彿自己只要睜開眼睛，就可以看到世界的邊緣正在融化。

「她和警察在一起的可能性也許還大過在醫院的可能性。」塔莉莎說。

他再度睜開眼睛；世界還是原本的那個世界。「你認為梅根痛揍了她父親？」說著，他的腦海裡浮現出梅根揮舞著一根沾血短棍的駭人畫面。

過了一會兒，塔莉莎才說：「不盡然。如果她打算自己動手的話，幹嘛要求我除掉他？而且，我之前看到他的時候，梅根的父親看起來好像可以照顧得了他自己。」

相反地，一陣強風就可以把梅根吹跑了。「那是誰？」他問。「這似乎有點巧合。」

「噢，我不會說這是巧合。我是說我不認為那是梅根幹的。」

「那會是誰？」丹重複了一次。

電話那頭沉默了一會兒，然後，「你不會說出去的，對嗎？」

「當然。」

電話那頭又短暫地停了一下，然後，塔莉莎說：「我想是薩維。」

44

他無法工作。他覺得自己再也無法主持一場會議，更遑論站在二十個預科生面前，他們其中有些人的希臘文和拉丁文說得比他還好。丹尼爾刪除掉下午原本的行程，再度跳上他的腳踏車，騎往薩維家。當他抵達的時候，他渾身都已經汗濕了，他的心臟也出現了奇怪的反應。雖然這趟短短的騎乘讓他筋疲力盡，不過，他的心跳卻不能用急遽來形容，而是幾乎像在他的胸口跳舞一樣。他的心臟會用力地加速跳動，然後，宛如沙灘上的魚一樣，再也無力拍動，直到停止。如果這場危機會結束的話，他絕對需要去檢查他的心臟了。

他一邊等待著有人前來應門——他已經看到薩維的BMW就停在前面的路上——一邊在想，心臟有狀況是否可以讓他變成不符合資格的器官捐贈者。天哪，他居然淪落到這種地步，覺得擁有一顆脆弱的心臟對他而言反而是個好消息。他掏出一條手帕，拭去臉上的汗水；不過，汗水立刻又冒了出來。

來開門的是艾拉，薩維的妻子。每次見到艾拉本人，丹尼爾都看不出她有什麼特別的魅力：有稜有角的顴骨、大到像是卡通人物的眼睛，以及男女不分的髮型，全都對他毫無吸引力。至於她的身材，只要她穿上暴露的衣服，他就幾乎覺得自己好像又回到了解剖學的課堂上。不過，她在雜誌和網路上的那些照片卻是那麼地令人驚豔。

那天，她的頭髮露出了一公分的黑色髮根，他也可以看到她臉頰上冒出了兩顆痘子。她穿著一件寬鬆的長袖襯衫和一件黑色的緊身褲，展露出九歲大的女孩才可能會有的腿和臀部。

「抱歉，沒有事先通知就跑來了。薩維在嗎？」

他知道艾拉喜歡他。大部分的女人都喜歡他。塔莉莎有一次曾經告訴他，那是因為她們以為他是同志。

「他完全變了一個人。」艾拉一邊說，一邊帶著他進屋。「他堅稱說他沒有生病，可是，他以前從來沒有不去上班過。你要來杯咖啡嗎？」

咖啡是丹尼爾最不需要的東西，不過，他感覺到艾拉想找人聊聊。

「他收到什麼壞消息嗎？」他小聲地說；薩維就在屋裡的某個地方。

「他沒有告訴我有什麼壞消息。但是，他一直在講電話。他接到一堆人打來的電話，他的律師、財務顧問，可是，他不肯告訴我是怎麼回事。我想，他在調度資金。還有……」

她爬上工作台，彷彿一隻敏捷的猴子一樣。只見她從最上層的櫃子裡拿出一個罐子，露出裡面一卷卷的現金。

「這裡面有將近一千英鎊。」她在說話的同時，一直緊張地瞄著樓梯。「我想，他遇到了財務上的問題，而他不敢告訴我。丹，萬一他被解雇了呢？」

丹又汗流浹背了。「好，他在哪裡？我看看我能發現什麼。」

「他什麼也不告訴我；我已經放棄問他了，因為我只會讓他的壓力更大。還有一件事。他把冰箱都清空了。」

他在門口轉過身。「他什麼？」

「所有的肉、雞和魚；所有他吃、但我不吃的食物。我發現它們全都被扔在外面的垃圾桶裡。那就好像他打算離開我一樣。」

此時，淚水已經簌簌地流下了艾拉的臉龐。丹尼爾伸出手，把一隻手放在她的肩膀上。這是讓他感到自在、又最接近擁抱的動作了。

「薩維很愛你，」他如實地告訴她。「我相信你弄錯了，」他說。「讓我去和他談談。」

艾拉焦慮地看著丹尼爾爬上樓梯。他一上樓，薩維就迎上前來。「怎麼了？」他說。

薩維看起來很糟糕，好像幾天都沒有刮鬍子了，他的T恤前面和腋下也都出現了汗漬。他穿了一件及膝的寬鬆運動褲，還赤裸著雙腳。

「我會說，這是我更想問你的問題。」丹尼爾跟著他走進一間小客廳。艾拉把這裡叫做包間，這是她窩著喝薄荷茶和看連續劇的地方。

「我整個週末都感到很糟糕。完全不想去上班。」薩維跌坐在一張扶手椅上。丹尼爾聞到一股沒有洗澡的男性體味，那讓他想起預科生的男生更衣室。

「艾拉很擔心你，」他說。「怎麼了，兄弟？」

「把身邊的東西整理好沒有什麼壞處。」薩維眼神冰冷地說，不過，至少，他沒有假裝他不知道丹所指為何。「好吧，你想要什麼，丹？塔莉又派你來幹嘛了嗎？」

丹帶著一股越來越大的不安坐了下來。「是關於我們共同的朋友。」他說。

「還有呢？我們不能在這裡談這件事。我妻子會偷聽。」

丹從來沒有聽過薩維批評艾拉。他再度站起來，走到樓梯口。過了一會兒之後，他又回來了。「她在廚房講電話。」他告訴薩維，後者已經把頭往後靠，還閉上了眼睛。「梅根走了。你知道她在哪裡嗎？」

那雙深藍色的眼睛立刻睜開來。「她去哪裡了？」

丹尼爾暗自在想，薩維可能喝醉了。雖然他聞不到酒精或者什麼走味的味道，不過，這傢伙不是他所認識的薩維。

丹尼爾說：「我不知道，所以我才問你。她請了一星期的假，不過卻沒有告訴菲力克斯，然後就不見了。我以為她可能有對你說過什麼話，看看你們兩個是不是可以結婚。」

話才出口，丹就覺得自己太過分了，只見薩維站起身，離開了房間，還在出去的時候笨拙地撞到了門框。幾秒鐘之後，他又回來了，一隻手裡拿著他的皮夾，另一隻手則抓著一張名片。

丹看了看那張名片。「旅屋飯店。」他唸出來。「在艾賓頓路的那家。她什麼時候搬到那裡的？」

「不知道，」薩維回答。「星期六那天，她把名片從門底下塞進來。還好艾拉沒有打開那個信封，我真是他媽的夠幸運。」

「這麼說，她還在那裡？」

薩維垂下目光。「我怎麼會知道？」

「我覺得我們應該去看看。你可以開車嗎？」

薩維抬起頭。「然後呢？我們要對她說什麼？她有權休假。」

他得要告訴他。沒有其他辦法了。「兄弟，還有一件事，」他說。「如果你還不知道的話。」

薩維瞇起眼睛。「什麼？」他說。

「梅根的父親出事了，」丹告訴他，同時在想，仔細觀察他，看看他的眼睛是否在閃爍。

「什麼？」薩維又說了一遍。

「他今天清晨遭到了攻擊。被打得很慘。」

薩維的眼神依舊很穩定。「在哪裡？牛津？」

「在他的露營車裡。有人闖進去了。」

薩維的臉先是出現困惑，然後是震驚。「媽的。」

「沒錯。」丹尼爾從他的眼裡看不出任何東西，薩維完全和他一樣驚訝。「本地的新聞一整個早上都在報導這件事，」他說。「我很驚訝你竟然還不知道。」

薩維完全僵直在原地；他似乎連眼睛都不再眨動了。

「我自己不太看新聞的，」丹尼爾承認道。「是塔莉莎告訴我的。」

薩維把頭垂進雙手裡。當他再度開口時，他的聲音很模糊。「那個魯莽又不負責任的婆娘。她是怎麼做到的，居然這麼快就安排好動手了？」

好吧，這已經跳脫劇本了。

「你認為是塔莉幹的？」丹試著問他。「我的意思是，她叫別人去做的？」

薩維猛然抬起頭面對著他；他的雙手緊緊地握成了拳頭。「那還用說，當然是她。她太輕率了。」

「我不知道——」丹尼爾正要說。

「她讓梅根在監獄裡被人攻擊，拜託，她密謀讓梅根的刑期變成了兩倍。她是一個邪惡的婊子，丹，而且，如果必要的話，她會把我們全都犧牲掉。」

「她認為是你幹的。」

薩維的臉不敢置信地扭成了一團。

丹尼爾抱住自己。「她是那樣說的，她認為是你幹的。她覺得那是你救難英雄的演出。」

薩維朝著他冷笑。「她在胡扯。」

他說得沒錯。

薩維闖入那個舊貨場，把梅根的父親打到變成一團肉泥？丹從來都不認為薩維具有暴力傾向。菲力克斯，呃，那就不一樣了，在幾杯黃湯下肚之後，你就得要提防菲力克斯了，即便當他們還是青少年的時候，不過，薩維絕對不是這樣的人。

「為什麼？」丹尼爾說。「塔莉為什麼要那麼做？我們已經同意要放慢步驟，好拖延梅根的要求，和她討價還價。」

「是啊，那是我還在泳池小屋裡的決定。誰知道我離開之後，你們又達成了什麼共識。也許你們決定梅根的父親應該要被痛打一頓，這樣，你們就可以告訴梅根說那是頭期款，她其餘的要求之後會再兌現給她。」

丹尼爾重重地嘆了一口氣。薩維太會說謊了；不過，塔莉也是。他真的毫無頭緒。更糟糕的是，幾天之前，這個團體之間的團結還能讓他願意賭上一切，但是現在，他們卻已經在分崩離析了。

而沒有了這個團體，他還擁有什麼？什麼也沒有。

「如果能確定知道梅根在哪裡的話會很好，」他最終說道。「即便我們不和她說話。如果我們要和她交談的話，我們可以告訴她關於她父親的事。」

「我去穿鞋。」薩維彷彿很費力地站起身，然後走向門口。

「老兄，」丹尼爾從他身後叫道。「你先洗個澡吧。」

他們花了三十幾分鐘，才開車抵達位於艾賓頓路的那間旅屋飯店，一路上，丹尼爾花了絕大部分的時間在決定他認為梅根父親遇襲的幕後主使者是誰。以及薩維究竟想要做什麼。

週五晚上，當梅根和薩維雙雙離開游泳池之後，其他人開始懷疑他們兩人之間可能有什麼往來，對此，丹尼爾一點都不驚訝。

「他向來都喜歡梅根，」安柏那天曾經說道。「我可以感覺得出來，而她顯然也對他有同樣的感覺。」

薩維知道梅根住在哪裡——他們兩人現在串通在一起了嗎？薩維計畫要離開艾拉，轉而和梅根私奔嗎？

旅屋飯店外面的停車場大約有四分之一停滿了車。

「梅根的車。」丹尼爾指著一輛藍色的掀背車說道。「她在這裡。我們要說什麼？」在他和薩維走向櫃檯的時候，他開口問道。

「好問題。」薩維回答。「我們不能想到什麼就說什麼。」

看著薩維拉開通向旅屋飯店的那扇門，丹尼爾發現自己犯了一個大錯。薩維已經不再理性思考了。他們兩人完全沒有計畫，而事情原本就已經很糟了，現在有可能就更糟了。

櫃檯後面的那名女子抬起頭，露出一個微笑。

「我們來找你們的一位住客，」薩維表示。「梅根・麥當納。你可以打電話到她的房間嗎？」

在稍微梳洗過之後，薩維又回到了他原本英俊的模樣，只見那名櫃檯人員臉上的笑容更燦爛了。

「當然可以，先生。請稍等。」

語畢，櫃檯人員拾起電話。「我應該要說是誰找她？」幾秒鐘之後，她問道。

「薩維。」他們兩人又交換了一絲微笑。丹尼爾讓自己走到窗邊等著。這是一個大錯。他拿起他的手機；他得要打電話給塔莉，甚至菲力克斯。這不是什麼他自己一個人可以處理得來的事。

「沒有人接電話，」那名櫃檯說。「你有她的手機號碼嗎？」

薩維轉向丹尼爾。「我們有她的手機號碼嗎？」

當然有，他們都有梅根的號碼。薩維不是在問他這個，他是在問他們是不是應該要打她的手機。不，他們當然不應該；在丹看起來，他們來此實在是太愚蠢了，甚至可能很危險。

薩維沒等他回覆就自行做出了決定，他拿出自己的手機，撥出一個號碼，應該是梅根的號碼。他把手機舉起來，好讓丹尼爾可以聽到電話的聲響。電話轉到了語音信箱。

那名櫃檯已經把電話放下來了。「你要留言嗎？」她說。

「她的車就在停車場裡，」薩維說。「那輛藍色的Nissan。她沒接電話讓我有點擔心。你能派人到她房間去嗎？」

「我現在沒有人手，不過，我可以讓清潔人員在結束他們的工作之後過去看看。如果有任何問題的話，他們會注意到的。」

他們只能做到這樣了。薩維向那個女孩致謝，然後和丹尼爾一起離開了飯店。當薩維走向自己的車子時，丹尼爾卻大步走向梅根的車子。他不太確定自己要找什麼或者有什麼計畫。也許在她的擋風玻璃雨刷下留張紙條？

那輛藍色的Nissan小車一點都不起眼：乾淨，車裡十分地整齊，完全沒有車主的痕跡。丹尼爾用手遮住陽光，窺視著陰暗的車內，然後再抬頭回看著旅屋飯店。他不知道梅根的房間是哪一間，不過，他覺得她的目光正在看著他。她在那裡，不在醫院，也沒有在協助警察調查，而是在那裡，就在幾碼之外。他掃視著那片房間的窗戶，尋找著一對眼睛。

薩維的叫聲傳來，「你要搭便車回學校嗎？」

薩維看起來已經準備要離開了，走路回去實在太遠了。丹尼爾上了車，他們隨即駛離停車場，開上艾賓頓路。薩維的下巴緊繃，不發一語，彷彿一座自動駕駛儀一樣。

「現在怎麼辦？」當空氣中的沉默逐漸讓他感到不自在時，丹開口問。「我們要聯絡醫院，看看他的情況怎麼樣嗎？」

薩維的眼光依然注視著馬路。「你在乎嗎？」

丹尼爾想了一下。「不在乎。」蓋瑞．麥當納的身體狀況是他最不擔心的問題。

他們在學校大門停了下來。薩維沉默地坐在駕駛座上，看都沒有往他看過來，只是等著他自己下車。

「薩維，」丹尼爾說。「你打算怎麼做？」

他的朋友完全沒有看他。「做我該做的。我建議你也這麼做。」

45

「安柏？安柏，是你嗎？我得說……我的意思是……我的收件箱今天傍晚收到了一個很令人失望的消息。」

安柏加速行駛在A34號公路上，車子的音箱傳出一道獨特的低沉嗓音。

「我也很難過，」她說。「不過，我想那是最好的作法。」

「可是，可是，我是說，你表現得那麼好。你是在職媽媽在下議院的典範，就像——那個詞怎麼說來著——海報女郎一樣。」

「你知道海報女郎這種說法是很討人厭的性別歧視，不是嗎？」

不過，她還是很高興聽到這句話。她向來都以自己的表現為榮。

「哎，真煩人，我很失望。我不介意告訴你，我是說，我通常不會公開說這樣的話——而且這也不會公開，一百萬年之內都不會——事實上，我們看好你在下次改組的時候出任重要的職位。」

她當然知道；半個英國國會都知道這點。她想要當教育大臣，如果不行，環境大臣也可以。

「我很感激。不過，事實上，接下來的幾星期裡，我可能會遇到一些問題。私人問題。而我真的不想讓政府難堪。我最好現在就辭職。」

電話那頭維持了三秒鐘的沉默。「我明白了。嗯，如果是這樣的話……嗯，也許你是對的。我相信你的判斷，安柏。祝你好運。也謝謝你長期以來所做的一切。」

「那是我的榮幸，首相。」

通話結束了，她的職業生涯也結束了。就算她保留了她的席位，她也永遠不會再有勇氣從下議院攀向大臣級的職位了。安柏感到一陣想哭的感覺。她十六歲以後一直想要兩樣東西：當上首相，還有和薩維結婚。而梅根把這兩樣從她手裡都偷走了。

她開下A34，沿著格斯陶路開了一小段，來到鱒魚酒館，當她抵達的時候，塔莉莎也正從她自己的車裡下來。停車場已經停滿了車輛，這家河流上的酒館，花園裡也擠滿了正在享受傍晚陽光的人們。

塔莉莎加入安柏的行列，不過並沒有和她打招呼，甚至連笑都沒有笑一下。從最近這幾週的某個時候開始，她們已經不再是朋友了。

「我說我們會在修道院碰面。」塔莉莎朝著橋和碼頭綠地走去。

不；她從很久以前就不再和塔莉莎當朋友了。

安柏跟在塔莉莎後面，避免讓自己面對到酒吧露天平台上的群眾；這裡絕對不是一個在溫暖的傍晚相約見面的好所在。她越過河壩，攪動的河水在陽光底下閃爍著銀色的光芒，接著，她又行經河流可以航行的部分。幾艘船繫泊在河岸上，烤肉的味道四散在空氣裡。她可以聽到遠處孩子們的尖叫聲。碼頭綠地向來都像磁鐵般吸引著牛津的家庭。

在河岸對面，她們——塔莉莎已經讓安柏迎頭趕上來——往下跳到牽引船隻的小路。從那裡開始，她們得走上一小段路，穿越遠古時候的牧場，才能抵達格斯陶修道院的遺址。

在十二世紀時，這裡曾經是亨利二世的情婦羅莎門德·克利佛德的家，不過，這座修道院現在只剩下一圈石牆和教堂的空殼。她們走向曾經是修道院入口大門的地方。菲力克斯的身高和金髮讓他在傾頹的修道院裡很容易就被注意到，不過，現場卻沒有薩維或丹尼爾的蹤影。

「該死。」塔莉莎低聲說了一句，不過，當安柏疑惑地看著她時，她卻搖了搖頭。

「薩維來了。」菲力克斯在她們走近時看著她們的後方。

在她們身後一百碼的薩維看起來糟透了：他沒有刮鬍子，穿著一身明顯需要清洗的衣服。

「我以為你可能會帶丹一起來。」當薩維走得夠近時，菲力克斯對他說道。

薩維搖搖頭。「我找不到他。」

塔莉莎抿著嘴唇，重重地嘆了一聲。

「有什麼關於梅根她爸爸的消息嗎？」菲力克斯分別地看著他們。

「他會活下來的。」塔莉莎回答。

「這裡有人要對這件事說點什麼嗎？」安柏留意到，薩維在說話的同時，目光一直盯在塔莉莎身上。

「問得好。」塔莉迎向他的目光。

「怎麼回事？」安柏問。

「塔莉認為我打了梅根的父親，」薩維回答。「我認為是她幹的。」

「有什麼我不知道的嗎？」安柏轉向菲力克斯，後者只是聳了聳肩。

「各位，我不在乎是誰揍了梅根的老爸，」菲力克斯說。「那傢伙是個人渣，也許還涉入各種我們不知道的事，所以，任何人都有可能痛打他一頓。如果他的情況惡化的話，對我來說只是少了一個問題而已。好了，塔莉，你要見我們是為了什麼事？」

他們站在一片草地中央，四周被中世紀的石牆所圍繞，讓他們顯得十分醒目。安柏想要建議他們換到一張長凳旁邊，或者沿著河岸上的小徑走走，只要可以盡量不引人注意就好，不過，他們還沒有完全到齊。「我們不應該等丹嗎？」她問。「他真的會來嗎？」

「好吧，我要開始說了。」塔莉莎無視於安柏的問題。「首先，梅根還在這一帶。有人看到她在約翰．雷德克里夫醫院，就在她爸爸的病房裡。」

「你確定嗎？」薩維問。

「除非麥當納還有別的女兒。那個女護士告訴我說，他女兒曾經去看過他一次。她沒有待太久。」

安柏說：「所以，她只是在躲我們。我們也不能完全怪她。」

「我想，她可能在跟蹤艾拉，」薩維說。「前幾天，艾拉回家時說了一件她在市場發生的蠢事。她說，她在一個全天然食品的攤位排隊，輪到她的時候。那個她還算認識的攤販老闆問她，她姊姊是不是要和我們長住一段時間。他說，有一個女人在艾拉排隊時站在她旁邊，那個女人看起來和她一模一樣，只是年紀比她大一些。他們環顧四周，不過，不管那個女人是誰都已經不見了。」

「然後呢？」菲力克斯露出困惑的表情。

「艾拉看起來就像梅根年輕的時候，」薩維說。「我自己也沒有發現到，直到——呃，直到最近，不過，她真的很像。」

「老兄，你壓力太大了。」菲力克斯說。

「不，他說得沒錯，」安柏打岔。「當你們兩人認識的時候，我就發現了。說實在的，那讓我起了一身雞皮疙瘩。」

薩維驚訝地轉向安柏。「你從來都沒有提過。」

「說了有什麼意義？你當時那麼快樂——我幹嘛要冒險去破壞你的感覺？不過，如果梅根出現在艾拉身邊，那就值得擔心了。」

「就是這件事嗎，塔莉？」菲力克斯問。「因為我還要去別的地方。」

「噢，還有其他的事，」塔莉莎說。「我找不到丹尼爾。」

她等著其他人消化這個消息。

「抱歉，什麼？」薩維說。

塔莉莎似乎是第一次露出心煩意亂的模樣。「這三天來，我一直在打電話給他，」她說。

「他沒有回我的簡訊，而學校的態度也很審慎。最後，他們終於對我承認說，他得要請假一陣子去處理一點家裡的急事，不過，他們在電話裡不肯告訴我更多的訊息。」

安柏覺得自己很難消化這個最新的消息。先是梅根，現在是丹尼爾。

「我很確定，他一定會告訴我他家有什麼急事。」塔莉莎繼續說。「所以，我就打給了他父母。」

「你和他們還有聯絡？」菲力克斯問。

「我們幫他們處理過幾次事情，」塔莉莎說。「他們還在經營瓦特佩里的那個農場。總之，他們沒有他的消息。你們不認為他們應該會知道所謂家裡的急事是什麼嗎？」

「他沒有其他的家人了，」安柏說。「沒有兄弟或姊妹。」

「我去了學校，」塔莉莎又說。「當人們站在你面前時，會很難欺騙或者搪塞你的。我告訴他們說，我是他的律師，他有幾次約會都沒有出現，所以我很擔心。他們找來門衛，然後，那個門衛盡他最大的能耐想擺脫我，不過，最後，他們讓我看了一封丹在週二上午發給他們的電子郵件。」

「然後呢？」當塔莉莎停下來喘口氣時，菲力克斯催促道。

「首先，那是從他的手機發出來的。」

她看著他們，期待他們會出現什麼反應，當他們沒有反應時，她的臉上閃過了一絲惱怒。

「郵件裡說，他家裡有急事需要處理，他會離開幾週。他們是否可以重新安排緊急會議的時間，並且幫忙找人代理他的課？他們顯然很尷尬。那不是你期待中的萬靈校長會做出的行為。」

「你認為他躲在哪裡嗎？」薩維問。「這樣對他有什麼好處？」

「不，我不認為他躲起來了，」塔莉莎厲聲說。「那封郵件問題很大。那不是丹說話的方式。」

安柏覺得其他人依然都沒有聽懂。

「學校不會注意到的，」塔莉莎繼續往下說。「他們不像我們這麼了解他。而且那是從他的手機發出來的。我們怎麼知道那是丹發的？」

沒有人開口。

「好吧，先說最重要的事，有人在週一上午之後和他聯絡過嗎？」塔莉莎說。「我在週一早上和他說過話。」

「我也是。」菲力克斯補充說。

薩維說：「我在週一下午見過他。他到我家來找我。」

塔莉莎幾乎是生氣地轉向薩維。「為什麼？他想要幹嘛？」

「他來問我知不知道梅根在哪裡，並且告訴我她在玩失蹤。老天，這是幹嘛，哈利．胡迪尼的魔術秀嗎？」

「別岔題了。」塔莉莎惱火地說。

「我告訴他，她住在旅屋飯店。」

塔莉莎的臉因為緊繃而扭曲。「你幹嘛不告訴我們？」

「你們又沒問。」薩維也提高了聲音。「我不知道她擅離職守，直到丹來找我為止。我們兩人開車到那裡去。她的車停在外面，但是人卻不見蹤影。不管你們信不信，不過，那是我第一次聽到關於梅根她父親的事。我根本沒有靠近過那個傢伙，所以，你就承認吧，塔莉莎。」

安柏緊張地四下張望。沒有人近到可以聽到他們的談話，但是，他們的身體語言卻可能會洩露很多訊息。她說：「他們有可能在一起嗎？」

菲力克斯說：「丹和梅根？為什麼？」

「不，根據你們的說法，我是她的同謀，」薩維說。「你們到底認為我們兩人在計畫什麼？」

「老兄，」菲力克斯說。「你這樣一點幫助也沒有。」

薩維的火氣似乎停不下來。「幫助？你不認為我們已經無可救藥了嗎？」

「不要再說了，」塔莉莎說。「我們需要——」

「等一下，」菲力克斯揚起一隻手制止塔莉莎。「有件事我需要告訴你們。」

「什麼？」塔莉莎不喜歡被人打斷。

「就在一個星期以前，我在梅根的車上裝了一個追蹤裝置。」菲力克斯看著他們，彷彿在看誰敢抗議。「我有一個感覺，我們應該要知道她在做什麼。」

「你為什麼沒有告訴我們？」塔莉莎又來了。

「因為他也不信任我們。」薩維回答她。

「對，你說得沒錯，薩維。你沒有告訴我們那天晚上她在你家過夜，在她去你家之前的幾個小時，我才剛把那個裝置裝上。你還有什麼沒有告訴我們的？」

塔莉莎張開了嘴。「你在開玩笑嗎？」

「他有告訴我，」安柏說。「別這樣，菲力克斯。你也是，塔莉。」

菲力克斯舉起雙手，假裝投降的樣子。

「那麼，她現在在哪裡？」塔莉莎問。

為了回答這個問題，菲力克斯拿出他的手機，盯著螢幕看了幾秒。「黑鳥利斯，」說著，他唸出一家位於牛津環狀道路的房產公司名字。「她的車子一直停在那裡，在過去二十四個小時裡幾乎沒有動過。她一定已經離開旅屋飯店了。」

「新的雅房？」塔莉莎說。「她說她在找房子。」

菲力克斯聳聳肩。

「好吧，謝謝你告訴我們，」塔莉莎說。「這會有幫助的。繼續盯著她，你會這麼做吧？不過，現在，我們需要找到丹。我要去他的修道院，看看我是不是可以騙他們讓我進去。安柏，你最好也一起來。有政府大臣在的話，他們也許會客氣一點，我一個人可能不會有那麼好的運氣。」

「我已經辭職了。」安柏說。

菲力克斯和薩維都掩不住驚訝的表情。塔莉莎則連眼睛都沒有眨一下。

「這消息公布了嗎？」她問。

「還沒有。」

「那我們走吧。」

46

諸聖嬰孩修道院的世俗修士住在考利路附近一棟十六世紀的房子，不過，這裡依然還在學校的步行距離之內。透過前門的對講機，她們兩人得到了入內的許可，那座巨大的鍛鐵前門無聲地打開，然後又在她們的身後默默地關上。

「你以前來過這裡嗎？」安柏發現自己近乎在低語。

她們走入一座簡樸的庭院，儘管薰衣草成排，樹籬也修剪得十分整齊，不過，這座中世紀房屋的花園其實更像一個監獄裡的小院子。那座將她們三面包圍的石牆看起來將近有二十呎高，沿著石牆，安柏可以看到拆毀已久的內牆和拱門的輪廓。她們前方有一座看似磨坊的三層樓高建築，還有一條拱廊從建築的中央穿過。

「從來沒有。」這個地方似乎也讓塔莉莎感到不安。「他告訴我說這裡不歡迎訪客。」

也許是那份安靜使然吧。那片巨大的石牆擋住了城市的聲音，讓人彷彿置身在人們連做夢都想像不到會有汽車的年代。

「這裡不太有家的感覺。」安柏說。「人都到哪裡去了？」

當她們踩在碎石路上時，蜜蜂在她們身邊飛舞，車輛的排氣味逐漸被薰衣草的花香所取代，不過，當她們走到拱廊底下的陰影時，原本圍繞在她們身邊的昆蟲都退縮了。「我們只會到這裡，」牠們似乎在說。「不會再往前了。」

白天的熱氣都消失了，彷彿太陽已經被關掉了一樣，安柏緊張地瞄著隱藏在拱廊邊緣的兩扇木門。她默默地向塔莉莎靠近，希望自己這個舉動不會被發現。

第二座庭院比第一座更小，加上沒有任何花草來平衡看似沒有盡頭的石牆，這裡看起來就更像是監禁的地方了，只不過，建築物的側樓取代了石牆。十幾扇鑲有豎框的窗戶從那些側樓俯視著她們。

一名男子從她們正對面的一扇門走出來，男子穿著一件介於棕色和灰色之間的長袍，看起來彷彿修道士一樣。他看起來年約五十，留著一頭極短的頭髮。他有一對灰色的眼睛，皮膚蒼白；那雙從寬大的長袖裡露出來的手，讓安柏想起她在蠟像上看到過的手，他的指甲長到幾乎不尋常。當她們走近時，他不發一語地先後打量著她們。

「謝謝你讓我們進來。」安柏說。

那名修道士沒有反應，彷彿完全沒有聽到她在說話。

「正如我剛才在門口說明的，我們在找丹尼爾．雷德門，」塔莉莎等了一下才說。「我們是他的老朋友。我也是他的律師。我想，你應該認識安柏．派克次長。」

那名修道士的眼睛立刻轉向安柏的臉。「只怕我幫不了你們，」他說話聽起來似乎有點口吃。「也許妳們在出去的時候，可以好心地確定大門有關緊。」

塔莉莎猛然吸了一口氣。「他確實住在這裡嗎？」她問。

那名修道士只是點點頭。

「我們去過學校。他們告訴我們說，他已經好幾天沒到學校了。他生病了嗎？」

「恕我無從告知。」

塔莉莎往前向修道士走近一步。她的高跟鞋讓她幾乎就和那名修道士一樣高了。「好吧，只怕你這麼說還不夠。我們很擔心丹尼爾的健康。如果你不能告訴我們任何事的話，我就要堅持去他的房間，如此一來，我們就可以直接和他對話。」

那名修道士並沒有改變立場。「不可能。」

「為什麼？」

「這裡是聖神的修道院。女人是不准進到我們閉居的地方。丹尼爾有手機，雖然那違反了我們的規定，因為當他在這裡時，手機是必須關機的。我建議你打電話給他，然後留言。」

「我們試過了，不止一次。」安柏打岔地說。「我們很擔心他。我們連續幾週都固定會見到他，但是他突然不見了。他從來沒有在學期結束之前離開過學校，如果他生病的話，我相信他一定會告訴我們的。」

這是第一次，那名修道士似乎猶豫了。他垂下目光，當他再度抬頭時，那雙眼睛失去了原本的堅定。

「我明白我們不能到他的房間去，」安柏趁機繼續說道。「不過，有沒有可能讓別人去看看？好讓我們安心？」

「只怕那沒有什麼意義，」那名修道士說。「丹尼爾兄弟不在這裡。」

安柏感覺到塔莉莎又要開口了，她立刻將一隻手放在她的手臂上。「那你可以告訴我們他在哪裡嗎？」她說。「或者他離開了多久？」

「只怕我沒辦法回答，因為我不知道。有人在週一傍晚晚餐的時候還看到他，不過，我不能再多說了。」

週一傍晚——那正好是他和薩維去旅屋飯店找梅根之後。

「你們和警方聯繫過了嗎？」塔莉莎問。

那名修道士皺了皺眉，不再那麼自滿。「沒有。在現在這個階段，我們沒有理由擔心。我們的兄弟們有來去的自由。丹尼爾可能只是覺得需要獨處和沉思，因此就去了我們用來靜思的某個地方。」

安柏和塔莉莎交換了一個眼神，她很清楚塔莉莎在想什麼。在一切變得難以承受時落跑，不就是典型的丹尼爾嗎？

「你能告訴我們任何細節嗎？」安柏問。「這樣，我們就可以試著聯絡他？」

「恐怕不能。當我們的弟兄們靜思的時候，他們就是刻意選擇要迴避這個現代的世界。」

「萬一他受到傷害呢？」塔莉莎問。

「那也只能聽天由命了。」那名修道士回答。

這對塔莉莎而言實在太超過了。「你在開玩笑嗎？」她四下環顧，彷彿在計畫著接下來的舉動。不過，除了推開眼前這名修道士、擅自闖入之外，她似乎沒有其他的選擇。「走吧，安柏，我們離開吧。」

安柏感到自己被拉往來時的小徑，速度快到讓人覺得不舒服。

「我可以告訴你們一件事。」那名修道士從她們身後大聲說道。

兩名女子立刻在原地轉過頭來。

「丹尼爾大部分的私人物品都沒有帶走，」修道士說。「他的皮夾和手機都在他的房間裡。」

47

在接下來的幾天裡，塔莉莎驚訝地發現自己有多麼地想念丹尼爾。那就有點像是一個煩人的弟弟被送到了學校——感謝上帝，終於——然而，經過了最初幾個小時的興奮之後，你開始想起每當吃飯的時間到了，他總是會來找你，當你堅持要第一個吃巧克力冰淇淋時，他也不會在意，就連你不小心，好吧，故意地，弄壞他的任天堂DS，他也沒有向你們的父母告狀。

在他們念幼兒園的第一天，午餐的時候，坐在她旁邊的丹尼爾告訴她說，他喜歡她的頭髮。他和她分享他的巧克力糖，從此以後，他就一直存在她的生活裡。有一陣子——大學四年和大學剛畢業的時候——他們相隔了一些距離，不過，卻從未失去聯繫，而社群媒體的出現意味著他們可以每天聯絡，甚至一天聯絡好幾次。她發現，她和丹尼爾親近的程度甚至超過她和她的丈夫。

她就是無法理解，他怎麼會在沒有告知她的情況下就離開。

在週四傍晚離開他的修道院之後，塔莉莎要求她的私人偵探去探查宗教的靜思中心，不過，只有少數幾家有公開的資料，願意接電話的就更少了，而沒有一家，一家都沒有，願意透露有誰住在那裡。到了週五下班的時候，塔莉莎不得不承認，她找不到丹尼爾的靜思之處。如果他真的去了所謂的靜思中心。不過，她並不認為他去了這種地方，因為這種事他一定會告訴她的。

到了星期六的時候，她下了一個結論，這都是她的錯；她應該要留意到丹對梅根的歸來感受到多大的壓力。在情感層面上，他從來都不是一個堅強的人，而過去這幾週的壓力對他而言實在太大了。她應該要發現，應該要更加照顧他。只是，他一直都是他們這群人裡最不要求關注的人，他們從來都不會真正地擔心他，因為他是那麼地自我滿足，而且他有他的學校，還有他的上帝。她應該要看穿這點的。丹尼爾是開車的那個人。不管他們是如何強調要共同承擔那份責任，然而，當時，握住方向盤的人終究是他。

到了週日稍晚的時候，她再也無法忽視一直潛伏在她下意識最深處的那個想法。丹尼爾向來都會把一切告訴她，而他之所以可能沒有這麼做的原因，她所能想到的只有一個。她一個一個地打電話給其他人，告訴他們在隔天傍晚和她見面。

這不是她一個人可以辦到的。

48

丹尼爾的父母住在一棟中世紀的磨坊裡，就在泰晤士河中的一座小島上，距離瓦特斯塔村不遠，安柏以前曾經去過好幾次。不過，自從她女兒出生之後就沒有再去過了，因為只要一想到那片陡峭的花園圍牆直接嵌進了深水之中，她就感到害怕，畢竟她現在有兩個幼小的孩子需要擔心。

安柏牢記塔莉莎要他們把車停遠一點的指示，於是把她的車停在了一條巷子裡。她早到了五分鐘，不過，菲力克斯比她還要早。在她下車的同時，薩維也到了。

「我不確定我能面對丹的父母，」她在他們三人聚集在巷子裡的時候說道。「而且，在我們知道任何事情之前，我們為什麼要讓他們擔心？」

「我不認為我們是來拜訪他們的。」自從安柏上次見到他之後，薩維已經振作起來了。他刮過鬍子，看起來也乾淨許多；雖然，他依然面有倦容。「我們為什麼要把車子停在路邊？」他把話說完。

「塔莉到了。」菲力克斯在一輛白色的 Range Rover 出現在轉角時說道。

「幹嘛？」當塔莉莎朝著他們走過來的時候，她身上似乎散發出了一股緊張感；一如往常地，她的挑釁指向了安柏。

「我不知道你有這種衣服。」安柏回答她。塔莉莎穿著一件棉布的工裝褲和一件褪色的T

恤，腳上則是一雙磨損的登山靴。那就好像看到女王穿了一件圍裙、頭戴金盞花一樣。

菲力克斯低頭看著塔莉莎的鞋子，然後緊張地笑了一下。「怎麼了？」他問她。「發生了什麼事？」

塔莉莎似乎無法直視他們任何人，而只是說：「你們需要和我一起來。」語畢，她就朝著磨坊走去。

安柏和另外兩人滿心疑惑地跟在她身後走過一條距離很短的道路，然後再走上公共的人行道越過泰晤士河。他們走近丹尼爾父母的家，如果他母親剛好在廚房窗邊的話，她一定就會看到他們了，一行人經過了他們家的土地，繼續走上這座小島另一頭的那座橋。

當他們抵達第二座橋梁的最高點時，塔莉莎在隆隆的水聲中停下了腳步。

「我有一半的童年時光都在這裡度過，」她環顧著圍繞在四周的樹木、那條消失了的人行步道、田野，以及田野後方的綠草。「我曾經希望丹的父母是我自己的父母，因為他們似乎比我自己的父母還愛我。」

安柏從來沒有聽過塔莉莎承認她自己的生活不夠完美。

「丹的母親會說最不可思議的故事，」塔莉莎一邊說，一邊探到水面上。「她曾經告訴我們說，精靈就住在這裡的樹林裡，他們會在夜晚的時候出來，用桂冠樹葉做成帆船，用蜘蛛網做成船帆，然後在這條河流上比賽。她告訴我們可以到河岸上去找桂冠樹葉，因為那是精靈們在天亮時丟棄的船隻。我應該一直到了十歲，才發現這些都是她編造的。」

安柏在另外兩人的臉上看到了她也有的那份疑惑；這不是他們認識的塔莉莎。

「夏天的時候，如果我沒有去西西里，我就在這裡，」塔莉莎繼續說。「我們不能自己到水邊來玩，不過，當丹的母親忙碌的時候，我們就會偷溜出來。這個島的每一吋土地，我都很熟悉。」

安柏看到菲力克斯在瞄著手錶。不過，他並沒有說什麼。即便不敏感的菲力克斯都能看得出來這很重要。

「塔莉，」薩維在安柏上次見到他之後的短短幾天裡似乎變瘦了。「不管是什麼事，只管告訴我們吧。」

塔莉莎沒有抬頭。她說：「這座橋比我們從這裡看起來的還要高。在我們的正下方，有一個老舊的鐵鉤。」

安柏看到菲力克斯突然瞪大了雙眼。

「我們在這座橋底下玩耍，」塔莉莎說。「我們會把一條繩子綁在那個鉤子上當成鞦韆。我們的父母一定會很生氣，即便是我父母，不過，他們一直都不知道。」

菲力克斯步履不穩地走出了安柏的視線，然後靠在橋的另一邊。她轉而瞄向薩維，剛好看見他不自然地吞嚥著口水。

他們知道她要——

「有一次，他對我說——」塔莉繼續說。「我假裝他是在開玩笑，但是，我心裡知道他不是——如果哪一天他想要自殺的話，他會選擇這裡，在這座橋底下，因為沒有人會往橋下看。」

安柏意識到薩維向她靠近。「不。」她看向薩維，然後是菲力克斯，最後是塔莉莎，每一張臉上都出現了同樣的恐懼。

「所以，現在我必須要找到他，」塔莉莎說。「我很抱歉把你們都拖到這裡來，我只是覺得我無法自己一個人辦到。」

彷彿夢遊一般地，她走向河岸。「在這裡等著，」她說。「等我叫你們的時候，你們就打給警察。」

「噢，不會吧。」菲力克斯趕到她身邊。「你不能自己一個人到橋底下去。薩維，你照顧安柏。」

塔莉莎搖搖頭。「我穿了這身衣服來，你沒有。把一件體面的西裝給毀了有什麼意義？」

「一件體面的西裝比不上丹尼爾重要。」安柏從薩維身邊走開，加入另外兩人在河岸的行列。「我們一起去。」

河水比安柏預期的還要冰冷，泥漿也比她想像的還要深。她已經脫掉了鞋子，兩個男人也是，她扶著薩維，踩在高低不平的鵝卵石河床上。菲力克斯和塔莉莎則在他們的前方。

菲力克斯已經走到了石砌的橋墩。再往前幾步，他就可以直接看到水底下。他把一隻手扶穩在石頭上，另一手緊抓著塔莉莎，在及膝的水流中往前移動。薩維和安柏尾隨其後。一抹晃動的黑影讓她倒吸了一口氣，她猛然把手從薩維身上抽回來，企圖要從水裡逃開。然後，那個黑影移動了，那是菲力克斯的影子，不是丹的。她這才重新抓住薩維的手。

當安柏看到橋下那個漆黑又佈滿爛泥的洞穴時，其他人都已經看到了。那是一個讓人生畏的地方，如果那是丹尼爾這輩子最後看到的東西，那就太可怕了。

那不是。那個鐵鉤就在塔莉莎所描述的地方，而他們兒時的鞦韆也依然存在。不過卻沒有丹尼爾的蹤影。

49

在生氣地哭了十五分鐘、並且喝掉菲力克斯隨身小酒壺裡大半的酒之後，塔莉莎終於冷靜到可以再說話了。

「我很高興我們沒有發現他，」她拭去臉上被淚水弄花的殘妝。「不過，我沒有錯。丹尼爾不會離我們而去的。現在不會，他不會在現在這種情況之下離開我們。而且，沒有帶著錢包，他哪裡也去不了。」

「還有護照的事情，」安柏提醒她。「那個瘋狂的修道士在他的修道院裡告訴我們說，他們所有的弟兄都沒有護照，」她對兩個男人解釋道。「他在丹的房間裡找到一本舊護照，當我們還是學生的時候，他就有那本護照了。護照的一角並沒有被剪掉，那就表示他從來沒有申請過新護照。他一定還在國內的某個地方。」

「我真不敢相信，那些白痴竟然還沒有報警，」菲力克斯說。「我不是說警察在這個時候介入對我們會有什麼好處。」

「塔莉莎也提出了報警的作法，」安柏表示。「不過，他們並沒有接受。」

塔莉莎嘆了一口氣。「我只是在說皮夾和手機都在，就暗示著他並沒有計畫要遠行，還有，他們去過他的房間，這點也令人擔憂。泰德神父回覆說，當弟兄們去靜思的時候，他們只會攜帶足夠他們返程的錢。他看不出有什麼理由要去侵犯丹尼爾的隱私。」

「我們可以追蹤到那些靜思中心嗎？」菲力克斯問。

「不可能——我們已經試過了。」塔莉莎告訴他。「而且這也沒有意義——他並沒有去什麼靜思中心。」

一陣跑步聲傳來，幾秒鐘之後，一名穿著萊卡材質衣服的跑者出現在小路上。他們往旁邊挪了挪，好讓他可以通過。

「我們會在這裡玩丟樹枝的遊戲，」在那名跑者消失之後，塔莉莎說道。「丹會花很多時間在蒐集小樹枝，然後，等到我們看到這座橋的時候，我就會搶走他的樹枝。他每次都會嚎啕大哭，不過卻從來沒有告訴過他媽媽。所以，我總是故技重施。」

「你天生就是一個吸血律師。」菲力克斯彎身從地上撿起兩根小樹枝。他把比較長、比較粗的那根給了塔莉莎。過了一會兒之後，薩維也找到兩根，其中一支有點彎曲，然後給了安柏一支。四個人站在橋的最高點，低頭看著河水。

「這水並沒有很急。」菲力克斯說。

「從來都沒有，」塔莉莎告訴他。「這是逆流的水。」

「一、二、三，丟。」菲力克斯一聲令下，四根樹枝掉進了水裡。他們四人一致轉身，走向橋的另一頭。

「那是安柏的，」當一根斷掉的樹枝首先出現，後面跟著其他三根時，薩維說道。「幹得好，安柏，你向來都是黑馬。」

「但願我們以前有這麼玩過，」塔莉莎小聲地說。「當我們六個人還在一起的時候。」

安柏透過眼角看到菲力克斯往塔莉莎走近一步，然後將一隻手臂繞過她的腰。一秒鐘之後，她感到薩維的手臂悄悄地擁著她的肩膀。她靠著他，讓頭垂在他的胸口。她閉上眼睛，呼吸著薩維的氣息，他的味道從來都沒有完全從她的記憶裡消失，她讓自己做著夢，一個生命全然不同的夢，即便這個夢只維持了一秒鐘。

如果，那天晚上她沒有那麼醉的話，她就可以央求薩維不要那麼做；她知道她可以讓他改變他的心意，而且，一旦少了他，那件事就不會發生。他們現在還可以是一起敘舊的六個老朋友。淚水悄悄地湧上了她的眼眶。

「那麼，他在哪裡，塔莉？」她聽到菲力克斯問。

塔莉莎說：「一定發生了什麼事。我判斷錯了，他不在這裡，但是，我相信我想的並沒有錯，一定發生了什麼事。」

安柏再度睜開眼睛。「你的意思是，也許發生了意外？」她說。

「如果是意外的話，他應該已經被人發現了。」塔莉莎的聲音裡充滿了緊張，她的目光依舊停在水面上。

菲力克斯說：「扭捏作態不是你的作風，塔莉。」

塔莉莎深深吸了一口氣，這讓她的肩膀也隨之起伏。「在過去幾天裡，梅根的父親被痛打了一頓，丹尼爾也不見了，」她說。「這兩個人有什麼共通點，或者說共同認識的人？」

「梅根也消失了。」薩維指出。

塔莉莎終於轉頭，現在，她換上了一張安柏口中所說的法庭上的臉。「我們知道梅根還活著，而且還活蹦亂跳，因為有人看到她出現在醫院裡。我們不知道丹是否還活著。」

「她的車還在黑鳥利斯，」菲力克斯說。「不過，已經從一條街移動到另一條街了。她還活著。」

「梅根不會傷害丹的。」薩維說。

「很抱歉，梅根準備讓丹被開腸破肚，準備讓他的一顆腎臟被掏出來，」塔莉莎回應道。「所以，我不同意你的說法。她還打算誘拐安柏的一個孩子，並且要我去找職業殺手做掉她父親。我想，我們可以很確定地說，沒有什麼她做不到的。」

「她被關在監獄裡那麼久，」菲力克斯說。「沒有人出獄時是絲毫不變的。」

「她還是不會傷害丹的，」薩維說。「她需要他。」

塔莉莎又做了一個深呼吸。「也許她發現她的計畫行不通，她發現我們不會順從她的要求。也許這是B計畫。」她看著其他人。「各位，你們看到她上週五晚上的樣子了。她很憤怒。不管怎麼樣，她都打算報復。」

「那她就會向警察舉報我們了，」菲力克斯說。「如果她想要毀掉我們，她就會這麼做，不是嗎？」

塔莉莎點頭表示同意。「沒錯，如果她還握有證據的話，不過，如果她沒有呢？如果證據遺失了，或者在那二十年裡被毀了呢？薩維，那個水塔是什麼樣子？」

「不太能防水，」薩維承認道。「又冷又濕。」

「那麼，聽聽看這個說法——梅根出獄了，然後決定要對我們過去那麼多年對她的不聞不問進行報復。她已經沒有了證據，不過，這點我們並不確定，所以，她就騙我們。她要求我們償還人情，然後祈禱我們會順從她的要求。當她發現，或者甚至懷疑我們不會接受她的要求時，她就擬定了一個不同的計畫。」

「這個說法的前提是，」菲力克斯說。「梅根認為我們會按照她的話去做。我們並沒有告訴她我們不會。」

薩維的聲音聽起來很疲憊。「也許不是這樣。」

「你是什麼意思？」塔莉莎問。

「上週日晚上，我去見她了，」薩維承認。「在旅屋飯店。那是在她和我們面對面之後的兩天。我告訴她說，我不會和艾拉離婚。」

「你做了什麼？」菲力克斯的臉色發白。

「我告訴她我很抱歉，可是，我不會被脅迫，而且我認為你們任何人也都不會。我告訴她，在我讓那種事情發生之前，我會先去自首。」

菲力克斯跟塔莉莎交換了一個驚恐的神情，而安柏則看到了菲力克斯握緊了拳頭。

「薩維——」安柏正要說話的時候，他就從她身邊走開了。

「你害丹被殺了。」塔莉莎瞪大的眼睛裡充滿了恐懼。在那一瞬間，她彷彿就要衝向薩維了。「丹因為你死了。」

「別緊張，塔莉。」菲力克斯站到他們之間。

「你覺得她會在殺了丹之後就罷手嗎？」塔莉莎對著薩維大吼。「她一開始就去找他，是因為他是最容易對付的，而且他溫和得就像一頭羔羊一樣，」她的頭突然轉向安柏。「你是下一個，前次長。你現在沒有了保安人員，你已經是甕中之鱉了。然後，我不知道，也許是我吧。她正在一個一個除掉我們。」

「好了，不要再說了，不要再說了。」菲力克斯抓住塔莉莎的上臂，輕輕地捏了捏她。「你是認真的嗎？」當他轉向薩維時，他問道。「關於自首的事？」

「我是認真的。」薩維的聲音在發抖。「我很抱歉，各位，我真的很抱歉，可是，這一切——在橋下尋找丹的屍體——我再也受不了了。我不會把你們都拖下水。我會說車子裡只有我和梅根，她同意不把我供出來，因為她愛上了我。」

他往後退開一步，然後又一步，直到他離開了橋上。他正在離開他們。這個團體正在分崩離析。先是丹，現在是薩維。

「她不會接受這種說法的。」塔莉莎的聲音裡充滿了絕望。

薩維沒有停下腳步。「也許不會，」他說。「可是，那就是她和我各執一詞了。如果你們決定你們可以繼續這樣下去的話，那就還得加上你們的說法。」他已經走到通往磨坊的小徑。「事實上，我們就這樣做吧：我們之中如果有誰無法再繼續面對自己的話，那就去找警察自首，承認自己當時也在車裡。至於那些可以繼續這樣下去的人，我不會把你們供出來的。」

「兄弟，不要這樣。」菲力克斯說。

「我會給你們一個星期的時間，」薩維說道。「到下週這個時間之前，我什麼也不會做。這會讓你們有時間下定決心，並且釐清任何需要釐清的事情。然後，我就會去自首。」

「薩維，你這是在犧牲我們。」安柏往薩維走近一步，她的淚水就要流下來了。「如果你重啟這個案子的話，警察在把我們全都抓起來之前是不會停手的。菲力克斯和我都有孩子。」

「而塔莉莎和我也有我們的生活，就算我們都沒有孩子，」薩維說。「只不過，我再也沒有辦法這樣過日子了。」

他舉起一隻手和他們道別，他沒有揮手，那讓這個動作看起來更像是在敬禮，然後轉身走開。一秒鐘之後，他就不見了蹤影。

50

上週，薩維一整個星期都在為自己可能面對的後果做準備：轉移資產、更新遺囑、清償房貸。艾拉在金錢上完全沒有概念，不過，他已經竭盡全力來保護她了。週五那天，他以遇到個人無法克服的困難為由，辭去了他的工作。

實質地清理房子、把衣服和運動器材送到樂施會[19]就更困難了，當他從瓦特斯塔回到家，發現艾拉盤腿坐在他們起居室的地板上，漲紅著臉，啜泣地翻閱著她從屋外垃圾桶裡撿回來的一本相簿時，他也並未感到太驚訝。

他加入她，坐到地毯上，用雙臂雙腿將她環抱在懷中，有朝一日，他可能會用這樣的姿勢和他自己的孩子坐在一起，如果沒有那個夏天的話。

「我好愛你。」他在她耳邊低語。

「你從來都沒有給我看過這個，」她咕噥地說。「你為什麼在我有機會看到之前就把它丟掉？」

此刻，看著那些青少年時期的照片讓他的胸口感到灼熱：一場派對，在高高的山丘上，牛津

[19] 樂施會（Oxfam）是一九四二年創建於英國牛津的一個國際發展及救援的非政府組織，現已發展至全球。

最高級地區的一幢房子，一座滿佈燈籠和蠟燭的花園；孩子們，幾乎已經成年了，穿著鮮豔的服裝、皮膚閃閃發亮，看起來是那麼地狂野和漂亮。一個火堆，火光在他朋友們的臉上閃爍，安柏靠在薩維的肩膀上打瞌睡，那頭金紅色的頭髮幾乎垂落到了地面；菲力克斯，高大的身材和金色的皮膚讓他看起來彷彿一名年輕的北歐男神；丹尼爾，白皙俊美，十七歲的他幾乎像個女孩；塔莉莎，雜亂的深色頭髮上戴著小黃花串成的花冠；還有和他們有點距離、頂著一頭銀髮、身形苗條的梅根。

「真希望我能早一點認識你，」薩維站起身，相簿已經被他拿在手上。「但願我認識你的時間不只這麼短暫。」

那天傍晚，塔莉莎和菲力克斯上門來，想要說服他改變心意。他們表示，這麼重大的犧牲什麼目的也達不到；他依然會帶著罪惡感活下去，只不過是活在一個他無力贖罪的地方。想要尋找救贖的方法不止一種，他們力勸他：他可以幫慈善團體工作、可以把他大部分的錢捐給窮人。他是一個很有能力的人，他的前途無量，把他自己封閉起來，去過著掃廁所和削蔬菜的生活才是真正的罪行。他把自己已經做了的各項準備都告訴他們，同時建議他們也和他一樣。

在他們離開之後一個小時，安柏打來電話。她在啜泣之中重複著其他人說過的話。他對她說他很抱歉，然後掛斷了電話。

當夜晚降臨在聖約翰街時，他打電話到他父母位於班布瑞外圍的家，這是他印象中，這麼多年以來他們聊得最久的一次。他告訴他們說他愛他們；他的父母雙雙問他出了什麼事。

週二早晨，他很早就醒了，太陽甚至都還沒有升起。當他躺在昏暗的臥室時，他的妻子在他身邊發出了輕微的呼吸聲，他知道，彷彿有人在夢中告訴了他，梅根把證據藏在了哪裡。

51

薩維沒有對其他人說什麼，因為他現在已經完全不知道這對他而言會有什麼不同。一整天下來，他幾乎無法思考其他的事，只能待在家裡。當天光逐漸黯淡時，他開了幾哩路出城，來到城市南邊的一片林地。他把車子停好，然後開始一段將會把他帶到目的地的長途跋涉。

威爾．馬克漢的家人也許已經不住在野豬山了。不過，那幢房子可能還會在那裡，那座花園也是。如果都不在了的話，如果那片土地已經被賣掉了，那些樹也都倒了，取而代之的是一座新的建築，那麼，他就錯了。不過，如果那些樹和土地都還在的話，那他就沒有錯。

等到房子的屋頂從樹冠上映入眼簾時，他已經氣喘吁吁了，不過，他依然記得二十一年前那個晚上的所有細節。

威爾慶祝他的十七歲生日是六月中的時候，一座延伸到他們家房子的帳篷意味著他可以邀請所有預科的學生，再加上從鄰近學校來的一堆學生。那天晚上，大約有三百名十六、七歲的孩子聚集在這片土地上。到了午夜的時候，很多人都已經回家了，不過，薩維和一小群人依然聚集在花園邊角的火堆旁邊，那裡位於主屋的下坡處，和主屋距離了四分之一哩。一個一個地，其他人逐漸地走開，直到只剩下他和梅根。他一直在戲謔她喜歡的男孩是誰。而他所說的每一個人都被她否認，不過，她並沒有否認自己的確有中意的人，不知道為什麼，弄清梅根喜歡的男孩究竟是誰變得很重要。

當火堆開始減弱時，她起身離開，朝著樹林走去；薩維抓了一條毯子和燈籠跟在她身後。等到他們走到花園邊上的籬笆時，他們在一棵巨大的山毛櫸旁邊停了下來，幾碼之外就有一扇大門通往遼闊的鄉間。在他們兩人坐下來的當時，他有一種感覺，他覺得某件非常非常特別的事情就要發生了。

「你看，」她說。「這是一棵幽會樹。」

在巨大的樹幹上，情侶們刮掉一些樹皮，然後刻上一顆心，再把一對姓名的縮寫刻在心裡。

薩維指著一個歪七扭八的心。「菲力克斯和艾莉．休斯，」他說。「記得聖誕節的時候，我們曾經在這裡聚會嗎？」

「他們交往了，多久，六個星期？」

薩維找出他的鑰匙，樹皮很快就被刮掉了。「來吧，」他把鑰匙遞給梅根。「給我一點線索。」

梅根刻出一個心形的輪廓，比菲力克斯幾個月前刻的那個要俐落多了，然後是她自己的名字縮寫：MM。薩維等待著，感覺自己的心跳在微微地加速，然後，她把手放了下來。

「他可以自己刻上去。」說著，她把鑰匙還給他。

也許，如果他那天晚上沒有喝那麼多的話，他就會知道她的意思，而在某種程度上，他也知道。不過，他甚至還不滿十七歲，女孩對他來說就像一個異國，有朝一日，他會覺得置身在那樣的外國很自在，不過當時，他還只是一個小心翼翼地走在陌生的觀光商店街上、一手拿著旅遊地圖、一手拿著外國語常用指南的青少年而已。他看著她，等著腦子裡湧出什麼可說的話，不過，他什麼話也沒想到。薩維覺得自己很蠢，默默地把鑰匙放回自己的口袋，一秒鐘之後，梅根就邁開步伐，向屋子的方向走回去。

翌日，他和他的家人就出國了，直到預科第二年的學年開始才再度見到梅根，那時候，她已經變得反常地冷淡和漠然了。到了學期中的時候，他已經渴望著想要發生人生第一次的性關係，而當他聽說安柏喜歡他的時候，他當然不會拒絕，畢竟，安柏是預科生裡最漂亮的女孩之一。因此，他和安柏就開始交往，至於梅根——則變成了未竟之事。

她依然還是。

馬克漢家花園最底端的大門沒有鎖，薩維悄悄地溜了進去。那個火堆還在那裡，圍繞在火堆旁邊的白石座位在月光下閃閃發亮。那棵巨大的山毛櫸矗立在暗藍的天空下十分醒目。薩維跪在長草和樹幹底下，打開手電筒，照亮那些刻痕。樹幹上的刻痕比他記憶中的還多，不過，威爾還有弟弟和妹妹；這裡應該舉行過其他青少年的派對，也會有其他的情侶在這棵樹上刻下他們的姓名。薩維沿著樹幹移動著手電筒的光線，直到發現他自己在二十年前刮掉的樹皮位置。

他記得那個心形輪廓裡只有一個姓名的縮寫，兩個大寫的M，不過，現在多了一個新的名字。二十一年之後，梅根終於在那棵樹上刻下了她喜歡的那個男孩姓名。XA。是他。還有一個指著下方的小箭頭。

最靠近地面的樹幹部分淹沒在一堆雜草和蕨類之中，不過，在薩維拔掉一大堆植物之後，樹根終於顯露了出來，只見樹根上還有一個小洞。他趴下來，將手電筒往裡探照，然而，那只是一個黑色的洞而已。他挽起衣袖，將手伸進去。鬆軟的地面、腐爛的樹葉，還有什麼尖銳的東西刮到了他的手指，一坨小樹枝，可能是一個老舊的窩巢，然後是冰冷光滑的塑膠。

他從樹底下拉出來的那只密封的夾鍊塑膠袋十足的不起眼，那個A4大小的棕色信封也是。信封裡是一卷照片的底片，以及二十年前，他們在塔莉莎家的泳池小屋裡共同簽名過的那份認罪書。還有第二個、更小的信封，上面有手寫的字跡顯示是給他的。薩維把那個塑膠袋塞進自己的口袋，然後在火堆旁坐下來閱讀那封信。

八個小時以後，被馬克漢太太吩咐去清掃火堆灰燼的園丁，他的一整天都被一件事給毀了，他發現了薩維的屍體。

52

安柏把車停在聖約翰街上，她完全不知道自己是怎麼開到這裡的。她完全有可能死在半路上，然後被塞在某個怪異的煉獄裡，因為她周遭的世界已經不是她所認識的那個世界了。麗晶飯店優雅的露台失去了它俐落的線條，露台的邊緣變得模糊，而柏油路面也在閃閃發光，彷彿被籠罩在一片熱氣之下，雖然這個早晨十分涼爽。

薩維不可能死了；那是艾拉開的一個殘酷的玩笑。

安柏在完全沒有想到要鎖車的情況下下了車，她告訴自己這是一場惡作劇，薩維自己會出來開門，他可能會口齒不清地向她道歉，不過她不在乎，她完全不會在乎，因為惡夢已經結束了，薩維會站在她的面前，他並沒有死掉。

她按著門鈴。開門，薩維，打開這扇該死的門。大門打開了，艾拉站在台階上低頭看著安柏，那張可愛的臉已經花成了一團。

那麼，這是真的；薩維死了。

「把你知道的告訴我。」幾分鐘之後，她們兩人坐在已經不再屬於薩維的屋子前廳裡，安柏的手被艾拉緊緊地抓住，緊到她的戒指都陷在了她的手指上。艾拉持續在啜泣，安柏四下張望，試著想要尋找面紙、廚房紙巾、毛巾，任何東西，同時在想自己什麼時候也可以崩潰，然後尖叫出來。

「這完全不合理，」艾拉終於說得出話來。「他在那裡做什麼？我們又不認識那裡的人。」

「那裡是哪裡？艾拉，從頭開始說。警察說了什麼？」安柏繼續張望，這回，她希望能看到一名穿著制服的警探就在廚房裡。「他們通常都會留一個人陪伴失去親人的家屬。」

艾拉很努力地想要振作起來。「我叫她離開。她讓事情變得太真實，安柏。我以為如果我看不到她的話，這件事就不會是真的。」她又哭了一會兒，然後才說：「這有可能是個誤會，不是嗎？認錯人了。你覺得有這個可能嗎？」

安柏很願意相信有這個可能。

「不太可能，艾拉。這種事警方通常都很確定的。他們說了什麼？」

「他們要我確認我是愛特伍德太太，然後，他們說他們很遺憾，不過，他們有理由相信我丈夫在今天凌晨的時候被殺了。」她停下來，大聲地吸著鼻涕。「可是，那不可能是他。我們不認識任何住在野豬山的人。他為什麼會在那麼晚的時候到野豬山的一棟屋子去？」

艾拉說得沒錯，他們不認識野豬山上的任何人。野豬山是牛津最貴的住宅區之一，安柏已經有二十多年沒有去過那裡。自從威爾．馬克漢的十七歲生日派對之後就沒有了。

「他們要我去指認屍體——他們說，我身為近親一定得去，可是我沒辦法，安柏。我從來都沒有看過屍體。而我第一次要看的竟然就是薩維？」

「艾拉，他們有說他發生了什麼事嗎？」

這有可能是一場交通意外事故嗎？她沒有看到薩維的車子停在屋外。道路交通事故雖然可怕，不過也並非不可能發生。

「他們說是頭部受傷。」艾拉很難在呼吸和說話之間取得平衡；她很可能有氣喘。「他們在一幢大房子的花園裡發現他。在一些石砌的座位旁邊。他們認為，他可能摔倒，頭部嚴重撞到，然後在等待救援的時候死了。安柏，我無法忍受他整晚躺在那裡、失血到死的事實。」

晚點，等安柏有時間思考時，她也會很難接受這點。不過現在，她的腦子裡想到的是石砌的座位區、他們坐在火堆旁邊、抽著大麻，因為他們認為他們距離威爾的父母夠遠，大人不會聞得到大麻的味道。

「艾拉，你有告訴任何人了嗎？」她問。「塔莉莎或者菲力克斯？他父母呢？」

艾拉搖搖頭。「沒有，我只打電話給你。你一直都是他最好的朋友。」

安柏的心臟又被戳了一刀，她覺得這一刀已經不再讓她感到疼痛了。他最好的朋友。他真的那麼說。對他的妻子說。

「你會和我一起去嗎？」艾拉說。「我的意思是，去看他。我不能自己去。如果你不去的話，我就讓他父親去。」

她是指去指認屍體，過去，安柏從來都沒有意識到艾拉有多年輕，對於生活嚴苛的那一面，她是多麼地來不及準備面對。她打算讓那個體貼的老人去看他兒子的屍體。

「我會去的，」她說。「他在約翰．雷德克里夫嗎？去換衣服。我們現在就開車過去。」安柏把她拉起來。「上樓去，」她說。「換好衣服，然後我開車載你過去。」

艾拉一離開起居室，安柏就打了塔莉莎的電話。「我不在乎她現在和誰在一起，」她告訴塔莉莎的秘書。「你現在就去打斷她，告訴她是安柏．派克次長打來的，告訴她這是最緊急的狀況。」

她在電話這頭等著。她數到十。就算塔莉莎拒絕接最緊急的來電，她也不會感到奇怪。她又數了一會兒。

「安柏，搞什麼？」塔莉莎在二十三秒之後接了電話。

不要去想，不要選擇你的用詞，直接說出來。

「薩維死了。」

「什麼？」

「我不會再說一遍。不要讓我重複。」

一片沉默。不尋常的屏息。然後，「告訴我詳情。」

「今天清晨，在威爾．馬克漢位於野豬山的舊家。他在那個石砌的座位區被人發現頭部重傷。警方認為他可能是摔倒的。」

又一個奇怪的聲音，任何人都可能發出這種彷彿強忍著哭泣的聲音，除了塔莉莎。「他不是摔倒的。安柏，你知道他不是摔倒的，不是嗎？」

塔莉莎現在得閉嘴。薩維的死已經夠糟了；他致死的原因可能不是一場可怕的意外，這樣的想法對安柏而言實在難以理解。

「不，塔莉，我們什麼都不知道。」她必須再多保持一會兒的冷靜。「我現在要帶艾拉去指認屍體。我得去看他，我必須要看著他——那個我從小就認識的男人，那個我曾經以為會嫁給他的男人——我必須要去看他的屍體。他的父母還不知道，那對體貼的老夫妻。我也許得要告訴他們這個消息。那會要了他們的命。他們甚至都還沒有孫子。」

「安柏，拜託，控制一下你自己。」塔莉莎聽起來比較像是她自己了。「先是丹，現在是薩維。這不是意外。老天爺，你今天早上和菲力克斯聯絡過了嗎？如果他……」

不管她想到的是什麼，塔莉莎都無法把話說完。「我現在就打電話給他，」過了一會兒，她說道：「你帶艾拉到太平間去。警察很可能會在那裡，所以，你要對你說的話很小心。」

「他們今早會和我談話嗎？」盲目的恐慌又冒出來了。「他們會問什麼？塔莉，我不確定我能應付得了。」

「可以，你可以的。你上次見到薩維是在瓦特斯塔，週一的時候。我們四個在那裡碰面，因為我們擔心丹尼爾。那是有紀錄可查的，而且我們也沒有做錯事，所以，沒有理由隱瞞。我們之所以約在那裡，是因為那個地點對你和不住在牛津的菲力克斯都很方便，不過，我們沒有去丹尼爾父母的家，因為我們不想讓他們擔心。在那之前，你不記得你是什麼時候見過他，你得要查一下你的日誌，而且，你也不記得他有特別擔心什麼事情。這些說法，你可以做到嗎？」

不，她做不到；她不確定她可以走得出那間房間。「我想可以，」她說。「可是，塔莉，我受不了。那是薩維。」

「我知道，我知道。不過，聽我說，安柏，你得要小心。」

「我會的，我不會說什麼蠢話。」

「我不是指那個。你還有貼身的維安人員嗎？」

有一秒鐘的時間，安柏對這個突然轉換的話題感到困惑。「不，我辭職了，記得嗎？」

塔莉莎在電話那頭嘆了一口氣。「好吧，那你得要好好照顧自己，」她說。「如果梅根聯繫你的話，不要單獨和她見面。」

「梅根？你認為梅根和這件事有關？」

「安柏，長大吧！如果薩維並非死於意外的話——而且我會賭他不是——那當然是梅根幹的。不要讓她進去你家，也不要讓她接近孩子。通知孩子的學校，確定學校的人員知道有風險。」

安柏原本以為自己不可能更害怕了。

「她不會傷害薩維的，她愛他。」

「沒有什麼比一個憤怒的女人更恐怖的了，安柏。他拒絕了她。她看到她的計畫無法實現。答應我，你會提高警覺。」

她的女兒，噢，天哪——她得要打電話給學校。「我答應。」

「我要打電話給菲力克斯了。他應該要追蹤她的車的。我會再通知你。現在，我是認真的，安柏，你要非常非常地小心。」

53

「菲力克斯？菲力克斯，你還在嗎？」

電話那頭沒有了聲音。塔莉莎從窗邊轉開，她不知道自己是否就要尖叫了。

「我在。」電話那頭的男子聽起來不像菲力克斯。

她問：「你沒事吧？」

「嗯，我沒事。我——他媽的，塔莉。」

「我知道。」

又一陣沉默，不過，她可以聽到他在呼吸，急促又大聲。

「菲力克斯，我們需要知道是不是梅根幹的。你昨晚有追蹤她的車嗎？」

又是沉默。「傍晚稍早一點的時候，我檢查過好幾次，」他在幾秒鐘之後回答。「那輛車沒有移動。至少它看起來不像有移動，不過，訊號已經變弱了。電池可能快要耗盡了。」

「你最後一次檢查是什麼時候？」

「不確定。大概十點吧。等一下，我可以找到最後的路徑。」

塔莉莎等了一下。她聽到電話那頭的背景有一些聲音，也許是電話被放下來的哐噹聲、抽屜被打開的聲音、模糊不清的詛咒聲，然後——

限的。

「噢，天啊，塔莉。」

「什麼？」當你以為自己不可能更害怕的時候，你會發現你的確可能更害怕，恐懼是沒有極限的。

「是梅根，」菲力克斯說。「十一點過後，她在聖約翰街待了幾分鐘，然後開車去了野豬山。她跟蹤他到那裡去。」

塔莉必須得坐下來。她張開嘴對著電話大聲吼，要求要知道為什麼他昨晚沒有確認那個app，因為如果他有的話，他就會看到危險，他就可以警告薩維。

沒有意義。已經發生的事就已經發生了。

「我們得要告訴警察。」她說。那麼，一切就結束了。無路可走了。

菲力克斯說：「我們不能。除非你能想出一個好理由，可以解釋我為什麼會在她的車上裝一個跟蹤裝置。」

「我們得要制止她。她接下來的目標就是我們了。」

這個想法一出現在她的腦子裡，塔莉莎立刻就又從椅子上站了起來，她來到窗邊往外看，看看梅根是否就在樓下的街上。

「我知道，」菲力克斯說。「而我們也會制止她，不過，我們不能恐慌。給我們自己一點時間，我們稍後再談。還有，不要告訴安柏。那可能只會把她逼瘋而已。」

街上沒有梅根的蹤影。「我認為她已經搖搖欲墜了。」

「那就更不應該告訴她了。加油，塔莉。你和我，我們夠堅強。我們可以辦到的。」

54

死了的薩維看起來比過去幾年都還俊美。他那頭自從梅根回來以後就開始留長的深色捲髮圍繞在他的頭四周。不管是什麼原因導致他的死亡，他的臉也絲毫沒有受到毀傷，而他的肩膀彷彿是大理石雕刻出來的一般。當布簾拉開的時候，安柏牽著艾拉的手，心裡湧上一股苦甜參半的感覺，是什麼樣的機緣巧合，讓薩維在生命走到盡頭時，他身邊站著的兩個人竟然是他所愛的第一個女人，以及最後的一個。

「愛特伍德太太，這是你丈夫嗎？」那名陪同她們走進太平間的警探問道，他敬而遠之地站在她們的身後。

艾拉倒吸了一口氣，點點頭，然後又哭了。

「這是薩維・愛特伍德。」安柏說。

那名警探把玩著咖啡桌上的一些砂糖，看得安柏很想朝他的手摑下去，大聲叫他要放尊重一點。

「派克女士，你能想到有任何人可能會要傷害愛特伍德先生嗎？」

好了，要開始了。

「傷害他？」安柏讓自己看起來微微地感到震驚。「我以為這是意外。」越過那名警探的肩膀，她可以看到艾拉正在和第二名警探說話，她告訴自己，還好她們兩人都沒有被要求到警察局，或者接受正式的偵訊。至少還沒有。

「那是我們一開始的想法，」那名警探告訴她。「愛特伍德先生也許喝了太多酒，結果在花園裡跌倒，導致他的頭撞到了其中一塊石頭。」

安柏等著他往下說。那名警探看了一下沾在他右手食指上的砂糖。

「不過，那樣的推論有兩個問題，」他說。「首先，愛特伍德先生的血液裡沒有酒精反應；其次，驗屍的結果顯示，他的後腦有三處明顯的挫傷。沒有人會連續跌倒三次。」

「我想也是。」安柏覺得最後的一線希望都消失了。塔莉莎是對的，當然了；她向來都是對的。薩維是被謀殺的。

「那麼，你可以嗎？你可以想得到任何想要傷害他的人嗎？」

安柏搖搖頭。「沒有，」她說。「我從來沒有見過有人不喜歡薩維的。」

那名警探低頭看著他的筆記本。「你說你在週一的時候，曾經和他在瓦特斯塔見面。你覺得他當時看起來如何？」

飽受折磨。瀕臨崩潰。已經處在將他的生活全都拋棄的邊緣。「他似乎很好，」安柏說。「很正常。忙著工作，賺一堆錢，就是平時的薩維。」

一絲新的痛苦爬上她的下巴，淚水又開始要湧上來了。

「真有意思，」那名警探說。「因為他的妻子說的和你完全相反。她說，這幾週來，他完全不像他自己。」

安柏告訴自己慢慢來，表現出在思考的樣子。

「她應該是最了解他的，我想。也許，他讓她看到了他不讓我們其他人看到的一面。」

「還有，他辭職了，就在四天之前。」

她不知道這件事。「我不知道。」

那麼，他是認真的；薩維一直在整理他的物品。不，他在逐步結束他的生活，準備要放下一切。

「他妻子說，他整個週末都在清理他的東西。她以為他打算要離開她。」

是啊，他是，某種程度上。安柏搖搖頭。「我第一次聽到。」

「你是愛特伍德先生以前的女朋友，是嗎？」

「薩維和我在學校的時候有交往過。那是二十年前的事了。」

「這麼說，你們兩個最近並沒有交往？」

安柏感到鬆了一口氣，因為她終於可以誠實地回答一個問題。「如果你指的是外遇，我們絕對沒有。」

「而你在上週辭職了，因為個人的理由。就在愛特伍德先生辭職的幾天之內。你擔心也許會有什麼事讓政府難堪？」

「薩維和我沒有婚外情。就我所知，他並沒有任何的外遇。」

說來好笑，能夠說實話是一種單純的滿足，然而，人們卻從來不曾對此心懷感激，直到這樣的滿足感被剝奪為止。

「你為什麼辭職？」

「我錯過了我女兒太多的童年——我可以等到她們大一點的時候再重返議會前座[20]。」

「你可以想得到是什麼原因，讓愛特伍德先生可能在半夜到野豬山那棟房子的花園去嗎？」

又一個她可以誠實回答的問題。「只怕我想不到。我們認識在那裡長大的一個男孩，威爾，那戶人家的長子，不過，我有二十年沒有見到他了。我不知道薩維是否還和他有所聯絡。」

「威爾．馬克漢現在人在美國。」那名警探又看了看他的筆記。「在過去兩個星期裡，愛特伍德先生是你的朋友當中第二個讓你感到擔心的人，對嗎？有一名丹尼爾．雷德曼先生，也就是萬靈學校的校長，被學校的同事報警說他失蹤了。」

「我們一直都很擔心丹，」安柏說。「不過，他住處的人告訴我們說，他去靜思中心了。」

「我們？」

「一群老朋友。」她說出了塔莉和菲力克斯的名字，現在只剩下他們兩個了。

「我在想，為什麼你沒有報警說他失蹤了？」

「我們有想過。我想要報警。但是，塔莉說，如果丹只是需要一些獨處的時間，那麼，我們這樣小題大作可能會讓他很難堪。所以我們決定再等等。」

「你知道嗎，我在警方的電腦裡查了一下愛特伍德先生的名字，結果你和丹尼爾．雷德曼的名字都出現在和他相關的資料裡。你們都是梅根．麥當納的朋友，對嗎？」

「很久以前。」

那名警探放下他的筆記本，目光停留在安柏身上久久沒有移開。「你知道她也失蹤了嗎？」

⓴ 議會前座（front benches）是英國議會中供內閣大臣、執政黨和反對黨領導人就坐的前面兩排位置。

55

當塔莉莎把車開進車道，看到自家那片偌大的黑色窗戶時，她發現自己有多討厭回到一個空蕩蕩的家，而她不知道自己為什麼花了那麼久的時間才了解到這點。

當她認識馬克的時候，她告訴自己，他那三個來自前一段婚姻的兒子是他的一大優勢。吵鬧、臭烘烘的、經常惹人討厭、偶爾搞笑，那幾個男孩就是她這輩子所需要的孩子了，而且有朝一日還會為她帶來孫子，再次強調，她不需要和那些孫子太親近，因為他們不會是她的——你知道的——親孫子。

隔週來訪加上週間來這裡過夜就是她所需要的家庭生活了，不過現在，馬克不在家，他經常不在家，她只能帶著沉重的心情，在屋內那片彷彿沒有盡頭的石地板上閒晃。

她在駕駛座上繼續坐了一會兒。七歲的賈斯是年紀最小的一個，他曾經把美國隊長的貼紙貼在他臥房的窗戶上，這讓她感到惱火；那些鮮豔的圖案讓他們極簡主義的房子正面變得廉價，但是，馬克卻站在他兒子那一邊。現在，她發現自己渴望賈斯溫暖結實的身體可以和她一起窩在沙發上。賈斯就是個抱抱機器，隨時都準備好要依偎在任何溫暖、長時間不移動的東西旁邊，而她對他卻從來都沒有耐心。

她不知道現在有個自己的孩子是否已經太晚了？

這場從她離開辦公室開始就一直下個不停的傾盆大雨讓擋風玻璃都看不清楚了。塔莉莎下了車，跑過最後幾步，讓自己進到屋子裡。她想起她給安柏和菲力克斯的建議，因此立刻檢查了門閂，再把鎖鍊勾好，直到此時，她才發現有點不對勁。她應該要趕到防盜警報器前面，輸入可以防止警報響起的密碼，然而，低沉的警報聲並沒有響起。警報被關掉了。

只有她、馬克和他們的管家知道警報的密碼，但是，她稍早才和人在柏林飯店裡的馬克通過話，而他們的管家在非工作時間根本就不會來此。不過，極有可能是她今早忘了啟動警報器；現在，她的腦子裡有太多事情了。

當塔莉莎把她的外套掛在那間小衣帽間的時候，雨滴從外套上滴落了下來。一如往常地，衣帽間裡幾乎找不到一個空的掛鉤，一堆外套和夾克擠在一起，變成了一坨看不出形狀的東西，讓衣帽間的門幾乎都無法壓回去關好。她得要和那幾個男孩談一談，讓他們不要把這麼多垃圾塞在這裡。

她的高跟鞋聲音迴盪在走廊上，她手提袋帶子上的扣環在廚房的花崗岩工作台上發出喀噠聲。她以前從來都沒有發現這棟房子裡有多吵。那片佔滿整座後牆的窗戶，在漆黑的戶外襯托下，已經變成了一面巨大的鏡子，完美地反射著她身後夾層式的長廊。她可以看到五扇臥室的門，其中一扇是開著的。

有東西——一根小樹枝、垃圾——擦撞在廚房的窗戶上，讓她跳了起來。

「艾雷莎[21]，」她說。「把窗簾關上。」

經過一秒鐘的安靜，垂直懸吊的窗簾在低沉的嗡嗡聲中關了起來。把夜色阻隔在外面也許會有幫助，不過，當她被包圍在廚房裡，無法再用窗戶作為鏡子時，塔莉莎升起一股千真萬確的感覺，有人正在看著她。她原地轉身，當然了，沒有人在長廊上，不過，那扇打開的房門是一個問題。當男孩們不在這裡時，房間的門都是關著的。有人曾經進去過。

走出廚房的時候，她在刀架邊暫停了一下。七把刀都在它們應有的位置，她覺得這應該是好現象，而她絕對不會帶著一把刀在屋裡走動，因為這麼做實在太可笑了。

不過，這已經不是她所認識的生活了，這是一個丹已經消失、薩維也遭到殺害的世界。她挑了一把中型尺寸的刀子，她曾經看過馬克用這把刀來切蔬菜，因為更大的肉刀就真的太荒謬了，而且，這把幾乎可以藏在她的手裡。

一樓沒有人。近乎開放式的格局排除了有人藏匿的可能性，放眼望去很容易就可以看清楚。起居室裡，沒有任何殺手躲在那些皮沙發後面；前門旁邊的衣帽間，那堆亂七八糟的外套還是那樣，就只是擠成一團的外套；馬克的書房一團亂，不過，那是馬克式的亂，就像他一直以來的那樣。樓上就比較棘手了。

當她爬上樓梯時，那把刀的刀柄因為汗濕而變滑。

塔莉莎從她和馬克的房間開始，依次檢查著每一間臥室，連套房裡的浴室也沒有遺漏，她往後退開一步，拉開衣櫥的門，同時意識到樓上沒有什麼通道可以輕易地逃離屋子。只要身在樓上，她就被困住了。

那扇沒有關緊的房門是魯伯特的房間，年紀最長的那個。她在門檻處停下腳步，將那把刀滑到手裡。她的心跳幾乎到了痛苦的程度。

好吧，上！

房門猛然往後撞到牆壁；一陣高頻率的尖叫聲不知道從哪裡傳了出來。即便她往前跨進房間時已經看到了一名十六歲的男孩就在床上，塔莉莎依然控制不住地發出了尖叫。一支智慧型手機躺在地上，男孩的頭上戴了一副耳機，以至於他沒有聽到她回家的聲音。

「魯伯特，搞什麼？」突然釋放掉緊張讓塔莉莎吼了出來。「你在這裡幹嘛？」

那個削瘦、深色頭髮的男孩帶著一臉可憐兮兮的表情，瞪大眼睛回視著她。「對不起，對不起，我自己進來的。」

塔莉莎的心臟依舊在怦怦作響，她悄悄地把那把刀滑進自己的口袋裡。

「我們以為你週末才會來。你媽媽知道你在這裡嗎？」

魯伯特臉上充滿歉意的表情轉為了悶悶不樂。這個笨蛋以為他惹麻煩了；她從來沒有這麼高興看到他。

「她以為我在史坦家，」他說。「我和他吵架了。」

㉑ 艾雷莎（Alexa）是亞馬遜公司推出的一款語音控制的虛擬助手，是全球市佔率最高的智能家居語音平台。

史坦是魯伯特那群不討人喜歡的朋友當中的一個。「那你怎麼不回家呢？」

「媽媽和史坦的媽媽是最好的朋友。她一定會要我去登門道歉，這樣以後才不會尷尬。」

史坦的母親是學校家長教師聯誼會的主席，而其他孩子的母親就像小行星一般地圍繞著她。

「萬一她打電話去查看你的狀況，然後發現你不在那裡呢？」塔莉問。「她會慌張的。」

「她已經發了三次簡訊給我，指示我要乖一點。」魯伯特拾起他的手機。「我回覆了。她知道我還活著，只是不知道我人在哪裡而已。」

塔莉莎在床上坐下來，在他旁邊陷入了床墊裡。「那你是怎麼進來的？」她問。

「我上次來的時候發現了一支備用鑰匙。」魯伯特垂下目光。「你還有其他的鑰匙，我知道你不會需要的。」

「真可愛。那防盜警報器呢？」

他聳聳肩。「好幾個月前我就知道了。我們都知道。」

塔莉莎提高了嗓門。「艾雷莎，提醒我更改警報器的密碼。」

當艾雷莎在幫她安排提醒事項時，塔莉莎露出一絲微笑。「餓嗎？」她說。

魯伯特的眼神亮了起來。「我吃了一點薯片。」他說。

「你爸爸在冰箱裡留了一些義大利千層麵。你要嗎？」

魯伯特跳起來，同時也把她拉起來，他很快就會比她高了；他已經比以前強壯了很多。塔莉莎摸著他的肩膀。「很高興看到你。」她說。

當魯伯特離開房間時，塔莉莎走到窗邊，打算把窗簾拉下來。樓上的窗簾並不是自動的。就在她把窗簾拉到一半的時候，她瞄見外面的街道上有些動靜。她立刻關掉臥房的燈，給自己的眼睛幾秒鐘來適應黑暗，然後才走回窗邊。

屋外的人行道上有個人就站在街燈底下，那個人的身影被一把雨傘遮住了一大半，不過，在她走開之前，她的臉孔短暫地露了出來。梅根。

「我們說過不要在電話裡討論這件事。」菲力克斯的聲音聽起來很含糊，彷彿蒙了一條圍巾在說話一樣。

「我想，梅根在我家外面。」塔莉莎回答他。

「等一下。」

電話被放到什麼堅硬的物體表面，發出了喀噠的聲響。

「如果是她的話，那她就是走路過去的，」菲力克斯在重新拾起電話時說道。「她的車又回到了黑鳥利斯房產那裡。雖然是在不同的街道，不過還是在同一區。」

「她是用走的。」

「不過，那很奇怪。黑鳥利斯距離薩默敦很遠。為什麼要在這種天氣底下用走的？」

是啊，為什麼？現在，她重新回想了一下，頭髮不一樣。那是金色的短髮，像過去的梅根。

「我想，那也許不是她？」她只看到了那個女人一眼而已。

「要我過來嗎？」菲力克斯問。

塔莉莎可以感覺到那股緊張退去了，只留下筋疲力盡的感覺。「不用了，沒事的。魯伯特和我在一起。」

「好吧，把門鎖好。」

晚餐結束之後，當塔莉莎和魯伯特坐在沙發上靠在一起——沒想到魯伯特才是最愛依偎的一個——看著漫威的一部舊電影時，門鈴突然響起，聲音壓過了浩克甩掉一架攻擊直升機的聲音。魯伯特呻吟了一聲。「我媽。」說著，他打開手機上的一個app。

塔莉莎暫停了電影。

「不是我媽。」魯伯特聽起來很困惑。「Find My Friend[22]說她還在家。」

「在這裡等著。」塔莉莎告訴他。

走廊上除了安全警示燈之外一片昏暗，安全警示燈只是要確保沒有人在夜裡需要摸黑走路。塔莉莎沒有把燈打開，因為一旦開了燈，她就更無法透過前門的玻璃看清是誰站在門口。

起居室裡傳來電影再次播放的聲音，這樣也好，因為這樣一來，魯伯特就不會聽到她隔著門講話的聲音。

不管發生什麼事，不管她用什麼藉口，她都不能讓梅根進來。

在塔莉莎沿著走廊往前走時，門口那個人影陰暗的輪廓越來越清晰。就在她的兩步之外，她看到了頭髮、肩膀，還有一張她認得出線條的臉龐。

✦

一直到片尾的字幕升起時，魯伯特才想起他的繼母還沒有回到起居室。他也不知道在門口按門鈴的人是誰。他站起身，預期會發現塔莉莎就在廚房的流理台旁邊，低頭看著筆記型電腦，就像她平時那樣，不過，開放式格局的房間裡卻空無一人。就在他打算上樓找人之際，屋裡突然響起一聲重重的關門聲；他感到一股冷空氣襲來，隨即發現前門是開著的。

「塔莉？」他小心翼翼地沿著走廊往前走。

外面還在下雨；魯伯特手裡握著手機——他的手機當然會拿在手上，畢竟他是一個十六歲的孩子——在持續盯著門口之下，他找到了他父親的號碼。他的手指懸在通話的按鍵上方，不過，他告訴自己稍等一下。

他站在門檻上，只見塔莉莎的車子就停在車道上；她並沒有離開。

「塔莉？發生了什麼事？」車道上的石礫刺進了他的腳底。他沒有想到需要穿鞋，不過，如果他繼續站在這裡的話，雨水很快就會讓他渾身濕透了。雨水已經滲入了他的眼睛，正沿著他的

㉒蘋果官方針對蘋果用戶所開發的一個應用程式，用戶在安裝此app之後，可以和親友共享或追蹤彼此的位置資訊。

脖子往下流。

他不需要在屋外待太久。

他繼母的屍體就躺在她車子旁邊的石礫上。

56

「你相信巧合嗎，歐尼爾先生？」

「當然。」菲力克斯說。

「那麼，你會把幾天之內你的兩個老朋友死亡，還有第三個的失蹤，歸納為巧合？」

「不，那太荒謬了，」他說。「梅根．麥當納殺了塔莉和薩維，可能還有丹。」

偵訊菲力克斯的兩名警探中較為資深的那一個，把一張梅根的照片滑過桌面，推到他面前。「這個梅根．麥當納？」他說。

那張照片是在監獄裡拍的，背景是一片刺眼的白色。梅根的頭髮濕漉漉地貼在頭皮上，也許沒洗過；在那張沒有化妝的臉上，她的皮膚似乎佈滿了斑點和大片的濕疹。

「就是她。」他把照片推回去。「你們找到她了嗎？」

「我們正在追蹤一些線索。告訴我，麥當納小姐為什麼想要殺了你的兩個老朋友？」

「三個。你們還沒找到丹的屍體，不過，那並不表示他就還活著。丹不會那樣消失的。丹絕對會逃跑的，不過，這些笨蛋不需要知道這個。

「梅根為什麼會想要殺人？」

「她有些不對勁。她向來都不對勁。看看她二十年前做了什麼。那太殘忍了。而她被關了二十年——那麼長的時間足以讓任何人發瘋。」

這沒什麼說服力，但他只能這麼說了。

那名警探發出一聲重重的嘆息回應了他。然後說：「可是，大部分的人出獄的時候，就和他們入獄時一樣正常。梅根．麥當納從來都沒有被視為不正常。」

「她很聰明，我會這麼說。」

「好吧，就讓我們暫時順著你的說法來吧。她為什麼會選擇她的老朋友？而不是什麼在街上隨機遇到的陌生人？」

「她在生我們的氣。她認為我們背叛她。」

「怎麼說？」

菲力克斯前一天晚上幾乎沒有入眠，他一直在計畫著要如何回答這個問題。「當梅根被捕的時候，我們都感到了無比的震驚，」他開始說。「我們無法相信她做出那樣的事。我想，我們都拋棄了她。我們都受到了來自我們父母的壓力，要我們和她切斷關係，我想，我們也都照做了。就在不久之前，當我們最後一次看到她的時候，她嚴厲地抨擊了我們背棄她的行為。」

「你們有背棄她嗎？」

菲力克斯刻意將視線垂向桌面。「我想是吧。我們沒有去探訪她，也沒有寫信給她。我想，塔莉莎還做了某種孩子氣的承諾，說一旦她成為合格的律師，她就會代表梅根，試著讓她的刑期減少，不過，她並沒有那麼做。丹尼爾在杜倫念大學，梅根被關的監獄就在那裡，但是，就連他也沒有去看她。」

「那薩維．愛特伍德呢？她為什麼要殺他？」

菲力克斯冒險地抬起眼光，只見那名警探的眼睛裡充滿了血絲。「那很簡單，」他說。「她在學校的時候很喜歡他。我想，他也許甚至曾經許下承諾，說會等她出來。所以，她出獄後發現他已經結婚了，而且無意離開他的妻子，她就翻臉了。」

「你稍早的時候說，自從她出獄後，你們常常和她見面？」那名警探說。「你們每週末都和她見面。為什麼？」

菲力克斯往後靠在椅背上，雖然，這是他現在最不想做的動作。「我們沒有人想要這樣做。但是，她費盡心機地想要回到我們的生活裡。她不接受我們說不。老實說，那越來越尷尬，也給我們的家人帶來了麻煩。」

「但你還給了她一份工作？」

「因為我同情她。」

「她在你公司工作了多久，五週？」

菲力克斯佯裝在思考這個問題。「大概是吧。」

「她表現得還可以，是嗎？」

「是啊，平心而論，她還不錯。她在財務方面很快就上手了。每天也都準時來上班。她表現得還可以。」

「所以，她也許不希望傷害你？因為你是她的雇主。」

「我相信她恨我就像她恨其他人一樣。也許我就是下一個。」

「你上一次見到她是什麼時候？」

這是他必須小心的問題，因為他給出的任何資訊，都可能被拿來和其他人的證詞相比對。只不過，現在也沒有其他人了。只剩下他和安柏。還有梅根。

「我不確定，」他說。「她上週沒有來上班。她請假了，不過只請了一週，所以，下週一她應該會回來。」他把頭埋在手心裡，讓自己有時間思考。「抱歉，」他說。「要接受這一切對我來說很困難。薩維是我的伴郎，我們還是小孩的時候，我就認識他了。塔莉也是一個好朋友。」

室內一陣沉默，然後，「慢慢來，歐尼爾先生。」一杯水被放到了他面前。「事實上，我們何不休息一下？」

偵訊暫時中止，菲力克斯被單獨留在了房間裡。他用手背擦了擦眼睛——他的手背濕了，誰會想得到呢？——然後喝了一些水。水是溫的，裡面含了太多的氟。等到那兩名警探回來時，他已經做了一個決定。

「有件事我必須告訴你們。」他說。

兩名警探坐下來，打開錄音裝置，等他繼續往下說。

「二十年前，我們為梅根成立了一個信託基金。」

那名帶頭的警探臉上露出了驚訝之色。「信託基金？」

「我不記得是誰的建議，不過，我們是在她被判刑那天想到這個主意的。」

「抱歉，『我們』是誰？」

「我們這群人，我們五個。我、薩維、塔莉、安柏和丹。那天，我們都在法庭，雖然我不認為梅根知道這件事。我們一致同意等到我們大學畢業、開始賺錢的時候，就把我們每年年收入的十分之一存到基金裡，等梅根出獄的時候給她。」

兩名警探互相對望了一眼。「那很慷慨。」

「我們那時都還是孩子。當時發生的事情讓我們很難過。所以，我們就那麼做了。就連丹也是，儘管大部分的時候，他的收入只是一份教師的薪水。薩維幫我們管理那個基金，等到她獲釋的時候，那已經是相當的一筆數字了。」

「她一定很感激。」

菲力克斯再度垂下目光。「我們沒有告訴她。」

「為什麼？」

他揚起視線，堅定地注視著那名警探。「我們已經不是孩子了。我們在青少年時期所做的一些事，現在感覺起來似乎很幼稚、很沒有必要。那是一大筆錢。說實在的，我們全都不願意給她。我們很混蛋，我不否認。總之，問題是，她發現了那個基金的存在。」

「怎麼發現的？」

「她注意到我會定期撥款到一個信託基金，然後就設法進到那個基金帳戶。她真的非常聰明。不過，她並沒有感激，相反地，她很憤怒，因為她知道我們退縮了。」

「我想，我可以理解她的想法。」

「是啊，我們也是。我不是在為我們的行為辯解。不過，她不只是發現，她還偷走了那筆基金。我是說，她進到那個基金帳戶。錢不見了。她拿走了。所以，不管她現在在哪裡，不管她在計畫什麼，她都有很充分的資源。」

「我們需要進入你公司的電腦系統。」那名警探說。

菲力克斯點頭表示同意，他知道他們根本無需他的同意。他在前一天晚上就意識到，警方遲早都會去查他公司的帳戶。無所謂。沒有了那筆信託基金——而且他也已經承認了——就沒有什麼可以讓他定罪的了。

「還有一件事，」他說。「是上次我們見到她時，她告訴我們的。」

「我以為你不記得你上次見到她是什麼時候？」

「我記得那個場合，」他堅定地告訴他們。「我不記得的是日期。也許是上上一次，我不知道。好吧，不過，我想這很重要。她告訴我們說，我們高考的那個夏天，她被她父親和他的幾個朋友集體強暴了。我們感到很震驚。二十年前，她完全沒有提過，不過，這很明顯地說明了她的行為為什麼失常。你知道的，她的高考慘敗，還做出那件開車的蠢事？她受到了重創。也許還被創傷後壓力症候群所折磨，無法正常思考。現在，我真希望我們當時能知道這件事——那樣的話，我們就會確定警方也知道，那麼，這件事在她被判刑的時候就會被納入考量，然而，我們並不知道。」

兩名警探都在做著筆記。

「不久前，她父親遭到攻擊，」菲力克斯繼續說。「在他的露營車裡被痛毆。新聞有報導這件事。我想，這是她安排的，用我們的錢安排了那次攻擊。她在用那筆信託基金的錢進行她的報復，報復每個她認為辜負她的人。」

「你覺得她可能會在哪裡？」

菲力克斯搖搖頭。「她也許有什麼認識的人，一些她在牢裡認識的人。除了她父親之外，我不認為她在這裡還有任何的家人，而她父親現在人還在醫院裡。」

「我們差不多問完了，歐尼爾先生。只剩下幾件小事要和你確認。麥當納小姐開的是什麼車？」

菲力克斯讓自己的眼神飄走，想像他正站在自己的辦公室窗前，眺望著外面那個停車場。「一輛Nissan Micra。很老舊的車款。金屬藍的顏色。」

另一張照片被推過桌子，來到菲力克斯面前。那是在晚上拍攝的，一輛車，可能是藍色的，不過很難說，正朝著野豬山的方向出城而去。

「這輛嗎？」那名警探問。

車牌號碼無法辨識。「看起來很像。」菲力克斯說。

「麥當納小姐沒有把這輛車註冊在她的名下，實際上那就是非法駕車，」那名警探說。「如果你知道車牌號碼的話會很有幫助的。」

菲力克斯閉上眼睛，想了一秒鐘。「PD54 RZM。」他說。

「你聽起來很確定。」

「我對數字也很在行，」他說。「是同一輛車嗎？」

「是的。監控器拍到它開往野豬山，然後大約在愛特伍德先生被謀殺的時候又下山回來了。」

菲力克斯感到一股興奮在心裡升起。「那算證據嗎？」

「還不算，我們無法看到開車的人是誰。不過，那是很有力的間接證據。」

「還有一件事，先生。」另一名警探拿出一個透明的塑膠證物袋。「你認得這個嗎？」

那是梅根的太陽眼鏡，和她在塔莉莎的午餐派對上戴的那副一樣。

「那是梅根的。」他說。

「你確定嗎？」

「肯定。她很多時候都把它戴在頭髮上，不過，當她摘下來的時候，我可以看到鏡架尾端啃咬的痕跡。」他指著照片。「就像那樣。」

那個袋子被拿走了。

「謝謝你撥空前來，歐尼爾先生。我們會再和你聯繫。」

那個錄音裝置隨即被關掉，三個人全都站起身。菲力克斯在走到門邊的時候轉過身來。

「你可以告訴我那副太陽眼鏡是在哪裡拿到的嗎？」他說。

兩名警探很快地交換一個眼神。「沒有什麼不可以的。我們是在塔莉莎．史雷特家的車道上發現的。」

57

防盜門打開的聲音讓安柏把拇指指尖上的一小片皮膚削了下來。在疼痛感襲來之前，一滴血珠先湧了上來，一如往常地，她又想起自己能如何面對真正的痛苦，如果這麼一點小傷就足以讓她感到這麼痛的話。不過，她也許很快就會知道了，就像塔莉、薩維和丹那樣。

她得要冷靜下來；盲目的恐慌毫無疑問地會要了她的命。大門已經打開讓戴斯特進來了；這個時候，他也應該要到家了。

她一直在做飯——當她感到壓力，需要一種簡單、有效的方法來填滿時間時，她就會做飯。每一個選舉之夜，根據安柏所知，自從她成為國會議員以來，這樣的選舉夜已經有四次了，每次她都會不停地削皮、剁菜、大火快炒、燉砂鍋菜。等到選舉結果揭曉的時候，她的冰箱已經塞滿了，而她的廚房看起來也像是爐子爆炸過一樣。

她的鮮血滴在工作台上，她找了一些紙巾把傷口包裹起來。直到此時，她才發現戴斯特並沒有進屋。她也沒有聽到他的車輪壓在車道上的聲音，而後門外的警戒照明也沒有亮起。這些都讓恐懼再度回來了。

安柏在離開廚房的時候順手抓起她的提袋，因為她的兩支手機都在袋子裡，而她再也不會讓手機離開她的身邊。她來到餐廳，走到可以眺望車道的那扇大凸窗前面。戴斯特的車不在那裡。

就在她要從袋子裡拿起手機打給他的時候，她的拋棄式手機響了。是菲力克斯。當然是菲力克斯——他和她是僅剩的兩個人了。

不，不，她不能這麼想，現在不能。

「嗨。」

菲力克斯開門見山地說：「我需要和你談一談。」

安柏還在注意聽著她丈夫回來的聲音。「我可能得要等一下再回電給你。」

「不，不是在電話上談。記得我們說過的嗎？在某個人剛回來的時候說過的事？」

不要在電話上討論，因為你永遠不知道有誰可能在偷聽。特別是安柏，她必須要很小心。

「你自己一個人嗎？」菲力克斯說。「有人和你在一起嗎？」

「沒有，不過我想戴斯特就要進來了。」

菲力克斯似乎重重地吐出了一口氣。「好，很好。聽著，我需要見你。你可以過來嗎？」

今晚不行。現在不行。

「我想我沒辦法。」

電話那頭又停了一下，接著又是一聲重重吸氣的聲音。菲力克斯也很沮喪，也許是害怕，而他的反應讓一切顯得更加糟糕。菲力克斯應該是他們之中最強悍的。如果他倒下了，那他們全都會跟著倒下。

雖然，他們已經都倒下了。只剩下兩個。

「安，這很重要。」

她可以聽到他聲音中的顫抖，雖然他很努力想要掩飾。「你和我必須談談，」他繼續說。「我們需要決定接下來要怎麼做。出事了。」

當然了，當然出事了。梅根出獄之後已經變成一團復仇的怒火，正在除掉所有阻礙她的人。她殺了丹、塔莉，甚至還有她曾經愛過的薩維，因此，對於偷走她生命中所愛的人、放任她在監獄中腐爛的摯友，她當然也不會手下留情。

「發生了什麼事？」

「安，我不會再對你重複一遍。你有麻煩了。你女兒在哪裡？」

突然改變的話題讓她一陣茫然。

「什麼？」

「珍珠和露比，她們在哪裡？我已經把莎拉和路克送到她父母家了。我不想讓他們靠近這裡。」

她的胸口彷彿被戳了一刀，比她至今所感受到的更尖銳、更冰冷。「我也是，」她說。「她們在戴斯特母親位於芬奇麗的住處。我告訴她說，接下來幾天，我在議會裡會很忙。戴斯特原本不確定什麼時候會回家，不過，他現在已經回來了。」

也許他還沒有——她依然還沒聽到她丈夫進屋的聲音。安柏突然意識到這幢房子有多大，而它距離附近其他的房子又有多遠。

「那很好，」菲力克斯告訴她。「好吧，你能自己過來嗎？到工廠來——我們在那裡會很安全。除了我和清潔人員之外，沒有人有鑰匙，而清潔人員現在應該都已經打掃完畢了。」

安全。她再也不知道什麼叫做安全了。

「安柏，你在聽嗎？」

「當然。好吧。如果你覺得那很重要的話。」

「還有，安，不要相信任何人。不要和任何人講話，不要半路停車。直接到那裡，好嗎？」

菲力克斯掛斷電話，屋裡的寂靜似乎將安柏包圍了起來。儘管她剛才對菲力克斯那麼說，但她依然還是獨自一個人。戴斯特無法保持超過幾秒鐘的安靜；即便當他睡覺的時候。她從來不知道有任何男人在睡著的時候，會像她丈夫那樣地打鼾和說話。這股令人窒息、超乎尋常的安靜意味著他並不在屋子裡。

她抓起一件外套，就在她即將打開後門的門鎖之際，她想起自己為什麼認為戴斯特在家。她之前聽到了大門打開又關上的聲音。

那扇最先進的大門是在她被任命為監獄和緩刑部大臣時安裝的，那些被授權可以自動進入這幢房子的車輛，它們的車牌都需要先經過那扇門的辨識，然後才能放行。如果要在其他時候打開那扇大門的話，就需要輸入六位數的密碼，她曾經被保證過，只要她不是用任何很容易就可以查到的數字，例如她的生日、她丈夫或者女兒的生日作為密碼的話，那個六位數就不可能被猜得出來。她並沒有用任何人的生日作為密碼，因此，那扇門不可能打開；她一定是聽到隔壁的門打開的聲音。

她鼓起勇氣溜到屋外。當她鎖門的時候，她的外套差點就被一陣勁風從肩膀上扯掉。地上散落的一些小枝條和樹枝告訴她，暴風已經刮了一段時間了。大門是鎖著的，就如同它們應該有的狀態，而她也不擔心車庫門是敞開的，因為那是她向來為了戴斯特而刻意不關上的。她的車子面朝外面，隨時準備開走，那是她的保安團隊曾經對她強烈提出過的建議。幾秒鐘之內，她就坐在駕駛座上了。

安柏駛離屋子，轉向屋外的主幹道。她在時速五十哩之下開了大約一百碼，然後發現自己犯了一個可怕的錯誤。當她用遙控器解鎖時，她的車子確實有反應，不過只有車內的燈亮起而已，車子並沒有發出平時那種解鎖的喀噠聲。她的車子沒有上鎖。同時，她開始意識到一股不屬於車內的味道：雨水在衣服上的味道，洗髮精的化學合成花香和輕微的體味。

她的腳僵凝在油門上，她清楚地知道自己即將在後視鏡裡看到什麼。當車後的道路消失在視線裡，取而代之的是一對蒼白面孔上的深色眼睛時，她幾乎感到鬆了一口氣。當最壞的情況發生時，至少，恐懼就結束了。

「哈囉，安柏，」梅根從後座說。「繼續往前開。」

58

「不要慢下來。不，我是認真的，安柏，你得要繼續開。不要妄想把車子停到路邊。」

梅根的臉短暫地離開了後視鏡，取而代之的是她黑壓壓的後腦，她正在往後看。「如果你停下來，而另外一輛車經過的話，我們兩個就會完蛋，」她厲聲地說。「視線不要離開路面，繼續開，老天爺，你控制一下自己。你換氣過度了。」

安柏可以聽到梅根在說什麼，但是，她的腦子無法跟上。

「你到底想要什麼？」她努力地說出口。

她的聲音既單薄又過分尖銳，聽來彷彿是從一根管子裡擠壓出來的一樣。不過，這是一個愚蠢的問題。她知道梅根想要什麼。她想要殺了他們全部。菲力克斯一定已經知道她要過來找她了，而他居然不直接說出來。只要等她們開到一個停車區或者一條岔路時，她就會要她停車，然後，那一刻就到了。

「只是要和你聊聊而已。」梅根的聲音很低沉冷靜；那種人們在安撫一隻緊張的動物時會使用的語氣。「等一下，我要爬過來。」

她往前挪動；安柏畏縮了一下，車子立刻就偏離了方向。

「噢，拜託，」梅根動怒地說。「我只是要坐到前面而已。」

透過眼角，安柏看到梅根擠過座椅之間的縫隙。為什麼，在她最需要的時候，她的貼身保護官曾經告訴過她的自我防衛方法，她竟然什麼也想不起來？

梅根在她面前揮舞著雙手。「你看，」梅根說。「沒有槍，沒有刀，什麼都沒有。我不會傷害你的。」

「你想要幹嘛？」淚水湧上安柏的眼睛。「我很抱歉我們所做的事。我知道我們錯了，我也不怪你恨我們。可是，你已經變成了一個怪物。」

她應該更勇敢的，她知道，但是，珍珠和露比——她也許再也見不到她們了。

一隻手落在她的手臂上，她立刻就甩開了，就像在甩開一隻蜘蛛或者黃蜂一樣。

「安柏，聽我說——」

「我的女兒，梅根。你怎麼能這樣對待我女兒？」

「安柏，拜託你控制一下自己。我不是你需要害怕的那個人。」

她冒險地瞄向側面。梅根的表情深不可測，但是，不知怎麼地，她看起來並不像是一個即將發動攻擊的冷血殺手。如果真的有什麼表情的話，她看起來也一樣害怕，但是，那完全沒有道理，一點都沒有。

「你是什麼意思？」安柏問。

「我們要去哪裡？」梅根回答。「現在，在你看到我以前，你打算去哪裡？快點，這個問題不難回答。」

安柏必須思考一下。她要去見菲力克斯，去工廠，對，就是這樣。

梅根說：「你用塔莉給你的那支拋棄式手機接了一通電話。我可以從車道上看到你。那是菲力克斯嗎？」

安柏點了一下頭。

「他要你去某個地方和他見面？」

又一個點頭——她還能做什麼？梅根靠在她的椅背上，彷彿突然被一個想法擊中，然後，一陣手機鈴聲讓她們都嚇了一跳。那是安柏的拋棄式手機。菲力克斯打來的。

「不要接。」梅根嚴厲地說。她靠過來，按掉鈴響。幾秒鐘之後，安柏自己的手機透過車內系統開始響了。又是菲力克斯。他現在應該已經在工廠了。當她沒有出現的時候，他會採取行動的，不會嗎？他不會拋棄她的。

梅根按下拒絕接聽的按鈕。

他當然會；這就是菲力克斯。

「安柏，慢下來，這很危險。」

車速表顯示她的時速是六十哩，對這條狹窄又漆黑的道路來說太快了。安柏放鬆了油門。

「好，」梅根說。「我需要你保持冷靜，然後聽我說，你可以做到嗎？」

她可以。她的頭顫抖了一下——那就等同於默默地認同了。

「我要走了，」梅根說。「我付錢給一個狡猾的貨車司機，讓他把我藏在他的貨車後面，幫我偷渡到法國。沒有人會擔心從英國開出去的貨車——他們只在乎開進英國的貨車。上週二，我人在多佛，準備走了，你們再也不會見到我。」

這不可能是真的，這聽起來並不合理。「那你為什麼沒走？」她冒險問。

「我從新聞上得知有人對我父親做的事。有人在半夜闖入他的露營車，把他打到只剩下一口氣。我不得不回來。」

還是不合理。「你恨你父親。」

「我完全不在乎那個混蛋，但是，我知道有事要發生了。即便塔莉莎都不可能在那麼短的時間內安排人去攻擊他。這件事並不尋常。」

安柏聽到了她的話，不過，她卻無法理解。

「我沒有生病，安柏，」梅根嘆了一口氣。「我絕對不會要丹把他的一顆腎臟給我——我只是在作弄他。你也是。好像我真的會要你的一個孩子一樣。」

這個女人瘋了。她曾經用那樣的要求讓安柏崩潰；現在，她卻說那只是一個玩笑？突然之間，這一切都讓人難以接受。安柏把雙手從方向盤上放開，她的腳也離開了油門。

「我做不到。」她搖著頭。「我做不到。」

梅根抓住方向盤。「好，好，把車靠邊。前面有個停車區。聽著，四百碼，就停在那裡。但是，你得要答應我，你不會逃走。」

「我答應。」她什麼都會答應。就算這是梅根原本的計畫，就算她要等到車子停下來才擊碎安柏的頭也都無所謂。她已經不在乎了。

當梅根一再地看著後面時，安柏在她的觀望下開完最後的幾碼，將車子轉到一個停車區。她熄掉引擎，閉上雙眼。

「聽我說，」梅根的聲音聽起來很大聲，彷彿近在耳邊。「我是在耍你們，你們所有的人。那麼多年來，你們就那樣讓我在那種地方自生自滅、連想都沒有想到我，那讓我非常的憤怒。」

安柏聽到一些動靜，她害怕地睜開眼睛。只見梅根正直視著她。

「還有，如果要我老實說的話，」安柏在梅根繼續往下說的同時，因為羞愧而再度閉上眼睛。「我有好幾次的機會可以殺了塔莉莎，因為是她讓我在裡面待了那麼久。」

「我不知道那件事，我發誓。」安柏啜泣著說。

一隻手輕輕地落在她的手臂上，而這回，她並沒有甩開。「我知道，」梅根說。「不過，這很重要，我並沒有打算要做什麼。安柏，請你看著我。」

安柏睜開眼睛，不過，淚水已經再次填滿了她的雙眼，讓梅根看起來只是一抹模糊的影像。

梅根說：「我知道，過去二十年裡，你們都經歷了什麼，我知道我們所做的事一直都在折磨著你們。你們也都受到了懲罰。」

是的，這是真的，他們都受到了懲罰。「不過，不像你那樣。」安柏拭去淚水，剛好看到梅根露出的一絲微笑。

「不，是不一樣，」她說。「是更糟。至少，我為我們的行為付出了代價。那給了我一些安慰。」

當梅根握住她的雙手時，安柏覺得自己的淚水又要決堤了。「我很抱歉。」她又說了一次。

「聽我說。」梅根捏了捏安柏的手。「我把底片和信放在一個我知道薩維會找得到的地方。我知道他記得馬克漢家花園裡的那棵樹。我甚至不知道經過了那麼多年以後，那卷底片是否還可以被沖洗出來，不過，我從來沒有打算要試著去沖洗。我也留了一封信給薩維，把我現在對你說的話，也同樣對他解釋了一遍。一切都結束了，安。我拿了那筆錢，而我也不會對此懷有罪惡感，不過，我永遠也不會再打擾你們任何人。我這麼做的原因之一是，塔莉莎的能耐很大。我絕對不會再相信她。」

安柏企圖要消化她所聽到的這一切。如果薩維在馬克漢的花園發現那些證據的話——在一棵樹裡？——那麼，那些證據現在一定在警方手裡。但是，那也不對，因為，如果警方拿走了證據，他們現在應該已經知道了一切。梅根一定是在說謊。

「塔莉莎死了，」她對梅根說。「你殺了她。」

那雙深色的眼睛和安柏四目相對。「不，不是我。我並不是說我不恨她，但是，你認為我可能殺薩維嗎？甚至還有丹尼爾？」

她不知道。「我已經不認識你了。我不知道你的能耐。」

安柏的手被鬆開了。「那麼，為什麼我還不動手？為什麼我不等在你的後門外面，等著用什麼重物去砸你的頭？」

那應該很容易。「薩維被殺的那天晚上，你的車被人看到開往野豬山，」她說。「警方知道是你幹的。」

梅根畏縮了一下，彷彿安柏刺了她一刀，有一會兒的時間，她似乎迷失在自己的思緒裡。

「上週日，我把我的車停在了旅屋飯店，」最後，她終於開口。「我把鑰匙放在駕駛座下面的地毯底下。我知道我沒辦法帶著車一起走，而且，我也不想讓人用它來追蹤我。所以，我只能放棄它。」

太多要消化的訊息了，而且她沒有辦法分辨真假。

梅根把頭埋進手掌，也許是要給她自己一些思考的時間，好讓她可以再編造更多謊言，然後，安柏聽到有車子靠近的聲音。她四下環顧，恰好看到一輛車——一輛藍色的小型掀背車——向她們開近，而且似乎減緩了速度，然後又加速開走。

「我們該走了，」梅根抬起頭。「你可以開車嗎？」

安柏啟動引擎，把車開出停車區。「我們要去哪裡？」她問。

「我不確定。」

風勢依然強勁。每隔幾秒鐘，從樹上被刮落的碎木就像小型武器般地飛過路面。她連接到車上的電話響了，又是菲力克斯；這回，安柏完全無意接聽。

她們經過了一個左轉的路口，安柏瞄到一輛藍色的小車在那裡等著開上路。即便路上只有他們這兩輛車，那輛小車也不急著開出來，在她們轉彎之後，那輛車的頭燈就消失了。

「那你又為什麼在這裡？」安柏在開了半哩路之後問道。「如果你不想傷害我的話，你為什麼要爬過圍牆，闖入我家，然後偷偷溜進我的車裡？」

梅根發出一聲短暫又悲傷的嘆息。「首先，我並沒有爬過一道架有鐵網的十二呎高圍牆。我在那個鍵盤螢幕上輸入我媽媽的生日，結果大門就開了。我猜，在你們所有人當中，你是最不可能更改密碼的人，即便過了二十年。你的車沒有鎖。而我在這裡，是因為有人想要殺你，而且計畫就在今天晚上動手。我希望那不會發生。我顯然不能去報警，所以，我只能自己來了。」

安柏感到腦子裡的那片霧又集結了。如果不是梅根的話，這個世界上有誰會想要殺她？

「誰？」她問。

梅根說：「當然是菲力克斯。」

「你瘋了嗎？」

「菲力克斯有好幾個星期的時間可以接觸到我的車鑰匙。他可以輕易地就複製一把。」

菲力克斯也在梅根的車上放了一個追蹤器，他一直都知道車子在哪裡。

梅根說：「他在電話上對你說了什麼？」

他說了什麼想要見她之類的，說他不能在電話裡說。他霸道地要她和他見面，那就是標準的菲力克斯，當他要他們跳的時候，他總是期待他們會照他的話去做，她並沒有盡全力地質疑他——也許——她應該要那麼做的。

「他說我很危險，」她告訴梅根。「他說我們需要談一談。」

「你想想看，安。塔莉莎，她是我們所認識的人當中最聰明的其中之一，有人在半夜按了她家的門鈴，然後，她就離開了她裝有警報系統的家。而且是在她明知自己有危險的時候。你真的認為她會幫我開門嗎？」

她不會的。當然，她不會。

「你騙過了她。」安柏知道自己只是在抓著救命的稻草而已。「你按了門鈴，然後躲起來了。」

「那她就中計了嗎？拜託。不管是誰按了塔莉莎的門鈴，都是她信任的人。她不相信我。」

塔莉莎一直相信他們都陷入了危險，也一直在向安柏強調要非常小心。

「我父親遭到攻擊的事和你們有關，」梅根說。「我知道塔莉莎要在極短的時間內安排好那種事的機率很低，所以，我猜那是你們其中之一幹的。丹沒有那個膽子，更別說力氣了，所以，一定是其他兩個人。薩維和菲力克斯，你認為誰最有施暴的能耐？」

當然是菲力克斯。安柏從來都沒有看過薩維發脾氣。

安柏的沉默讓梅根假設她已經有了正確的答案。她接著又說：「你原本應該在哪裡和他碰面？」

「工廠。」

「好，我們不會去那裡。」

是的，安柏了解到她們不會去了。她不會靠近菲力克斯一步。不知怎麼地，在剛才那幾分鐘裡，她已經把她的信任從一個老朋友身上轉到了另一個。

「我們要去哪裡？」她又問了一遍。

「某個他找不到我們的地方。我們需要一個計畫，安柏。」

59

在離家前往工廠之前，菲力克斯檢查了他手機上的那個app，期待看到梅根的車還在黑鳥利斯房產，它停在那裡不動已經超過二十四小時了。當他看到那輛車在A329號公路上，距離安柏和她家人居住的德勒敦·聖里奧納德區只有幾哩時，他的心臟都要停了。

他打電話到安柏家裡，又試了她個人的手機，然後是塔莉給她的那支拋棄式手機。沒有人接聽。

他晚了一步。

60

回聲庭園。安柏看到這個招牌，不明白她們究竟為什麼來到回聲庭園。如果菲力克斯幾乎在這裡殺了梅根的父親，那他就知道要怎麼進來。不過，現在問任何問題都太遲了。梅根已經走向那座巨大的鐵門了。

安柏最終意識到自己有機會可以逃跑了，然而，她甚至連試都不想試。在最後那幾哩路上，她在某一個時間點做了一個她甚至不需要在腦子裡多想的決定。她信任梅根勝過她信任菲力克斯；就是這麼簡單。

不過，那依然沒有讓來到這裡變成一個好主意。安柏看著梅根輸入密碼，那扇大門隨即就滑開了。在她的老朋友指引下，她往前駛進了那個庭園。厚重的鐵門在她後面重重地關上。梅根走在車子前面，幫她帶路。

這個地方在晚上的時候讓人感到很不安。圍繞在四周的大樹彷彿稻草般地搖晃，讓目光所及之處都是幢幢的樹影。當車子龜速前進時，一尊尊的雕塑在月光下蒼白地俯視著她們，上了鎖的棚屋牆壁上盤踞著一個個的滴水嘴獸，彷彿石砌的疙瘩一樣，幾十張隱藏著的臉孔都在瞪著她看。還有一些掛在樹上，宛如高高在上的惡魔。梅根的頭髮被風吹成了一面張開的旗子，她在這個神秘之地裡一派自若，完全無視於那些滴水惡魔的存在，只是逕自指揮著安柏把車停在棚屋的後面。

「這樣從馬路上就看不到了。」她對著駕駛座的窗戶說道。

安柏把車停好，熄掉引擎，然後爬下車。「這裡還有其他人在嗎？」她問。院子裡充滿各種聲音和晃動；很難相信這裡只有她和梅根。

「其他的合夥人不會睡在這裡。」梅根往露營車走去。「我爸爸也是這裡的守夜人。」

安柏瞄了一眼她的兩支手機，隨即跟在她的身後；兩支手機上都有好幾通來自菲力克斯的未接來電。

那輛露營車並沒有上鎖。一進到車裡，梅根立刻就檢查了每一扇窗戶，確定那些單薄的窗簾都被拉緊，然後才打開水槽上方一盞昏暗的日光燈管。

那輛露營車的空間很小；安柏根據記憶中她祖父的露營車猜測，這大概是設計給一到兩個人使用的空間。她正站在一個廚房區。在她的右邊，有一張桌子和椅子放在一扇窗戶底下，還有一扇內部的門通到可能是浴室的房間。她的左邊是一張小餐桌，餐桌後面則是一張上下鋪的床。

「坐吧。」梅根繞過佔滿地板的兩只小旅行箱。另外還有一個比旅行箱小一點、印有運動品牌標誌的袋子放在那張窄桌上。

「你一直都住在這裡嗎？」安柏問。這個擁擠的空間裡除了舊衣服和難聞的菸草味，還有一點點梅根的氣味。

「最近幾個晚上。」梅根讓自己擠到那張狹窄的長凳上坐下來。「我只打算在這裡住一兩天，直到我弄清我父親發生的事為止。然後，我聽說丹尼爾消失了。噢，對了，那些不是我的。」她朝著塑膠桌板上的半瓶貝爾斯調和威士忌和兩只骯髒的玻璃杯點了點頭。「那是我爸爸的。我盡量不去碰這裡的東西。你也不應該碰到——你不會希望你的指紋在這裡被發現。」

那不是什麼問題。水槽邊的積垢都足以讓人在上面寫字了，而地板就更糟糕了。成坨的狗毛和砂礫堆積在各個角落，那一小塊地毯上則散落著垃圾。空啤酒罐不規則地堆疊在瀝水板上，還有一盒吃剩的外賣晚餐從一個過滿的垃圾桶裡探出頭來。她可以聽到呼呼的風聲裡夾著蒼蠅的嗡嗡聲，當她在梅根對面坐下來時，安柏可以感到有什麼細小的東西撞到了她的頭髮。她很快地把那隻小蟲揮開，然後打了一個冷顫。

梅根緊抿著嘴。「我來回答你沒有說出口的問題，監獄比這裡更糟。」她說。

安柏低下頭。「對不起。」

「那是你最後一次道歉。」梅根把那只運動包拉過來，然後拉開拉鍊。「你得看看這個。」袋子裡的東西被倒在塑膠桌面上。衣服，全都是黑色的，一雙大號的運動鞋、牛仔褲、一件帽T、手套，還有，很奇怪，一個滑雪面罩。還有……

「那是棒球棍。」安柏看著那根長而光滑的木頭。

「看看握把正下方的那個標誌。不要摸。」

安柏照著梅根的指示做。「貝特堂，」她說。「菲力克斯在帝國理工學院的學生宿舍。這是菲力克斯的東西？」

「我是在工廠後面的儲物櫃裡發現這個袋子的，從這點看起來，我會說是的，」梅根回答她。「昨天晚上，我進到那裡去了。我想，這就是用來把我父親打到半死的武器。很可能也是用在丹、薩維和塔莉身上的武器。」

安柏往後退開。如果她面前那個東西上面有血跡的話，她絕對不想看到。

「而你把它拿走了？」她問。「他會知道的。他會來找我們。」她想到圍繞著院子的那座巨大的鐵籬笆。那可能會讓她們很安全；同樣地，那也可能讓她們被困在這裡。

「安柏，反正他也在找你。你已經是甕中之鱉了。」

她依然還是。菲力克斯的腦子向來都很邏輯。如果他正在找梅根，那麼，遲早，也許更早，他就會想到這個地方。他會到這裡來找梅根，然而發現安柏也在這裡。

梅根說：「別這樣，安，振作起來。我需要你處在最好的狀態。」

說得容易，只是，安柏在很久以前就已經失去她最好的狀態了。他們都一樣。

「他為什麼要這樣做？」她說。「他是我們的朋友，他為什麼要傷害我們？」

菲力克斯不只是傷害他們，然而，要用殺害這個字眼實在太難了。假裝這是一連串基於誤解而發生的恐怖意外就會簡單很多，因為只要這樣假設，一切就還有好轉的可能。

「因為他認為你將會在壓力下崩潰，然後去自首，」梅根說。「我得要為那樣的壓力負上絕大部分的責任。所以，發生在薩維和丹身上的事，我承認我確實也有責任。」

即便在昏暗的燈光下，安柏也可以看到梅根的眼睛也在閃爍。

「不過，不包括塔莉莎，」她繼續說。「那個賤人罪有應得。」

「你沒有責任，」安柏說。「是我們在那個夏天開始這一切的。他們遲早都會找我們談的。」

她看向那瓶貝爾斯威士忌。她從來都沒有比現在更需要來上一杯。

「在菲力克斯變態的腦子裡，只要你們其中一個人去警察局，就會把所有人都拖下水。」梅根說。「他已經不安很多年了，安。他喝酒已經喝到失控了，還有，他的公司也在倒閉的邊緣。他做了一些愚蠢的決定。當我說他的公司需要像我這樣的人來起死回生的時候，我並非完全在開玩笑。」

「我們都很不安，」安柏說。「我們全都沒有辦法當個正常人。」

「沒錯。當我再度見到丹的時候，我就可以看出他並不健康。我會說，他有精神健康上的問題已經好幾年了。」

「不過，崩潰的不是他，」安柏說。「丹不是第一個崩潰的人。塞維才是那個要去警察局自首的人。他甚至還通知了我們。」

梅根悲傷地搖搖頭。「你看。菲力克斯不可能讓那種事情發生。但是，我們不知道菲力克斯和丹尼爾之間可能發生了什麼事。如果丹尼爾是第一個死的，我也不會感到意外。」

「可是，為什麼要殺塔莉莎？她不可能會去自首。絕對不可能。」

「我想，菲力克斯意識到，只有讓自己變成唯一剩下來的那個人，他才能確保自身的安全。」

安柏再也無法好好地坐著。她站起身，跨過梅根的小行李箱，走到露營車另一端的牆壁。她把窗簾拉開了幾吋。只見圍籬外的馬路上空蕩蕩的。

「不過，他不會是唯一僅剩的人。」她轉過身，再度面對梅根。「就算他殺了我，也還有你。」

「噢，我太好對付了，」梅根說。「我會背負這個罪名。他會有他從工廠獲得的DNA：掉落的頭髮、筆桿上的指紋、垃圾桶裡的衛生紙。他會編造謊言說，我是為了要報復背棄我的朋友，所以，我會再度被關進去，也許另一個幾十年。我將死在監獄裡。」

「那就是你需要我活著的原因。」安柏說。「你需要我站在你這邊。」

梅根沒有反駁，只是開始把菲力克斯的衣服和球棒放回那個運動包裡。她小心翼翼地收拾，用那個滑雪面罩當作臨時的手套。「這會證明他的罪行，」她說。「他的指紋應該會留在球棒上。那就有能把他和我父親、薩維以及塔莉莎連結在一起的DNA了。也許還有丹。不過，我們還需要處理你的部分。」

那到底是什麼意思？

「我有一個計畫，安柏，你要聽嗎？」

安柏別無選擇，只能點頭。

「我們離開這裡，然後直接開車去牛津的警察局，」梅根說。「我們把二十年前發生的事情如實告訴警察。」

這就是她的選擇：自首，然後服刑，或者被一個曾經是她朋友的人毆打致死。在那一刻，安柏不確定自己要選擇哪一個。後者會快一點，而她也能在名譽不受到損傷之下死去。

「當我說出真相時，」梅根繼續說道。「我會說的是接下來的這個故事版本。」

安柏走向桌子。「我在聽。」

「我會告訴他們說，其他人——丹、薩維、菲力克斯和塔莉——那天晚上都和我在車子裡，」梅根說。「不過你沒有。你喝了太多，在我們決定要出去開車之前幾個小時，你就已經不省人事了。」

這並未背離實情太遠。那天晚上，她幾乎喝醉了。

「我會告訴他們說，我主動承擔責任，是因為我知道我的高考考砸了，」梅根往下說。「條件是，他們全都需要支持我。塔莉會讓她父親的公司出任我的代表律師，確定我不會被判得太嚴重，然後，等我出獄時，他們全都需要照顧我。」

「怎麼照顧？」

「給我一份工作、幫我找住處、資助我一些錢。關於細節，我可以模糊帶過——那是很久以前的事了。重要的是，你什麼都不知道，直到最近，也許前兩週之類的。我們需要說好一個日期，就說是在我讓你們全都聚集在塔莉莎舊家的那次。」

那不可能。這絕對行不通。然而，她還是感到了一絲微小的希望，不是嗎？

「你嚇壞了，」梅根繼續說道。「你無法相信。我們知道你不會保守秘密——其他人都陷入了恐慌，然後，菲力克斯決定要親自動手處理這件事。」

「我辭職了，」安柏說。「那就符合了這個版本的說法。一旦我發現了我的老朋友們做了什麼，我就得辭去政府的職務。」

梅根冷笑了一下。「是啊，事實上那個時機還配合得真好。那麼，你覺得呢？你可以做到嗎？」

她不確定。「你為什麼要讓我逃過責任？」安柏問。

梅根站起來。「因為已經有足夠的生命被毀了，安。那天晚上，你真的不清醒。你根本不知道你在做什麼。在我們所有人之中，你是最不應該被責怪的。」

安柏搖搖頭。雖然她很願意相信這是真的，但是，她可以記得他們駕駛在A40上的每一分鐘。

「而且，你還有兩個小女兒。」

「那你會發生什麼事？你得承認你騙了警方，作了偽證。」

梅根聳聳肩。「我也許會再被關進去一陣子。我想，不會太久的，因為塔莉已經不在了。等我再度出來時，我會拿著我的錢離開。」

有可能這麼簡單嗎？

「菲力克斯不會放過我們的，」安柏說。「如果我們拖他下水，他會把我也拉下去的。」

「他會試著那麼做，」梅根同意。「而且他也許會成功。不過，那會是我們和他各執一詞，而且，為什麼我現在要說謊？」

那會讓她的事業結束。她的整個人生將會改變。不過，她的日子依然會過下去。

「你是對的，」安柏說。「我會這麼做。我們走吧。」

梅根拿起那個運動包，在安柏開門的同時，一陣勁風差點直接打在她的臉上。夜色更深了。直到梅根跳下露營車，她才沿著小徑半跑向她的車。在梅根上車之前，她就先發動了引擎。她倒車駛離那間棚屋，然後迴轉車頭，往大門開過去。她在大門前幾碼之處停了下來，等著梅根下車去把門打開。不過，梅根卻沒有下車。

安柏說：「怎麼了？」

梅根盯著擋風玻璃外那一片黑暗中的某處。

「把你的車燈開到最亮，」她告訴安柏。「然後確定門是鎖著的。」

安柏在心跳加速之下按照梅根的指示做了。在車頭燈明亮的光線下，她可以清楚地看到梅根正在懷疑的事情。一條堅固的鐵鍊纏住了門，鐵鍊在兩扇門最內側的欄杆處被鎖扣鎖上了。就算梅根知道大門的密碼，對眼前的狀況也毫無幫助。她們被困住了。

61

「他在這裡。」梅根盯著停在大門外面另一頭的一輛車。「那是我的車。我告訴過你他把我的車開走了。」

安柏從來都沒有想過要問梅根她開的是什麼車。現在，她看到的是一輛藍色的小掀背車，有一點像——不，是非常像——那輛在路上經過她們的車子。她們一直都被跟蹤了嗎？

梅根白皙的臉更蒼白了；她似乎無法將目光從那扇被鎖起來的大門和那輛面對著她們的藍色小車上挪開。駕駛座上並沒有人。

「我們要怎麼辦？」安柏的心臟開始在胸口猛烈地跳動。「回到露營車上嗎？」

「他只要幾秒鐘就可以破壞露營車的門鎖，」梅根回答。「我們在這裡比較安全。把你的手機給我。不，不是那支。你自己的手機。」

梅根才撥了緊急電話999的第一個數字，她們就聽到一聲喊叫從院子另一邊傳來。兩人雙雙轉向車後窗。只見一抹陰暗的身影正在向她們跑來。當那個人消失在那顆巨大的球體後面時，她們有一瞬間失去了他的蹤影。

「是菲力克斯。」安柏低聲地說。

那名高大的男子又出現了，他的一頭金髮因為雨水而沾在臉上。他正在大聲喊著什麼。

「他只能打破車窗才能進得來。」梅根的聲音在顫抖。「當他試圖要打破車窗的時候，你就以最快的速度讓車子前前後後移動。我來打電話給警察。我們的故事版本維持不變，安柏。你要挺住。」

「安柏！等一下！安柏，等等！」菲力克斯就在幾碼之外。安柏將引擎加速，緊緊抓住了手煞車。

他趕到了她們的車邊。就在安柏放開煞車、讓車子往前急衝出去時，他的一隻手剛好重重地拍在駕駛座的車窗上。

「安柏，拜託。」菲力克斯跟著車子往前跑，繼續拍打著車窗玻璃。安柏的目光依然直視著前方。

「倒車！」梅根大喊。「哈囉，哈囉，警察嗎？」

安柏看不到車子後面有什麼，不過還是照做了。一秒之後，車子撞到了什麼東西，然後緊急停了下來。梅根手上的電話掉到了儀表板上，然後滾落到車子的地板，而她自己則撞到了擋風玻璃。菲力克斯趕上了她們。他短暫地看了梅根一眼，隨即再度拍打著車窗。

「讓我進去，你們需要聽我說，你們兩個都是。」

他拉住了車門的把手。

「快開，安柏，」梅根從座位底下的擱腳處大聲喊道。她正試著要找到掉下去的手機。「往前開。」

在車子猛然往前衝之下，菲力克斯消失了。安柏聽到一聲近似痛苦的喊叫聲。她在大門前幾吋之處停了下來，然後回頭張望。菲力克斯已經不見了。

「他在地上。」梅根也透過座椅往後看。「我找不到那支手機，給我另一支。」

「在我的袋子裡。我撞到他了嗎？」

「沒有。」梅根一邊說，一邊在安柏的袋子裡翻找。「他在耍我們。」

梅根的車窗發出一陣敲擊聲，讓她們兩人嚇得跳了起來。她們同時轉身，只見渾身濕透、蒼白又瘦弱的丹尼爾正在車窗外注視著她們。

62

透過敞開的窗戶，彷彿害怕他可能會在她眼前溶解一樣，梅根向丹尼爾伸出了手。

「你沒事吧？究竟發生了什麼事？你到哪裡去了？」

「我把他打昏了。」丹尼爾看起來很嚇人，他的臉色憔悴，還覆蓋著魚鱗般的濕疹。他似乎喘不過氣，幾乎就要虛脫了。「我看到他的車子停在幾百碼外的馬路邊。」

一陣猛烈的咳嗽讓他無法說下去，他彎下身停了幾秒鐘。

「我已經觀察他好幾天了，」當他回復呼吸時，他繼續說道。「我不確定我趕得及。」

他瞄了一眼大門。「我們需要那個鎖的鑰匙。」他說。「我們得把你們兩個弄出這裡。在我找鑰匙的時候，你們可以看著他嗎？」

「我來。」梅根說著，將車窗玻璃升起。「安柏，待在車裡。」

不對。根據梅根的說法，菲力克斯開走了她的車，那麼，丹怎麼會看到菲力克斯的車子停在幾百碼之外？

「等等，梅根，我不確定——」

太遲了。梅根已經打開車鎖，跳下了車。她和丹尼爾彼此面對面，說著什麼安柏聽不到的話。他們短暫地擁抱了一下。安柏按下車窗的按鈕，準備讓車窗再度降下來。

「快點，」丹尼爾一邊對著梅根說，一邊帶著她離開安柏的車。「小心。我沒有太用力打他。」

「小梅！」

安柏的聲音並沒有被聽到。她知道有什麼很不對勁的地方，於是，她再度倒車，跟著他們。梅根回頭看了一眼，不過沒有停下腳步。不到幾秒，她和丹尼爾就來到了菲力克斯所躺之處。

安柏在駕駛座上扭轉過身，好讓自己可以在倒車燈的紅色燈光下，看到車外的狀況。就在她的兩個老朋友靠近菲力克斯俯趴著的身體時，丹尼爾往後退開，安柏看到了她剛才一直沒有注意到的東西。丹尼爾的右手裡拿了一個東西，微微地隱藏在他的身後，彷彿企圖不要讓梅根看到。在黑暗之中，那個東西看起來像是一把錘子，可能是他用來擊倒菲力克斯的東西。他依然把那個東西像武器一樣地握在手裡，他為什麼需要那麼做，除非——

安柏的手停在車子的喇叭上方。這不對勁。一方面來說，那輛車——梅根的車，停在大門外面——然而，丹尼爾卻說，他看到菲力克斯的車停在路邊。菲力克斯不可能開兩輛車到這裡。丹尼爾不會開車，那他是怎麼來到這裡的？不過，他可能會開車，他在幾年前就學會了開車。開車是你會忘記的技術嗎？

她得讓梅根回到車裡。

梅根正在低頭看著菲力克斯。就在她蹲下來要——安柏並不確定，檢查他是否還活著，還是要尋找鎖扣的鑰匙？——丹尼爾揚起他的右臂，往後一拉，然後揮落下來。梅根在那一記重擊下倒地，丹尼爾隨即轉身，直接朝著安柏的車子奔來。

63

安柏換到開車檔，將油門踩到底。她直接衝向了鐵門，不過，卻在最後一刻失去了勇氣，在車子撞上門之前的瞬間鬆開了腳。

好幾個氣囊在衝撞的力道下爆開，有一秒鐘的時間，安柏以為車側發出的巨響是撞車造成的回音。然後，乘客座的窗戶在丹尼爾二度揮動他的錘子之下碎裂了。在第三次的撞擊下，她看到金屬的錘頭擊破了車窗。

安柏拔腿就跑。她用力推開車門，沿著碎石小路跑開，經過了她俯趴在地上的兩個朋友。如果她可以跑到露營車的話，車門的鎖也許可以撐上一段時間，讓她可以打電話報警。當她躲到那個巨大的金球後面時，她回頭瞄到丹尼爾走近失去意識的梅根身邊。他舉起那把錘子準備攻擊，不過，似乎又改變了主意；那把錘子再度垂落到他的身側。

「安柏！」他大喊。

那輛露營車就在二十碼之外，但是，如果她跑向車子的話，他一定會看見她的。

「安柏，你在哪裡？我只是想要和你談談。」

她需要一個武器。不到兩碼之外有一座小天使的雕像，雕像的高度還不足兩呎。如果她能拿到的話，如果她可以把它舉起來的話……

丹尼爾不知道她在哪裡。他正在移動，不過速度很緩慢，他在檢查每一個可能躲藏的地方。他暫時失去了她的蹤影。

「我不得不這麼做，安柏，」他大聲地說。「他們兩個是一夥的。」

他越來越靠近了。

「我有一個計畫。我需要和你談一談。」

菲力克斯不可能開兩輛車到這裡，所以，丹尼爾一定開了梅根那輛藍色的掀背車。稍早在她家外面的人一定是丹尼爾，他跟蹤她們來到了這裡。

塔莉莎絕對不會在夜晚的時候幫梅根開門。幫菲力克斯開門，也許有可能，不過，如果是她的老朋友丹死而復生的話，她絕對會毫不遲疑地開門。塔莉莎一直都很愛丹，而那卻讓她喪了命。

安柏彎下身，拾起一顆小石頭。她等到丹尼爾看向另一邊的時候才把石頭扔出去。石頭大聲地掉落在那個有滴水嘴怪的棚屋旁邊，讓丹尼爾立刻就走了過去。

安柏離開她的藏身之處，走到那尊石雕的小天使旁邊。雖然雕像很重，不過，她依然試著將它抬起來，緊緊地抵在自己胸前。在此之際，丹尼爾以為她就躲在棚屋後面。他用一支手電筒照亮前方，一邊在矮樹叢之間探視，一邊撥開常春藤。

露營車就在十呎之外。在丹尼爾挺起身的時候，安柏加快了腳步，不過，丹尼爾才一轉身就看到她了。她快步飛奔，直接跑到露營車門外，跑上了台階。一進入車裡，她立刻將門閂拉上，那也許可以把丹尼爾擋在外面一兩分鐘。直到此時，她才伸手去拿自己的手機。

她的手機不在身上。兩支都不在。它們還在她的車裡。

露營車的車門在錘子的重擊下往內凹陷。丹尼爾的第二擊撬開了上面那道門閂；下面那道則在他的第四擊下也被砸開。一陣冷風吹進來，丹尼爾隨著那陣風踏進車裡。他和安柏的眼神相對，然後花了一點時間平緩他自己的呼吸。接著，他晃了一下手中的錘子，彷彿要重新將它抓緊。

安柏感到桌子的邊緣插進了她的雙腿後面。無處可逃了。

「你不需要這麼做，」她一邊說，一邊沿著覆蓋著軟墊的長凳艱難地往後退。「我不會告訴任何人的，我保證。」

丹尼爾把門關上，彷彿那會有什麼差別一樣。根本不會有人聽到她的尖叫聲。

「丹，我有兩個年紀還小的孩子。我不會冒險做出任何可能失去她們的事情，這點你是知道的。我不會告訴任何人。」

「但願我可以相信你。」他移動得很緩慢，企圖要讓自己可以好好呼吸。他看起來真的病得很重。

「梅根打電話報警了，」安柏嘗試著勸退他。「他們已經在趕來的路上了。」

「梅根還活著，」丹尼爾說。「她等一下就會過來了，她會帶著一把鐵錘過來。」他在空中揮舞著他的武器。「那把鐵錘上沾有菲力克斯的血。還有薩維和塔莉莎的。也會有你的。到那個時候，我就會回到我在坎布里亞郡的靜思中心了。」

語畢，他朝著她笑了一笑，露出他完美潔白的牙齒。她從來都沒有見過比這個更恐怖的畫面了。

「我一直處在神經衰弱之中，安柏，」他說。「那就是為什麼我要離開的原因。當他們把我所有的老朋友都死了的消息告訴我的時候，我將會在他們面前崩潰。」

安柏已經退到了長凳的盡頭，她又可以站直了。她看了看左邊，然後右邊，希望能有奇蹟出現，她沒有辦法從那扇通往庭園的門出去，她的一邊是蓋瑞．麥當納的衣服，另一邊則是一個架子。他的床就在她身後。

床的上方有一扇窗戶。而丹尼爾還在桌子的另一頭。

安柏轉身，跳上那張散發著惡臭的床鋪，推開窗簾，摸索著窗戶的鎖扣。當窗戶打開時，夜晚的空氣撲在她的臉上，她立刻讓自己擠出窗戶。地心引力讓她掉在了地上。

然而，她的腳踝被抓住了。

當她被往回拉的時候，一陣疼痛竄過她的大腿。她伸出雙手，企圖保持平衡，試著要抓住什麼。她不斷地踢著雙腿，蠕動身體想要抵住露營車的側面，然而，在她被拉回去的同時，窗戶的邊緣卻像一把刀刃摩擦著她。然後，她感到一隻手抓住了她的牛仔褲腰帶，她正在被往上提拉。

她撐開兩肘，不過，他已經抓到她的腰了，她幾乎已經回到了露營車裡。她只能死命地抓住窗框。有一秒鐘的時間，那隻抓住她的手鬆開了，下一秒鐘，那把錘子就重重落在了她的右手上，她覺得自己的骨頭在錘子底下碎掉了。

在她摔落到床上之際，一隻手抓住了她的頭髮，將她沿著桌面往前拉。她瞄到桌上那只威士忌的瓶子被撞飛到露營車的另一端。她的頭皮在燃燒，在她就要掉落在地板上之前，那隻手又鬆開了，她知道那是她最後一次被鬆開。

當那把即將讓她致命的武器劃過車裡的空間時，她頭頂上的空氣也隨著發出一聲呼嘯。硬碰硬的時候，較弱的那一方只能屈服，骨頭碎開了、斷裂了；鮮血像煙火一般地爆開。一聲哭喊響起，那可能是發自人類的聲音，然後，最後一口氣被吐了出來，一如潮水逆轉前的最後一道海浪。

有人在摸她的頭。「安柏？你還好嗎？安柏，和我說話。結束了。」

梅根的聲音。蒼白又帶著血跡的梅根，正在誘導她從地上站起來。安柏冒險地抬起頭。不到幾吋之外，菲力克斯正蹲在丹尼爾仰臥的身體旁邊，手指貼在他的喉嚨上。那尊天使雕像，其中一隻翅膀上還沾著血，就躺在丹尼爾的頭附近。

「他死了。」菲力克斯說。

「很好。」安柏回答。

64

在結束通話之後，菲力克斯覺得自己彷彿又可以呼吸了。他嚴重懷疑梅根在頭部受傷之後是否還有能力可以開車，更遑論斷了一隻手的安柏，不過，這兩名女子還是安然回到了安柏的家。她們會在那裡度過接下來的一天，然後，梅根會在隔天晚上開著她的車到希思洛機場的一個長期停車場。再從那裡搭乘大眾運輸工具前往肯特，並且聯繫可以將她帶到歐洲大陸的貨車司機友人。

她的餘生都會因為和薩維．愛特伍德以及塔莉莎．史雷特之死有關而被通緝，不過，她似乎並不擔憂。

「我認識一些人，」在她們兩人開車離開之前，她告訴菲力克斯。「我知道如何消失。而且我還有錢，多虧了你們。」她笑了笑，以一種也許近乎深情的姿態撫摸著他的下巴。

菲力克斯讓自己的手迷失在她撫摸過的位置。他依然可以感覺得到她的手指停留在那裡。噢，梅根，在他這輩子所活過的日子裡，和你在一起共度的時光最是讓他魂牽夢繫。你會走出那段對薩維的年少情痴，他會確保這一點的。

菲力克斯抓住丹尼爾的屍體肩膀，將他拖出了露營車。距離午夜還有幾分鐘。

安柏會回到她正常的生活。假以時日，她也許會再度進入內閣。不過，菲力克斯對此感到懷疑。他有一種感覺，比起國會專責委員會的會議，安柏未來可能會更常出現在家長教師聯誼會上。他相信，安柏將會花更多的時間和她的家人在一起。

他的頭在痛，他可以感到血液黏在他的頭髮上。他還有很多事情要做。

在女孩們開車離開之後，他短暫地回到了工廠，在他的後車廂裡裝滿氫氧化鈉粉末和一輛推車。他用那輛推車把那些氫氧化鈉的桶子運送到隱藏在那顆金球後面的圓邊浴缸旁。再藉由一根連接在滴水嘴怪棚屋上的水管，填滿半個浴缸的水。此外，他還準備了一塊鑄鐵鋼板來擋雨。

總體來看，一座建築舊物回收場也許不是丟棄屍體最糟糕的地方。

丹尼爾並不重，但是，要把他的屍體弄出露營車、再一路拖到院子裡卻很棘手。菲力克斯讓他的老朋友仰躺在浴缸裡，彷彿躺在一具棺木裡一樣，然後再將他的手交叉放在胸口。這點，至少他還可以做得到。

當菲力克斯在警察局看到那個證物袋裡的太陽眼鏡時，一切就明朗了起來。那是梅根的太陽眼鏡，不過，在塔莉莎家的午餐派對之後，它們從來都沒有回到她的手上。丹尼爾拿走了；丹尼爾用那副眼鏡來陷害梅根，讓她成為了殺害塔莉莎的兇手。

水面上浮起了一些氣泡，彷彿丹尼爾還在呼吸一樣，不過，菲力克斯並沒有上當，也沒有被嚇到。他是一個相信科學的人。他知道丹尼爾已經死了，而他現在所做的事完全有其必要，也很實際。梅根已經將丹尼爾的眼睛闔上了，無論那麼做是否可笑，菲力克斯都很慶幸她有那麼做。

他的運動包和棒球棍也一起放在了浴缸裡，還有丹尼爾的各種個人物品。然後，一次一桶地，他把氫氧化鈉粉末倒進了浴缸。在那些化合物吞噬著丹尼爾身體的蛋白質之下，他的皮肉開始吱吱作響，一縷蒸氣在水溫逐漸升高下往上飄動。菲力克斯把那塊鑄鐵鋼板蓋在浴缸上，以免雨勢過大，然後才回到露營車裡。他早已經注意到那瓶掉落在地上的威士忌還完整無缺。

五個小時之後，在濃厚的雲層擋住黎明之下，菲力克斯回到了浴缸旁邊。他戴上工業用的手套，拔開浴缸的塞子，讓那片濃稠的深紅色液體流出來。雨水會沖洗掉所有的痕跡，就算浴缸底部的野草在接下來的一季或兩季之內都不再生長，又有誰會多想呢？

丹尼爾只剩下一具縮小又脆弱的骨架；氫氧化鈉不會溶蝕掉骨頭。菲力克斯把他的老友捧起來，那些骨頭在他的移動下散落開來，他將骨頭分裝在幾個水桶裡，帶回到那間滴水嘴怪的棚屋後面，在那裡，他已經挖掘好了一個淺溝。骨頭一旦被倒在地上，就很容易用丹尼爾的那根錘子將之粉碎。等到他錘打完之後，那些碎片已經看不出是人骨了。菲力克斯將覆蓋在上面的泥土翻鏟了幾次。只要再下個幾個小時的雨，之後，就算有人躲到棚屋後面探險，也看不出有任何不尋常的地方。

那半瓶曾經屬於蓋瑞．麥當納的威士忌就在菲力克斯的口袋裡。那半瓶酒一口都沒有少。瓶塞掉落在地上，他聞到了一股熟悉又溫暖的泥煤味。

菲力克斯把瓶子倒過來，將酒液倒空在他老朋友的墳墓上。

「你可以安睡了，兄弟。」語畢，他轉身離去。

感謝

認識牛津的讀者會很快地在虛擬的萬靈學校和真實的莫德林學院之間看出某些實質的相似處。我兒子哈爾有幸在莫德林學院就讀七年，並且在最近成為了高年級學生領袖。不過，那些相似性完全都是虛構的。

莫德林學院是一所很棒的學校，雖然成績的要求標準很高，不過卻擁有強烈的道德準則，學校裡有優秀的教師，還有活潑、聰明、勤奮、有趣又善良的學生。能在過去幾年成為這個團體的一部分讓人與有榮焉。

《替罪協議》是一部虛構的小說，完全出自我自己的想像，並未受到任何真實事件的啟發。就我所知，莫德林學院的每一位學生都是審慎細心的駕駛人！

我很感謝哈爾讓菲力克斯在化學上的知識具有可信度，也感謝阿斯頓化學公司的丹尼．羅蘭賦予哈爾的工作經驗，那對一切影響至深。同時也謝謝我的朋友露西．絲塔佛，協助我設定了牛津的各個地點，還有我的丈夫安德魯，感謝他成為我的第一個讀者。

才華洋溢的三人行——山姆．艾德斯、艾力克斯．雷特和露西．卡麥隆——是那麼地傑出，他們在Trapeze和Orion的所有同事亦然。一如既往地，我要向我的經紀人致上我的愛與感謝：安．瑪麗．道爾頓、彼得．巴克曼、羅絲．巴克曼，以及潔西卡．巴克曼．歐康納。

Storytella 202

替罪協議
The Pact

替罪協議/莎朗．波登作；李麗珉譯. -- 初版. -- 臺北市：春天出版國際文化有限公司, 2024.06
面；公分. -- (Storytella；202)
譯自：The Pact
ISBN 978-957-741-865-4(平裝)

873.57　　113005691

ISBN 978-957-741-865-4
Printed in Taiwan

作　者　莎朗．波登
譯　者　李麗珉
總編輯　莊宜勳
主　編　鍾靈

出版者　春天出版國際文化有限公司
地　址　台北市大安區忠孝東路四段303號4樓之1
電　話　02-7733-4070
傳　真　02-7733-4069
E－mail　bookspring@bookspring.com.tw
網　址　http://www.bookspring.com.tw
部落格　http://blog.pixnet.net/bookspring
郵政帳號　19705538
戶　名　春天出版國際文化有限公司
法律顧問　蕭顯忠律師事務所
出版日期　二〇二四年六月初版

定　價　520元

總經銷　楨德圖書事業有限公司
地　址　新北市新店區中興路二段196號8樓
電　話　02-8919-3186
傳　真　02-8914-5524
香港總代理　一代匯集
地　址　九龍旺角塘尾道64號 龍駒企業大廈10 B&D室
電　話　852-2783-8102
傳　真　852-2396-0050